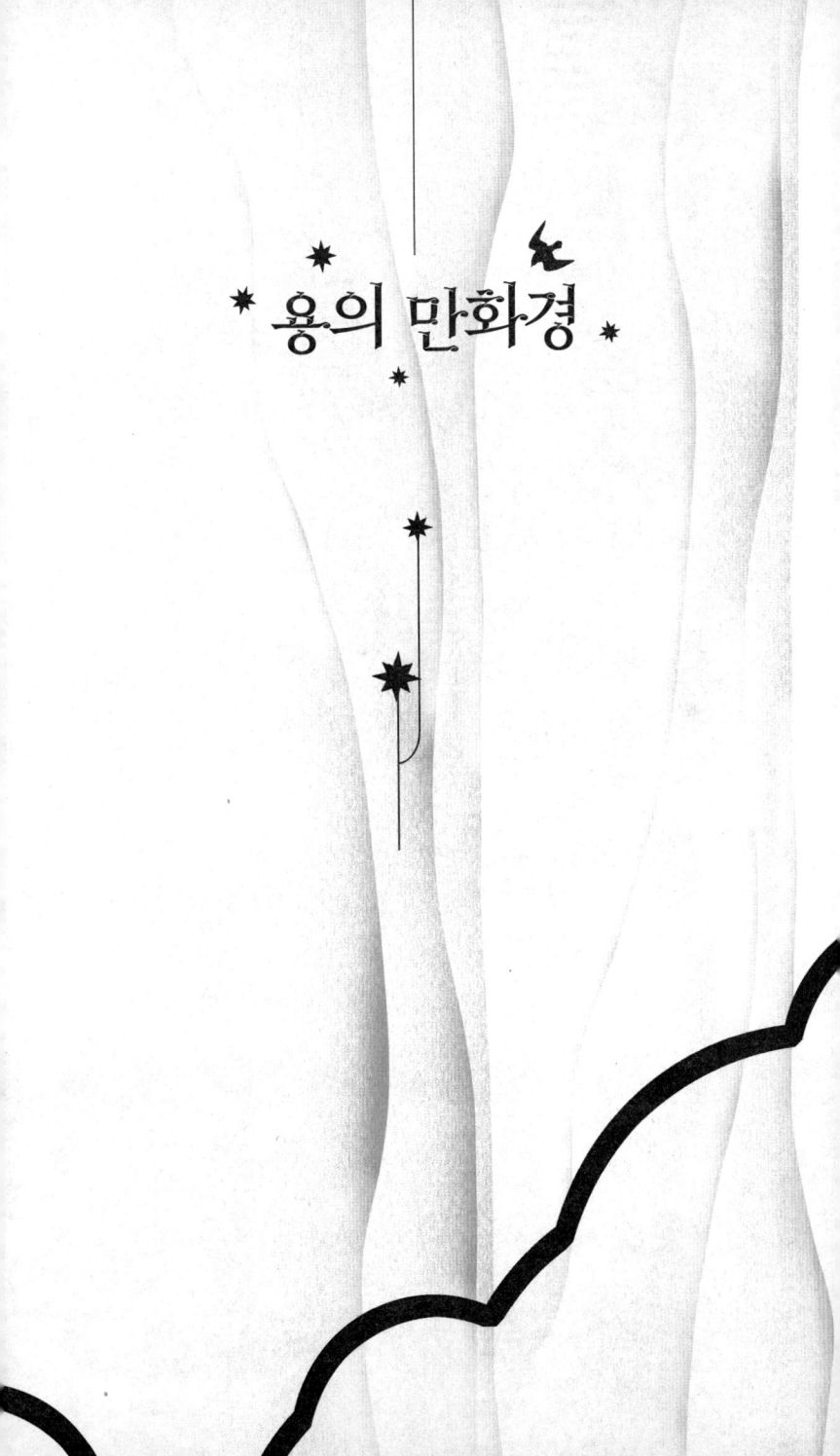

김유정 소설집

# 용의 만화경

황금가지

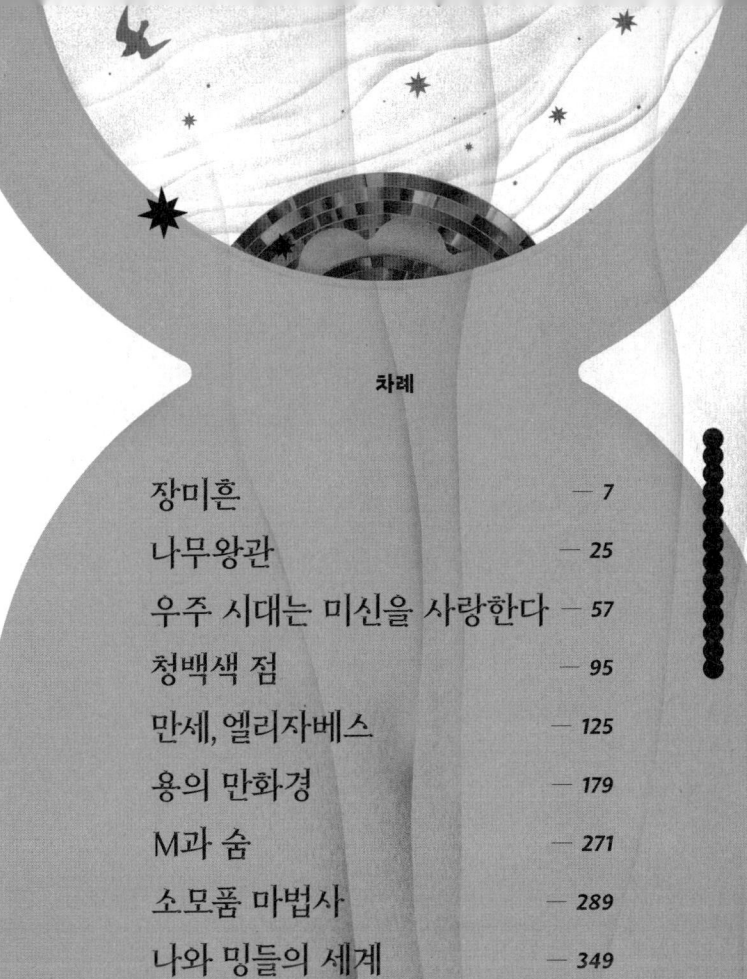

## 차례

| | |
|---|---|
| 장미흔 | — 7 |
| 나무왕관 | — 25 |
| 우주 시대는 미신을 사랑한다 | — 57 |
| 청백색 점 | — 95 |
| 만세, 엘리자베스 | — 125 |
| 용의 만화경 | — 179 |
| M과 숨 | — 271 |
| 소모품 마법사 | — 289 |
| 나와 밍들의 세계 | — 349 |
| 수직 | — 391 |
| 작가의 말 | — 403 |

장미흔

나와 세이의 봄이 언제 끝났는지 기억이 선명하다. 소나기 예보가 있던 우중충한 5월이었다. 울타리에 팝콘처럼 툭툭 무심하게 터져 있던 장미는 흐린 날에 대비되어 더 쨍한 하늘색, 보라색으로 보였다. 나는 그렇다고 말했지만 나와는 시감각(視感覺)이 다른 세이는 모르겠다는 표정이었다. 세이는 그것들을 흰색, 붉은색이라 불렀다.

 이태원에 우리가 아주 좋아하는 피자 가게가 있다. 입장한 후 주문한 피자가 나오기 전까지는 테이블에서 마스크를 쓴 채로 이런저런 이야기를 나눴다. 별것 아닌 잡담들이었다. 그동안 서로 뭐 하고 살았는지, 직장에선 이런 일이 있었고 누가 저런 사고를 쳤으며 동창 아무개랑 오랜만에 연락이 닿았는데 연락을 끊고 지낸 이유가 바로 생각났다든지, 올림픽이 연기가 되고 KBO가 무관중으로 개막했느니, 공기청정기와 건조기를 사야겠다느니 등등. 카톡이나 전화 통화로 해도 충분할 내용을 우리는 굳이 만나서 대화로 하고 싶었다. 그중에서도 세이가 매번 즐겨 묻는 질문이 있었다.

"남들에겐 우리가 어떻게 보일까?"

"평범하게. 아마 커플이나 친구, 가까운 혈연 사이로."

"그렇지?"

세이가 눈을 빛내며 웃었다. 의식의 덩굴이 뻗어 와 내게 접촉하는 게 느껴졌다. 나도 손가락끼리 닿듯이 덩굴을 더듬거려 쥐고는 우리가 가장 좋아하는 농담을 했다.

〈설마 흡혈귀와 그 파트너로 보진 않겠지.〉

우리는 마주 웃음을 터뜨렸다. 주변에서는 그냥 실없이 웃는 한 쌍으로 보였을 것이다. 갓 나온 따뜻하고 기름진 페퍼로니 피자는 여전히 훌륭했다. 사실 맛을 느끼는 건 세이 쪽에서 온 감각이고, 위장을 채우는 충만감은 이 몸 주인의 것이지만.

세이와 나는 제법 잘 맞는 한 쌍을 연기하며 즐겁게 손을 맞잡고는 좁고 번잡한 이태원의 길거리를 따라 걸었다. 큰 통유리창이 있는 카페에 들어가 자리 잡았을 무렵 잔뜩 찌푸렸던 하늘이 비를 뱉기 시작했다. 커피잔에서 스며 나온 김이 엷은 자주색 연기처럼 퍼졌다. 나는 눈이 아팠다. 일기예보 앱을 들여다보던 세이가 미간을 좁혔다.

"비가 계속 올 모양이네. 봄인데 비만 보다 끝나겠어."

"오늘은 일찍 들어가고 다음에 날이 개면 보자. 그때는 딤섬이나 케밥 먹으러 갈까?"

나와 세이는 남은 커피를 다 마시고 일어났다. 평범하고 친밀한 관계처럼 다음을 기약한 후, 카페 앞에서 웃으며 손을 흔들고 각자 반대편으로 헤어졌다. 비 내리는 거리에 젖은 우산들이 흐드러지게 피어났다. 그렇게 봄이 끝나는 줄도 모르고.

감염병도 비도 수그러들지 않았다. 그러나 우리 존재는 인간의 질병에 둔감했다. 우리들은 천연두에도 홍역에도, 페스트와 스페인 독감에도 관심받지 않은 채 통과했다.

쌓인 주검들이 구덩이에서 부패하고 그 위에서 마을이 불타도 나와 동족들은 썩은 내가 밴 누더기를 걸치고 검댕투성이로 비틀비틀 돌아다니곤 했다. 우리를 미치게 몰아가는 건 숙주 생명체의 생기를 빨지 못해 생기는 허기였지 병이 아니었다. 그 허기도 어느 정도 버티기만 한다면 큰 문제는 아니었다. 인간은 무리 짓는 동물이고 위기 상황마다 본능을 따라 모여들었으니까. 그들이 어딘가의 더 높은 존재를 찾아 무고함을 증명하려는 동시에 한패의 누군가를 발로 차 떨어뜨리려 혈안이 된 틈을 타, 우리는 무사히 그 난장으로 스며들었다. 내키면 새 숙주를 찾고, 아니면 오래오래 같은 몸에 머무른 채 다른 자의 피와 생기를 빨아들여 생존을 유지할 수 있었다.

그래서 이번엔 좀 다르다고 눈치챌 때까지는 시간이 걸렸다. 며칠 내내 쏟아지는 비 때문에 집 안에 갇혀 있는데 이완에게

서 전화가 왔다.

"몇 명이 연락이 안 된다."

안 그래도 인간의 성대를 거쳐서 내는 답답한 목소리가 전화기에 가로막혀 더 읽기 힘들었다. 그러나 머리끝이 쭈뼛 솟는 감각은 고스란히 전해져 왔다. 내가 굳이 대답할 필요도 없었다. 이완의 음성이 더 불분명해졌다.

"란, 지금 생각보다 더 심각한 상황인지도 모른다."

우리 사이의 대화는 그것만으로 충분했다. 나는 소리마저 차단하는 두꺼운 커튼을 오랜만에 걷었다. 울적한 노을에 섞여 도시 위로 흩뿌리는 회색 빗줄기가 보였다. 몸이 녹아내릴 것 같은 무기력증이 덮쳐 왔다. 머릿속으로 날짜를 되짚어 봤다. 비가 이어져서 맥을 못 추고 며칠을 내리 잠만 자다시피 했더니 훌쩍 흐른 시간도 느끼지 못하고 있었다. 급히 냉장고부터 들여다봤다. 혈액을 처리해 만든 젤 캡슐은 아직 넉넉한 편이었다. 인간 몸뚱이를 위해서도 칼슘제와 비타민을 삼키고, 달걀 여섯 개를 깨서 한번에 마셨다.

우리는 인간 속에 섞여야만 한다. 우선 숙주가 될 몸을 찾아내 자리를 잡고, 여러 장소에서 여러 방법으로 인간의 생기를 흡수해야 한다. 다음으로는 지구의 독성 물질에 버틸 우산이 되어 줄 인간 파트너가 필요하다. 계약을 맺은 파트너와 오래 접촉하지 못하면 우리는 숙주의 몸속에서 서서히 녹아서 도리어 먹히고 만다. 나는 세이와 처음 만났던 순간을 떠올렸다.

길거리에서 그 많은 사람들 사이로 우리는 스쳐 지나갔다. 후덥지근한 여름날이었고 우리는 서로 그저 그렇게 낯선 사람이었다. 그때 세이가 우뚝 멈춰 서더니 무더위에 땀 한 방울 없이 걸친 내 긴 소맷자락을 붙들었다. 내가 돌아보자 그 무엇보다 강한 확신으로 세이가 말했다.

"알아, 난 당신 같은 사람을 기다리고 있었어. 내 평생을."

세이의 인간 뇌 속 복잡하고 어지러운 원시바다의 어딘가를 떠다니는 조상 중, 우리와 계약을 맺은 존재라도 있었던 걸까. 내가 설명을 하기도 전에 세이는 이해하고 있었다. 우리는 길든 짧든 함께해야 하는 운명이라며. 이런 세상에 운명이라니 무슨 얼간이 같은 소리냐고 세이는 스스로도 어처구니없어했다. 그러나 그 바싹 마르고 뜨거운 여름날, 우리는 서로를 발견한 것이다.

"나의 파트너가 되면 넌 주기적으로 나와 만나야 해. 접촉이 없으면 경고의 의미로 네 육신은 괴로움을 겪을 거다."

"도망칠 수 없다는 의미로군. 그럼 만나면 서로 가져가는 이점도 있겠지?"

"너는 내 인간 몸을 강하게 해 준다. 우리가 버티기 힘든 대기나 지표의 위험 물질로부터 우산 혹은 결계를 만들어 주는 거지. 그로 인해 네가 받는 추가적 장점은…… 글쎄, 잘 모르겠군. 뭔가 있으니 계약들을 할 테지만 우리 쪽에서는 인간이 우리와 이어지고 싶어 하는 마음을 명확히 모르겠다."

"좋아, 됐으니까 계약합시다. 그쪽 '집주인'은 뭐래?"

무슨 뜻인가 했더니 숙주를 말하나 보다.

"이 인간은 란이라고 한다. 우리와 숙주는 공생도 가능해. 숙주가 원한다면 의식을 그대로 둔 상태로 우리가 몸의 지배권을 가질 수 있지. 하지만 말썽이 생길 확률 때문에 보통은 생명 활동이 정지됐거나 그렇게 진행되는 중인 몸을 차지하는 편이다. 이 몸은, 란은."

나는 처음 내가 란으로서 눈을 떴을 때처럼 두 손을 들어 올려 앞뒤로 뒤집어 보았다.

"병으로 움직이지 못한 지 오래된 몸이었다. 의식도 시들어 가던 중이었지. 그래서 약간의 자아만 남겨 둔 채 내게 넘겨주기로 합의했다."

"그럼 집주인 란 씨도 앞으로 잘 부탁드립니다."

계약은 곧바로 진행됐다. 나에겐 계약자의 피를 전신에 각인할 필요가 있었다. 실수로라도 계약자의 생기를 흡수하지 않도록.

나는 세이에게 손을 내밀라고 하고, 그 손바닥을 물었다. 약간 긴장되어 축축해진 손바닥의 약한 살갗을 뚫고 피가, 모든 갈증과 고통을 잊게 하는 황금빛 핏방울이 단 두어 방울, 내 목구멍으로 흘러들었다. 머릿속에 눈부심이 퍼져 갔다. 나는 강력한 힘, 생명력이 내 두 발을 땅에 단단히 붙들어 매는 것을 느꼈다. 나는 이곳에 받아들여졌다. 나는 이 생태계의 일부다. 계약을 맺을 때마다 늘 몰아치는 압도적인 감정이 나를 흔들었다.

계약의 증거로 세이의 손바닥에는 작고 붉은 반점이 남았다. 착색된 핏자국처럼 보여서 나는 늘 그 흔적이 탐탁지 않았지만 세이는 한참 들여다보더니 만족스러운 듯 웃었다.

"장미 꽃잎이라도 새긴 것 같네."

황홀해하면서 세이는 나를 향해 파도처럼 미치는 자신의 힘을 느끼고 있었다.

"이 느낌이야. 누군가에게 중요한 사람이 되는 것. 바로 이게 필요했어."

그 말대로 세이는 내게 중요한 사람이 되었다. 곁에 없을수록 더욱 느껴지는, 공백이 길어질수록 더욱 필요해지며 갈증을 일으키는, 그러나 유일하게 빨아들일 수 없고 내 몸속에 함께 흐르고 있는 피.

감염병이 모든 것을 바꿔 놓았다. 내가 기억하는 한, 인간의 역사 속에서 인간끼리 결집력이 이렇게 느슨해진 광경은 처음이다. 거의 잠들어 있던 내 숙주도 함께 불안해하는 것이 전해졌다.

광장에는 인간들이 잘 모이지 않았다. 수많은 인간들이 내뿜는 생기를 자연스럽게 흡수할 길이 막히면 운 나쁜 한두 명에게서 집중적으로 뽑아낼 수밖에 없는데 그것도 하루이틀 일이다. 범죄로 이목을 끌면 안 된다. 인간 사회의 혼란은 우리의 적이기도 하다. 그 때문에 온종일 대중교통을 타거나 대형마트를 돌

장미흔 **15**

아다니며 허기만 겨우 면하는 나날이었다. 내가 사랑하던 고요, 도서관과 미술관, 공연장의 들뜬 기대는 물거품처럼 사라졌다.

사실 마음만 먹으면 종교 집회나 클럽, 불법 도박 시설, 다단계 판매회 같은 곳을 찾을 수도 있다. 그러나 인간들의 모임은 점점 더 음지로 스며들고, 접근하기 힘들었으며, 위험했다. 세이를 자주 만나기 힘드니 보호의 힘이 약해져 인간들을 찾으러 가는 과정 자체가 위태로울 수밖에 없다.

상황이 길어질수록, 사냥에 실패했을 동족들은 하나둘씩 소식이 끊기고 사라져 갔다. 그래서 이완이 다시 전화를 걸어 왔을 때는 나도 마음의 각오를 하고 있었다.

"떠나야 할 때지?"

내가 먼저 묻자 이완은 그저 침묵으로 긍정했다. 우리가 이 땅에 온 것은 정신이 아득해질 정도로 먼 옛날 일이지만 또다시 해내야 할 때가 왔다. 우리는 있는 생명을 먹어 치우기만 할 뿐, 새로운 생산은 해낼 수 없는 존재. 그 결말은 항상 비슷했다. 우리는 거부되고 추방당한다.

우리는 우리가 살 수 있는 환경을 조성하고 생기를 섭취할 수 있도록 생물의 진화를 촉진시키며 아주 오래 별의 궤도 위를 떠다니곤 했다. 그렇게 가까스로 공존을 이뤄 내도 별은 외우주에서 온 우리를 용납하지 않았다. 거센 환경 변화나 급격한 생태계 변동 같은 것들이 우리를 밀어냈다. 이번에는 질병이었다. 우리의 숙주이자 먹이가 되는 존재를 공격하며 동시에 우리마저 이곳에서 삭제하려 하고 있다. 우리는 이곳에 익숙한 생사 주기로부터 어긋난 이물질일 따름, 인간도 지구도 우리를 원하지 않는다.

그러므로 가야 한다. 새로운 정착지를 찾지 못한다면 최소한 질병이 눈먼 걸음으로 인간을 지나쳐 가고 인간도 우리를 잊을 때까지 궤도 바깥에서 기다려야 한다. 이완은 짧게 말했다.

"3일 후야. 그때 보지."

나는 통화가 끝난 핸드폰의 부재중 기록을 들여다보았다. 세이의 번호가 수도 없이 찍혀 있었다. 나는 덩굴을 길게 뻗어 더듬었다. 세이가 느껴졌다. 바로 이 아파트 앞에. 차에서 내려 우산도 없이 비를 맞으며 나를 찾아 공동현관으로 뛰어들고 있었다. 나는 막지 못한 건가, 막지 않은 건가 알 수 없었다.

"란, 안에 있지? 문 열어! 란! 거기 있는 거 느껴지니까 열어!"

내가 정말 마음먹었다면 지금이라도 돌려보낼 수 있다. 계약자란 정신 종속으로 우리 존재에 홀리듯 뛰어들지만 그만큼 우리 뜻대로 그 의지를 무시하고 조종하는 것도 손쉽기 짝이 없으니. 그러나 나는 천천히 일어나서 문을 열었다. 마치 홀린 건 원래 나였던 듯이.

푹 젖은 채 물방울을 흘리며 서 있던 세이는 당연한 권리인 양 안으로 들어왔다. 세이는 처음부터 할 말을 알고 있었다.

"떠나려는 거지?"

"그래."

"어째서?"

"알잖아, 이대로는 연명하기도 힘들어."

"연명만 해도 되잖아? 소량의 에너지만으로도 오래 버틸 수 있으니까. 동족 중 너 혼자 남는다면 어떻게든 되지 않겠어? 이 감염병이 영원하진 않을 거야. 인간은 멍청하지만 그렇게 어리석지도 않아. 게다가 너희는 인간의 병에는 면역이라면서. 기다리는 게 그렇게 문제야?"

내 눈을 똑바로 보면서, 언제나 그렇듯 확신으로 가득 차서 말한다. 어떻게 네 존재에 물들지 않을 수 있단 말인가. 너의 그 두세 방울 피로 내 마비된 인간 심장을 뛰게 하지 않을 수 있나. 그러나 나는 고개를 내저었다. 내가 꺼낼 말이 마지막 시험이 될 것 또한 안다.

"우리를 병으로 해칠 수는 없지. 하지만 인간인 계약자는 아니다."

"그쯤은 알아. 내가 그 정도 조심성도 없을 것 같아? 나도 병에 걸리지 않게 충분히……."

"그런 문제가 아니야. 우리가 살아남기 위해선 반드시 인간들 틈에 섞여 있어야 해. 그러다 우리가, 아니 내 숙주의 몸이 타인에게서 전염되면 그 병은 고스란히 계약자에게 떠넘겨진다는 의미다."

고장 난 우산이 된 계약자를 파기하고 새로운 계약자를 찾는다 해도, 우리가 이런 존재인 이상 그 쳇바퀴는 끝이 없다. 이

병이 언젠가 물러갈 때까지 얼마나 많은 계약자를 갈아 치워야 하는 걸까. 우리 또한 인류에게 들러붙어 파먹는 지긋지긋한 질병과 다름없지 않은가. 그리고 또…….

내가 설득할 또 다른 이유이자 구실이자 핑계를 찾는 동안, 세이는 손을 뻗어 돌처럼 뻣뻣하기만 할 내 뺨을 만졌다.

"그게 전부야?"

나는 내가 세이와 눈을 마주치지 않고 있었다는 걸 깨달았다. 겨우 세이를 바라보자 내 목구멍에서 쥐어짜려던 목소리가 부질없이 사라지는 걸 느꼈다. 세이가 반쯤은 명령처럼 말했다.

"그 정도로 날 돌려보낼 수 없는 것 알지?"

"대체 무슨 생각을 하는 거야."

"너와 같은 생각."

나는 고개를 저었다. 터무니없다. 그 가능성을 떠올리자마자 안 될 이유부터 바라보고 있었다. 그러나 세이의 손에 더욱 힘이 들어갔다. 그 손바닥에서 어둡게 타고 있을 장미 모양이 내 살갗에 파고드는 것만 같다.

"란, 알잖아. 네가 떠나지 않고 나도 지킬 수 있는 방법을. 내게로 옮겨 와!"

나는 간신히 이성적으로 들릴 수 있는 말을 터뜨렸다.

"확신할 수 없다. 네 안전도, 내 안전도 보장할 수 없어. 넌 내 계약자야. 계약자의 피는 우리에게 금기다. 그걸 무시하고 또 네 피를 마셨다가는……."

"뭘 보장하고 확신할 수 있는데? 지금 우리가 안전하게 쥘 수 있는 패는 아무것도 없어! 오늘 저 문으로 나간 다음 내가 감염될 가능성도, 네가 탈출하지 못하고 그 몸 안에서 녹아 사라질 가능성도 있어. 그런데도 내일이 있고 더 먼 훗날이 있는 것처럼 함부로 말하지 마."

나를 스쳐 간 수많은 생명들을 생각한다. 컴컴한 우주를 떠돌고 별과 별을 옮겨 다니는 동안 내 양분이 되었던, 아득해지도록 많은 생명들. 제각각의 모습을 한 나의 계약자들. 그에 비해선 그다지 성숙한 큰 정신이 되지 못한 우리 존재들. 무엇이 더 두려운가. 세이는 내 대답을 기다리며 제대로 숨도 쉬지 못하고 있다. 떨리는 손이 전해져 온다. 그 손이 먼저 나를 잡았던 걸 기억해 낸다.

비로소 나는 결정했다. 그 숱한 세월 끝에 우리 존재들의 일부로서가 아닌 개별자인 나로서.

예상했지만 고통은 너무도 심했다. 세이의 손목 깊숙이 송곳니로 파고들자 터져 나온 생생한 피가, 이번에는 거의 내 목구멍과 심장을 태울 지경이었다. 란의 몸뚱이 안에 갇혀 있는 내가 산 채로 불타는 기분이 들었다. 억지로 삼킨 피를 내 피와 섞어 다시 거멓게 걱걱 토해 내는 내 머리 위로 세이가 고개를 기대고 등을 쓰다듬었다.

너는 괜찮냐고 묻고 싶었지만 입안이 피로 가득했다. 내 머리로 뚝 뚝 떨어지는 뜨거운 것도 세이의 피인지는 확인할 수 없었다. 세이, 괴로워. 괜찮아, 나도 그래. 내가 갈기갈기 찢겨 나가는 것 같았다. 이렇게 끝이 허무할 거라면 나는 왜 그토록 많은 생명을…….

무언가가 껍질을 벗고 폭발하는 듯한 통증 끝에 내 의식 위로 새까만 정적이 덮쳐 왔다. 우리가 헤매어야 할 우주의 어둠보다 짙고 춥고 별조차 없는. 나는 다시 원시 생명체처럼 그 어둠에 안겼다. 그 어둠의 이름은 세이였다.

나는 커튼을 쥐고 창가에 서 있다.

어둑어둑한 밤 풍경을 꿰뚫으며 예민한 두 눈이 보고 있었다. 짙은 밤하늘을 배경으로, 도시 여기저기서 반딧불 같은 붉고 여린 빛줄기가 날아오르는 모습을. 거꾸로 솟는 유성처럼 그 흐릿한 빛들은 자꾸자꾸 하늘로 올라갔다. 나는 그들을 알고 있었다.

그들은 인간 숙주의 몸에서 빠져나와 모선(母船)으로 귀환하는 동족들이다. 나를 찾는 그들의 언어가 희미하고 애달프게 귓가에 맴돌았으나 나는 모든 감각을 닫았다. 그들을 태운 모선은 이제 지구를 떠나 달로 갈 것이다. 달을 따라 돌고 돌며 또다시 영겁의 시간을 들여 개척할 별이 있는지, 다시 돌아올 가능성은 있을지, 지구를 지켜보며 가늠하다 서서히 얼어붙은 잠에 들 것이다. 나는 그 운명의 궤도로 가지 않았다.

감각을 바꾸어 인간의 눈으로 돌아오자, 창문에 엷게 비치는 내 모습을 볼 수 있었다. 깨질 듯이 부우연, 세이의 모습이 마주 보고 있다. 나는 세이고, 세이는 나다. 정확히 말하자면 나는 조금 더 세이이다.

계약을 거슬러 나를 새 숙주로 삼는 과정에서 란은, 란이었던 존재는 크게 손상되었고 결국 내 의식을 완전히 침식하지 못했다. 그 존재와 숙주가 한 몸에서 차지하는 의식의 비중이 뒤집힌 것이다. 그래서 나는 많이 세이이고, 조금 란이다. 약간 더 인간에 가까운 흡혈귀다. 아무래도 상관없다. 내가 더 진화한 존재인지 퇴화한 존재인지는 더 이상 의미가 없었다.

세상은 병을 앓고 있고 최소한 우리는 함께 있기 때문에. 이 하나만으로 충분하다. 우리는 다시 우리가 되기를 기다릴 것이다.

나는 란의 기억을 통해 떠나가는 동족들의 모습을 본다. 기이한 은백색으로 빛나는 벌판에서 원래는 죽은 목숨이었을 인간 숙주들이 묵묵하게 선 채 배웅이라도 하듯 그 존재들이 떠나가는 장면을 지키고 있다. 그 주변으로 조금 더 큰 원을 그리듯 사슴들과 새들, 토끼들도 둘러싸서 유성이 거꾸로 흐르는 하늘을 올려다본다. 우리가 인간 이전에 숙주로 삼았던 유기체들, 어쩌면 인간보다 먼저 사라질지도, 혹은 더욱 오래 살아남을지도 모를 생명들이 인사를 보낸다. 뒷발로 선 토끼의 수염 끝에 이슬처럼 빛이 어리다 흩어진다.

까마득한 시간 동안 인간의 그림자 속에 기생하며 공존하던 존재들이 허공을 빙빙 돌다가 떠나갔다. 달로 가라. 여기 남아 태어났던 대로 살다 가는 지상의 순환을 지켜보라. 세상은 어제와 또 한 가지가 변했지만 아무도 모른다.

감염은 그 후로도 끈질기게 삶에 들러붙어 있었다. 병은 힘든 사람을 더 힘들게, 빈곤을 더 빈곤하게, 고립된 사람을 더욱 뿔뿔이 갈라 놓았다. 그래도 아직 인류는 이어지고 있었다.

나는 조금 더 인간에 가까운 돌연변이라서 본래의 존재들보다는 욕구를 덜 느끼며 그럭저럭 살아 냈다. 가끔 시간이 나면 마스크를 쓴 채 우리가 함께 자주 가던 명동이나 이태원의 골목을 거닐었다. 누렇게 바랜 임대 표지가 바람에 펄럭이고 여기저기 비어 버린 상가 터와 짓다 만 건물들이 포크레인째 방치된 광경은 이제 특별하지도 않았다. 가장 약한 곳이 가장 먼저 무너졌고, 그 깊은 상흔을 일상에 남긴 채로 사람들은 어떻게든 일어나려 하고 있었다. 잊을 수 없는 일이 많았다.

거리를 이제는 머무르는 곳이 아닌 지나쳐 가는 곳으로 새로이 받아들인 보행자들은 너무 가까이 붙지 않도록 주의하며 분주하게 오락가락하는 중이었다. 발길 닿는 대로 걷던 나는 문득 고개를 들었다. 맞은편에서 오던 이가 흘깃 내게 시선을 줬다. 하루에도 수없이 무의미하게 반복되는 행인의 거리감으로. 그러나 나는 그 사람을 봤고 그 사람도 나를 봤다.

란이었다. 아니, 란의 숙주였던 인간 란. 바쁜 일이 있는 듯 마스크 위로 핸드폰을 대고 통화하며 걷던. 란의 눈빛에 아주 잠간 이상하다는 빛이 떠올랐으나 나는 정면에 시선을 둔 채 자연스럽게 걸었고, 우리는 서로 스쳐 지나갔다. 한 줄기 바람처럼 마주쳤다가 그 속도대로 멀어졌다. 왠지 나는 마스크 안쪽에서 오래 굳어 있던 뺨에 경련 같은 것을 느꼈다. 웃음이 난다. 슬슬 계약이 필요하긴 하지.

나는 미리 보고 온 것처럼 미래를 그려 볼 수 있었다. 어느 날 어느 거리에서든 우리는 또다시 운명처럼 낯설게 엇갈리겠지. 하지만 그때는 지금 같지 않을 것이다. 란은 내 소매를 잡아채듯 붙잡고, 놀라고 격한 표정으로 말할 것이다.

"난 당신을 기다리고 있었어. 그랬던 것 같아."

그때가 되면 모든 것이 제자리로 돌아갈 것이다. 너의 손바닥에는 나의 것과 같은 붉은 장미흔이 새겨지고, 피와 별은 우리에게 새로워질 것이다. 문명은 무릎 꿇고 신은 멀고 죽음은 더 가까워진 이 땅에서, 다시 한번.

# 나무 왕관

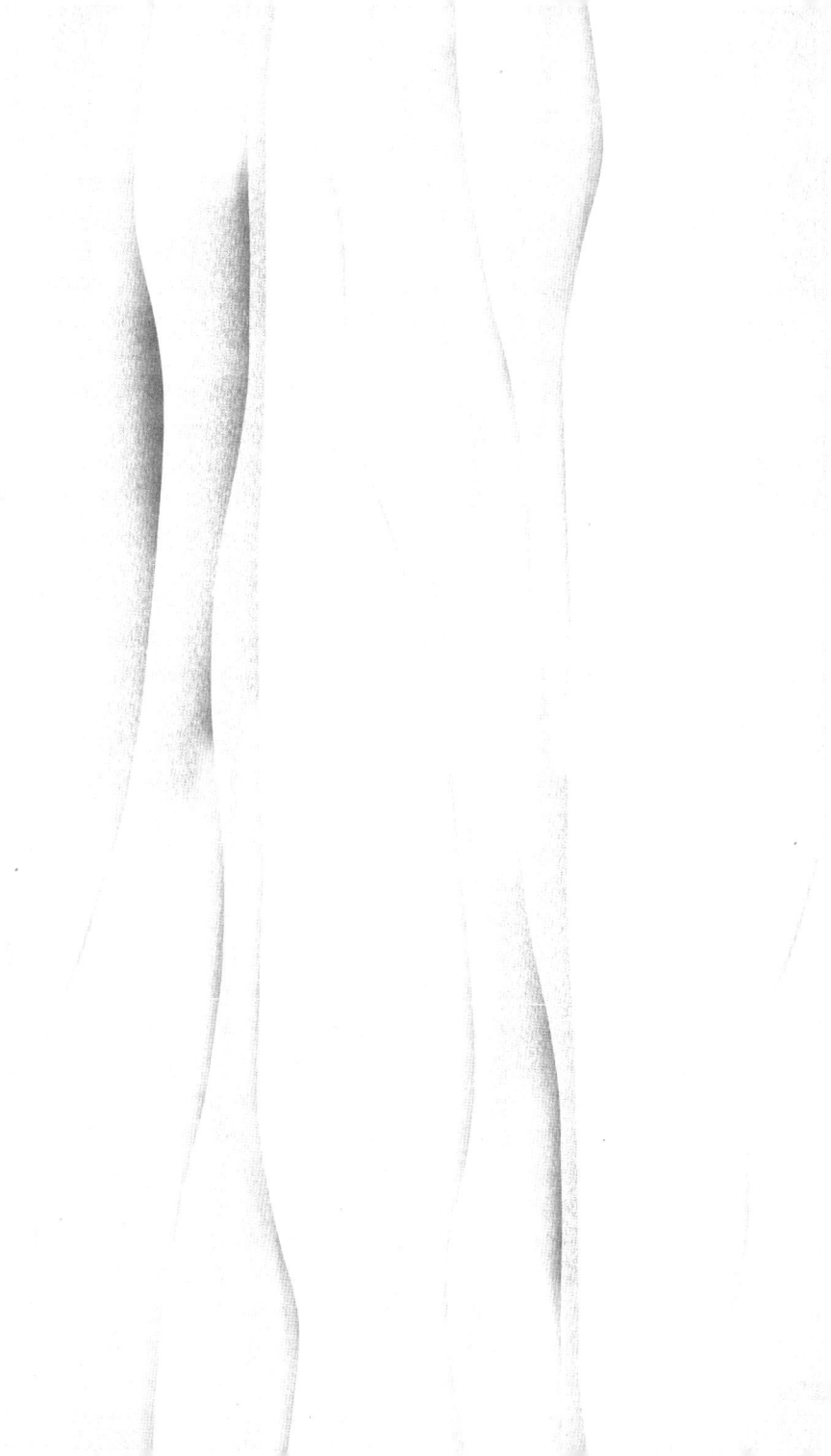

그 나그네는 오래 걸어왔다. 무수히 태양을 등지며, 검은 발바닥 아래 나무껍질 신발이 다 닳을 때까지. 지글지글 끓는 사막에서 오렌지색 황혼을 보았고 모래폭풍이 지나간 후에는 그 누신의 뒤엉킨 머리칼처럼 새카만 밤 그리고 무시무시하게 떨어지는 하얀 유성들 밑을 지나왔다.

이제 그는 바람이 불어치는 초원 지대로 들어섰고 저 멀리 마을 하나를 발견했다. 긴 여정이 끝나 가고 있다.

"아니지, 겨우 시작일지도 모르지."

머릿속에서 거들먹거리는 목소리가 들렸다. 나그네가 대답하기 전에 좀 더 쾌활한 목소리가 끼어들어 쏘아붙였다.

"이런 상황에 꼭 한마디 해야 직성이 풀리지. 누가 원숭이 아니랄까 봐."

"최소한 쓸데없는 소리는 안 해. 필요한 충고야. 너처럼 실없이 수다나 떠는 게 아니고."

"누가 할 소리! 독수리를 좀 본받아 봐."

"그 녀석은 깨어 있어도 아무 말 안 하잖아. 음험하게 듣고만 있지."

나그네는 손을 들어 또 옥신각신하려는 원숭이와 앵무새의 대화를 중단시켰다. 나그네 안에서 오가는 유쾌한 목소리들은 험난한 여정 동안 헤매거나 마음이 꺾이지 않게 지탱해 주었다. 가끔은 이렇게 정곡을 찌르기도 했고.

목적지인 마을에 다다랐다고 끝이 아니었다. 나그네는 그동안 이 여행길이 끝나지 않기를 바랐는지도 모른다. 그에겐 너무 버겁고 고통스러운 짐이라 차라리 이대로 사막과 골짜기를 영원히 방황하기를, 전설대로 세상의 마지막이 닥쳐와 그누 신과 느위 신이 서로를 물어뜯은 채 한 덩어리로 땅의 배꼽 속으로 떨어지고 그들이 창조한 세상도 함께 빨려 들어가 어둠으로 녹아 붙을 때까지 영영 임무를 마치지 못하기를 빌기도 했다.

그 나그네는 오래 걸어왔다. 끔찍하고도 저주받은 소식을 전하러.

머릿속에 있는 이들을 조용히 시킨 후 나그네는 내키지 않는 마지막 걸음을 옮기기 시작했다. 가축을 치는 목초지와 듬성듬성 선 울타리, 옥수수밭, 햇볕에 바랜 진흙집이 점점 더 가까워졌다.

마침 물을 길으러 나온 여자아이가 이방인의 모습을 보고 놀란 듯 멈췄다. 긴 여행에 먼지투성이가 된 케이프와 높은 모자는 평범한 순례자들과 같은 행색이었다. 그러나 햇빛막이 천을 얼굴 앞에 날리며 꼿꼿이 지팡이를 짚고 걸어오는 키 큰 여자의 모습에는 어딘가 이질적인 구석이 있었다.

무엇보다 여자아이는 나그네의 등 뒤에 몇 명인가의 그림자를 더 보았다. 나그네보다 훌쩍 크고 피부가 어두운 사람들이 가슴 아래부터 일자로 몸을 휘감는 검은 천옷에 검은 모자를 쓰고, 머리칼과 눈은 그림자보다도 더욱 검은 모양새로 이상한 침묵 속에서 그 뒤를 따르고 있다. 두려워진 아이는 빈 물단지를 그대로 들고 마을 안으로 뛰어 들어갔다.

"엄마, 낯선 사람들이 왔어요!"

그러나 마을 사람들 눈에 보인 건 여자 순례자 한 명뿐이었다. 그렇게나 낡고 해진 차림새임에도 그는 전혀 지치지 않은 기색으로 불쑥 땅에서, 느위의 손바닥에서 솟아난 듯 보였다. 여자아이는 혼란스러운 표정을 지었다. 햇빛 때문일 것이다. 이곳의 햇빛은 너무나 강렬하고 어지러워 가끔 하얀 악마처럼 장난을 쳤으니. 옥수수밭에서 일하던 남자가 긴 나무 뒤지개로 나그네 앞을 가로막았다.

"무슨 일이오? 어디서 온 누구요?"

"느위 신의 갈비뼈를 따라가는 순례객입니다. 하루 쉴 자리와 음식을 청할 수 있겠소이까?"

나그네는 순례자 특유의 공손한 목소리와 몸짓으로 인사를 건넸다. 그러나 그를 반기지 않는 것은 남자의 찌푸린 표정과 몸짓만이 아니었다. 하나둘씩 모여든 마을 사람들 전부 진한 갈색 얼굴 위에 경계심과 작은 적대감을 품고 있었다. 그누와 느위, 한 쌍의 자매신이 만든 세상은 단순하지만 변덕스럽고 척박했다. 자매의 치열한 다툼 끝에 하늘을 차지한 그누가 느위에게서 빼앗은 한 줌의 씨앗을 느위의 몸으로 흩뿌리자 어리석고 의심 많은 인간들이 태어났다. 그때부터 신들과 인간은 불안하고 위태로운 동행을 시작했다.

그들은 나그네를 쫓아내고 싶은 눈치였다. 그러나 순례자란 만민을 대신해 변덕스럽고 난폭한 신들을 위로하고 기도를 바치기 위해 험한 길로 가는 존재. 그런 이를 완전히 내치기도 꺼림칙해 입 다물고 있는 동안, 노파 하나가 마을 저 뒤쪽을 가리켰다.

"북쪽 울타리 근처 소치기가 자는 헛간이 있소. 지붕이 좀 무너졌지만 눈 붙일 만할 거요. 음식은 저녁때 아이를 시켜 보낼 테니 새벽에는 떠나시오."

나그네는 감사인사를 한 후 걸음을 옮기기 시작했다. 아까 그 여자아이가 길 안내라도 하려는 듯 한발 나섰다. 그러나 어른들 중 누군가가 세게 아이의 등을 때리는 바람에 겁먹은 얼굴로 멈췄다.

오래 밟아 다져진 흙바닥에서 달빛처럼 마른 먼지가 피어올랐다. 알록달록한 원색의 머리 두건을 얹은 마을 사람이 소를 끌고 가자 강한 냄새가 났고 윙윙대는 파리 떼 소리, 새소리가 쏟아졌다. 한때는 느위의 가슴에서 퍼 올린 그대로 진한 갈색이었을 흙벽은 이제 엷은 노랑, 분홍, 그 사이의 어느 색으로 스러지는 중이었다. 사람들은 얼굴과 가슴에 희고 붉은 문양을 그리거나 공들여 염색한 천을 몸에 두른 차림이었다.

나그네는 천천히 걸어 마을 안을 걸어 지나갔다. 무덥고 나른한 공기 속에서 모든 시선이 멈춰 서서 한낮의 이방인인 나그네를 쳐다보았다. 심지어 흙집들 안에서도 숨죽인 주시가 느껴졌다.

"왜 이곳이어야 했을까."

나그네는 여행하는 내내 품고 있던 의문을 입술 안쪽으로 중얼거렸다. 머릿속의 목소리들 중 누구도 대답하지 못했다.

뜨거운 공기를 꿰뚫고 어디선가 희미한 울음이 들렸다. 어느 집에서 울부짖음에 가까운 통곡이 퍼지고 있었다. 나그네가 걸음을 멈추자, 곁을 지나치던 여자가 혀를 찼다.

"저런…… 대장간집이네. 드러누웠다던 딸애가 죽었나."

나그네의 몸에서 허물을 벗듯 소리도 없이 한 줄기 그림자가 떨어져 나왔다. 머리에 모자를 얹고 기다랗고 유연한 팔다리를 한 검은 몸이 나그네에게서 분리되자마자 조그마한 원숭이 그림자로 줄어들었다. 바람처럼 재빠르게 달리며 보고 듣는 원숭이의 눈과 귀로 나그네도 먼 곳을 보고 들을 수 있었다.

못 쓰게 된 낫이며 칼, 망치 따위를 매달아 둔 돌담 너머로 비통한 울음소리가 이어지고 또 이어졌다. 그 앞에 모여선 사람들이 모두 안됐다는 듯 수군거리며 말을 나눴다.

그 소리에 가만 귀 기울이던 나그네가 한마디 던졌다. 자기 안의 그림자들 사이로 조용히 파문을 일으키듯.

"아비 짓인가요."

아무도 드러내 놓고 말하진 않았으나 상황은 명백했다. 딸아이는 피곤에 지쳐 소를 돌보다 깜박 졸던 게 들켜 아버지에게 심하게 얻어맞았다. 얼마 전에도 한눈팔다 송아지를 잃을 뻔했기 때문에 욕설과 함께 호되게 맞은 후, 한 번만 더 그러면 끝장날 줄 알라는 으름장을 들었다. 불운은 너무 일찍 찾아왔다. 나뭇잎과 껍질을 꼬아 실을 짜던 어머니와 언니들이 돌아와 보니 그들의 막내는 통통 부은 얼굴로 코피를 흘리며 쓰러져 있었다. 아비는 이미 그 자리에 없었다.

소용없는 줄 알면서도, 죽은 자를 제자리로 돌려보내 달라는 주문이 찢어지듯 울려 퍼졌다. 크게 입을 벌리고 울던 어미는 아이를 부둥켜안은 채 그 주문을 끝까지 읊지도 못했다. 그 자리에 우두커니 서서 슬픔의 몸부림을 보고 듣던 나그네는 다시 천천히 걸음을 옮기기 시작했다. 나그네가 자신의 내면에 던진 말이 잘그랑거리며 깊이 가라앉을 때까지 그림자들은 그대로 기다렸다. 이윽고 차분하게 영양이 입을 열었다.

"알아차렸나요?"

원숭이 다음으로 빠져나갔던 앵무새가 하늘을 한 바퀴 크게 돌아본 후 횃대에 앉듯 우아하게 다시 나그네의 그림자에 합쳐졌다. 나그네는 고개를 끄덕였다.

"여긴 남자애가 안 보이는군요."

대장간집 남자는 강가 상류에 뿌리를 뻗친 거대한 아카시아 나무 아래 곯아떨어진 꼴로 발견되었다. 마을 저장고에서 야자술을 잔뜩 훔쳐 마신 뒤였다. 깨워서 억지로 끌고 온 아비 앞에 그에게 죽은 어린 딸아이가 매장을 위해 실려 나왔다.

아이는 어미 손으로 최대한 깨끗하게 단장되어 흰옷에 감싸여 있었다. 몇몇 사람이 아이를 눕힌 들것을 어깨에 떠멨다. 어미는 초췌해진 얼굴로 부축을 받으면서도 다리에 힘이 빠져 거의 기다시피 뒤를 따랐다. 자매들이 불붙은 나뭇가지를 흔들고 마을 기도사가 죽은 자의 여행을 위해 주문을 외워 주었다.

아비는 불콰하게 술에서 덜 깬 얼굴로 초라한 행렬 후미에서 걸었다. 나그네는 그에게 다가갔다.

"저 아이에게 이걸 주고 싶소. 저승길을 달래 줄 겁니다."

남자는 검고 키 큰 이방인 여자를 짜증스럽게 위아래로 훑어본 후 내미는 손을 쳐 냈다. 그러나 나그네가 참을성 있게 손바닥 안 물건을 보여 주자 호기심 어린 시선을 흘긋 던졌다.

작은 장난감 같았으나 자세히 들여다보니 나무로 깎은 관(冠)이었다. 둥근 띠 모양을 따라 꽤 섬세하게 동물 부조와 행운의 문양이 새겨진 왕관. 풍성한 깃털만 꽂으면 쓸쓸하게 죽어 간 여자아이도 우두머리 부족의 대족장 딸 부럽지 않게 저승길을 갈 듯했다. 대장장이의 눈이 재빠르게 그 물건을 탐색했다. 그는 사납게 나그네의 손바닥에서 나무관을 가로채 갔다.

"더 참견 말고 가던 길로 꺼져!"

그자가 바로 관을 허리춤에 챙겨 넣으려 하자 다른 이들이 말렸다. 장난감처럼 작은 관은 손에서 손으로 건네어져 망자의 들 것까지 가닿았다. 나그네는 어미가 떨리는 손으로 한번 더 아이의 멍투성이 뺨을 어루만지며 정성껏 땋은 까만 머리채에 관을 장식해 주는 것을 보았다. 흙벽처럼 파리해진 갈색 얼굴 위로 나무관에 새겨진 동물 정령들의 윤곽이 그늘을 드리웠다.

멈췄던 행렬은 다시 길을 가기 시작했다. 아이는 마을 바깥 조상들의 땅 한구석에 한숨과 함께 묻힐 것이다. 나그네는 멀어지는 그 모습을 마지막으로 바라본 후 자신도 걸음을 옮겼다. 먼지바람이 불어 모자에서 늘어진 긴 햇빛막이 천이 나부꼈다.

나그네가 하루 묵도록 허락받은 소치기의 헛간은 다 무너져 가는 움집이었다. 무더위에 뒤섞여 퀴퀴한 소똥 냄새가 났지만 그럭저럭 발 뻗을 만했다.

그는 가죽가방부터 내려놓은 후 쌓아 둔 옥수숫대 위에 주저앉았다. 긴 여행과 임무에 대한 부담으로 머리가 무겁고 아팠다. 나그네는 소식을 품고 걸어왔다. 이곳에 닿으라 아주 먼 옛날에 그리 정해진 전언을. 그것을 언제 어떻게 전해야 할까.

그러나 지금 우선 알아야 할 것이 있었다. 이 마을에 떠도는 노골적이고도 불쾌한 위화감은 무엇인가. 그는 머릿속 목소리들을 가만히 듣다가 대답했다.

"그런가요. 이 마을에서는 남자아이가 태어나지 않는 모양이군요."

"무슨 일이 있었을까? 저주? 악한 주술사라도 다녀갔나?"

"그건 아닐 거예요. 주술의 흔적은 느껴지지 않아요. 땅이나 물의 문제도 아닌 것 같고요."

"영양이 우리 중 제일 땅과 물을 잘 아니까 그렇다 치면. 그럼 뭐가 나쁜 걸까."

아무 문제도 아닐지 모르지. 나그네는 생각했다. 그저 그렇게 될 운명이었고 신들도 때로 실수를 하니까. 나그네의 생각에 대해 또 그림자들이 떠들썩하게 한마디씩 하려던 참이었다.

"순례자 손님, 요깃거리를 좀 가져왔어요."

맨발로 경쾌하게 뛰어오는 소리와 함께 여자아이가 얼굴을 들이밀었다. 마을 어귀에서 본 아이였다. 아이는 벽으로 둘러싸여 어두침침한 안에 들어서다가 굳은 듯 멈췄다.

혼자 있는 줄 알았던 손님 주변에 몇 명이나 되는 사람 형상이 둥글게 둘러싸고 앉아 있었다. 처음 봤을 때처럼 검은 옷으로 머리부터 발끝까지 감싼 이들이, 땅에 떨어진 검은 별과도 같은 이들이 소녀를 돌아본다. 그들은 모두 커다란 동물 모양의 관을 썼다. 한둘은 잔잔하게 미소 짓기도 했다. 여자아이는 놀라서 소리도 못 지르고 엉덩방아를 찧었다. 그러나 눈을 꼭 감왔다 뜨자, 이번에도 또 그 기묘한 순례자 여자뿐이었다.

"고맙구나."

별로 고마운 기색도 없이 나그네가 말했다. 여자아이는 계속 두리번거리면서 그에게 그릇을 내밀었다. 토기 안에는 으깬 콩과 깔끄러운 수수죽이 들어 있었다. 잔뜩 호기심 어린 아이의 눈앞에서 나그네는 그릇을 잡고 음식을 들이마셨다.

"맛은 괜찮으세요? 콩은 잘 삶아졌나요? 우리 엄마랑 언니가 만든 거예요. 매일 밭에 나가는 사람들 것까지 열 명 몫을 준비하거든요. 근데요, 저 궁금한 게……."

"이 마을에선 언제부터 남자아이들이 태어나지 않았지?"

죽을 끝까지 마신 후, 나그네는 대답 대신 물었다. 아이는 조금 어리둥절한 표정을 지으면서도 순순히 대답했다.

"글쎄요? 잘 모르겠지만 제가 태어나기 한참 전부터일걸요? 얼마 전 시집간 이웃언니 말로는 언니 남동생이 나자마자 죽었다던데. 그 애가 이 마을 마지막 남자애였대요."

나그네는 대충 머릿속으로 시간을 헤아려 보았다. 자신이 임무를 받아 떠나기 전이었을까 후였을까 무심코 생각하다 머리를 저었다. 전이었을 리가 없지. 자신이 여행을 시작한 것은 터무니없을 정도로 오래전이니.

"그래서 어떻게 됐지?"

"어른들은 걱정을 많이 해요. 늘 화가 나 있고요. 무서운 일도 많이 일어나요."

여자아이는 비밀을 말하듯 속삭였다. 나그네는 어른들 틈에 섞여 있던 아이들, 모두 여자아이인 그 애들이 주눅 들고 겁먹어 보이던 걸 떠올렸다. 이방인이 나타나서 두려운 게 아니었다. 마을의 입술은 이미 예전부터 독으로 바싹 타고 있었다.

"잘 먹었다."

여자아이는 나그네가 내민 그릇을 받고도 움직일 생각을 않고 한참 머뭇거렸다. 그가 불탄 검불처럼 검은 눈으로 쳐다보니 여자아이는 용기를 쥐어짜 속삭였다.

"저기요, 당신은 보통 순례자가 아닌 거죠?"

"내가 특별한 순례자면 좋겠니?"

아이의 얼굴이 갑자기 환해졌다. 그러나 나그네가 웃지도 않고 가만히 있자, 자기 물음이 얼마나 잠꼬대 같은 소린지 깨닫고는 풀이 죽었다. 야단이라도 맞은 듯 아이는 말을 더듬었다.

"저는요, 저는……. 저, 오늘…… 여기 있어도 될까요? 저기, 제가 심부름도 청소도 다 해 드릴게요!"

소녀는 두 무릎 위에서 빨강과 주황으로 염색된 치맛자락을 꼭 움켜쥐었다. 이마와 콧방울에 땀이 배었다. 작은 목소리가 뒤이었다.

"혼자 있으면…… 밤에요, 자꾸 들어오려 해요. 제 잠자리에…… 그……."

갑자기 숨이 막힌 듯 나그네의 눈빛이 굳었다. 벌레나 나방 이야기일 리 없었다. 그보다 더 버러지 같고 역겨운 것, 누군가 혹

나무왕관 **37**

은 누군가들. 소녀는 조심스럽게 대답을 기다렸으나 나그네는 아무런 말이 없었다. 여자아이는 억지로 웃으며 그릇을 들고 일어났다.

"죄송해요. 못 들은 걸로 해 주세요. 저기, 새벽에 떠나시기 전에 또 올게요. 길 가면서 드실 걸 몰래 챙겨 볼 테니 기다리세요."

그제야 나그네는 입을 열었다. 이대로 대꾸 없이 보내는 게 나을 것 같았지만, 여자아이에게 무시당했다는 느낌을 주고 싶지 않았다. 나는 제대로 네 말을 들었다, 하지만 하룻밤 나그네의 가벼운 동정이나 구경꾼의 분노만으로는 아무것도 해 줄 수 없다. 또한 너는 이방인인 나도 믿어선 안 된다고. 그러나 나그네는 고작 간단한 응답만 건넬 수 있었다.

"좋을 대로 하거라. 그러고 싶다면."

여자애는 돌아보며 웃었다. 부슬거리는 흙과 몇 겹으로 겹치고 갈라지며 멋대로 바람을 타는 풀, 그 사이로 아이는 빈 그릇에 이글거리는 햇빛을 가득 담고 맨발로 뛰어갔다. 나그네는 잠시 후 벗었던 나무껍질 신을 다시 찾았다. 이유가 있을 것이다. 그가 이 마을에 와야 했던 이유가.

안에서 보니 마을은 밖에서 볼 때보다 더 형편이 안 좋았다. 소를 몰고 옥수수밭에서 일하거나 무두질하는 이들 중 장성한 남자는 얼마 없고 대개 노인과 여자였다. 집이 맹렬한 햇빛과 번갈아 쏟아지는 비에 쓰러져 간다면, 밭에선 미처 손쓰지 못한 옥수수가 누렇게 마르거나 해충에 쓰러지고 있었다. 어디나 일손이 부족한 티가 났다. 겨우 걸음마 처지를 벗어난 어린 여자애들이 낑낑대며 곡물을 돌에 갈거나, 힘에 부치는 길쌈틀을 돌리는 게 보였다.

순례자 차림인데도 불길한 검은 얼룩처럼 우뚝 서 있는 나그네를 마을 사람들이 스치며 흘끔거렸다. 오래 비밀에 짓눌린 이들의 의심 많고 불안한 눈빛이었다. 우기에 생겨난 늪 같은 냄새가 났다.

힘차게 뛰어나간 원숭이와 우아하게 맴을 돌며 하늘로 올라간 앵무새가 그에게 땅의 소리, 하늘의 풍경을 보내오고 있었다. 냇물과 바위를 살핀 영양이 시간 속에 새겨진 발자국과 흔적을 일러 주었다. 나그네는 이 마을의 옛날과 지금을 읽어 냈다.

"이상한 일이었다. 앞집에서 여자애가 세 명 연속 태어나더니 건넛집에서도 여자아이만 났다. 뒷집의 임신한 여인에게 기대했으나 그 아이도 마찬가지였다. 마을 동쪽에서도 서쪽에서도 같았다. 온 마을에 그 일이 일어났다."

"처음엔 믿지 않았다. 우연인 줄 알고 아이를 낳고 또 낳았다. 그래 봤자 여자아이뿐인 갓난애들을 전부 거둘 수는 없어서 많은 수가 죽어 갔다."

"딸만 낳는 여자들이 부정 탔다 하여 옆 마을에서 치료사 무당을 불렀다. 무당은 소와 염소를 잡고 그 피를 여자들에게 칠하고 가두었다. 쓰러질 때까지 춤추고 소리치게 시키고 굶기면서 매질했다. 그 광란은 한 달이 넘게 이어져 피가 멎지 않고 시름시름 앓다 죽는 여자도 나오고 그동안 밭과 외양간은 황폐해졌다."

"자기 집과 가축이 있는 남자는 다른 마을에서 여자를 맞이해 왔다. 부정을 피하고자, 남자아이를 낳은 적 있는 여자나 아주 어린 여자를 데려왔다. 결과는 똑같았다. 남자들은 지참금을 뺏고 다른 마을에서 온 처들을 맨몸으로 쫓아냈다. 낳은 젖먹이 여자아이까지 함께."

"그러나 남편을 데려오는 일은 없었다. 아무리 일손이 달려도 소가 배를 곯아도 활력 넘치는 남자아이를 양자로 들이는 일도 없었다. 마을의 선조령들은 다른 나무에 열린 열매를 보면 화를 낼 것이다. 거의 모든 여자와 노인들이 나와 일하는데도, 어떤 남자들은 이제 일할 남자가 없어 마을이 망한다며 손 놓고 술만 마시고 있다. 아들을 못 보는 자기 처지를 한탄하고, 남자아이 씨를 말렸다고 여자를 저주하며."

나그네는 가슴 앞에서 팔짱을 낀 채 거닐며 머릿속 목소리에 귀를 기울였다. 마을을 감아 흐르는 냇물에는 많은 여자들이 바구니를 끼고 나와 홀치기 염색을 하고 빨래를 했다. 진갈색 팔뚝이 부지런히 움직이고 큼직한 귀걸이가 짤랑거렸다. 머리나 목에 두른 스카프가 금세 땀에 젖어 갔다.

울타리 아래에 한 여자애가 잔뜩 몸을 말아 무릎을 껴안고 있었다. 얼굴에는 퍼런 멍자국이 선명했다. 나그네는 초라한 장

례와 죽은 아이의 얼굴을 떠올렸다. 그와 눈이 마주치자 여자아이는 괜스레 깜짝 놀라 움츠리더니 울타리 속으로 파고들려 했다. 그러나 아비로 보이는 자가 성큼성큼 다가와 아이의 머리칼을 움켜잡았다.

"어딜 도망쳐, 밥버러지 계집애가! 아직도 혼쭐이 덜 났냐?"

욕설을 퍼부으며 남자는 아이의 어깨며 머리에 되는 대로 손찌검을 해 댔다. 그러다 나그네가 자신을 빤히 쳐다보는 시선에, 그자는 무언가 켕기고 울화가 치민 표정으로 아이를 낚아채 끌고 갔다. 바로 울타리 건너편 집 안으로 아이를 밀쳐 넣었다.

문간에는 아이 엄마가 기대어 서서 지켜보는 중이었다. 이상할 정도로 표정이 지워진 얼굴로. 아비가 안에서 아이를 또 욕하고 때리는 소리가 나도, 어미는 감싸 주기는커녕 아무 말도 없이 가만히 서 있기만 했다. 나그네의 시선에 스스럼없이 치켜든 어미의 눈은 그저 조용하고, 바닥을 모를 만큼 짙었다. 왼손에는 손가락 두 개가 없었다.

나그네의 머릿속에서 또다시 그림자들의 목소리가 속삭였다.

"어떤 방법도 소용이 없자, 그자들은 제물을 바치기도 했다."

"제물은 새끼염소부터 시작해 조금씩 더 커졌다. 때로는 사람의 신체 일부가 되고, 심할 때는……"

더 듣고 싶지 않다. 나그네는 팔을 옆으로 휙 떨쳤다. 입안에 모래폭풍을 만났을 때처럼 시고 떫은 맛이 가득 차 욕지기가 났다. 그러나 목소리들은 그를 이끌어 마을의 다른 쪽을 보게 했다. 마을에서 조금 떨어진 바깥, 눈에 띄지 않는 곳에 나그네가 묵는 헛간과 비슷한 집이 하나 나타났다. 이리저리 금이 간 토벽에 작은 창문이 딱 하나, 그것도 손도 닿기 힘든 높은 곳에 뚫려 있었다. 그 창문에 뭘 딛고 섰는지 조그마한 여자애 얼굴이 매달려 시무룩하게 내다보고 있었다.

"큰 마을에는 시장이 있지."

들려오는 것들은 전부 비슷비슷한 이야기였다. 전부 비슷하게 괴롭고 참담한 이야기. 나그네가 도울 수 없는 이곳의 이야기. 그는 그저 보고 들을 수밖에 없었다.

"여자애는 더 필요 없다고, 내다 팔기도 한다. 가축과 다름없이. 사실은 가축보다 못한 푼돈으로. 아이들은 부모 손으로 곡물 씨앗이나 가죽이나 염소고기와 맞바꾸어져 노예로 팔려 간다. 그 후에 어떻게 되는지는 아무도 모른다. 누구도 돌아오지 못했으니."

나그네는 여전히 입을 다물고 있었다.

거대한 불덩이 같은 태양이 뉘엿뉘엿 둥근 지평선 위로 기울어지고 있다. 모든 별과 달과 태양을 몸에 붙인 그누는 아침에 솟아올라 자매인 느위의 몸인 땅 위로 한낮의 열기를 뿜어내고는 마침내 자신마저 불태우며 쓰러진다. 느위는 미워하는 자매를 품에 받아 안은 후 자신의 겉옷을 하늘로 던져 밤새 그누를 식혀 준다.

풀숲이 태초의 황금빛으로 물들어 들쭉날쭉하게 흔들리고,

하늘은 갈기갈기 찢은 붉은 천처럼 나부꼈다. 물가에 와서 목을 축이는 짐승들 그림자가 짙검었다.

다시 마을 안으로 들어온 나그네는 눈에 익은 뒷모습을 보았다. 그 남자는 대장간 일로 떡 벌어진 어깨를 한껏 편 채 걷고 있었다. 파랗고 노랗게 문양을 그려 넣은 담벼락 아래 말린 고기, 나무껍질 컵, 장신구, 목재 도구 같은 자질구레한 물건을 팔고 있는 평상이 펼쳐져 있었다. 그 곁에 부부인 듯한 남녀가 앉아 바구니를 짜는 중이었다. 대장장이가 으스대며 말했다.

"바나나술 남은 것 있지? 한 잔만 줘 봐. 아니, 남은 것 전부 줘."

여자는 얼굴을 찌푸리고 남자는 못마땅한 표정을 지었다.

"안 돼, 오늘은 더 이상 자네에게 술 주지 말라고 어르신들이 그러셨어. 작작 좀 하게."

"헛소리 말고 내놔! 팔라면 닥치고 팔 것이지 잔말이 많아."

옥신각신하다가 대장장이가 고함을 지르며 품속에서 뭔가를 꺼내 던졌다.

"내가 뭐 공짜로 달라나? 이거 받고 떨어져!"

남자는 그자가 던진 물건을 두 손에 얼결에 받아들었다. 가만히 지켜보던 나그네의 두 눈에서 벌겋게 불똥이 튀었다. 못 알아볼 수가 없다. 죽은 아이에게 씌워서 보낸 그 작고 하얀 나무관이었다. 대장장이가 흙단지에서 술을 퍼내려 하자 남자는 그를 가로막으며 나무관을 떠밀었다.

"정신 좀 차려! 오늘 무슨 날인데 하루 종일 술이나 찾고 추태야?"

"무슨 날? 그깟 게으름뱅이 계집애 하나 뭐 대수라고! 내버려 두면 마누라가 몇이라도 또 낳을걸? 여편네도 딸년도 부려 봤자 그 재주뿐이잖아."

대장장이는 이죽거리며 남자가 받지 않으려는 나무관을 평상에 내던졌다. 투박하게 구르던 그것은 어느새 다가온 나그네의 발치에서 빙글빙글 돌다가 멈췄다. 나그네는 먼지투성이가 된 나무관을 물끄러미 내려다보았다. 대장장이가 나그네를 알아보고 눈을 부릅떴다.

"뭘 봐, 가던 길로 꺼져!"

"기어이 이마저 같이 묻어 주기 아까웠던 거요? 당신 손으로 죽인 딸아이인데도?"

모욕당한 듯 대장장이가 주먹을 불끈 쥐고 덤벼들었다.

"불쌍한 게 누군데! 기껏 먹여 키웠더니 밥값은커녕 집구석 망신이나 시키고 말이야. 대신 돼지라도 쳤으면 본전은 찾았지. 내가 속이 타 술이라도 마시겠다는데 그게 눈꼴시다고? 순례자 주제에, 그렇게 가진 게 남아돌면 다 내놓고 불쌍해하든가!"

중간에서 남자가 뜯어말리고, 여자가 얼른 술을 한 잔 퍼서 대장장이에게 내밀었다.

대장장이는 나그네 쪽으로 침을 뱉은 후 술잔을 들고 가 버렸다. 멀어지면서도 고개는 나그네를 노려보며 계속 입으로 욕설을 중얼대고 있었다. 바닥에 굴러다니던 나무관을 들어서 남자는 대충 흙먼지를 털어낸 후 나그네에게 내밀었다. 남자도 여자도 부끄러워하는 한편, 더 이상 성가신 일이 없기를 바라는 표정이었다.

"돌려 드릴 테니 그만 가세요. 어두워지면 더 돌아다니지 마시고요."

나그네는 별말 없이 관을 받아 품속에 넣고는 걸음을 옮겼다. 하고 싶은 말은 이미 머릿속에서 다 같이 떠드는 중이었다. 밤이 온다. 마을 여기저기서 등불빛이 떠올라 하늘에 돋기 시작한 별과 맞닿았다.

잠자리로 주어진 헛간에는 그 여자아이가 두고 갔는지 바나나 잎에 싼 음식이 조금 있었다. 나그네가 물과 함께 얌 조각을 씹는 동안에도 머릿속은 술렁거렸다. 원숭이와 앵무새는 화를 냈다. 영양은 탄식했으며 말수 적은 물소도 무겁게 숨소리를 한번 뱉었다. 나그네의 머릿속을 오락가락 휘젓다 지친 앵무새가 물었다.

"이제 어떻게 할 거야?"

"끝까지 지켜봐야지. 이곳의 아침과 낮을 보았으니 밤까지."

대지를 버석버석 달구던 태양이 지고 나자 서늘한 바람이 광활한 초원을 휩쓸고 달려갔다. 나그네는 스카프를 어깨에 단단히 여민 후 작은 호롱을 밝혀 들고 나섰다. 발치에서 마른 흙이 튀며 곤충과 도마뱀이 스쳐 갔다. 아직 덜 식은 건조하고 더운 공기가 풀냄새, 고여 있는 물냄새, 가축 냄새를 실어왔다.

그는 아무도 없이 한적하고 탁 트인 곳을 찾았다. 마을 불빛도 잘 닿지 않는 곳이었다. 키가 작고 지붕처럼 가지가 옆으로 뻗은 아카시아 나무가 어둠 속에 푸른 그늘을 만들었다. 그 아래 서서 그는 별이 흩뿌려진 하늘을 올려다보았다. 그누가 호흡하는 숨결마다 별들은 은색으로 깜박였다.

"당신들이 만드신 세상은 실수로 가득합니다. 그래서 제가 온 겁니까."

"인간은 신들을 닮아 변덕스럽고 불완전하지."

"어쩌면 반대일지도 몰라. 신이 인간을 닮아 그 어두운 메아리처럼 변덕스럽고 불완전해졌을지도."

"우리가 오도록 결정된 마을이 이런 상태라는 게 우연일까?"

나그네가 여행한 시간에 비해 이 마을이 이렇게 된 것은 극히 최근 일이다. 이곳은 소에 채찍질해 바퀴를 굴리듯 스스로는 멈추기 힘든 쇠락을 재촉하고 있다. 나그네가 점점 가까이 다가올수록 전염병처럼 그 운명을 불러온 걸까. 아니면 그가 오든 말든 어차피 그렇게 되어 갈 길이었을까.

"의미를 생각하지 말아요. 우리는, 당신은 명을 받았고 그래서 이곳에 왔으며 선택을 하는 겁니다. 그뿐이에요. 당신은 그저 운명의 도착을 앞당기거나 늦추거나 할 수 있을 뿐이라고요. 신들은 이미 마음을 먹었고 당신에게 시기를 맡긴 거죠."

영양이 차분하게 일깨워 주었다. 나그네는 수긍하기 싫은 표정이었지만 고개를 가만 끄덕였다. 그렇다, 신들이 결정을 내린 이유, 나그네에게 임무를 내린 이유, 이유란 늘 중요하지 않다. 신들은 '왜'를 생각하고 세상을 만들지 않았으니.

"그런데 만약……. 시기가 내게 달렸다면? 그럼 내가 이곳을 이대로 지나쳐 간다면 어떻게 됩니까? 내가 임무를 미룬다면 대체 어떤 일이 벌어지죠?"

나그네는 자기 안에서 그 대답을 찾지 못했다. 머릿속이 아니라 실제로 머리에, 번쩍 꽂히듯 충격이 들이닥쳤다. 묵직한 통증 속에서 시야가 아득해졌고 두 눈이 감겼다.

검은 풀그림자가 춤추듯 흔들리고 있었다. 나그네는 무거운 눈꺼풀을 겨우 깜박거렸다.

이마에서 뺨으로 끈적거리는 것이 흐르다 굳었고, 고개는 아래로 뻣뻣하게 기울어져 있다. 뒤로 동여매어진 팔목에 딱딱한 나무줄기가 닿는 게 느껴졌다. 나무에 묶인 채 그는 제대로 눈을 떠서 주변을 살폈다.

조금 떨어진 곳에 그가 들고 다니던 호롱불이 어슴푸레 불빛을 밝히고 있었다. 나그네를 때려눕힌 작자들이 모여 앉아 한창 그의 가방을 뒤지는 중이었다. 얼마 안 되는 남루한 옷가지와 식기가 마구잡이로 흙바닥 위로 나뒹굴었다.

"이거뿐이야? 순 거렁뱅이잖아? 거들먹거리며 부자인 양 적선하더니, 적선은 제가 받을 꼴이구먼. 네놈 허풍 믿다가 고생만 더럽게 하고 뭘⋯⋯."

"더 뒤져 봐! 어딘가에 숨겼을 거야. 애들 장난감 같아도 보통 물건이 아니었다고."

"그것도 어디서 훔쳐 온 건지 누가 알아? 순례자인 척하는 도둑 아냐?"

작고 희미한 빛에 의지해 나그네는 자신이 어디에 있는지 알아차렸다. 눈앞의 토벽과 이상하리만큼 높은 곳에 뚫린 손바닥만 한 창이 눈에 익었다. 오후에 발견했던 허름한 집, 팔려 갈 여자애들이 갇혀 있던 집 바로 앞이었다. 남자들이 낄낄대고 욕설을 내뱉는 소음 속에 그는 작은 훌쩍임이라도 들릴까 귀를 기울였다. 울기도 포기했는지 창에서는 울음소리 대신 서로를 달래고 어린애들을 재우기 위한 듯 목쉬고 단조로운 콧노래만 간간이 흘러나왔다. "시끄러워!" 돌이 날아가 벽을 치자 그 소리마저 뚝 끊겼다.

아무리 뒤져도 나그네의 가방에서 신통한 물건이 나오지 않자 남자들은 부아를 터뜨렸다. 손때 묻은 낡은 가방을 칼로 북북 찢고는 흩어진 소지품들을 허섭스레기처럼 발로 차고 뭉갰다. 그중 하나가 벌떡 일어나 땀냄새와 숨을 뿜으며 다가왔다. 넓은 어깨의 윤곽이 익숙한 자였다.

"상관없어, 가진 게 없으면 몸뚱이를 팔아 버리지 뭐. 내일 아침에 저것들하고 같이 보내 버려!"

"괜찮겠어? 저것들보다 늙어 빠진 암소잖아."

"알 게 뭐야. 도마뱀 거죽 한 장이든 두 장이든 받고 치우면 이득이지. 딸년도 대들기 전에 진작 팔아 버릴걸, 자네들 말대로 노름값이나 하게. 잠깐, 그 전에……."

그자가 나그네의 뒷목을 꽉 움켜쥐고는 손칼을 가까이 들이댔다. 부릅뜬 흰자위와 풀물 든 칼날이 부연 빛에 하얗게 드러났다.

"도둑년이라고 표시는 해 줘야지. 우리처럼 죄 없이 골탕 먹는 사람 없도록 말이야. 멀리서도 잘 보이게 면상에 이렇게 이렇게, 평생 분칠할 꿈도 못 꾸게!"

얼굴 한가운데를 긋는 시늉을 하며 그자는 나그네의 모자와 가림천을 잡아 찢듯 당겼다. 나그네의 목구멍이 비로소 열리며 뜨겁고 역한 것이 치밀었다. 나그네 안에 우르릉 발굽을 울리듯 물소가 깊고 묵직한 목소리를 냈다.

"이만하면 됐지?"

뒤로 묶인 나그네의 양어깨로부터 그림자가 길쭉이 솟아났다. 또다른 두 팔처럼 보이는 두툼하고 강건한 그림자는 힘을 주더니 묶은 줄을 단숨에 끊어 냈다. 다음으로는 아직 나그네의 얼굴에 칼을 들이댄 자의 손목을 손쉽게 쑥 꺾어 버렸다.

주저앉은 사내가 순식간에 뒤틀린 자기 손목을 보고서야 겁에 질린 비명을 질렀다. 나그네는 천천히 몸을 일으켰다. 등 뒤에서 달이, 신들이 아무렇게나 던진 뼈주사위처럼 으스스하게 비쳤다. 얻어맞은 나그네의 머리는 쪼개질 듯 아팠고 찢어진 이마에서 다시 더운 피가 흘렀다. 손목을 부여잡고 깽깽거리며 남자가 고함쳤다.

"도둑년, 도둑년이 나한테 무슨 짓을 한 거야! 본때를 보여줘! 머리통을 밟아서 부숴 버려!"

그러나 나머지 사내들은 꼼짝도 못 한 채 그 자리에 얼어붙어 있었다. 어둠 속이지만 그들은 분명히 보았다. 그 이방인의 몸에서 어른거리며 돋아난 또다른 팔들과 어둡게 빛나는 짐승의 눈들을. 정령이다, 정령에 씌었다. 사내들은 횡설수설해 댔다.

"동물 혼령에 먹힌 여자다!"

그 말에 원숭이가 어이없다는 듯 중얼거렸다.

"아니야, 바보들아. 신과 인간과 동물의 중간자, 족장 중의 대족장을 뭘로 보는 거야."

나그네는 눈을 감았다. 왼쪽 어깨가 크게 불거지더니 도사리고 있던 또다른 그림자가 튀어나왔다. 창백한 푸른 어둠으로 이루어진 표범 머리가 형형하게 두 눈을 치뜨고는 입을 벌렸다.

수풀과 나무와 작은 동물들이 전부 몸을 떨었다. 표범의 포효가 공기를 찢으며 높고 넓게 울려 퍼졌다. 그림자들은, 토템 족장들은 모두 나그네의 분노를 느끼고 점점 더 구름처럼 커지기만 하는 그 크기를 혼령으로 전해 받았다. 그는 표범의 머리를 빌려 목청이 터져라 부르짖고 또 부르짖었다. 등불 빛이 훅 꺼질 듯 흔들리고 별빛마저 흐려지자, 뒤로 기던 남자들은 앞다투어 도망치기 시작했다.

바람이 모든 자취를 쓸어버리듯 몰아친 자리에 나그네 홀로 남았다. 여자아이들을 가둔 헛간에서 조용한 울음소리가 이제야 새어 나왔다. 나그네는 주먹을 단단히 말아쥐고 있었다. 목구멍이 타들어 가듯 화끈거리고 아렸다.

"나는 오랫동안 걸어왔다. 무거운 임무를 짊어지고, 사막과 정글과 폐허와 도시를 지나 아주 오래."

나그네는 텅 비어 있던 심장으로 몰아치는 숱한 감정과 의문에 버티듯 목소리를 높였다.

"끝내지 못한 이야기를 마저 하자. 그래서 만약 내가 그대로 지나가면 어떻게 되지? 내가 못 본 척해야 하나? 조금 더 유예를 주기 위해 내일 아무 일 없던 듯 여길 나가, 또다시 멀리 걸어가 버리면? 그들에게 기회를 줄 수 있나?"

그러나 흔들리는 몸과는 반대로 꽉 쥔 손이 이미 해답을 내놓고 있었다. 동물들은 그 속에서 잠자코 있었다. 판결하는 듯한 침묵 후 다수이자 하나인 토템의 목소리가, 여럿이 녹아든 높고 낮고 작고 거대한 목소리가 응답했다. 천둥 같은 그 불가사의한 소리에 나그네는 몸을 떨었다.

〈그대는 모른 척 지나갈 수 있다. 아직 그때가 오지 않은 것처럼 멀리 더 멀리 걸어갔다가 백 년 후, 천 년 후에 돌아올 수도 있다. 이미 아무도 그대를 기억 못 하고 그대의 임무도 잊힌 후에.〉

하던 대로 하루를 반복한다. 그냥 떠나서, 백 년인지 천 년인지 모르게, 바로 어제까지 해 왔듯이 걷고 또 걸어서, 이곳으로부터 멀어지는 것. 그 시간들은 어쩌면 순식간이야. 목소리는 조금 온기를 담아 속삭이듯 말을 이었다.

〈그래도 그대의 임무, 그 명령은 사라지지 않지. 그때가 와도 변한 것이 없다면? 그대는 저주처럼 신의 메아리를 짊어진 채 헛되이 백 년 천 년을 떠돌아다녔을 따름이야. 땅의 악몽처럼. 그대가 받은 임무, 신의 명령은 거두어지지 않는다. 그대가 할 수 있는 일은 고작 시기를 선택하는 것뿐.〉

고하라, 신의 사자여. 신들이 그 손에 맡긴 이 마을의 마지막 날을. 그게 언제가 될 것인가.

나그네는 잠시 황망히 주변을 돌아보았다.

분노가 잿가루처럼 스러져 가고, 대신 두려움이 어깨를 짓누르는 듯이. 왜 이런 무거운 짐을 지웠느냐 원망하는 것처럼 하늘을 올려다보고, 못 할 것 같냐고 도전하는 것처럼 땅을 내려다보았다. 그 사이는 막막하도록 넓고 외로워서, 신의 숨결도 닿다가 끊기고 또 오래도록 방황만 하여.

그는 결정을 내렸다.

나그네는 풀과 흙모래 속에 흩어진 초라한 소지품을 그러모았다. 가방은 완전히 누더기가 됐기에 내버려 두었다. 긴 겉옷 끝자락을 펼쳐 한 줌밖에 남지 않은 물건들을 넣고는 동여맸다.

걸음을 옮기려다 말고 그는 멈춰 섰다. 등 뒤에 작은 창이 뚫린 헛간이 서 있다. 망설이던 나그네가 그 앞으로 다가가자 앵무새가 놀란 듯이 물었다.

"진심이야? 예정에 없던 일이잖아. 후회하지 않겠어?"

나그네는 솔직하게 대답했다. 모르겠다고, 후회할지 안 할지.

물소가 간단히 문을 부수자 어두컴컴한 안쪽으로 먼지가 퍼졌다. 희끄무레한 불빛이 비쳐 들어 구석에 콩벌레처럼 서로 끌어안고 웅크려 벌벌 떠는 여자아이들을 쓿었다. 나그네는 말없이 그저 손짓했다. 밤을 부르는 나방처럼 거무스름한 손을 까딱까딱. 오든 말든 원하는 대로.

호롱을 든 나그네가 옷자락을 펄럭이며 나가자 아이들은 서로 얼굴을 쳐다보더니 하나씩 주춤주춤 따르기 시작했다. 작은 애들은 큰 애들의 등에 업혔고 큰 애들끼리는 앞뒤로 손을 꼭 쥐고 걸었다. 나그네는 일부러 천천히 마을 한가운데를 통과해 나아갔다.

모두 잠든 마을은 이상하리만큼 고요했다. 금속처럼 반드르르한 달빛이 가죽을 씌운 지붕 위로 떨어지는 소리가 들릴 것만 같다. 그 속에서 허리를 꼿꼿이 펴고 머리를 밤의 어둠에 담근 채 걷던 나그네는 뒤따르는 여자애들의 걸음 수가 늘어나는 것을 느꼈다. 소리 없는 행렬이 지날 때마다 역시 소리도 없이 집집의 문이 열리고 작은 여자애들이 홀린 듯 나오고 있었다. 나그네는 자신에게 식사를 가져다준 그 여자아이도 집을 등지고 무리에 빨려드는 것을 보았다.

막 지나치는 집에서 나그네는 창가에 숨듯이 선 그림자와 눈이 마주쳤다. 그늘 속에서 여인이 잠에 취한 딸을 안은 채 나그네를 간절하게 쳐다보고 있었다. 그 손에는 손가락 두 개가 없었다. 여인은 엄마 어깨에 편하게 고개를 파묻은 딸을 내려다보더니 온통 일그러진 얼굴로 떼어 냈다. 창문 밖으로 내보내진 딸을 행렬 중 키 큰 여자아이가 받아서 자기 옆에 손을 잡고 세웠다. 나그네는 멀어져 가는 그 집에서 나는 엷은 통곡 소리를 들었다.

마을 입구에서 나그네는 품에 든 나무관을 떠올렸다. 껍질 벗긴 나무 속살로 조각된 관이 손가락에 따뜻하게 느껴졌다. 그는 그 작은 관을 손에 들고 한참 바라보다가, 마을 쪽으로 훌쩍 던졌다.

하얀 나무왕관이 밤하늘을 가로질러 날아갔다. 파르스름한 별빛에 물들고 말라붙은 눈물에 반짝이면서, 아주 잠깐 어둠의 머리를 장식했다. 기도라도 바치듯이 신의 총애와 저주를 짊어진 사자(使者)가 읊조렸다.

"종복은 임무를 다했나이다. 받으소서."

나무왕관이 징표라도 된 듯이 하늘이 울었다. 허공을 번쩍이며 내달려 온 벼락이 왕관 위로, 마을 한복판으로 떨어졌다. 엄청난 빛이 천지를 때리고 새파랗게 공기가 떨리다가 천둥이 발을 굴렀다. 그누가 고삐를 놓은 하늘이 날뛰자, 혹독한 대지에 매여 신음하던 느위가 날카롭게 웃으며 몸을 들썩였다. 땅이 흔들리고 여기저기 쩍쩍 갈라지며 집채로 잠든 사람들까지 가라앉았다. 비명조차 그곳에서 빠져나올 수 없으리라. 운 좋게 목숨을 건진 자들도 곧 우기를 맞아 퍼붓는 비에 잠길 것이다. 마을은 흔적도 없이 사라질 것이다.

나그네는 오래 걸어왔다. 오래전에 신들이 결정한 약속, 너희는 곧 멸망하리라는 끔찍하고도 저주받은 소식을 전하러.

그 하나만을 고하기 위해 세상의 끝에서 몇십 몇백 년을 그는 하염없이 걸어왔다. 그리고 이제 어디로, 얼마나 가야 할지 모르는 여행을 다시 시작한다. 나그네는 남은 잡동사니 속에서 반쯤 깨진 돌피리를 꺼내 들었다. 피리를 입에 대고 단조롭게 불자 안에서 잠들어 있던 자가 꿈틀거렸다. 깨어난 **독수리**가 크게 기지개 켜듯 몸을 일으킨다.

**독수리**는 그의 어깨뼈에서 두 날개를 나뭇가지처럼 뽑아 밤하늘까지 뒤덮도록 활짝 펼쳤다. 여자아이들은 별빛마저 집어삼키듯 까맣게 빛나는 나그네의 거대한 날개를 놀란 눈으로 바라보더니 웃었다. 나그네는 피리를 불고, 지붕처럼 뒤로 드리워진 커다란 날개 밑에서 여자애들은 서로를 안고 업고 타박타박 걸어갔다.

등 뒤에선 마을이 날카로운 번개 불빛에 스러져 갔다. 아무도 돌아보지 않았다.

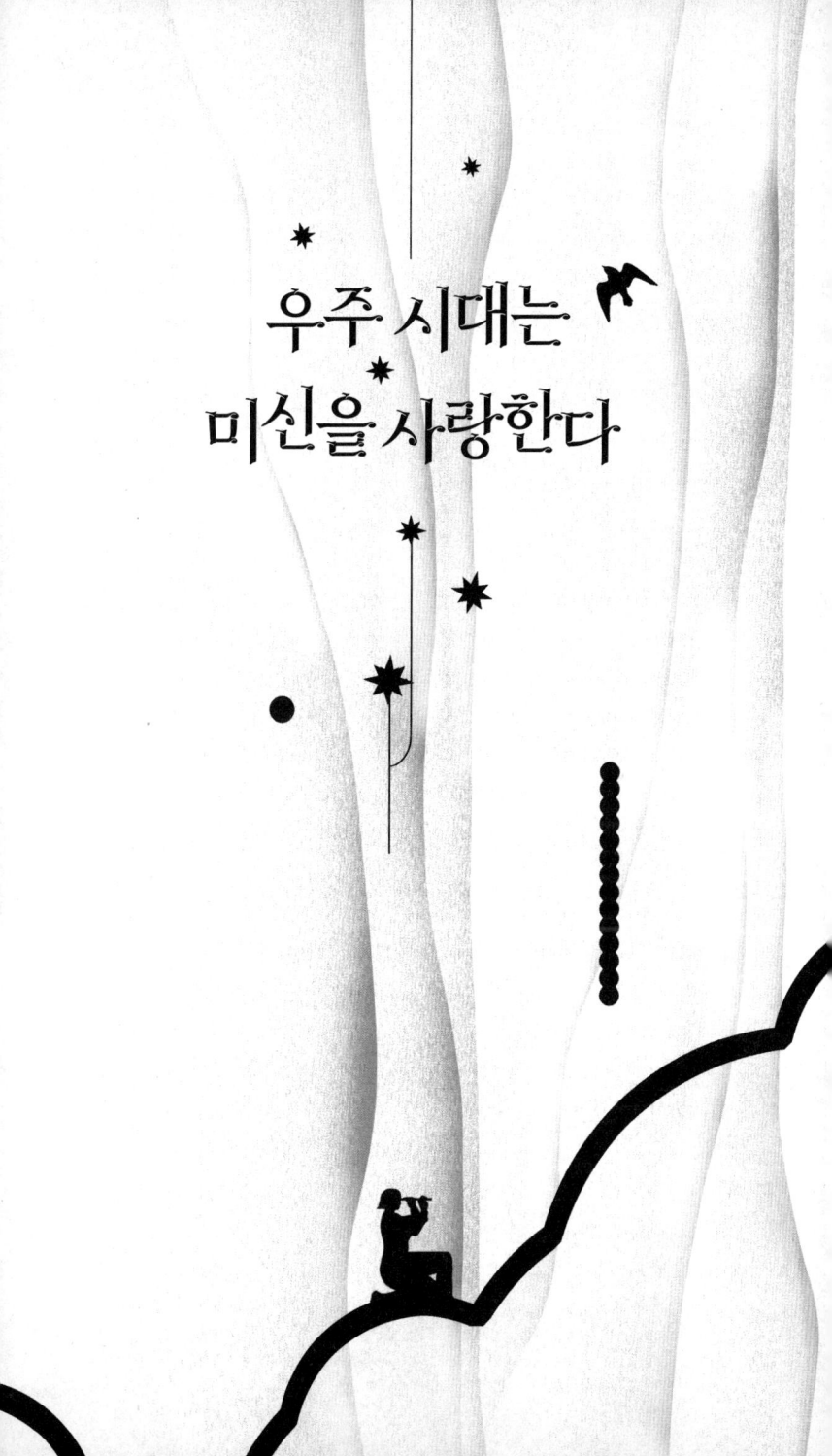

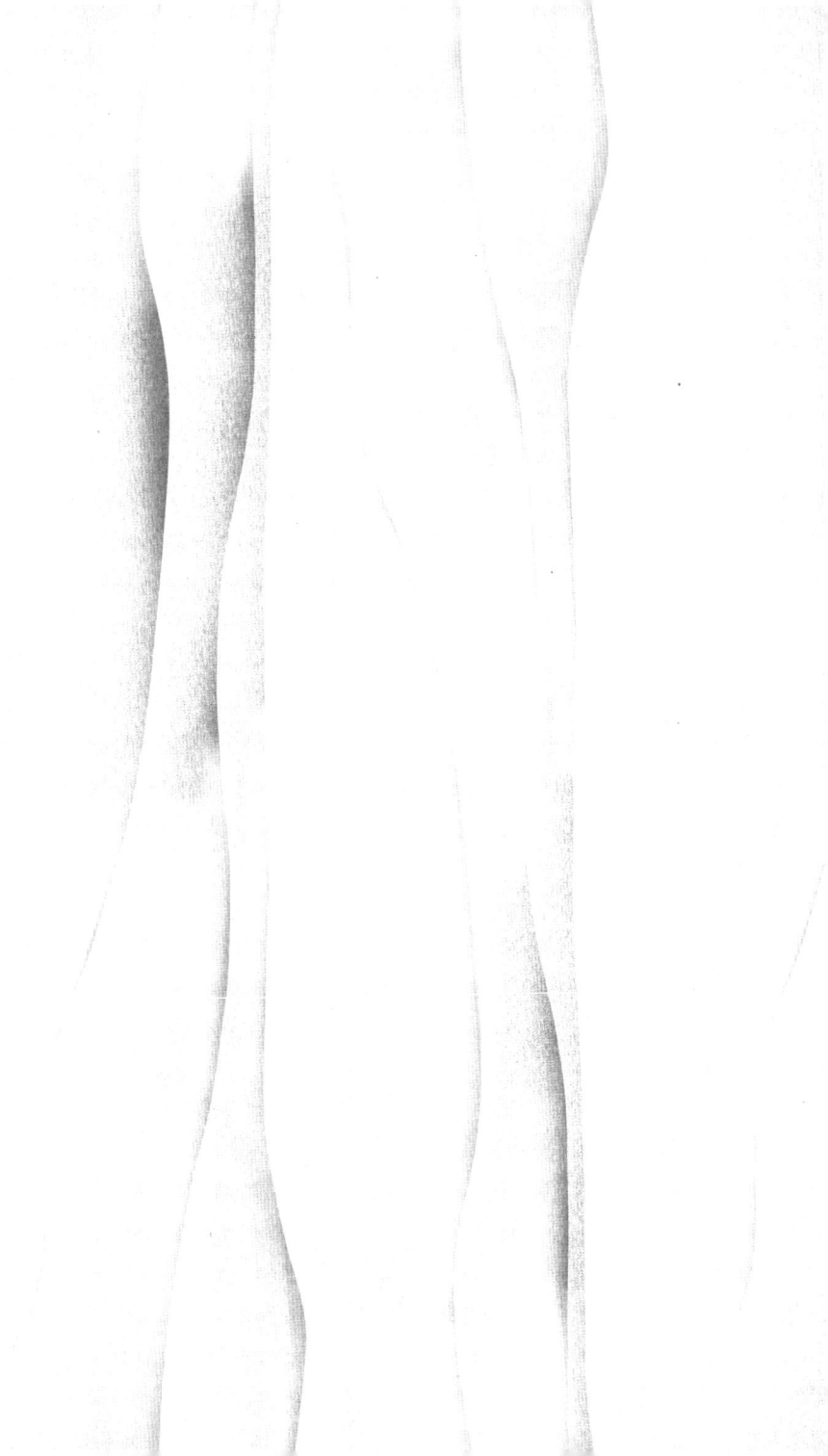

알람 소리와 함께 눈앞에 은은한 빛이 들어오기 시작했다. 뇌파가 수면에서 각성 상태로 바뀌자 캡슐이 열리며 설정해 둔 음악이 쾅쾅 머리를 쳤다. 젠은 울리는 이마를 부여잡고는 몸을 꽉 구겨 넣다시피 한 캡슐에서 감각 없는 다리를 끄집어냈다.

"알았어, 일어났다. 일어났다고. 저놈의 깡깡대는 메탈로 기상음 정한 게 어떤 멍청이야? 나였나?"

온몸이 뻐근했다. 돈을 더 들여 프리미엄급 캡슐을 장만했으면 쿠션도 좋고 각성 단계도 더 세밀하게 조정할 수 있어서 쾌적했겠지만 문제는 늘 돈이었다. 이 우주선 자체와 그 안의 설비 전부가 '쾌적'에서 살짝, 실은 매우 많이 못 미치는 상태로 제 기능만 겨우 해내는 정도였다. 뭐 어때. 우주 광선에 타 죽거나 질식하지 않고 무사히 목적지까지만 가면 됐지. 사소한 후회나 미련에 얽매이는 것은 젠의 스타일이 아니었다. 늘어지게 하품을 한 후 삐걱대는 팔다리를 한껏 펼쳐 스트레칭을 하면서 젠이 크게 말했다.

"호림, 일어나. 아침이야! 아침은 아니지만 어쨌든 아침이야."

허리를 두드리면서 젠은 수면실을 지나 좁다란 주방으로 갔다. "유운!" 하고 부르자 컴컴하던 공간에 불이 켜지며 우주선의 포괄 항행 시스템이 건조하게 응답했다.

식사를 하겠습니까? 포리지와 냉동밥, 빵, 그리고…….

"메뉴야 뻔하지. 팬케이크 줘. 그리고 잘 잤냐고 인사 정도는 해라."

잘 잤습니까?

"아니, 캡슐 수면도 이제 지긋지긋하다."

분명 좀 더 인간적으로 세심하게 반응할 수 있는 시스템도 있다. 다시 말하지만 비싸다. 고르고 골라 구형이라도 가격 적당하고 일 잘한다고 평점 3.8점 받은 모델로 결정한 것까진 좋지만 애가 너무 삭막해서 동생 녀석 이름을 붙여 봤다. 가끔 동생처럼 얄밉게 빈정대는 반응이나 눙치는 농담이라도 해 주면 좋을 텐데. 투덜거려 봤자 아닌 건 아닌 거다. 이 기계는 그저 그럴듯한 AI로 원격제어에 최적화된 도구일 뿐이고 진짜 유운은 멀리, 아주 멀리 있으니까.

시간적으로도 공간적으로도 닿지 않는 곳에. 마지막으로 본 게 언제더라? 녀석이 우주사관학교에 입학해서 집에서 나갈 때였나 보다. 유운은 우주사령부를 목적으로 엘리트 코스를 밟기 시작했고, 자신은 몇 년 후 다른 행성계로 홀홀 떠나왔다. 지구에서 2만 1000광년 떨어진 곳으로. 그곳에서 시작해 여기저기 떠돌기를 반복하다 보니 이미 집은 과거 속으로 멀어져 버렸고, 유운과도 어느 순간부터 서로 연락을 놓쳤다.

꼬박꼬박 주고받던 안부와 근황 소식이 일 때문에 바쁘다며 점차 간격이 늘어나더니 일 년에 두어 차례가 다인 생존 보고가 되고, 그렇게 유대의 끈은 우주 이쪽과 저쪽으로 점점 더 가늘고 길어지다가 끊어진 줄도 모르게 툭 끊어져 나갔다. 놓치고 사라져 버렸다. 아마 다시 만나기 힘들 것이다. 혼자 우주에 나와 사는 삶이래 봤자 지구에서 혼자인 것과 별다를 바 없으리라. 다만 스케일이 터무니없이 크고 머뭇거릴 틈도 없이 이곳에서 저곳으로 점프하는 흐름이 어지럽고 빨라서, 만약이라는 기약도 기적도 기대할 수 없을 뿐.

팬케이크가 준비됐습니다. 음료를 곁들이겠습니까? 분말우유와 커피가 있습니다.

"그럼 커피…… 아니다. 다음 정거장 들를 때까지 좀 모자랄 것 같았지. 이따가 호림 줘. 커피 없으면 잠 못 깨잖아."

젠은 얼굴만 대충 씻고 자리에 앉았다. 장점이라곤 따뜻할 뿐인 가죽처럼 뻣뻣한 팬케이크와 정수한 물을 먹었다. 도착하기만 하면 아주 호화스럽게 먹고 마셔 주겠다고 매번 식사 때마다 결심한다. 생햄에 진짜 샐러드에 와인, 달걀과 우유까지 리스트는 점점 더 늘어난다. 유운이 기계음으로 물었다.

홀로그램이라도 띄울까요.

"아니, 됐어. 더 처량 맞게."

맛대가리라고는 없지만 허기는 채워야 하니 젠은 혼자서 남김없이 먹어 치운 후 자리에서 일어났다. 무심코 쓸어넘긴 머리카락이 손가락에 걸리적거렸다. 수면 중에 또 길었나 보다. 신체 기능이 최대로 억제된 상태에도 끈질기게 조금조금씩 자라는 게 꼭 몸이 살아 있다고, 끊김 없는 생(生)의 주기를 따르고 있다고 증명하는 몸부림 같아서 희한하기도 하고 진저리 나기도 했다. 캡슐에 들어가기 전에 자르라던 호림 말을 들을걸…… 아니다, 이참에 그냥 묶자 싶었다. 매번 잘라서 짧게 유지하는 것도 번거로웠다.

유운에게 고무줄 찾아내라 닦달을 해서 구석 어디에 박혀 있던 걸 주워 와 어중간한 길이의 머리칼을 질끈 묶었다. 수면복 위에 작업복을 걸쳐 입자 젠은 툴박스를 찾아 들었다.

"그새 별일 없었고?"

샤워부스 전등이 나갔고 기관실 동력 밸브 하나가 좀 헐겁습니다. 그 외에는 메모를 참조하세요.

"기관실…… 모르겠다, 귀찮아. 호림더러 하라고 해. 난 프로그램 전문이라고. 공구는 호림이 더 잘 다루니까."

네, 메모에 기록해 두겠습니다.

"너 채호림한테 이를 거지."

합당한 정보 공유 조치입니다.

"아, 됐다. 이르든 말든. 여하튼 점프는 몇 번 남은 거야? 두 번? 세 번?"

근거리가 두 번, 장거리는 네 번입니다.

"아직도 그렇게나? 뭐…… 그래도 많이 오긴 했네. 절반 넘겼으니."

젠은 턱을 가슴에 파묻듯 고개를 숙이고는 잠시 생각에 잠겼다. 허전한 손끝을 자꾸 매만졌다. 길고 깊은 한숨을 내쉰 후, 젠은 다시 입을 열었다.

"어이, 식재료 뭐 남았는지 좀 불러 봐. 지겨우니까 저녁밥은 간단하게라도 만들어야겠어. 호림도 좀 먹이고."

알람 소리와 함께 눈앞에 은은한 빛이 들어오기 시작했다. 뇌파가 수면에서 각성 상태로 바뀌자 캡슐이 열리며 기상 음악 대신 설정해 둔 뉴스 채널이 켜졌다. 지구표준시에 맞춰 뒀으나 수신 지역 변두리라 시차가 며칠은 날 터였다. 호림은 졸음이 가시지 않은 머리를 흔들며 하품을 했다. 먼저 선내 체크부터 했다.

"유운, 보고 사항은?"

특별히 없습니다. 간단한 수리 항목이 좀 있고, 3일 내 로코트 알파 스테이션에 정박할 예정이니 쇼핑 리스트를 작성해 주시기 바랍니다.

"알았어. 우주 항해 센터에서 온 공지나 중요 메일 있으면 열어 줘."

없습니다. 스팸메일이라도 열어 드릴까요?

우주시대는 미신을 사랑한다

"아니, 됐어. 샤워부터 할 테니 물 온도 맞춰 주고."

호림은 수면복을 벗으며 그간 전력 소모량, 물탱크 저장량, 공기순환기 관리 화면을 눈앞에 띄우고 체크했다. 그러다 아직 잠기운이 남아 있던 눈썹을 생생하게 찌푸렸다.

"젠! 또 온수 샤워를 얼마나 해 댄 거야. 보일러 확 잠가 버린다?"

진심으로 화내는 것은 아니다. 물의 총량이 좀 빠듯했지만 정수기는 잘 돌아가고 있었고 물을 데우는 전력 정도야 추가 비용이 약간 발생할 뿐이었다. 생활의 낙이라곤 하나 없는 비좁은 선내에서 그 정도 사치는 부려야 살기 마련이니까. 호림은 자기 취향대로 미지근한 정도보다 살짝 차가운 물을 맞으며 머릿속에 이것저것 계산을 돌려 보았다. 예상 이상으로 순조로운 편이다. 물자도 넉넉하고, 호텔급 유람선은 아니라 해도 이 정도면 감지덕지할 만큼 안락한 비행이다. 단 한 가지만 빼면.

"아침은 대충 아무거나 줘."

수건으로 머리를 털며 나오니 좁은 다용도 테이블에는 벌써 식사가 차려져 있었다. 김이 나는 커피와 설탕 단지, 냉동 야채를 풍성해 보이도록 야무진 솜씨로 썰어 넣은 볶음밥이 호림을 기다리고 있었다. 이게 뭐냐고 묻기도 전에 유운이 대답했다.

젠 씨가 만들어서 호림 씨 드리라고 냉동고에 보관해 뒀던 겁니다.

호림은 잠시 우두커니 서서 식사를 내려다볼 뿐이었다. 건강에 이상이 생긴 건가 싶어 유운은 간단히 호림의 상태를 체크한 후 지극히 정상이라고 판단했다. 식기 전에 드십시오. 유운이 덧붙이자 호림의 꼼짝도 않던 눈이 두어 번 깜빡였다. 꿈에서 깬 듯 호림은 그래, 하고 어설프게 대꾸하고는 자리에 앉았다. 문제점을 파악한 유운이 나름의 처방전을 꺼냈다.

  홀로그램 틀어 드릴까요?

호림이 고개를 끄덕이자, 전에 녹화해 둔 홀로그램이 펼쳐졌다. 호림의 맞은편 자리에, 지금 호림에게 차려 준 것과 같은 볶음밥을 먹고 있는 젠의 모습이 떠올랐다. 머리를 들쑥날쑥 묶은 꼴로 숟가락을 입에 가져가다 말고 젠은 애매한 허공을 노려보며 이맛살을 찌푸렸다.

  "뭘 또 찍는 거야?"

  *채호림 씨가 깨어 있을 때 가끔 요청합니다.*

  "아, 무슨……."

  *반대할 이유가 없으면 계속 촬영하겠습니다. 식사 마저 하십시오.*

젠은 이 집구석에서 나만 선택권이 없느니 뭐니 마음에도 없는 투덜거림을 혼자 계속했다. 그러더니 갑자기 이쪽을, 지금 호림이 있는 쪽을 슬쩍 넘겨다보고는 쑥스러운 투로 말했다.

  "맛있게 먹어. 나중에 더 괜찮은 거 만들어 줄 테니."

그리고 볶음밥을 입으로 가져갔다. 호림도 천천히 숟가락을 들고는, 젠의 속도에 맞춰서 먹기 시작했다. 한 사람과 홀로그램은 마주 앉아서 묵묵히 함께 밥을 먹었다.

식사 후 대강 청소를 마치고 작업복을 걸치며 수리 리스트를 훑었다. 샤워부스 조명은 멀쩡한 걸 보니 젠이 갈았던 것 같고, 항행 프로그램 업데이트도 됐고, 기관실을 둘러볼 차례다. 무중력실이라 제대로 장비를 갖추는 게 귀찮으니까 큰 고장 아닌 자잘한 것들은 쌓아 뒀다가 호림 차례가 오면 한꺼번에 고치곤 했다. 유운이 기관실에 불을 켜고 해치를 열자 안전장치를 단 호림이 그 안으로 발을 굴러 스윽 떠올라 갔다.

순간적으로 몸 안팎이 텅 비고 위아래가 사라지는 느낌은 언제나 속을 메슥거리게 했다. 그 감각은 호림에게 제일 첫 가족한테 버림받았던 때를 연상시켰다. 지금 아마 심박수와 호흡수가 꽤 상승했겠지. 호림은 겉으로는 내색하지 않은 채 유도등과 모니터의 위치 표시를 따라 몸을 띄워 문제가 있는 밸브를 찾아냈다. 원시적으로 사람 손으로 나사만 더 조여 주면 끝나는 일이었다. 호림은 온 김에 신경 쓰이는 곳을 구석구석 돌아다니며 조이고 풀고 기름칠을 하고 뚜껑을 잘 덮은 후에야 내려왔다.

저녁 식사까지는 아직 시간이 좀 남아 있었다. 유운은 휴식 모드로 전환해서 호림이 즐겨 듣는 뉴스 방송을 틀어 주고는 휴식실 벽에 바깥 풍경을 크게 투영했다. 오늘도 별탈 없이 잘 마쳤다. 호림은 아직 잔뜩 쌓여 있는 무알코올 맥주를 손에 든 채 무한히 펼쳐지는 검고 아득한 우주를 바라보았다.

처음으로 사방 벽에 모두 새카만 우주를 비추었을 때가 기억났다. 위도 아래도 없이 빨려 들어가 아득하게 자기 자신이 분해되는 것만 같아서, 그 한가운데에 덜컥 걸려 영원히 멈춰 버릴 듯해서 소름이 오싹 돋았다. 머리로는 이 터무니없이 작은 우주선이 정지해 있는 게 아니라 사실 무서운 속도로 날아가는 중이고 심지어 점프할 때마다 수십 광년을 건너뛴다는 것도 알았다. 그럼에도 조금 전 무중력 상태에서 그랬듯이 몸속이 내장까지 전부 빠져나가 비어 버린 것 같고, 무력감에 이어서 혼자라는 공포가 밀려왔다.

그 후로는 한쪽 벽에만 우주를 띄워서 영화라도 보듯 거리를 두게 되었다. 호림은 창을 통해 뒤로 뒤로 빠르게 스쳐 가는 유백색 별빛을 보았다. 지구에서 보낸 어린 시절, 덜컥이는 고물차를 타고 달리던 고속도로의 밤이 떠올랐다. 캄캄한 어둠 속에 흘러가고 작별하는 손 같은 머나먼 빛들. 호림은 맥주가 든 비닐 팩을 켠 채 천천히 바닥에 앉았다. 두 개 있는 수면 캡슐 중 굳게 닫혀 있는 쪽을 손등으로 쓸어 보았다.

자기도 모르게 애틋한 목소리가 흘러나왔다.

"보고 싶어."

반투명한 유리 너머로 잠들어 있는 젠의 모습이 얼핏 비쳤다. 호림은 그 위에 뺨을 부비듯 얼굴을 마주 댔다. 맥주 팩을 올려 두고 상체를 기댄 채 피식 웃었다. 자기 잠자리를 맘대로 음료 받침대로 쓰지 말라고 화낼까. 호림은 무거운 눈꺼풀을 내리감으며 되풀이했다.

"보고 싶어."

같이 있어도 같이 있을 수 없는. 우주에 발판 없이 팽개쳐져서 동떨어진 느낌. 단조롭고 지루한 항해에서 가장 견딜 수 없는 일이었다. 호림은 눈을 감은 채 마음속의 달력을 헤아렸다. 미칠 것 같던 외로움과 고립감을 쌓고 쌓아서 달력을 지워 나갔고 이제 조금만 참으면 된다. 조금만 더. 조금만. 그래도 네가 너무 그리워.

\* \* \*

"뭘 그렇게 봅니까?"

냉랭하진 않지만 정감도 없이 사무적인 목소리에 젠은 정신이 들었다. 그 음성이 지금 자신이 무심결에 뚫어져라 쳐다보던 입술에서 나왔다고 깨닫는 데 5초 정도 걸렸다. 그 정도로 좀 제정신이 아니었다. 아니, 그 목소리를 듣는 순간 상대도 자신을 보고 있었다는 걸 깨달아서 더 정신이 없었다.

"고속열차 승차장이라도 찾습니까? 신분증하고 입국허가증 보여 주시죠."

더 허둥댔다간 영락없이 수상한 인물로 찍힐까 봐 젠은 얼른 주머니를 뒤졌다. 상대는 공무원, 더 정확히 말하자면 그냥 입국심사원도 아니라 제대로 제복을 갖춰 입은 공항심사장 가디언이었고, 젠은 10개월이나 지겨운 항해를 견디며 날아온 별에 도착하자마자 쫓겨나고 싶지 않았다. 허둥지둥 찾아서 내민 신분증을 들여다보는 상대의 가느다란 눈썹이 치켜 올라갔다.

"지구…… 캐나다 출신이군요. 제나스…… 실례지만 성은 어떻게 읽지요? 카트바한……?"

"네, 뭐. 비슷합니다."

정확하게는 카즈반이지만 어차피 다시 만날 일 없으니 젠은 습관대로 얼버무렸다.

"입국 목적은 일자리를 찾아서라고. 무슨 일을 하십니까?"

"인공지능 제어계측입니다."

사실 젠은 자신의 전공에 흥미도 적성도 없어서 어느 별을 떠돌든 닥치는 대로 잡일을 하는 편이었다. 통합법에 아슬아슬하게 저촉될 일조차도 안 가리고 잡역부처럼 떠맡곤 했다. 그런데 이 가디언 제복 차림의 미인이 신분증과 번갈아 자신을 쳐다보며 별것도 아닌 전공을 물으니, 여러 의미로 가슴이 뜨거워지는 것이었다. 슬쩍 본 명찰에서 알파벳으로 적힌 'Chae Ho……'까지만 겨우 확인했다.

우주 구석구석에서 모여든 각양각색의 수많은 사람들 틈에서도 젠의 한눈에 들어온 사람이었다. 웃음기라곤 없는 얼굴이 무작정 마음에 들었고 평균인 키나 친절하지 않은 무뚝뚝한 분위기도, 왠지 장점 아닌 것들까지도 장점인 듯, 하염없이 보고만 있어도 좋은 부류였다. 조금 싸구려이기 마련인 공무원 제복도 잘 어울리는 게 귀여웠고, 일부러 보라고 제압용 총을 휴대하고 있는 것도 근사했다. 잠깐 보고 지나갈 공항 공무원과 입국 여행자 사이니, 툭 까놓고 말해 보면 완전히 젠의 타입이었다. 그러나 저쪽은 심드렁한 표정으로 신분증을 돌려줄 뿐이었다.

"그럼 도심의 지식산업지구로 가는 열차 승강구를 알려 드리죠. 따라오세요."

"그 전에 하나만 더! 체……체이호…… 씨?"

가만 돌아서서 젠을 보다가 무심하던 얼굴에 고의적으로 픽 미소를 흘리는 게, 역시 이름표를 잘못 읽었나 보다. 점수가 까였음을 알려 주는 웃음이었지만, 젠은 약간 누그러진 분위기에 힘입어 낯 두껍게 말을 이었다.

"취업은 천천히 알아봐도 좋으니, 근처의 괜찮은 술집부터 알려 줄 수 있나요?"


처음 도착한 별에서 시급한 것은 늘 생활비와 정보였다. 그래서 젠은 도착하자마자 눈을 홀린 공항 가디언이 알려 준 술집 두세 군데를 돌며 며칠을 죽쳤다. 일시적 관계일 뿐이지만 괜찮은 술친구도 좀 사귀고 동네 돌아가는 상황도 알고 아르바이트로 푼돈도 건졌다. 또 다른 목적 하나는 4일째 되던 날 제 발로 걸어 들어왔다.

젠이 카드를 섞는데, 앞에 앉아 시시덕대던 녀석 하나가 갑자기 문가를 향해 손을 흔들었다.

"야, 오랜만이다. 뭐 하느라 그렇게 바빴어? 이리 좀 와 봐, 지금 재미있는 거 시작했어!"

젠의 귀에서 술집의 모든 소음이 사라져 갔다. 더 뚜렷해진 듯한 시력이 컴컴한 조명 속에서 몸을 흔들고 웃고 춤추는 실없는 사람들 사이로 단 한 명만을 선명하게 잡아냈다. 공항에서 있었던 일이 반복되듯이. 그 사람이다. 제복 위에서 깊은 눈을 들어 올려 젠에게 향하던. 저절로 숨죽이게 됐다. 사복으로 가벼운 재킷 차림인 그 사람은 대학생처럼 실제보다 어리고 풋풋해 보였다. 그 사람도 분명 젠을 발견했다. 반사적으로 젠에게 아는 척을 할까 말까 망설이는 빛이 눈가에 스쳤으나, 대신 카운터로 가더니 화성 출신 바텐더와 잡담을 하며 온더록스를 시켰다.

젠은 참았던 숨을 길게 내쉬었다. 아무렇지도 않은 척 섞고 있던 카드에 마저 손끝을 집중했다. 귀로는 가까이 다가오는 발소리 하나만 붙들며.

"여기서 또 만나네요."

상투적인 인사를 하며 그 사람이 잔을 들어 살짝 입술을 축였다. 젠은 부러 슥 올려다보고는 눈으로만 웃었다.

"그쪽이 알려 줬잖아요."

"말 잘 듣는군요."

"게다가 그쪽 단골이라면 다시 만날 가능성도 있으니까."

좀 노골적이었나 싶었지만 체이호……씨는 별 반응이 없었다. 돌아서서 가 버리지 않는 것만으로도 충분했다. 그 사람은 젠의 손에 들린 카드를 유심히 보더니 머리를 기울였다.

"혼자 포커라도 쳐요? 희한하게 생긴 카드네요."

"일반 트럼프처럼 게임도 할 수 있지만 이건 다른 용도가 더 크죠."

젠이 그중 한 장을 뽑아서 타로와 트럼프 사이 어딘가에 있을 법한 무늬를 보여 주었다.

"용돈 벌이. 내가 점 좀 칠 줄 알지."

그 사람은 혀만 찼을 뿐 딱히 놀라지도 않은 투로 대화를 이었다. 심지어 옆자리에 앉기까지 했다.

"제어계측 엔지니어인데 점술가라니, 정말 별난데요?"

"본업, 분업 따로 챙겨야죠. 아르바이트랄까. 딴 별로 뜨고 싶어지거나 갑자기 해고된 비상 시에 얼마나 유용하다고요. 지난번에도 당장 숙소에서 쫓겨나게 된 위기 상황에……."

"점친다면서 자기 앞날도 모르나 봐요?"

"아니, 점하고 예언은 다르거든요? 점은 방향성이거든요?"

그 사람은 시답잖다는 듯 앞머리를 쓸며 한 모금 더 마셨다. 살짝 드러났다가 다시 머리카락에 풀썩 가리는 이마를 보니 젠의 심장이 더 뛰었다.

"하긴 뭐, 나도 비슷하니까."

혼잣말을 중얼거리면서 그 사람이 손가락 사이에 끼고 있던 냅킨을 펼치고 재킷 안주머니에서 펜을 꺼냈다. 이 시대에 아날로그 펜이라니 공무원답다. 뭘 하려나 지켜보자 그 사람은 냅킨에 시원시원하게 무슨 문자인지 도형인지를 그리기 시작했다.

"난 이런 걸 하거든요."

"부적……?"

젠이 어이없다는 소리를 냈다. 본인만큼이나 꽤나 잘빠진 부적이 순식간에 만들어졌다. 그 사람이 젠의 눈을 향해 당신 다시 봤다는 듯 웃었다.

"바로 알아보네요. 부적뿐만 아니라…… 이것저것 하죠."

"이 우주 시대에?"

"누가 할 소릴 하는 거야. 알잖아요, 우주선이 못 가는 곳 없는 이런 시절이라 더 그렇다는 걸. 대체 어디서 왔는지 정체도 모를 것들이 많이 돌거든요. 당신이나 나나 참, 구시대적인데 아직 세상에서 통한다는 게 웃기네요."

자조적인 듯하면서도 현실적인 말투가 마음에 들었다. 젠은 기분 좋게 눈매를 좁히며 그 사람의 잔을 손끝으로 퉁겨 맑은 소리를 냈다.

"공무원 일 하는 사람이 이런 미신적인 투잡 뛰어도 되는 건가?"

"당신이야말로. 술집에 죽치고 앉아 장사판 벌이는 거 보니 뒷물 좀 많이 먹어 본 것 같은데."

순순히 자기 부업을 알려 줄 때부터 이상하다고 생각했다. 보아하니 말해도 약점 잡힐 상황이 아니라고 경계를 살짝 풀었나 보다. 점점 더 마음에 들어서, 젠은 좀 브레이크를 걸어야겠다고 여겼다. 자신의 보드카 마티니를 들어 상대방의 잔에 가볍게 부딪치고는 오늘은 시시한 잡담으로 마치려 했다.

"좋아, 뒤가 켕기는 인간들끼리 건배. 알게 된 기념으로 점이라도 쳐 줄까요? 특별히 공짜로 해 줄게."

"얼마나 엉터리인지 봐 줄 수는 있지. 어떻게 하는 건데요?"

젠이 카드를 주르륵 펼쳤다가 긴 손가락으로 긁어모아 솜씨 좋게 섞었다. 몇 번 치고, 상대에게도 섞게 시키고, 다시 바닥에 마구 흩어 놓았다. 이 중에서 한 장 골라, 하니까 망설이지도 않고 뻗어 온 손이 바로 한 장을 뽑아 올렸다.

"뭐 나왔어요?"

궁금한 듯 재촉하는 목소리를 즐기며 젠은 카드를 자기만 보이게 뒤집었다. 순간 젠의 얼굴에서 핏기가 싹 빠져나갔다. 멀쩡하던 사람이 눈앞에서 하얗게 질리는 걸 본 그 사람은 호기심이 동해 카드를 빼앗으려 했다.

"어디, 줘 봐요. 뭔데 그래."

얼결에 젠은 카드를 꽉 움켜쥐었으나 상대는 단호하게 빼앗아 가서 휙 뒤집었다. 두 눈이 조금 더 커지고 입이 꾹 다물렸다. 두 사람 사이에 배를 까고 누운 카드는 누가 봐도, 아무것도 모르는 문외한이 한눈으로 봐도, 너무나 뻔뻔한 메시지를 외치고 있었다. **연인.**

'거의 처음 만난 사이인데요? 다짜고짜 뭐라고요?'

마음속으로 비명을 지르며 아무리 다시 봐도 결과는 변하지 않았다. '연인'의 카드. 이미 던져진 주사위처럼, 관계에 방향이 주어지는 마술의 순간.

기가 막히고 스스로도 믿을 수 없고 그저 낭패감에 머리를 감싼 젠 못지않게 그 사람의 표정도 가관이었다. 서로 이름도 제대로 모르는 사이에 이게 다 뭔 일인지. 한참 만에 상대 역시 당혹한 얼굴로 아무 말이나 해 댔다.
 "어, 음…… 보답으로 부적이라도 하나 써 줄까요……?"

 아파트 방 하나를 칸막이로 막아 닭장처럼 만들어 낸 숙소는 비좁고 언제나 환풍기가 돌아가고 있었다. 공동욕실의 세면대는 늘 깨져 있고, 칸막이 너머로 옆 공간 사람이 몸을 긁는 소리에 습진약 냄새까지 다 났다. 대체 몇 명이나 이 방에 들락거리며 기거하는지 알 수도 없는 번잡하고 정 붙이기 힘든 공간이었다. 개척 중인 별에 처음 이주해 온 이들은 적응과 직업 배치가 끝날 때까지 대개 이런 형편없는 공동숙소에서 시작해야 했다. 그나마 그들이 묵는 숙소는 구석이나마 단둘만 있을 공간이 있다는 점에서 호사스러운 편이었다.
 젠은 어디에선가 비닐 천으로 덮어씌운 소파를 찾아와 그곳에 들였다. 젠와 호림은 한 사람 제대로 눕기도 빠듯한 소파에 몸을 빈틈없이 함께 딱 맞붙이고 시간을 보내곤 했다. 서로의 체온마저 흡수할 듯 끌어안은 채 라디오를 들었다. 지구 방송의 녹음본이라 오래된 지구의 유행가가 아주 작게 흘러나오기 마련이었다. 휴일을 서로 어렵게 맞춰서 그 시끄럽고 누추하고 숨 쉴 틈도 없는 칸막이 안에서 그들의 은신처를 만들었다. 입맞춤을 퍼부은 후에는 두서없이 자기 이야기를 하기도 했다.

"유운이 떠나는 걸 보면서 답답했지. 집에 더 이상 내가 머무를 구실도 없고. 날 붙잡아 줄 것이 별로 남아 있질 않았어. 그냥 떠밀리듯 지구의 중력을 훌쩍 넘어서자 계속 떠밀려서 가는 수밖에 없더라고."

젠은 머리맡에 놓인 잔을 들더니 가슴에 기댄 호림의 머리를 피해 곡예하듯 용케 한 모금 마셨다.

"그러다 말 그대로 지구와 공간뿐 아니라 시간적으로도 멀어지고, 더더욱 돌아갈 길이 없어지더라. 지구가, 그 땅과 대기 자체가 나를 필요로 하지 않는다는 생각에 사로잡혔던 때도 있었어. 그나마 유운과 연결되어 있을 때까진 괜찮았는데. 유운도 여기저기 발령받아 떠나서 바쁘고 외교 분쟁 지역으로 돌다 보니 서서히 끊겨 버렸어. 난 지금 유운이 어디에 어떤 모습이 되어 있을지, 누구와 함께 자기 자리를 만들었는지 몰라. 어쩌면 이미 이 우주 어디에도 없을지도 모르고."

"점을 쳐 본 적은 없어?"

"내 일에 대해선 점사를 안 본다니까. 무섭잖아."

무서워, 좋은 소리가 나와도 나쁜 소리가 나와도. 젠이 웃음소리를 냈고 호림은 귀만으로는 부족한 듯 그 웃음을 온몸으로 들었다.

"불안한 사람들이 많으니 부업치곤 짭짤하지만."

그건 호림 쪽도 마찬가지였다. 주로 불행을 막아 준다는 호림의 호신부(護身符)는 정석대로 종이에 그려지거나 액세서리에 새겨지거나 다운로드되는 등 여러 루트로 팔려 나갔고, 가끔은 보이지 않는 뭔가가 자기에게 붙었다면서 직접 손님이 찾아올 때도 있었다. 우주에도 유령이나 초자연 현상이 있냐고 젠이 묻자 호림은 어깨를 으쓱거렸다.

"살던 환경과 다르니 대기 성분, 미세한 자기장이나 음료 속 미네랄 분포 같은 차이에 몸이나 정신이 반응할 수도 있지."

"환각이나 착시란 거야?"

"난들 아나. 난 보이는 것만 말할 뿐인데 진짜 유령인지 폴터가이스트인지 본인의 신경쇠약이 낸 불협화음인지 거기까진 모르지. 정반대로 행성이 낯선 인간이란 침입 분자에 반응하는 걸 수도 있고. 알러지처럼."

우주의 찌꺼기, 행성이 나고 자라면서 부스러지고 남은 잔재, 가스, 미생물, 쇳가루 냄새나는 별의 꿈 같은 것들. 원래 인간이 살 운명이 아니었던 별이 갑자기 테라포밍되며 느끼는 경계심. 모두가 불안하고 모두가 둥지에서 쫓겨 간다.

호림은 지구에서 태어나 이곳으로 입양되어 왔다고 한다. 개척 초기의 혼란 속에서 인적증명서만 브로커가 갖고 잠적했고, 이후 여러 군데 보호소와 위탁 가정과 양부모를 전전하는 시절을 겪었다. 그나마 운 좋게 시설 지원을 받아 장학금으로 공부하고 시험을 쳐서 치열한 경쟁률 속에 공무원이 된 경우라고. 굵직한 나열만 들어도 젠조차 숨 가쁜 과정이었다. 이 별에서 제법 오래 살아왔어도 호림은 그 탓에 가족이나 연고 없이 늘 기숙사 신세만 져 왔던 터라 젠과 처지가 비슷했다. 젠도 호림도 여기선 떠돌이나 다름없었으니까.

그래서 그들은 이해한다. 사람들은 늘 불안해하고 뭔가를 믿으려 하고 그래서 호림이 쓴 부적을 하나씩 쥐고 싶어 하고 젠이 치는 카드점에서 엷은 희망만 체로 걸러내고 싶어 한다는 것을. 젠이 호림의 눈을 장난스럽게 의심하는 양 들여다보았다.

"그 부적, 효과가 있긴 한 거야?"

"글쎄, 가르쳐 준 사람은 나더러 소질이 있다던데. 잘 듣는다고 마켓 후기 평점도 좋긴 해. 나한테 써 본 적이 없으니 모르겠지만 뭐든 마음의 위안이 되면 됐지."

"돈 받고 팔면서 본인이 그렇게 열의 없으면 안 되지."

"난 없는 소린 안 해. 작게나마 불행을 막고 행운을 불러오는 정도라면 장담하지. 나머지야 본인 하기 나름이고."

"하긴. 나도 고작 카드점으로 사람 인생 책임질 수 있다곤 못하니까. 현실적인 적정선이네."

라디오에서 햇빛 찬란한 바다에 대한 노래가 흘러나왔다. 둘은 대화를 멈추고 가만히 듣고 있었다. 그들은 실제로 바다를 본 적이 없었다. 화면을 틀면 얼마든 지역별로 시간대별로 시시각각 변하는 푸른 빛과 파도를 고해상도로 감상할 수 있으니 별 아쉬울 것 없었고, 어차피 진짜 지구의 바다는 오염에서 회복시키기 위해 민간 접근이 금지된 지 오래였다. 삶에 바다가 들어와 있는 풍경을 그들은 상상할 수 없었다. 타오르는 별과 차디찬 우주정거장이라면 몰라도. 노래가 끝나자 젠이 다시 하던 이야기로 돌아왔다.

"하여튼 그랬어. 유운하고 연결고리도 끊기자 내 인생에 이제 뭐가 남았나 했지. 기왕 지구에서 튕겨 나와 방황하는 길이라면 어디까지든 흘러가 보자 싶었어. 과연 내가 굴러가다 어디서 멈출지도 궁금했고. 무엇이 날 잡아 둘 수 있을까. 막무가내로 우주 이곳에서 저곳으로 건너뛰며 삶에 구멍이 뻥뻥 난 나는 무엇에 붙들리는 사람인가."

"그리고 나와 만났고?"

호림이 짓궂게 물었다. 맞는 말이다. 세상의 끝의 끝까지 와서야 서로를 만나게 될 줄 누가 알았겠나. 만나자마자 차마 부인도 못 할 정도로 순식간에 사랑에 빠지게 되는 일은, 기도한 적도 없고 예측할 수도 없었다. 그런 운명도 있다는 걸 우주선으로 날고 날아 여기까지 와서야 느꼈다.

"아직도 그런 생각 해? 인생에 뭐가 남아 있냐고? 아직도 비어 있어?"

"아냐. 이젠 반대로 묻고 있어. 네 인생에 뭔가 될 수 있을까, 라고. 말해 줘. 내가 뭘 하면 좋을까."

"여기에선, 아마 안 될 거야. 언제나 임시이고 도중이고 미정이라 금방 허물어질 테니."

그렇게 말한 호림이 젠의 숱 많은 머리카락을 매만졌다. 떠밀려서 온 곳, 스스로 유배 보내듯 난파하듯 적당히 흘러 들어온 곳에서는 뿌리 없이 시들어 갈 것이다. 그들의 눈은 서로 닮아 가며 여기 모두가 모두에게 이방인이 되는 곳 그 이상을 갈망하고 있었다. 손을 놓고 싶지 않았고, 발을 붙일 중력이 간절히 필요했다. 세상의 끝에서 기적을 만났으니 다음은 본인 하기 나름. 그래서 둘 중 누가 먼저랄 것도 없이 같은 말을 하고 있었다.
"이제 돌아갈까."

지구로 돌아가자는 계획이 실현될 때까지는 십 년 꽉 채워 걸렸다.

젠은 본업 부업을 떠안은 채 예전에 하던 것처럼 심부름 의뢰들을 맡아 위태롭게 뛰어다녔고, 호림 역시 월급이 짠 공항심사장 일을 그만두고 사설 업체를 여기저기 옮겨 다니면서 몸 사리지 않고 일거리를 좇았다. 가끔 호림은 텅 빈 벽을 빤히 바라보며 서 있기도 했다. 벽이 피를 흘리고 있어, 라며.

어느 날은 머리가 깨지거나 팔다리 한둘 없는 검붉은 그림자들이 느릿느릿 걸어서 벽을 뚫고 가기도 한다고. 개척 초기란 어디나 그렇듯 장비도 없이 저비용에 무리하게 부려진 노동 이주자들이 많이 죽어 나가곤 했다. 회사들은 길고 긴 하청 계약서와 대형 로펌을 방패 삼아 숨었고, 그렇게 도로와 건물 밑바닥은 눈물과 고통을 기초 삼아 닦인 후 또 먼 우주에서 광속을 타고 온 외로움과 빈한함을 덧씌워 갔다.

급하게 개발하느라 잘못 맞춘 장난감 블록처럼 삐걱대며 살기 불편한 콜로니 구석에는 쓰레기가 쌓이고, 이주민들의 향수병이 고이고, 항상 어딘가 공사를 하고 있고, 기껏 깔아 둔 하수도관에서 물이 새고 있었다. 이 시대에 어울리지 않는 젠과 호림의 구식 사업은 깊은 뿌리처럼 엉겨 들어갈 틈을 늘 찾아냈다. 자전거가 지나다니는 술집 뒷골목에 포장을 치고 그들의 작은 사무실을 열었다. 인공우가 내리는 새벽이면 판을 접고 빗물로 반짝이는 길거리에서 국수를 사 먹었다.

그들만큼이나 사연 많아 보이는 이들이 알음알음 찾아왔다. 걱정거리와 고민에 짓눌리는 사람, 못내 궁금하고 알고 싶은 게 있는 사람, 무시무시한 헛것을 보거나 악몽이 멈추지 않는 사람, 새롭게 시작하는 사람, 더 이상 운이 나쁘고 싶지 않은 사람, 이곳에서 행복하지 못한 사연은 다양했다. 한 줌의 소원과 기운을 카드점과 부적과 맞바꿔 팔았다.

그렇게 십 년이 목구멍에 달라붙어 지나갔다. 대출을 받고 얼마 없는 세간들을 다 팔아 버린 후 지친 몸뚱이 둘을 겨우 태워 갈 중고 우주선을 장만할 수 있었다. 그래도 그들은 터무니없게 운이 좋은 편이었다. 몸 성하니 진득하게 십 년을 붙어 그만큼 돈을 모을 수 있는 경우부터가 드물었다.

"시스템 기본명이 뭐 이렇게 길고 복잡해? 그냥 유운이라고 불러."

처음으로 가져 본 소망이었고 처음으로 이루어 간다. 그럼에도 크게 현실감이 느껴지지 않아 들뜨지도 않은 상태로 그들은 차분히 떠날 준비를, 인생의 궤도를 다시 한번 크게 유턴해 돌아갈 준비를 마쳤다.

"유운? 남의 동생 이름 맘대로 갖다 붙이긴."

"그럼 제나스? 어떤가요, 제나스 카즈반?"

"알았어, 그냥 유운 하자. 간단하고 좋네."

"들었지, 유운? 대답해."

호림이 '입춘대길'이라고 그럴듯하게 휘갈겨 쓴 입춘방(立春榜)을 메인 콘솔 정면에 딱 붙였다. 이름이 입력된 시스템이 깨어나면서 방을 쓴 종이가 펄럭이도록 가동음과 불빛이 퍼져 나오자, 그들은 허리가 접히도록 웃었다. 무엇이 그리 우스운지 거의 발작하듯, 숨이 막히고 눈물이 날 때까지 계속 웃었다. 차마 샴페인을 병째로 부딪혀 깨뜨리진 못하고 고장 날까 소심하게 몇 방울 뿌리기도 했다.

그들이 향하는 지구는 결코 낙원이 아니다. 개척 착취자들의 본사가 있고 브로커로부터 보호할 대책도 없이 행성 간 입양아를 내보내는 곳이다. 오염되고 파괴되어 인간이 살 수 있는 구역도 제한된 지 오래고 무엇보다 떠돌이인 그들을 반겨 주리란 보장도 없었다. 이곳보다 더 진절머리 나고 악몽처럼 표독스러운 삶이 기다릴지도 모른다. 그럼에도 갈 수밖에 없다. 그들이 시작된 자리에 보란 듯 당당하게 존재하고 싶었다. 힘닿는 한 있고 싶은 곳을 스스로 선택할 수 있어야 하니까. 그럴 힘이 되어 줄 서로를 위해 그들은 만나야 했던 것이다.

호림은 웃음을 겨우 거두고 새삼스레 부드러운 눈매로 젠을 바라보았다.

"우리 진짜 이상한 거 알지?"

물론. 젠이 샴페인을 아까워하듯 홀짝거리며 고개를 끄덕이자, 호림은 남은 종이를 젠의 이마에 붙이는 시늉을 했다.

"호신부 한 장 써 줄까? 긴 여행에 운이 함께하도록."

"아니, 난 아주 강력한 게 있어."

젠은 마주 미소 지으며 가슴 언저리를 두드렸다. 호림은 그 모습을 한참이나, 오래 새기려는 듯 한참이나 바라보았다.

그들 계획에 한 가지 문제라면, 구형 우주선이라 자동 항행 시스템에 약간의 구멍이 있다는 점이었다. 점프가 끝나면 단 며칠이라도 번거롭지만 사람이 직접 궤도를 확인하고 점검을 해야 했다. 결국 두 사람이 번갈아 깨어나서 그때그때 필요한 미세 조정을 맡기로 했다. 둘이 동시에 깨어 있어도 될 만큼의 물자 여유는 없었으니까. 여행은 동시에 작별을 의미했다.

출발할 때 그들은 나란히 서서 스크린 너머 돌풍이 거세게 부는 황톳빛 하늘 풍경이 점차 검은 우주로 변해 가는 것을 지켜보았다. 이것을 마지막으로 그들이 함께하는 일은 당분간 없을 것이다. 긴 항해가 끝날 때까지는, 얄팍한 우주선 한 겹을 껍질로 두른 채 광막한 검은 바다를 혼자 견디는 시간만이 낮과 밤처럼 번갈아 있겠지. 호림은 자신의 손을 가만 잡고 있던 젠이 강하게 손깍지를 끼어 오는 것을 느꼈다.

"사실 카드를 쳐 봤어."

"뭐가 나왔는데."

"다 좋다고. 항해는 무사히 끝나고 우린 지구에 도착해서 제대로 정착하고 일을 찾아내 함께 잘해 간다고. 우리에겐 미래가 있고, 어리석게 다 버려 가며 허공에 들이받는 게 아니라고."

"거짓말이 서툴러."

"앞으로 그렇게 만들면 진짜잖아."

이런저런 이야기를 하며 문득 호림은 무언가를 보았다. 그들이 떠나려는 행성을 둘러싸고 희미하게 반짝이는 점들이 모여 있었다. 은색으로 밀려갔다 밀려오는 파도가 떠올랐다. 끊임없이 흩어졌다가도 다시 모이며 그 작은 광점들은 행성 위로 솟아오르더니 어딘가로 헤엄쳐 가려는 듯 빛의 흐름을 만들었다. 그 형상은 왠지 낯익은 윤곽선을 그리고 있었다. 마치 투명하고 거대한 고래처럼. 호림은 경이에 찬 눈으로 숨을 죽였다.

이 행성에 고여 있던 감정들, 넓은 우주 전역에서 사람들이 끌고 온 그곳 별들의 먼지, 갈 곳 없는 해묵은 것들이 돌아가고 싶어 한다. 호림이 부적에 실어 내보냈던 상념, 집착, 그리움, 원망…… 그런 것들과 꼭 닮은. 호림은 들리지 않게 울려 퍼지는 거대한 부름을 온몸으로 들은 기분이 들었다. '돌아오라, 돌아오라' 외로운 호명 소리.

호림은 점점 더 멀리 우주로 떠나가며 아무 말 없이 가만히 그 광경을 지켜보았다. 은빛 고래가 파도를 차고 높이 솟구치는 모양으로 빛이 검푸른 우주로 한껏 뻗어 올랐으나, 결국 별을 거역할 수 없었다. 다시 수면 밑으로 철썩하고 빠져들듯 빛 조각들은 산산이 부서져 내렸다. 묶여 버린 것처럼 다시 행성으로 가라앉아 사라진다. 돌아가고 싶어도 돌아갈 수 없는, 그 마음들.

\* \* \*


알람 소리와 함께 눈앞에 은은한 빛이 들어오기 시작했다. 뇌파가 수면에서 각성 상태로 바뀌자 캡슐이 열리며 기상 음악 대신 설정해 둔 뉴스 채널이 켜졌다. 지구표준시에 맞춰 두긴 했으나 수신 지역 변두리라 시차가 며칠은 날 터였다.

호림은 또 혼자 눈을 떴다.

잘 잤습니까?

"그럭저럭, 유운. 보고 사항은?"

간단한 수리 항목과 업데이트 알람뿐입니다. 공기순환기를 수동 청소 모드로 한번 돌릴 필요가 있습니다.

"알았어."

간단히 대답하고 샤워부스로 향하다 말고 호림은 문득 물었다.

"오늘 날짜가 어떻게 되지?"

그들이 살던 행성력과 지구력 날짜를 차례로 알려 주는 유운의 음성을 들으며, 호림은 떠나온 지 얼마나 지났는지를 계산했다. 제법 시간이 흘렀다. 그대로 일상을 살았다면 꽤 많은 일을 겪었을 시간이. 젠을 떠올리자 갑자기 가슴 끝에 무디고 잔잔한 통증이 후비고 들어오는 것 같았다. 이렇게나 오래라니, 호림은 불현듯 현기증 비슷한 두려움이 더럭 들었다. 젠, 혹시 내가 널 가둔 게 아닐까. 도망칠 곳 없는 이 좁은 배에서 내게 널 묶어 버린 게 아닐까.

샤워를 마치고 테이블로 가자 또다시 보존식이 아닌 사람 손으로 만든 식사가 차려져 있었다. 모조란으로 만든 오므라이스와 정직하게 감자로만 버무린 감자샐러드, 뜨거운 커피 한 잔. 옆에는 역시 손으로 쓴 메모지가 붙은 채로.

'다음엔 진짜 야채로 샐러드를 만들어 줄게.'

간단하지만 젠답다. 구구절절 더 쓸까 말까 고민하며 메모지 위에서 펜을 멈춘 채 한참 고민했겠지. 언젠가부터 잠에서 깨면 여기저기 메모가 붙어 있곤 했다. 다음엔 어딜 같이 가자, 뭘 해 주고 싶다, 그때 이런저런 일 있던 것 기억나? 만나게 되면 그 일 같이 이야기하자, 혼자만 되새기니 재미없다, 꿈에라도 와 주면 좋겠다, 그렇게 둘 사이에 약속이 쌓여 갔다. 메모를 소중하게 든 호림의 입가에 퍼져 있던 미소가 조금씩 사라졌다. 호림은 유운에게 말을 걸듯 혼자 중얼거렸다.

"유운, 난 가끔 젠을 봐. 이 배 여기저기에 젠이 있어."

처음에는 아직 잠이 덜 깼나 했다. 기관실로 가는 해치 앞에 등 돌리고 선 젠의 뒷모습이 보였던 것이다. 당연히 헛것인 줄 알았기에 호림이 무시하고 볼일을 보는 사이 그 모습은 사라졌다. 그러더니 다음 날에는 휴식실에 앉아 스크린을 보며 쉬는 젠이 나타났다. 어떤 날은 한 번도 본 적이 없었다. 어떤 날은 동시에 두 명이 바쁘게 선실 안을 오가기도 했다. 아무 의미 없다. 그저 젠이 깨어 있을 때 남긴 잔상일 뿐이다. 호림의 그리움에 반응해서 호림의 예민한 감각에만 잠깐씩 보이는 현상이다. 그럼에도 호림은 젠의 잔상만이라도 좋으니 잡고 싶은 충동을 느끼는 것이었다. 젠이 이미 호림에게 너무 커져 버린 존재라서, 점점 더 힘겨워진다.

"내게는 양부모가 좀 많았어. 가끔 말종도 있고 반쯤은 평범한 사람들이었지만 끝은 똑같이 좋지 않았지."

이 사람 저 사람의 손을 전전하며 자란 호림은 처음엔 분노하고 원망했으나 차차 인간이 원래 그러리라 무뎌져 버렸다. 사람 마음이란 게 얼마나 허망하고 약한지. 감정도 마찬가지일 것이다. 넓고 까마득한 우주를 만나면 사랑은 허깨비처럼 쉽게 분해되는 게 아니었을까. 우리가 영원히 같을 수 있을까. 우리가 여전히 같은 방향을 보고 있는 게 맞을까. 내가 잠든 동안 내가 모르는 너의 시간에 네가 무슨 생각을 하고 어떻게 변했을지, 나와 완전히 같다고 확신할 보장은 어디에도 없는데.

무슨 말씀을 하는지 잘 이해 못 하겠습니다.

"그냥 혼잣말이니 잊어버려."

항상 눈을 뜰 때마다 최악이 올 수 있다고 마음을 다잡지만,

손글씨로 된 메모를 볼 때마다 호림은 그 따스함에 가슴이 아렸다. 이 따스함을 결코 잃고 싶지 않았다. 그렇기 때문에 또다시 최악도 받아들일 각오를 해야 하는 것이다. 세상은 믿을 수 없는 것들로 가득 차 있다. 변덕스럽게 나타난 것이 기적의 속성이라면 또 변덕스럽게 사라질 수도 있는 것이니. 눈 뜨자 작별이 있어도 놀라지 말자. 종착역인 지구에서 우린 어떤 모습으로 서로 만나게 될지 미리 예감하지 말자.

호림은 아무 내색 없이 젠이 만들어 준 식사를 하며 덤덤하게 말했다.

"유운, 최우선 사항부터 정리해 줘. 곧 일과 시작한다."

캡슐 안에 고요히 잠들어 있는 호림의 얼굴을, 젠은 한참 내려다보았다. 손등으로 캡슐의 서늘한 표면을 몇 번이나 쓸었다.

이 길고 긴 항해가 끝나는 꿈을 자주 꾸었다. 정화할 필요 없는 공기를 한껏 들이마시고 오래 잊었던 햇빛을 받으며, 구시가지의 익숙한 옛 건물들을 따라 걷고, 그러다 잠에서 깨면 단 혼자. 그러다 보면 꿈도 두렵고 내가 과연 우주를 떠돌아다니는 이 악몽에서 벗어날 날이 오긴 올까 겁이 나곤 했던 것이다.

"그런 날이 오긴 오네. 정말로."

젠은 바로 옆에 있으면서도 멀게 느껴지는 호림을 향해, 지친 만큼 그리움에 가득한 눈으로 중얼거렸다. 굳이 손으로 그려서 걸어 둔 달력의 날짜가 모두 가위표로 지워져 있다. 오늘이 바로 그날이다.

그러나 사실 젠이 두려워하는 것은 따로 있었다. 시간이 오래 흘렀다. 우리가 시간에 이길 수 있을까? 젠은 다시 호림의 얼굴을 보는 게 무서웠다. 너무 오래 그리워하고 원하다 정신을 차려 보니 젠이 알고 있는 호림은 저 멀리, 과거 뒤에 서 있었다. 조금도 변하지 않은 맑은 얼굴로 그 시절에 그대로 선 채 젠을 가만히 바라보고 있다. 지금의 너는 무슨 생각을 하며 나를 볼지. 나는 여기서 여전한데 현실을 걸어가고 있을 네가 아직도 나를 사랑해 줄지. 갈망이 뒤틀리면 쌍둥이처럼 고통이 뒤따른다는 것을 예전에는 몰랐다. 우리가 여전히 사랑일까.

그때 유운이 짧게 알람을 울렸다.

허가가 떨어졌습니다. 앞으로 13시간 후 북아프리카 토주르 포트에 착륙 예정입니다.

젠은 깊이, 깊이 숨을 들이쉬었다. 그럼에도 불구하고 지금 드는 단 하나의 생각은 '호림을 다시 만나고 싶다.'라고.

오직 그 하나만이 젠을 이곳까지 데려왔으니까 그러니까 조금만 더 가자, 너와 내가 만날 지구로 가자.

길고 지루하고 끝없이 까다롭게 굴던 입국 심사까지 모두 마친 후에야 우주선 해치가 열렸다.

내려서던 젠은 하늘에서 내리꽂히는 눈부신 햇살과 열기에 잠깐 멈춰야 했다. 사막을 건너온 바람이 옷자락을 메마르게 형

크고 지나갔다. 젠은 눈을 찡그린 채 손차양을 치고는 믿을 수 없도록 파랗고 깊은 하늘을 올려다보았다. 오랜 여정으로 피곤했고 팔다리가 물먹은 솜처럼 무거웠다. 모든 풍경과 감각이 한꺼번에 낯설게 와락 닥쳐들어도 우주선 안에 갇혀서 멍청할 정도로 단조로워진 마음으로는 아직 실감이 나지 않았다. 이곳이 진짜 지구가 맞을까. 누군가의 장난 같다는 의심이 들어 오히려 무덤덤하기만 했다.

공항을 조금 벗어난 곳에는 관광객 대상으로 일부러 만든 전통시장이 있었다. 그곳은 선명한 녹색 자주색 주황색 천을 온몸에 두른 사람들이 큼지막한 귀고리를 빛내며 대추야자니 구슬 장식을 흥정하느라 밤낮없이 시끌벅적했다. 어디서나 향신료 냄새가 풍겼다. 젠은 신발 바닥으로 흙을 느끼며 혼자 천천히 걸어서 돌아다녔다. 올리브와 씹으면 입안이 화한 회향씨앗을 샀다. 좋은 술도 잊지 않고 두어 병 사서 챙겼다. 더운 공기 속에서 오랜만에 사람들과 뒤섞인 채 부대끼며 흘러 다녔다.

그림자가 길어지자 숨이 턱턱 막히던 더위가 한풀 꺾인 느낌이 들었다. 젠은 여전히 꿈꾸듯 몽롱한 기분으로 다시 걸어서 우주선으로 돌아왔다. 그동안 유운이 캐리어를 준비해 캡슐을 실어 두었다. 젠은 시장에서 사 온 것들을 골풀 바구니에 담고는 캐리어를 작동시켰다.

"유운, 무사히 데려와 줘서 고마워."

**별말씀을요. 귀향 축하드립니다.**

임무를 모두 마친 유운도 이제 휴식하려는 듯 슬립 모드로 들어가니 빛도 소리도 사그라들고 우주선은 잠잠해졌다. 젠은 작게 웅 하고 진동하는 캐리어를 곁에 이끌고 관광 지구를 걸어서 빠져나갔다. 모래색 야트막한 건물들 사이로 부드럽게 그늘이 지고, 열대식물을 스치는 바람이 우는 소리를 냈다. 마을을 나서자마자 발바닥이 푹 빠지며 사막이 나타났다. 모래가 사박거리는 소리. 캐리어와 함께 좀 더 걸어서 사막 안쪽으로 들어간 다음, 젠은 캐리어의 잠금을 해제했다.

"이제 깨워 줘."

수면 상태를 유지하던 캡슐이 각성 단계에 들어섰다. 그 안에서 호림은 여전히 깊이 잠들어 누운 채였다. 굳게 감겨 있던 호림의 눈꺼풀이 가볍게 떨리더니 손이 뒤척이는 움직임을 했다. 젠은 그 얼굴을 가슴이 꽉 조인 듯이 지켜보았다. 잠깐이 무한히 길게 느껴졌다. 곧이어 호림이 천천히 눈을 떴다. 허공으로 열린 눈이 의아한 듯 두어 번 깜빡였다. 목에 걸린 목소리가 작게 튀어나왔다.

"여기가 대체……."

"응, 도착했어. 예정보다 하루 앞당겨져서, 유운은 너도 미리 깨우라고 했지만."

기운 없이 일어나려는 호림을 젠이 부축해 앉혀 주며 겨우 말을 이었다.

"눈 뜨자마자 이걸 보여 주고 싶었어."

호림이 크게, 가슴 밑바닥부터 심호흡했다. 경이로 가득한 호림의 시야에 둥글고 넓은 하늘, 끝없는 모래가 들어찼다. 서쪽 하늘에선 아직 남은 태양이 맹렬하게 불타며 검은 꽃송이가 피처럼 붉게 벌어지는 모양으로 이글거렸고, 거대한 노을의 끝자락은 푸르게 식어 가며 별을 부르고 있었다. 바람이 사막에서 내달려 모래를 파도처럼 물결치게 했다. 지평선 끝은 아지랑이처럼 가물가물하게 보이지 않았고, 크게 들이쉬는 가슴에 모래를 품은 공기가 가득 찼다.

지구다, 정말로 우주를 건너와서 마침내, 다시 지구다. 믿을 수 없다는 듯 이리저리 돌아보며 크게 뜬 호림의 두 눈에 은색으로 꽉 찬 채 뜨는 달이 담겼다. 그리고 젠이. 눈앞에서 기쁜 듯이 어린아이처럼 웃는 젠의 얼굴이. 호림이 멍하니 입을 열었다.

"젠, 다시 한 명이 됐네."

"그게 무슨 소리야?"

설명하려다 말고 호림은 실없는 웃음을 터뜨렸다. 아무것도 아니라고 손을 내저으며 잔상이 아닌 젠, 진짜 젠을 뚫어져라 쳐다보았다. 홀로그램도 메모도 전부 지워 버리고 압도하는 살아 있는 젠. 감정이 북받쳐 올라 머릿속에 불꽃처럼 퍼졌고, 더 이상 아무 말도 필요 없었다.

젠은 모래바닥에 담요를 깔고 지구에서의 첫 만찬을 차려 두었다. 빵과 치즈, 올리브, 선명한 색을 한 과일, 술. 호림의 캡슐과 캐리어를 등받이 삼아, 그들은 다리를 뻗고 허겁지겁 먹고 마시기 시작했다. 얼빠진 대화를 생각나는 대로 마구 떠들다가 함께 구르듯 웃었다. 그간의 각오가 우스울 정도로 서로의 존재가 자연스러웠다. 바로 어제도 같이 있었던 양. 그러나 사실은 매우 오랜 시간이었다고, 자칫했으면 회복할 수 없을 만큼의 헤어짐이었다고. 갑자기 눈이 마주치자 둘은 말이 끊겼다. 한참 서로를 들여다보다가 젠이 겨우 목이 멘 듯한 목소리로 말했다.

"드디어 도착했어."

호림은 대답 대신 가만히 고개를 기울였다. 젠에게 따뜻한 이마를 마주 댔다.

"네가 혹은 내가 다시는 깨지 못할까 봐 무섭고, 이젠 내가 필요 없게 됐을까 봐 두려웠어."

"나도 그랬어. 너도 그런 줄은 몰랐네."

"하지만 너와 눈을 마주친 순간 알았지. 우린 다시 사랑에 빠질 거라고."

틀어 둔 라디오에서 또 오래된 노래가 나왔으나 두 사람에게는 들리지 않았다. 그들은 가진 것 하나 없는 빈털터리고 내일부터 어디서 무엇을 해야 할지조차 몰랐다. 그러나 지금은 여기서 우린 아마 많은 이야기를 해야 할 거야. 떨어져 있던 빈 시간을 다시 채워 가야 할 거야. 젠의 꽉 쥔 손아귀 안에는 다 구겨지고 닳은 카드가 한 장 있었다. 긴 여행 중 수없이 꺼내 보고 만지작거려 무늬도 다 지워진 연인 카드가 바람결에 가볍게 펄럭였다. 지금 여기서, 또한 앞으로 어디서든, 두 사람이 함께 있기 위해 스스로 만들어 낸 기적.

 그들은 꼼짝도 않은 채 눈을 감고 서로의 체온을 느꼈다. 우주 끝에서 간신히 당도한 지구의 밤이 사막과 그들을 내려다보며 파랗게 흘러가고 있었다. 우주 시대는 미신을 사랑한다. 사람이 여전히 사람을 사랑한다는 미신을.

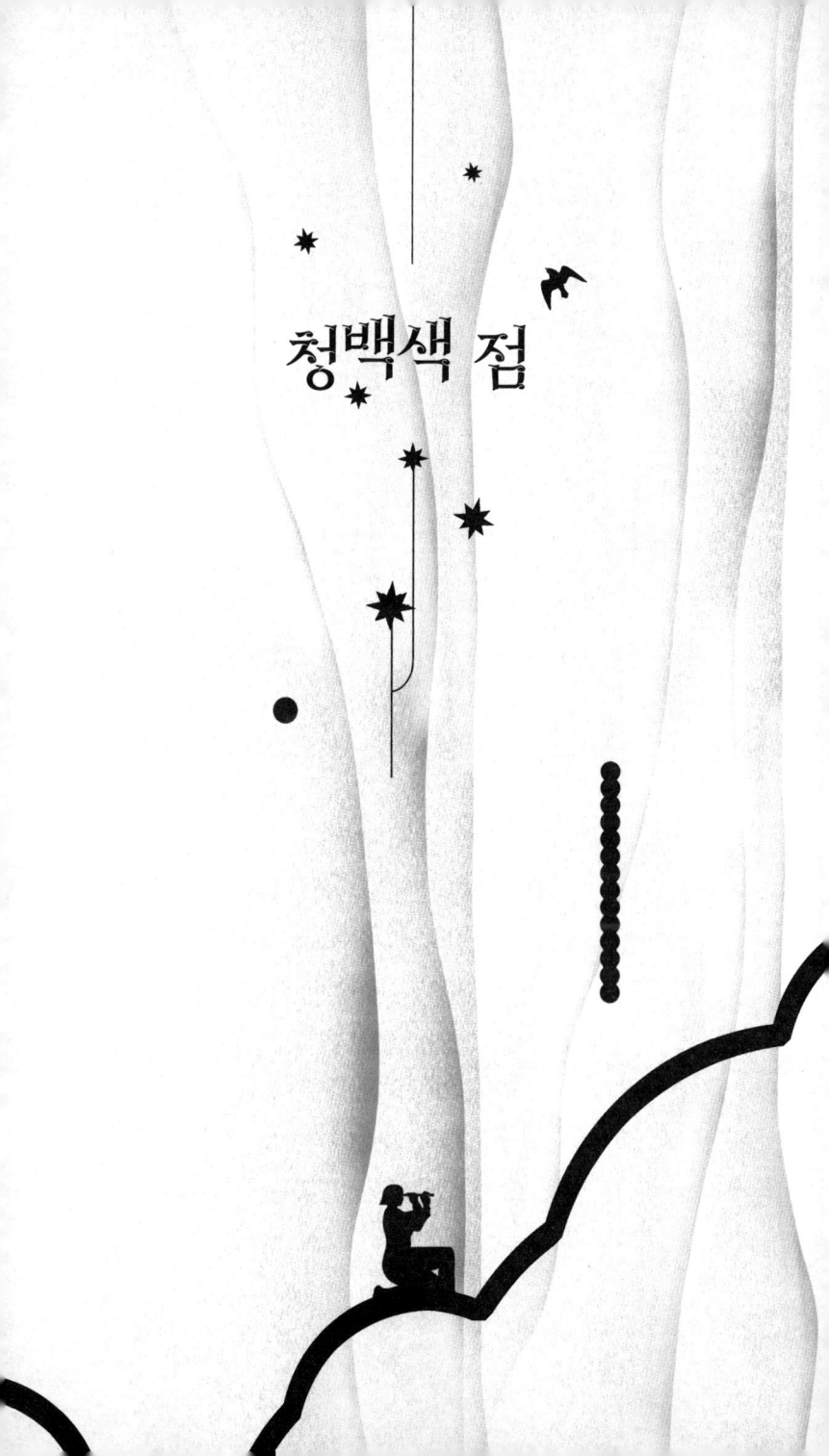

처음 '그것'을 의식한 것은 다섯 살인가 여섯 살 때 일이었다. 그녀는 지금도 생생하게 기억했다.

유아원에서 뛰어놀다 숨이 턱에 차 돌아와선 우유와 빵을 먹고 나서 배에 이불 덮고 낮잠을 잤다. 잠에서 깨도 아직 환한 낮이었다. 햇빛이 가득 쏟아져 들어오는 마루에 앉아 엄마는 볕 냄새가 나는 빨래를 조용히 개고 있었다. 그녀는 그 광경이 못내 기쁘고 설레었다. 엄마도 마주 웃어 주며 "잠 깼니? 엄마랑 같이 시장 다녀와서 저녁 먹자."며 그녀를 일으켜 주었다. 그래서 그녀는 전부터 궁금하던 걸 처음 물었다.

"엄마, 그런데 저건 뭐야?"

편안히 미소 짓던 엄마의 표정이 천천히 굳어 가던 장면을 기억한다. 처음엔 대수롭지 않게 돌아보았고, 아무것도 없는 걸 확인하자 여전히 웃으면서도 찜찜한 듯이 그녀를 보던 눈빛을 기억한다.

"뭐? 엄마는 뭔지 모르겠는데. 뭐가 그렇게 궁금한 걸까?"

"내 옆에 있는 까만 점 같은 거 말이야. 가끔 여기저기 움직이는데 지금은 엄마 팔 옆에 있네. 그거, 그거야."

엄마는 소스라쳐서 벌레라도 떼어 내듯 어깨를 털어내며 엉뚱한 방향으로만 눈을 굴렸다. 그녀는 답답했다. 어른들이 늘 그러하듯 엄마가 알면서도 모르는 척하거나 놀리는 중이라 여겼다. 그녀는 아이의 말로는 정확히 전달할 수 없다는 분함과 혼자만 따돌려진다는 외로움에 울음을 터뜨렸다.

"거기 있잖아. 거기 있는데 왜 안 보인다고 그래? 눈 감았다 떠도 계속 있단 말이야, 까만 점이 있다고."

마지막으로 두려움과 경악에 물든 얼굴을 한 엄마가 어떻게 그녀를 달래야 좋을지도 모른 채 우뚝 서 있던 것까지 전부 생생하다.

'그것'은 언제부터 있었을까. 기억은 못 하지만 그날보다 훨씬 이전부터 그녀에게는 그 '점', 혹은 '틈'이 보였다. 뭐라 부르기도 모호한, 검고 불투명한 얼룩. 그녀가 시선을 어디로 돌리든 따라오듯 한구석에 존재했다. 시야를 가릴 정도로 강렬하진 않고 원래 그 자리에 놓인 검고 작은 사물처럼 자연스러웠지만, 손을 뻗으면 만져지지 않고 심지어 다른 곳으로 이동하기까지 했다. 아마 아기 때부터 그녀는 하얀 천장에서 그녀를 마주 내려다보는 그 검은 얼룩을 보아 왔을 것이다. 빵과 우유와 어린이 컵과 포크수저 사이에도, 엄마와 아빠와 유아원 선생님 사이에도 그 하나의 새까만 점은 있었다.

엄마와 아빠는 역시 모르는 척했다. 그녀는 계속해서 까만 점에 대해 말했고, 그때마다 엄마아빠는 당혹스러워하거나 걱정하거나 성가셔하며, 혹은 한꺼번에 세 감정을 드러내며 딸을 구슬렸다. 그녀가 잘못 봤거나 상상하거나 꿈을 꾸고 있는 거라고. 그래서 그녀는 유아원 친구들에게 말하기 시작했다. 아이들은 대번에 거짓말쟁이라고 떠들어 댔으나 그중 하나가 엉뚱한 소리로 맞받았다.

"어떻게 생긴 거야? 주머니 같은 거야? 구멍 같은 거야? 그럼 내 크레용도 들어가겠네?"

어린애들이 눈을 동그랗게 뜨고 지켜보는 가운데 그녀는 크레용을 살살 들고 검은 점 가장자리로 가져갔다. 손을 톡 펴니 뭉툭한 크레용이 소리도 없이 안으로 빨려 들어갔다. 작은 새처럼 짹짹대던 아이들 입이 벌어졌다. 그녀는 검은 틈이 크레용을 삼킨 것을 똑똑히 보았으나 아이들 눈에는 그냥 공중에서 물건이 사라졌을 뿐이란 건 몰랐다.

몇몇은 비명을 지르며 도망치고 남은 아이들은 흥분해서 이것도 던져 봐, 저것도 던져 봐, 하고 온갖 잡동사니를 다 건넸다. 그렇게 실내화며 그림책이며 장난감 블록이 검은 틈의 먹이가 된 후에 달려온 선생님이 정색을 하고 말했다.

"곧 엄마 오실 테니 돌아가거라."

유아원에 가지 않고 집에서 시간을 보내는 동안 엄마는 어딘가 계속 전화 통화를 했다. 다급하게 뭔가를 따지거나, 하소연하거나, 지쳐서 대꾸만 하는 목소리였다. 그녀는 혼자 마루에 이불을 깔고 드러누워 자다가 깨고, 햇빛이 쨍한 낮인데 억지로 또 자기도 했다. 집 안 공기 하나하나가 다 조심스러웠다. 엄마도 아빠도 그녀에게 여전히 부드럽게 말해 주고 웃어 주었지만 엄마와 아빠가 대화를 하는 건 그녀가 잠든 후거나 아니면 둘만 나가서 차 안에 있을 때뿐이었다. 엄마는 화를 내며 무언가를 요구하고 아빠는 고개를 저었다.

그동안에도 검은 점은 항상 그녀 주변에 있었다. 벽지 무늬인 듯, 유리창에 붙인 데코 스티커인 듯. 그녀는 심심풀이 삼아 종이를 접었다. 네모를 접고 세모를 접고 배를 접고 건물과 꽃과 놀이동산과 집을 접고 엄마와 아빠와 자기를 접고, 하나하나 전부 검은 틈 속에 쏟아 넣었다. 더 넣을 게 없었다. 그녀는 손을 물끄러미 바라보다가 손가락 끝을 살짝 검은 틈에 가져다댔다.

별다른 건 느껴지지 않았다. 공기처럼 아무것도 없고 만져지지도 않는, 감촉이랄 수도 없는 감촉. 그래서 손가락을 쏙 넣어 보았다. 갑자기 서늘하고 이질적인 공기가 손가락만 에워싼 듯했고 눈으로는 검은 점 속에 들어간 손가락을 더 이상 볼 수 없었다. 그때 던져 넣은 크레용이나 실내화는 어떻게 됐을까. 저 너머는 생각보다 큰 주머니라 전부 담고 있는 걸까. 조용하고 차갑고 막막한 그곳 어딘가에.

그녀는 좀 전에 넣은 종이접기라도 잡히지 않을까 기다려 보았다. 그새 손가락에는 점점 더 감각이 없어지며 오히려 편안해지고 있었다. 그 안이 어떻게 되어 있을지 궁금했다. 손가락을 빼 보니 다시 멀쩡하게 손에 붙은 상태로 눈앞에 나타났다. 신기해하며 손바닥을 앞뒤로 뒤집어 손가락을 까딱거리고 꼬집어도 보던 그녀는 결국 호기심을 누르지 못했다.

그다음부터는 잘 기억나지 않는다. 갑자기 아빠의 기겁한 고함이 들렸을 뿐.

나중에 듣기로는 아빠가 방문을 열었을 때, 그녀의 머리 앞부분이 공중에서 삭 잘려 나간 듯 없어져 있었다고 한다. 아마 그 검은 틈 안에 앞통수를 들이밀었겠지. 아빠가 소리치자마자 사라진 아이의 한쪽 이마와 뜬 눈이, 보름달이라도 차듯 서서히 채워지며 그쪽을 표정 없이 돌아보았다고. 아빠가 쓰러지지 않은 것만도 용한 일이다. 그길로 아빠는 엄마가 요청해도 반대했던 병원으로 아이를 싣고 갔다.

자신이 본 광경은 피로 탓이라 치부한 채 아빠는 그녀를 의사에게 맡겼다. 아이가 자꾸 이상한 게 보인답니다. 그녀의 눈을 검사하고 뇌 사진을 찍고 그림을 그리거나 문제를 맞히게 한 의사들은 고개를 저었다. 눈은 이상 없습니다, 뇌도 문제없습니다, 발달 과정의 심리 문제일 수 있으니 지켜보지요.

그녀는 유아원 대신 상담 선생님을 만나러 다녔고 매번 선생님은 상냥하게 웃으며 물었다. 어제는 무슨 꿈을 꿨니? 무서운 일은 없었고? 어떤 책을 읽고 어떤 친구랑 얘기했니? 그리고 그건 아직도 보이니?

네, 선생님 팔꿈치랑 컴퓨터 사이에도 있고요. 전에는 커튼 근처에도 있었어요. 대기실에 있을 때 문에 붙어 있기도 했고요. 처음에 그녀는 누군가가 검은 점 얘기를 들어 준다는 게 기뻐서 모조리 다 말했으나 조금씩 눈치채기 시작했다.

엄마도 아빠도 의사 선생님도 상담 선생님도 누구도 검은 틈에 대해 듣고 싶어 하지 않는다, 그들이 듣고 싶은 유일한 말은 '검은 점이 없다'뿐이라고. 그래서 어느 날 그녀는 소풍이라도 가는 것처럼 힘차게 "네, 안 보여요. 어디론가 가 버렸나 봐요."라고 대답했다.

그 후로는 모든 일이 조금 편해졌다. 그녀는 이제 병원에도 상담실에도 가지 않았고, 엄마아빠는 다시 그녀 앞에서 웃으면서 새로운 유아원으로 데려다주었다. 즐거운 간식 시간, 주말의 나들이, 마루에서 장난감을 끌어안고 뒹굴거리다 엄마가 덮어 주는 이불에 파묻혀 자는 낮잠이 돌아왔다. 보이지 않는다고 생각하니 정말로 보이지 않는 것도 같았다. 이불 속에 기어 들어가 눈꺼풀 앞에 떠다니는 낯익은 검은 얼룩을 마주해도, 그녀의 작은 머리는 그것이 없는 장면만 열심히 상상해서 보았다.

그녀는 검은 점을 외면했다. 그것이 보이는 세상을 잊었다.

위태롭지만 평온하던 잠깐의 유년 시절이 흘러가고 그녀가 중학교에 다닐 무렵이었다. 어떤 변화는 숨 돌릴 틈도 없이 급격히 일어난다. 아버지가 돌아가셨다.

어처구니없는 한 번의 차 사고가 아버지의 존재를 세상에서 지워 버렸다. 병원부터 납골당까지 몇 단계를 거치며 생자와 사자가 갈렸고, 서류에서도 아버지는 더 이상 이곳에 없다는 세상의 날인이 찍혔다. 그녀는 문득문득 몸서리치며 어머니의 무릎에서 잠이 깼다. 그때마다 조금씩 어머니와의 이별도 직감했다. 어머니가 직장에 남아야 했기에 그녀는 아이도 어른도 아닌 애매한 상태에서 할머니 댁으로 보내졌다. 어릴 때부터 지내던 동네, 몸의 일부 같던 집 안 가구, 가족사진을 찍던 공원, 당연한 듯 보내던 나날들이 순식간에 다른 나라, 그것도 다시 갈 수 없는 나라가 되어 버린 것만 같았다.

급변하는 환경 속에 그녀는 다시금 친숙한 검은 틈과 마주하지 않을 수 없었다. 기억도 거의 없는 아기 시절부터 그녀의 존재와 단절되지 않고 남은 유일한 것이었으므로. 아주 조금 눈을 돌리자 그것은, 여전히, 그곳에 있었다. 그때부터 그녀는 낯선 풍경 낯선 학교 낯선 학급 속에서 단지 그 검은 틈만 바라보게 되었다.

그러나 가끔은 그 사이에 거침없이 끼어드는 사람도 있었다.

"뭘 그렇게 봐? 넌 항상 이상한 델 쳐다보고 있더라."

솔직하고 활발한 남자아이는 그녀가 대답을 얼버무려도 상관 않고 몇 번이나 말을 걸고 다가왔다. 그녀는 사실 누군가와 말을 하고 싶었다. 집에 돌아가면 할머니가 들으란 듯 자기 신세를 푸념했다. 기력 없는 노인이 이제 와서 철없는 손주를 보겠느냐고, 여기저기 몸이 아파 정신이 없다고 보는 사람마다 붙들고 하소연을 했다. 그녀가 사춘기의 욱하는 심정에 대들기라도 하면 뼈마디만 남은 손이 머리며 팔을 때렸다. 아프진 않았지만 제풀에 지친 할머니가 그만두고 돌아서면 또 한숨과 혼잣말 같은 불평이 시작됐다. 염치도 없이 가족을 떠넘기고 일찍 죽은 사위를 욕하고, 서먹한 데다 말까지 듣지 않는 손녀를 욕했다.

그녀는 과거가 허물어진 후에도 혼자 힘으로 자기 자신을 지키려 애썼지만 할머니가 내뱉는 박복한 년, 그 한마디에 전부 다 흐트러져 날아갈 것만 같았다. 그래서 절실하게 누군가가, 낡고 박복한 자신 말고 아직 가능성이 창창한 자신을 보아 줄 그 누구라도 필요했다. 그녀는 남자아이가 접근하도록 두었다.

또 이상하다는 취급받을 각오를 하고 어느 날 조심조심, 자신을 따라다니는 '까만 점'에 대해 이야기했다. 햇빛 좋던 점심시간, 운동장 옆 벤치에 단둘만 앉아 있을 때였다. 남자아이는 화들짝 놀란 얼굴을 하더니 환하게 웃었다. 와, 진짜 깜짝이야.

"나도 알아, 그거. 나도 보거든. 너만 그런 줄 알았어?"

더 놀란 쪽은 그녀였다. 너도 본다고? 네게도 이게 보여? 그간 마주친 부모님과 아이들과 선생님들의 반응이 새삼 때리듯이 머릿속을 스치고 지나갔다. 살아오는 동안 오직 자기 혼자만 잘못됐다 여겼다. 그러나 역시 그녀 하나만이 아니었던 것이다. 그럼 그렇지. 세상에 인간이 얼마나 많은데. 흔하진 않다 하더라도 같은 걸 보는 사람은 어딘가 있기 마련이겠지.

산사태처럼 밀려드는 안도감으로 그녀는 손바닥에 얼굴을 파묻었다. 손길이 다가와 조금 어색하게 그녀의 어깨를 다독여주었다. 눈을 감아도 그녀는 주변에서 어두운 달처럼 맴도는 검은 틈을 느꼈다. 그래도 이젠 혼자가 아니야. 나만 이상한 게 아니야.

남자친구가 된 그 애는 솔직하고 활발한 데다 호기심이 많아 그녀에게 '까만 점'에 대해 질문을 퍼부었다. 어릴 때 겪은 일화를 하나하나 들려주다 말고 그녀는 의아해했다.

"너도 보인다면서 왜 그런 것까지 궁금해?"

"난 계속 보는 게 아니거든. 컨디션에 따라선 한참 안 보이기도 해."

역시 사람마다 다른 법인가 보다, 하고 그녀는 스스로에게 대신 해명했다. 더 이야기할 거리도 떨어졌을 때 그녀는 무심히 중얼거렸다.

"정말 그건 뭘까. 생각해 봐도 모르겠어. 주머니 같은 틈새일까, 어딘가로 연결되는 통로일까."

"그것도 몰라? 넌 바보구나."

그 애가 자신만만하게 선언했다.

"다른 우주로 가는 문이잖아. 다른 시공간의 뒤틀림이라고."

다른 우주, 다른 시공간? 바보냐는 말에 기분이 상했지만, 같은 경험자인 그 애니까 수긍했다. 자신은 괴로워하기만 하느라 그게 뭔지 생각이 부족했다는 반성까지 곁들이며. 신이 나서 그 애는 자기가 본 영화, TV, 좋아하는 히어로의 설정을 쏟아 냈다. 선택받은 지구인에게만 주어진 증표인 문을 통해서 외계인이나 마계의 존재가 방문할 수 있다고. 그때가 오면 우리는 중간에서 중요한 역할을 맡게 될 거라고.

그 후로도 그 애는 이야기를 더 해 달라고 졸라 댔고, 그녀는 말해 줄 일화가 떨어지자 조금씩 공상을 섞어 지어내기 시작했다. 그 애가 바라는 대로 외계 문명이나 초자연 세계 분위기를 내는 왜곡이었다. 자신의 눈앞에 어른거리는 정체 모를 검은 틈을 똑바로 바라보면서 그녀는 그 틈에 대한 이야기를 만들어 냈다. 그러던 어느 날 그 애는 고개를 크게 저었다.

"그건 아니지. 보면 알잖아. 그건 블랙홀인데 뭐가 나올 순 없지. 이다음에 인간 문명을 다 빨아들여 무로 돌려 버릴 거라고. 통로가 아니잖아."

그녀는 당혹스러웠다. 왜 그렇게 되는 거냐고 물으니, 보면 알지 않냐고 왜 그걸 모르냐는 핀잔을 반복할 뿐이었다. 그녀의 이야기는 또다시 바뀌어서 무엇이든 삼켜 버린 후 다시는 내놓지 않는 블랙홀을 닮아 가고 있었다. 그 애가 흥미진진하게 눈을 반짝이며 들어 주는 순간만큼은 아무래도 상관없었다. 만들어 내는 이야기 속에서 비로소 주인공이 되어 도취된 듯 잠깐이라도 현실을 잊을 수 있는 그 순간이 좋았으니까. 이야기가 점점 뒤틀리고 꼬여서 자신의 어린 시절이 이상한 집과 이상한 가족들과 이상한 아이가 등장하는 기괴한 그림책처럼 되어 가는 것도 느끼지 못했다. 그러다 어느 날 그 애가 싫증 난다는 듯 쏘아붙였다.

"전에 들었던 거랑 다르잖아. 왜 말이 바뀌어? 처음엔 상담 선생님이 별거 아니랬다면서. 근데 언제 너한테 빨리 도망치라고 했다는 거야?"

그녀는 퍼뜩 정신을 차렸다. 햇빛 속에서 현기증이 일며, 아프도록 기억 속에 움켜쥐고 있는 줄 알았던 자신의 지난 시절이 헷갈리기 시작했다. 혼란스러워하는 그녀를 보며 그 애가 툭 내뱉었다.

"너, 전부 거짓말 아냐? 검은 점인지 틈인지 본다는 것도 지어낸 거 같은데? 증거를 보여 봐."

그 목소리는 익숙했다. 그녀를 비난하고 몰아치던 음성들과 꼭 닮아서 현기증이 더 심해졌다. 그 애는 비싼 신상품이라고 온종일 신이 나서 자랑하던 농구화 한 짝을 벗더니 쓱 내밀었다. 그녀는 얼결에 신발을 받아들고는 성난 표정을 한 그 애를 빤히 쳐다보았다. 뭐 해, 그 점인지 틈이 물건을 빨아들인다며. 내 눈앞에서 해 보라고.

별것도 아닌 농구화 한 짝의 무게가 두 손에 납덩이처럼 눌러왔다. 턱과 아랫입술이 떨렸다. 그녀는 직감했다. 전부 거짓말이었구나.

네게도 보인다고, 그것과 함께 산다고, 세상에 나 혼자가 아니었다고 거짓말을 해 왔구나. 알록달록한 크레용이 기억났다. 그때 크레용은 풀이며 나무며 꿈속의 자동차를 칠하던 싱싱한 녹색이었다. 그 녹색 크레용이 사라졌을 때 비명을 지르며 도망치던 아이들과 호기심을 더욱 잔인하리만큼 드러내던 아이들이 생각났다. 너는 어느 쪽일까.

그녀는 아직 빳빳한 새 신을 사뿐히 든 채 보란 듯이 검은 틈으로, 어둠 속으로 밀어넣었다. 그 애의 입이 천천히 벌어졌다. 그 표정조차 친숙하다, 웃음이 날 정도로.

자랑스러운 신발이 완전히 사라지고 나서도 한참이나 그 애는 멍하니 서 있었다. 그러더니 그녀에게 달려들어 어깨를 잡고 흔들어 대기 시작했다. 지금 무슨 짓 했어, 어디 갔어, 내 신발. 내놔, 거지같은 장난 그만 치고 빨리 돌려내. 이게 뭐 하자는 짓거리야? 이번만 봐줄 테니까 그만하지?

"재미없다고! 빨리 내놔, 내놓으라고 내 신발!"

목이 아프도록 덜그럭거리면서도 그녀는 그 애의 의미 없이 뻥 뚫린 눈구멍 대신 다른 하나의 검은 구멍을 보고 있었다. 그녀를 가만히 마주 보고 있는 틈새. 너는 무슨 일이 있어도 변하지도 사라지지도 않는구나.


양분에 굶주린 어린 뿌리들은 소문과 악담마저 게걸스럽게 흡수하며 쭉쭉 컸다. 다음 날에는 당연한 듯 그녀가 도둑이 되어 있었다. 예상을 하고 등교했지만 그렇다고 모든 악의를 막아

낼 준비가 된 것도 아니었다. 쟤가 그렇게 손버릇이 나쁘대. 농구화 훔치다 들켰는데 잡아뗀다지.

운동장 스탠드에 친구들과 앉아 시시덕대던 그 애는 그녀를 보자마자 눈빛이 변하며 다 들리도록 목청을 높였다.

"아, 그거? 내가 봐줬어. 머리도 이상한 애야. 남들이 못 보는 차원의 틈새인가 그런 걸 본다고 떠들어 대더라. 진짜 어디 아픈 애니까 가까이 가지 마라. 할머니랑 둘이 사는 애라 관심이 고파서……."

그녀는 그대로 도망치듯 집으로 돌아갔다. 가방을 가지러 교실에 갈 엄두도 안 나서 떨리는 두 팔을 감싼 채 버스도 못 타고 한 시간 반을 걸었다. 학교에서 연락이라도 갔는지, 할머니는 그녀를 보자마자 고개를 슬쩍 돌리며 한숨을 토했다. 차라리 평소대로 힘도 없는 손바닥으로 때리기라도 할 것이지 한탄하는 목소리가 유난히 귀에 와 박혔다. 저 애가 어쩌다가…… 불쌍하게도. 제 어미도 저 어린 것도 팔자가 대체. 얼굴이 화끈거려 그녀는 입속으로 저녁밥은 됐다고 웅얼대며 방문을 꼭 닫았다.

혼자가 되자마자 눈물이 차올랐다. 다른 차원의 세상이 진짜 있다면 그녀의 눈 속에 숨어 있었던 것처럼, 끊임없이 홍수처럼 눈물이 솟아났다.

그녀는 그 애에게 들려주기 위해 비뚤게 왜곡하기 이전, 그냥 평범하고 단란했던 어린 시절을 떠올렸다. 식탁 위에 준비된 빵과 우유, 어린이 컵, 부모님의 밥그릇과 국그릇, 색색으로 잘라

낸 종이 조각, 유리창에 붙은 스티커, 아빠의 안경, 엄마는 지금 어디 있을까. 엄마는 이제 하루 중 얼마만큼 내 생각을 할까.

이제 있을 곳이 없었다. 할머니는 할머니 몫의 불운한 신세로도 벅찼다. 그녀는 가만히 숨을 고르다가 젖은 얼굴을 들었다. 그곳에는 언제나 그렇듯 앞으로도 그러하듯 검은 균열이 떠 있었다. 그녀는 까맣게 잊고 있던 어린 시절을 기억해 냈다. 아빠가 오기 전, 그 안쪽에 손과 앞머리를 들이밀었던.

그 기억은 왜 이토록 평온할까. 아무런 위험이나 고통도 느껴지지 않는다. 오히려 복잡한 머릿속을 식혀 주듯이 감싸 주던 공기와 차분한 고요. 가슴이 터질 만큼 그 정적이 그리웠다. 아무도 나를 모르고 나도 알 필요 없이 얼어붙은 세상. 그곳으로 가면 영원히, 안식을 찾을 수 있을까? 그녀는 깊게 폐가 아프도록 심호흡을 했다. 그리고 충동적으로 그 틈새로 몸을 던져 넣었다.

머리부터 어깨까지 쑥 빠져드는 느낌. 꼭 물속으로 첫 다이빙을 하는 것 같았다.

또다시 시리도록 맑은 공기, 머릿속이 텅 비어 울릴 정도로 광막한 공간감이 전해져 왔다. 거의 죽을 각오로 뛰어든 그녀에게는 환영받는다는 느낌이 들 만큼. 그녀는 압력에 눌려 있는 눈꺼풀을 꿈틀거리며 간신히 두 눈을 떴다.

검고 검은, 부드럽고 막막한 어둠이 끝없이 펼쳐져 있었다. 소리마저 삼켜드는 그 어둠을 향해 그녀는 입 모양으로 불렀다.

엄마를 돌려줘. 아빠를 돌려줘.

"내게 잘해 주던 그 애를, 내 앞날을 돌려줘."

'그것'은 잘못한 게 없다. 그저 그녀 곁에 있었을 뿐. '그것'이 일부러 그녀의 세상을 모두 빨아들여 삼켜 버린 것도 아닌데, 원망할 수밖에 없었다. 눈썹 끝에 맺혀 있던 눈물이 방울방울 떨어져 새까만 어둠 속에 푸르스름하게 퍼졌다. 몸의 절반은 이 안에, 남은 절반은 살아 있는 세상에 걸친 채 그녀는 부탁했다.

"아니면 나도 데려가."

대답은 없었다. 이곳은 크레용도 종이접기도 농구화도 아무것도 돌아오지 않는 마치 어두운 사막. 그때 그녀는 멀리 희끄무레한 빛을 발견했다.

파란색과 회색과 흰색 세 가지 색을 섞은 듯한 작고 은은한 빛을. 이 공허한 어둠 속에서 기묘하게 친근하고 따스한 광원이었다. 그녀는 귓가에 스치는 바람을, 콧노래 같은 잔잔한 소리를 느꼈다. 밀려드는 그리움에 그녀는 그 빛을 향해 황홀하게 손을 뻗었다. 콧노래는 이리저리 겹치고 늘어나더니 들리지 않는 합창처럼 일렁였다. 부모님과 어린 자신의 웃음소리가 그 속에 메아리쳤다. 그녀의 눈물은 여전히 새까만 어둠 속에 둥실둥실 떠다녔고, 청백색의 빛이 무수히 잘랑거리는 소리가 그녀를 감싸 안았다. 그녀는 눈을 세게 감았다.

정신을 차렸을 때 그녀는 비좁고 어수선한 방에 교복이 구겨지든 말든 혼자 주저앉은 채였고, 마루 쪽에서는 웅얼거리는 할머니의 혼잣말이 이어지는 중이었다. 그녀는 벌떡 일어나 다시 절박하게 그 틈새로 몸을 던지려 했다. 그러나 문은 열리지 않았다.

검은 틈은 두터운 벽이라도 된 듯 그녀를 막아설 뿐이었다. 아무리 울어도, 애원해도, 아직은 올 때가 아니라는 듯. 덧없는 환영처럼 완벽한 평온과 고요를 엿보게 해 준 후 다시 닫혀 버렸다.

여전히 눈앞에 보이지만 다시 들어갈 수 없는 틈 앞에서 그녀는 조금 더 울었고 이내 무감각해졌다.

\* \* \*

"그 후로는 아무에게도 말하지 않았어. 그런 걸 본 적 없는 사람들과 똑같이 말하고 행동했지. 매일 이상한 균열을 마주 보고 있어도 아무 일 없는 듯. 전부 괜찮은 듯."

오랜만에 그녀는 그 이야기를 하고 있었다. 그녀는 더 이상 어린애가 아니었고 무력하지만도 않았다. 할머니는 돌아가셨고 장례식에서 오랜만에 만난 어머니 또한 당신이 짊어진 생활의 무게에 허덕이고 있었다. 그래서 그녀는 어머니를 딸인 자신의 삶, 자신의 틈새에 잡아 두는 대신 놓아주었다. 어머니는 총총 날아갔다. 손을 만지고 무릎을 벨 수 있는 감촉 대신, 몇 통의 안부 문자와 통장에 가끔씩 미안한 듯 찍히는 숫자로 남았다. 어쩌면 다른 먼 곳으로 가든가 새 가정을 꾸리든가 해서 그녀와 접점 없는 자신의 삶을 다시 만들 수도 있겠지. 그녀는 그것도 괜찮았다.

"그런 일이 있는 줄은 몰랐어요. 항상 남도 잘 챙겨 주고 자기 얘기는 잘 안 해서."

그는 뭐라고 대답해야 할지 모르겠다는 황망한 눈치면서도 말을 조심히 골랐다.

두 사람은 그녀가 전문대를 다니며 아르바이트하던 곳에서 처음 만났다. 몇 년 후 그가 제대해 파릇한 잔디 같은 머리에 모자를 눌러쓰고 친구를 만나러 처음 간 카페 카운터에는 또 그녀가 있었다. 놀란 눈으로 정말 그녀가 맞는지 확인한 후 그는 여름의 햇빛처럼 환하고도 수줍음이 남은 함박웃음을 띠며 말했다. 이렇게 마주친 것도 인연인데, 우리 한번 만나 보죠? 내가 잘할게요.

그는 그녀에게 실제로 만질 수 있는 불빛이 있다면, 하고 바랐던 모습대로 되어 주었다. 일 끝나고 중간 지점에서 만나, 편의점에서 산 야식 봉투를 맞잡은 손목에 걸고 흔들면서 보잘것없는 자취방으로 함께 돌아오는 밤길은 늘 빛나고 있었다. 웃으며 나누는 실없는 대화 속에서 힘든 시간은 십 년도 훌쩍 건너뛰더니, 방 두 개짜리 월세를 거쳐 전세 아파트도 스쳐 가서는 어느새 도시 외곽에 넉넉한 주택을 하나 올리고 큰 개도 세 마리쯤 키우고 있었다. 굳게 맞잡은 두 손에는 이 풋풋한 공상만이 현실이고 그 외에는 아무것도 아니라 믿게 하는 힘이 있었다.

나란히 앉은 카페 구석 소파에서도 그들은 손을 꼭 잡고 있었다. 그는 멋쩍게 뒷머리를 문지르며 말했다.

"미안해요. 그런 힘든 일들이 있었는데 뭐라고 멋진 말로 위로도 못 해 주네요."

"그럴듯한 소리는 됐어. 말은 말뿐이야. 오히려 나야말로 계속 이걸 어떻게 설명해야 하나 고민했는데."

당황하면서도 이렇게 담백하게 받아들이는 모습이 다행이면서 또 다행이 아니었다. 딱히 생존에 위협을 주는 문제도 아니니 사귄 지 고작 일 년 만에 털어놓을 필요도 없었을 것이다. 그러나 '그것'은 이미 자신의 일부라 여겼다.

그 틈을 빼고는 자신을 완전히 설명할 수 없다. 그녀는 언제나 그 틈을 생각하며 살았고 그 틈 때문에 망그러진 것이 있었으며 그 누구도 곁에 남지 않게 된다 해도 그 틈만은 그녀에게 붙어 있으리라. 예정된 마지막이 찾아올 때까지도 서늘한 외눈으로 바라보면서. 그래서 그 틈은 이제 그녀에게는 거울처럼 느껴졌다.

"그렇군요. 어릴 때부터 항상 같이 있었으니까요. 서로 보아왔고 서로 닮았겠죠."

무슨 반려동물도 아니고, 그녀는 웃고 말았다. 아주 틀린 말은 아니지만.

중학 시절에 만난 그 애처럼 격하고 원초적인 거부는 없었다.

그러나 그때처럼 그가 완전히 이해해 줄 것이라고 기대하지도 않았다. 그는 그래서는 안 되었다. 누구도 그래서는 안 된다. 그런 알 수 없는 심연 주머니를 가진 것은 그녀 혼자였으니까.

"웃지 마요. 난 진지하다고요."

"그래, 알아. 알지만 너무 진지해지지도 마. 언젠가 그게 내가 가진 모든 걸 가져가 버릴지도 모르니."

나 자신마저도 무한한 심연으로 데려가겠지. 그는 테이블이 작게 흔들리도록 자세를 고치면서 그녀의 눈을 깊이 들여다보았다.

"내가 있을게요. 당신과 그 틈 속까지도 함께 갈 수 있는 사람이 되어 줄게요."

그녀는 가만히 그와 눈을 마주쳤다. 그녀는 그를 믿지 않았다. 아무리 진실해도 아무리 애틋해도, 약속은 깨어지기 위해 존재한다. 그래도……. 그녀는 아픈 마음을 누르며 조용히 말했다.

"그럼 네 조각을 조금 나눠 줄래?"

그가 주머니를 더듬자 별 쓸모도 없는 영수증, 빈 담뱃갑, 체크카드 같은 것들이 나왔다. 웃음 속에서 그가 겨우 찾아낸 라이터를 그녀 손에 쥐여 주었다. 이거면 될까요?

그가 보지 않을 때 그녀는 자신의 틈에 그 라이터를 던졌다. 가벼운 플라스틱 라이터는 여느 때처럼 소리도 없이 삭막한 공간 안으로 굴러떨어지듯 사라졌다. 커피잔을 반납하고 돌아온 그는 아무것도 모르는 채 그녀의 손을 잡았다. 잃고 싶지 않은 온기. 그녀는 미소 지으며 그와 입술을 마주쳤다. 가슴이 찢어질 듯한 이 아픔도 언젠가는 잊히겠지.

'그것'이 가르쳐 준 것, 우리는 서로 불신할 것, 우리는 서로에게 기대지 말 것. 그러고도 사랑이 있다면, 할 것.

그녀는 그를, 그는 그녀를 사랑했다. 그들의 공상이 전원주택을 지나 바닷가 방갈로와 흔들의자가 있는 은퇴 생활로 옮겨 갈 무렵, 그는 준비하던 편입 시험에 붙었고 이내 빠듯한 학사 일정에 시달리게 됐다. 불가피한 상황이 계속 겹치며 연락은 뜸해졌다.

모든 과정은 자연스러웠다. 그녀도 경력이 쌓이자 정신없이 바빠졌기 때문에, 그들은 다시 서로를 강하게 끌어당길 탄력을 얻지 못했다. 정말 그 때문이었을까. 일 년을 더 넘기지 못한 채 그들은 딱 부러지는 이별 선언도 없이 서서히 멀어졌다. 헤어졌다.

여전히 그녀 곁에는 '그것'만이 남아 있었다. 검은 틈, 검은 거울, 다정한 나의 어둠.

시간이 흐르며 그녀도 나이를 먹어 갔다. 그녀는 잔뜩 움츠러든 채 '그것'을 숨기느라 급급하던 어린 시절과는 달리, 자신의 인생에 스쳐 가는 사람들에게 '그것'에 대해 이야기할 수 있었다. 여유인지 체념인지 굳이 가를 마음도 없었다. 그저 있으니 있다고 밝히며, 만나는 이들 누구에게나 그게 무엇이라 생각하는지 물었다.

대학교수는 그것이 유년기를 반영하는 심리적인 그림자라 했다. 그럴 수도 있지, 그녀는 고개를 끄덕였다. 시인은 기억의 환영이라 했다. 모든 추억과 메아리가 그 안에 차곡차곡 저장된다고. 그녀는 또 고개를 끄덕였다. 어린애들은 즐거워하거나 무서워했다. 와, 엄마아빠가 잔소리해서 꼴 보기 싫으면 거기 도망가도 되나요? 아니야, 다시는 엄마아빠를 못 보게 되면 어떡해. 그녀는 대답 대신 미소만 지어 주었다.

한 기업인은 흥분해서 주먹을 불끈 쥐었다. 생로병사의 비밀! 태초가 간직한 수명 연장의 해답이 있을 거요. 예사 사람이 그 가치를 못 알아보는 게 뻔하지! 어디 보자, 관련 테마주가……. 한 종교인은 눈을 치뜨며 삿대질했다. 그 안에 겁화가 있구나. 세상의 종말이 그로부터 요란하게 고하며 올 것이다. 하늘님이 보낸 불덩어리가, 혜성이 쏟아질 것이다!(심지어 서른 살 연상인 초로의 기업가는 부끄러운 듯 화난 어조로 청혼하기도 했다. '거 여사님, 나도 마눌 먼저 간 지 오래니 혼자인 처지끼리 우리 남은 인생…….' 종교인은 교주 자리를 제안했다. '그 능력은 하늘이 주신바, 이적을 보이면 천상천하 불쌍한 중생이 모두 우리 앞에서 생명길을 찾을 것이오.' 물론 그녀는 질색해서 둘 다 내쳤지만.)

그녀는 작은 사무실을 여기저기 옮겨 다니며 사무 일을 보았고 혼자 조용히 젊은 시절을 흘려보냈다. 자신의 숙명인 것처럼 평범하고도 평범한 삶을 살았다. 버겁고 힘들 때마다 어린 시절 상처받은 마음으로 보았던 '틈새' 속 광경을 떠올렸다.

가맣고 서늘한 어둠 속으로 깊이깊이 떨어져 가면 결국 청백색 빛과 만나겠지. 둥글고 푸르스름하게 몸을 웅크린 채 기다리는 그 가슴 벅찬 빛과. 그립고 또 그리운 정착지, 최종 종착역. 그곳을 만나기 위해 우리는 평생 고단하게 여행하는 거야.

평범하고도 평범한 삶. 지나치게 짧지도 길지도 않은 삶.

그녀는 자신의 과제처럼 그렇게 묵묵히 살아 냈다. 어떤 때는 여자답지 않다고 비난받고 어떤 때는 여자 아니랄까 그런다고 비난받았다. 때로는 너무 정 없이 사람 무시한다고, 때로는 너무 남에게 의존적이라고, 때로는 지나치게 나선다고 때로는 지나치게 수동적이라고, 너무 이성적이거나 너무 감정적이라고, 너무 퉁명스레 말한다고, 너무 가식적으로 말한다고, 너무 씀씀이가 헤프다고 너무 인심이 박하다고, 너무 자신감이 없다고, 또 너무 무책임하게 자만한다고. 그녀는 항상 그대로인데도 남들 입맛대로 수없이 손가락질 받았다.

그래도 그녀는 자신의 여행을 계속했다. 사랑할 땐 사랑하고 미워할 땐 미워했다. 어느 쪽에나 진심을 다하고 돌아서면 미련 없이 떠나보내며. 싸울 때는 또 사소하게 열심히 싸웠다. 월급 밀리는 고용주와 싸우고, 개고양이 다니는 화단에 농약 뿌리려던 노인과 대거리를 하고, 모텔가에서 난처해 보이는 젊은 여자를 보면 말 한마디라도 도왔다. 그녀도 사람인지라 살다 보니 억울하고 분한 일은 물론이고 더 나아가 남몰래 죽이고 싶은 사람도 종종 생겼다. 뜬눈으로 밤을 새우고 아무리 두통약을 삼켜도 지끈거리는 머리로 일어나다 말고 그녀는 갑자기 헛웃음이 났다.

해 버리면 되잖아. 그녀는 언제나 자신 곁에 도사리고 있는 틈을 새삼스러운 눈으로 다시 보았다. 마음만 먹으면 시체 한둘 정도야 못 숨기겠느냐는 생각이 들었다. 내가 못 해서 안 하는 줄 아나, 그냥 다 같이 별 볼 일 없는 존재가 불쌍해서 안 하지.

무엇이든 받아들이고 심지어 시체도 영원한 비밀로 숨겨 줄 듯한 틈. 그러나 정작 그녀만은 세상에서 사라지지 못하게 닫혀 있는. 그녀는 실없는 웃음을 마저 웃고 진통제를 한 알 더 꼬박 삼킨 후 하루를 준비하고 집을 나섰다. 마음 같아선 자신만 아는 공동묘지를 꾸릴 수도 있겠다. 위험한 발상이 다행히 혼자만의 우스갯소리로 끝난 것은, 그녀의 공간을 오염시키고 싶지도 않았고 정말 견디다 견디다 못해 저지른다 해도 괜찮지 않겠냐는 생각만으로도 조금 숨통이 트여서 버틸 만했기 때문이었다.

덕택에 큰 후회 없는 삶이었다. 그리고 완전하고도 충만하게 혼자인.

시간이 쌓이고 나이가 들며 그녀에게 한 가지 변화가 생겼다. 언제부터인가 누군가의 죽음을 차례차례 느낄 수 있게 됐다.

그녀 곁의 '검은 틈새'는 가끔씩 오래된 메아리 같은 울음으로 떨었다. 그럴 때마다 그녀는 깨닫는 것이다. 누군가가 또 떠났다. 그녀 곁에서 망망대해 같은 검은 틈새 속을 말없이 표류하는 물건들이 이상한 소식을 전해 오곤 했다. 이 물건의 주인은 이제 없다. 세상을 떴다. 죽어서 사라졌노라고.

제일 첫 느낌은 중학생 때 '그 애'였다. 일하던 중 그녀는 아무 전조도 없이 별안간 느낄 수 있었다. 이제 고작 사십 대 중반일 텐데. 병인지 사고인지는 알 수 없었으나 어둑하게 빛나던 별 중 하나가 사라졌다. 오래 그녀를 괴롭히던 농구화는 이제 아무 의미 없는 잔해가 되어 영영 침묵했다.

그 후로도 드문드문 예감은 이어졌다. 어머니, 유아원 시절 처음 '까만 점'에 물건을 던져 넣었던 꼬마들, 녹색 크레용의 주인, 얼굴을 기억하는 사람들, 거의 모르는 사람들, 어떤 식으로든 인연이 이어진 그들의 부고는 차례대로 그녀에게 인사하듯 찾아왔다가 떠나갔다. 그들을 모두 배웅해야만 자신의 차례가 찾아올지도 모른다. 그녀는 왠지 그런 느낌이 들었다.

\* \* \*

이제 그녀는 누워 지내는 시간이 많았다.

요양원은 늘 바쁘고 복잡했으나 그녀가 지내는 침상은 모든 소란과 차단된 듯 적적했다. 검은 틈은 말없이 끈질기게 그녀 곁에 여전히 붙어 있다. 망막에 구멍이 난 것처럼 시야 어딘가에 평생 그랬듯이 얼룩져 그녀를 마주 보고 있다.

오늘도 카트를 밀고 들어온 요양보호사는 웃는 얼굴로 그녀가 식사를 하고 씻고 거동하도록 거들어 주었다.

"날씨가 좋네요. 어디 불편한 곳은 없으시죠?"

그녀는 고개를 천천히 끄덕이고는 베개에 깊숙이 머리를 파묻었다. 활짝 열린 6인실의 큰 창문 너머로 땀이 밸 만큼 무더운 공기 속에 새파란 하늘이 눈부시게 펼쳐져 있었다. 줄기에 다닥다닥 붙은 선명한 붉은색 연보라색 접시꽃이 미풍에 한들거렸다. 복도 쪽에 틀어 둔 라디오에서 시시콜콜한 잡담과 유행가가 흘러나오는 중이다. 그림으로 그린 듯 완벽한 초여름날. 미지근한 목욕물처럼 와닿는 햇빛 속에 가물가물 잠이 밀려왔다. 눈이 막 감기려는데 그녀는 소스라쳐 몸을 일으켰다.

방금 느꼈다.

검은 틈새의 깊고 어두운 어디선가 지금, 라이터 불빛이 반짝였다. 아주 희미하게 떨리며 나지막한 목소리처럼 깜빡거리는 작은 빛. '약속 지켰어요……'라고.

그렇구나, 때가 왔구나, 이제 나도 돌아갈 수 있구나. 연속적인 깨달음이 그녀에게 도착했다. 이제 모든 짐과 멍에를 한꺼번에 벗어던진 듯 홀가분해졌고, 온 세상이 숨죽여 함께 이 순간을 기다리고 있었다는 느낌이 들었다. 야윈 몸으로 침대 아래로 넘어지듯 내려서자 환자복이 쏠렸고, 창밖에선 강하게 몰아친 돌풍에 접시꽃도 꺾일 듯 휘청거렸다.

그녀는 곁에 있던 '틈새'로 손가락을 뻗었다. 괴물이라도 튀어나오지 않을까 두려워하듯 조금 주춤거리던 손은 아무렇지도 않게 팔꿈치까지 잠겨 들었고 곧 어깨와 머리도 온몸이 전부 그 안으로 들어설 수 있었다. 육십 년 만의 방문 혹은 귀환. 아무렇지도 않게 그녀는 아늑한 어둠으로 떨어졌다. 여기까지 오는 삯으로 온 삶이 들었다.

'평생 네 이름을 지어 주질 않았네.'

아늑하고 서늘한 공허 속에 흩날리듯 떠서 그녀는 생각했다. 그러나 더 이상 생각할 필요가 없었다.

멀리 깊숙한 곳이 열리며 청백색 빛이 퍼져 오기 시작한다. 어린 시절 울면서 보았던 기억과 똑같이. 쓰다듬는 듯 안락한 빛덩어리, 환희에 차 여러 겹으로 번지는 노래 같은 투명한 파장, 가슴 벅차도록 반겨 주는 그 소리에 귀를 기울였다. 그 끝에는, 그녀의 그 작고 검은 틈이 만든 광활한 심연 속에는 우주의 화음을 부르는 별이 있었다. 그동안 기다리고 있었다고.

희게 센 머리칼을 한 그녀는 무중력의 어둠 속에 흘러가 보잘것없이 작은 두 팔을 벌렸다. 마침내 찾아낸 외롭고 거대한 청백색 별을 마주했다. 그것의 이름을 지어 줄 필요는 없었다. 처음부터 그녀는 알고 있었으므로. 창백하고 푸르게 타오르는 별과 잃어버린 사랑과 인연들을.

"할머니…… 할머니? 그새 어딜 가셨지?"

쟁반에 물수건과 약봉지를 받쳐 들고 들어온 보호사의 목소리가 물에 가로막힌 듯 먹먹하게 들렸다. 여전히 라디오는 밝게 떠들고 바람결에 커튼이 빳빳하게 흔들리며 시든 접시꽃 송이가 후드득 떨어져 내렸다.

텅 빈 침대 앞에서 당황해 둘러보는 보호사의 모습 위로 요양원의 회색빛 천장이 겹치고 빠르게 도시와 대륙과 바다가 작아져 가며 짙검은 우주가 나타났다. 그리고 지구의 모든 땅에서 모든 사람들은 한날한시에 하늘을 뒤흔드는 그녀의 짧은 웃음소리를 들었다. 종소리처럼 쏟아지던 그 웃음소리는 곧 씻은 듯 사라졌다.

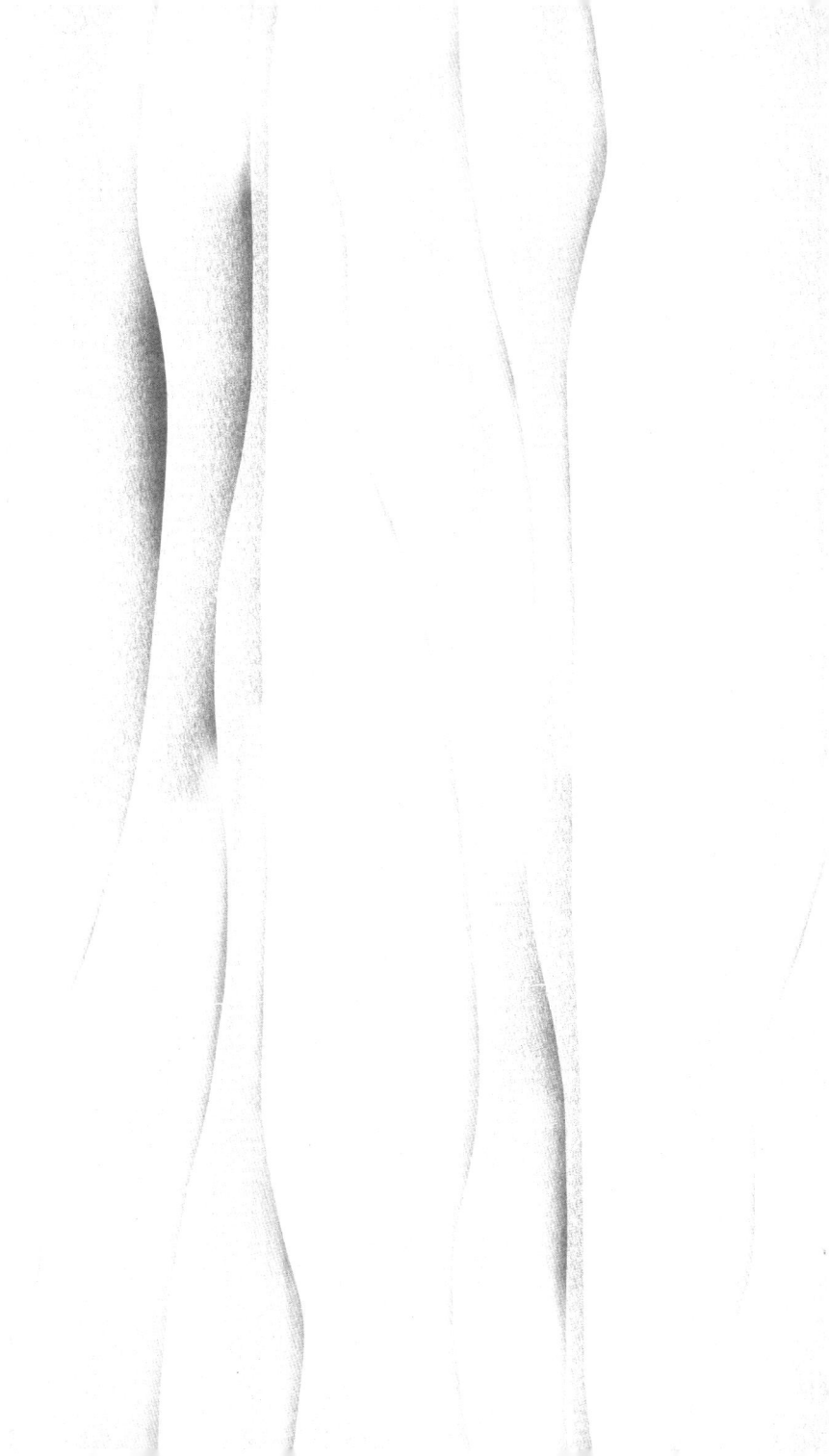

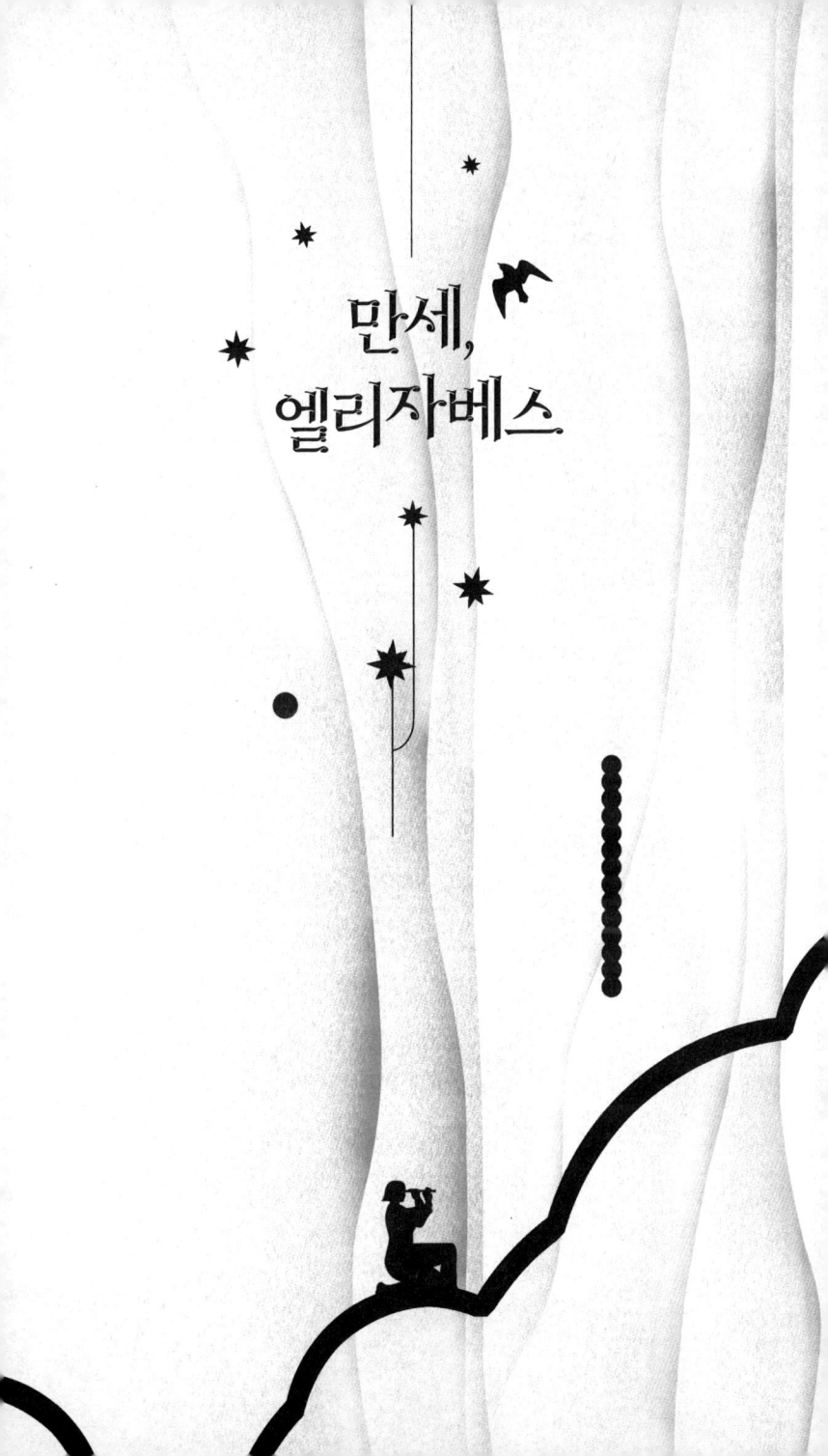

어느 날 잠에서 깨어난 정주은은 자신이 하나의 가전으로 변했다는 것을 알았다.

눈으로 확인할 수는 없지만 자신이 담겨 있는 몸체에서 익숙한 느낌이 났다. 둥그렇고 딱딱한 플라스틱 외피…… 모터와 브러시와 센서까지 더듬어 느껴 본 후에야 이 몸의 정체를 알 수 있었다. 맙소사. 주은은 한 대의 로봇청소기, 엘리자베스라고 이름을 붙였던 기계로 변한 것이다.

놀라고 혼란스러운 와중에도 주은은 자신의 실존 문제보다 출근 걱정부터 덜컥 들었다. 지금 대체 몇 시야, 늦은 거 아냐? 어제 안 씻고 잤는데. 아니, 그게 문제가 아니라 회사는 어떻게 가? 갈 수나 있나? 전화부터 해야 하지 않아? 그런데 전화해서 뭘 어쩌려고? 네, 과장님, 제가 자다 일어나 보니 로봇청소기가 됐는데요. 정주은 씨 취했나? 어제 뭐 하다 잔 거야? 아니, 그게요. 지금 너무 당황해서 잘 생각이 안 나는데요. 어제 내가 뭘 했더라?

평범한 기계였다면 과열로 김이 날 만큼, 머릿속에 오만 잡생각만 스쳤다. 깐깐한 오 과장의 짜증스러운 목소리와 함께 망상 속의 통화도 끝났다. 헛소리 말고 택시 타고 당장 날아와! 로봇청소기는 직업이라도 있다고 부러워하게 만들어 주기 전에!

아니, 저도 출근하고 싶다고요. 물론 다 때려치울 거라고 말이야 늘 하지만 이런 식으로는 아니었단 말이지. 주은은 변명 아닌 변명을 늘어놓으며 어떻게든 눈(이라 할 만한 센서)을 굴렸다. 어제도 엘리자베스가 열심히 일한 덕에 반질반질한 방바닥이 보이고, 엘리자베스가 종종 걸려서 버둥거리곤 하던 공기청정기 전선과 의자 다리도 보였다. 그 건너편엔 화장실이……. 시선을 돌리다가 주은은 소스라쳐 놀랐다. 싱크대와 화장실 문 사이에 사람 다리가 있다. 사람이라니 누구야? 우리 집에 대체 어떻게 들어왔지?

소리없이 비명을 지르면서 주은은 그 살색 기둥을 올려다보았다. 무릎 근처까지 말아 올린 낯익은 회색 트레이닝복 바지, 하도 세탁을 돌려 너덜너덜한 티셔츠, 그리고 얼굴. 주은은 한 번 더 마음속으로 경악했다. 자기 얼굴이다. 앞머리에 그루프를 매달고 칫솔을 문 자신이 얼빠진 얼굴로 서 있었다. 손에 들린 양치컵이 기울어져 물이 뚝뚝 떨어지고 있다. 주은의 얼굴이 맞지만서도 주은이 아닌 멍청한 존재가 입을 열었다. 억양 없는 그 목소리.

"청소를, 시작합니다."

그러더니 컵이고 칫솔이고 죄 떨구고 맹렬하게 달려가기 시작했다. 주은은 좀 전보다 백 배는 당황해서 소리를 꽥 질렀다.

'야, 어디 가!'

당연하게도 주은에게서는 목소리 대신 부르르 떠는 모터음만 새어 나왔다. 그래 봤자 아직도 자기가 청소기인 줄 알고 집 안이나 빙글빙글 돌다 말겠지, 하다가 주은은 소름 끼치는 광경을 목격했다. 현관문이 열려 있었다. 그제야 환기한다고 문을 살짝 열어 뒀던 게 기억났다. 대체 어떤 얼간이가? 그 얼간이가 바로 이 몸이지. 일어나자마자 왠지 집 안 공기가 탁하다고 비몽사몽 문 열고 세수하고 양치하다가 이 날벼락 같은 상황이 닥친 모양이었다. 침착하게 사건의 경위를 되짚을 때가 아니다. 지금 주은의 몸뚱이는 양팔을 옆구리에 딱 붙인 채 머리부터 현관문을 밀어붙이고 바깥으로 돌진하는 중이었다. 주은은 다급하게 부르짖었다.

'야, 거기 서! 야! 엘리자베스!'

절박한 외침이 주은 안의 어떤 회로에 가닿은 모양이었다. 명창이 득음하듯 창창한 목소리가 마침내 터져 나왔다.

청소를 시작합니다.

마법의 주문 같은 그 한마디와 함께 주은은 충전 덱에서 매끄럽게 빠져나와 빙글 돌았다. 그러고는 올림픽에 출전한 컬링

선수단처럼 맹렬하게 솔을 휘두르며 엘리자베스를 뒤쫓기 시작했다.

'엘리자베스! 멈춰!'

경로를 이탈하였습니다.

청소를 다시 시작합니다.

고함을 지를 때마다 딱딱한 기계 음성을 뱉으며, 주은은 일단 현관에서 탈출하는 데 성공했다. 현관 턱을 건널 때 몸이 부웅 하고 뜨는 감각에 어지러웠으나 먼 나라 공장에서 OEM으로 제작된 몸뚱이는 덜커덩대면서도 제법 멋지게 착지했다. 복도 저 끝에 여전히 이상한 포즈로 달려가는 주은의, 아니 엘리자베스의 뒷모습이 포착됐다. 주은은 가속도를 높여 전력으로 날듯이 달려갔다.

'엘리자베스!'

위기 상황이다. 복도 끝에서 꼭 이럴 때만 거짓말 같은 타이밍으로 오는 엘리베이터가 열리고 있다. 엘리자베스는 뛰던 기세 그대로 엘리베이터 안으로 꽂혔다. 먼저 타고 있던 위층 사람이 깜짝 놀라 눈을 크게 뜨는 게 보였다. 주은은 이를 악물고 있을 리 없는 부스터를 올렸다.

'기다려!'

힘껏 몸을 던져 막 닫히려는 문틈으로 아슬아슬하게 미끄러져 들어갔다. 멋지게 골인! 엘리베이터 벽에 몸체가 부딪히면서 주은은 머릿속이 얼얼해졌다. 위층 사람이 쓰레기봉투를 든 채

어안이 벙벙한 얼굴로 한참 주은과 엘리자베스를 훑어보더니, 어색함을 깨려는 듯 중얼거렸다.

"저런, 문 열어 두면 그렇게 로봇청소기가 잘 나간대요. 길까지 안 나간 게 어디야."

분명 인간이 먼저 로켓처럼 들이닥치고 청소기가 추격해 온 걸 봤어도, 말이 되는 스토리텔링을 위해 이성이 노력한 모양이다. 덕분에 다 큰 어른 주제에 로봇청소기와 복도에서 뜀박질 경주나 한다는 혐의를 벗어났으니, 주은은 평생 못 느껴 본 따스한 이웃의 정이란 걸 지금 한꺼번에 몰아 받는 기분이었다. 정작 자신의 껍데기는 맨발로 늘어난 트레이닝복을 무릎까지 걷은 채 산발머리에 그루프를 매단 칠칠치 못한 꼴이라 부끄러움만 더 커졌지만.

어색한 침묵 속에서 엘리베이터가 1층에 도착했다. 위층 주민은 마스크를 주섬주섬 쓰다 말고, 주은의 껍데기가 계속 멍하니 서 있자 친절하게도 바닥에서 로봇청소기를 들어 올려 팔에 안겨 주었다.

"조심해서 들어가요. 청소기 또 가출하지 않게."

엘리자베스가 말똥말똥 쳐다보고만 있으니 혀를 차며 층수 버튼을 직접 눌러 주기까지 했다. 주은은 마음속으로 열 번쯤 꾸벅꾸벅 사과했다. 죄송합니다 죄송합니다. 저 인간이 오늘따라 뭔가 환장할 사연이 있구나 하고 잊어 주세요.

엘리베이터 문이 열리자 다행히도 엘리자베스는 충전기로 돌아가던 귀소본능 때문인지 복도를 따라 집으로 휘적휘적 들어갔다. 주은은 자신이 필사적으로 내달려온 주거형 오피스텔 복도가 반짝반짝 깨끗해진 걸 보고 자괴감을 느꼈다. 지금 이 믿을 수 없는 상황, 즉 로봇청소기와 몸이 바뀌었다는 상황에 처한 지 겨우 십오 분일 텐데 십 년 치 에너지를 바닥까지 끌어다 쓴 듯이 지치고 피곤했다. 그러나 넘어야 할 산은 이제 시작이었다. 주은은 여전히 목석처럼 멍하니 서 있는 엘리자베스에게 말했다.

'너 내 말 알아듣겠어?'

청소를 시작합니다.

주은이 낼 수 있는 소리라곤 녹음된 음성팩뿐이었지만 엘리자베스가 이쪽을 돌아보며 약간 눈빛이 바뀌는 걸 보니 대충 말은 통하는 모양이었다.

'움직여 봐. 고개도 끄덕여 보고 팔다리도 흔들어 봐. 아까 잘 뛰더만.'

구역을 지정해 주세요.

엘리자베스는 시키는 대로 몸을 이리저리 움직였다. 처음에는 삐걱삐걱 소리 날 것처럼 부자연스럽고 뻣뻣했지만 조금 지나자 아주 이상하지 않을 정도는 됐다. 팔과 같은 쪽 다리가 나가려는 것만 빼면. 주은도 그새 이 몸에 적응해 매끄럽게 반 바퀴 빙글 돌아서 브러시를 침실 쪽으로 가리켰다.

'저기 의자에 옷 걸쳐 놨으니까 어떻게든 입어. 그리고 식탁 위

에 핸드폰, 그거그거, 납작하고 네모난 기계 좀 내 앞에 놔 주고.'

주은은 아까 절박한 심정으로 충전 데크에서 몸을 움직여 달렸던 기억을 더듬었다. 그 감각을 붙들고 안으로 집중해 기계인 자신 속으로 깊숙이 의식을 뻗었다. 기계 몸의 시스템을 제어해 보겠다는 시도가 가능할지 의심했으나 해야만 한다. 지금 당장 어떻게든 해 보지 않으면 오 과장이 먼저 끝장을 내줄 테니.

모터와 LDS 센서, 와이파이, 내부 알고리즘, 몸을 이루는 부분들이 주은의 의식 주변으로 휙휙 스쳐 갔다. 인간이라면 불가능할 텐데 조금씩 내부를 이해하고 제어할 수 있게 되니 이 상황에 웃어야 할지 울어야 할지 모르겠다. 복잡한 심정은 뒤로 던져 둔 채 자신을 이루는 회로와 프로그램을 서툴게 뒤져 대던 주은은 운 좋게 찾던 단서를 발견했다.

이럴 줄 알았다. 핸드폰에 깔아 둔 로봇청소기 앱에 백도어가 숨겨져 있었던 것이다. 다시 내 몸에 돌아가면 이놈의 앱 당장 삭제하고 이 회사 물건들 죄다 불매한다. 투덜거리면서도 주은은 용을 써서 어찌어찌 자신과 앱을 연결하는 채널을 열었다. 빛과 전기가 거품처럼 터지는 무선의 흐름을 타고 가 스마트폰에 자신을 접속시킬 수 있었다. 의식이 보이지 않는 기나긴 끈이 되어 빨려 들어가듯 정신이 하나도 없다. 그러나 한가하게 농땡이 칠 시간이 없어, 이리저리 스마트폰 안에서 번쩍이며 헤매다 겨우 원하는 기능을 찾아 접촉했다.

먼저 통역 앱을 열었다. 읽기 모드를 켜면 어색하게나마 목소리를 빌릴 수 있을 것이다. 주은은 시험 삼아 문장을 만들었다. 어색하게 뚝뚝 끊기는 온기 없는 음성.

"안—녕하세요 나는 정주—은입니다."

"나는 여기— 있습니다 오늘은 나— 대신 청소기—가 출근합— 니다."

몸과 분리되어 핸드폰에서 흘러나오는 자신의 인공 목소리. 주은은 으스스하고 기묘한 메아리 같은 것을 느끼며 귀 기울였다. 얼떨결에 기계가 된 후 바깥으로 발산해 낸 첫 목소리, 육신이 없어도 너는 괜찮노라 스스로 말해 주는 목소리. 잊지 않도록 기억 속에 꼭꼭 다듬어 넣은 후, 주은은 카톡방을 열었다. 친하게 지내는 선배에게 메시지를 보냈다.

— 박 선배ㅠㅜ 저 오늘 몸이 안 좋아요.

답은 금방 왔다. 출근 중에 핸드폰을 붙들고 메일을 보든가 SNS라도 확인하고 있었겠지.

— 헉 설마 코로나 양성?

— 그냥 몸살인 듯. 목소리도 잘 안 나오고 머리가 아파서 멍해요.

— 에구 어떡하냐.

— 그래서 늦을 것 같으니 말 좀 잘 해 주세요. 과장 또 난리 날라.

— 집에서 안 쉬고?

— 월차까지 쓰긴 눈치가ㅎㅎ 금방 갈게요.

— 그래 미리 말해 둘게 몸 조심하고.

— 고마워요 저 진짜 목소리도 안 나오고 정신이 많이 없으니

이상한 소리 해도 이해해 주세요ㅠ

 그때 엘리자베스가 나름 옷을 걸쳤다고 트레이닝복 위에 코트를 뒤집어서 한쪽 팔만 꿰고 바지도 입다 만 모양새로 질질 끌며 나오는 꼴이 보였다. 주은은 없는 뒷목이 다 당기는 기분으로 잔소리를 하러 쫓아갔다.

 '그거 아냐. 일단 트레이닝복부터 벗고! 셔츠 어디 갔어, 셔츠. 아이고 속 터져.'

 먼지통이 꽉 찼습니다. 구역이 설정됐습니다. 청소를 시작……

 현관문이 닫히고 안으로 들어오는 인기척에 주은은 눈을 떴다. 충전 중에 기절하듯 잠이 든 모양이었다. 이 경우는 기절이 아니라 절전 모드로 전환됐다고 해야겠지. 현관 센서등이 들어오며 내는 찌르르한 전기적 떨림이 전에는 느껴지지도 않았는데 이젠 피부의 연장만큼 친근했다. 반면 자신의 인간 껍데기가 혼자 어슬렁대며 움직이는 모습은 다시 봐도 기괴할 뿐이다. '그것'이 현관 턱에 걸려 우왕좌왕하자 주은은 쪼르르 다가갔다.

 '무사히 돌아왔네? 어땠어? 사고 친 건 아니지?'

 사고를 안 쳤을 리가. 주은은 자기가 생각해도 제정신인가 싶었다. 아무리 다급해도 로봇청소기를 자기 대신 출근 시키다니. 욕을 먹어도 월차를 쓸 걸 그랬나 뒤늦게 후회가 됐다. 속이 타들어 가듯 답답한 자신과 다르게 너무나 태평한 껍데기의 얼굴을 보니 정말 저게 무슨 사고를 치고 왔나 싶어 어지러웠다.

만세, 엘리자베스 **135**

'내가 시킨 대로 잘했어? 아무 말 하지 말고 누가 뭘 물어도 고개만 흔들고 얌전히 앉아 있으랬지?'

주은이 따라다니며 초조하게 빽빽거려도 엘리자베스는 아까 배운 대로 옷을 억지로 벗어 의자에 구겨 두고 잠옷인 트레이닝복을 엉거주춤 꿰입은 후 소파에 주저앉았다. 오전에 비해서는 조금 사람다워진 모습이었다. 주은은 일단 와이파이를 타고 핸드폰부터 확인했다. 카톡 알림 표시를 보자마자 있지도 않은 심장이 쪼그라드는 기분이었다.

— 주은 잘 들어갔어?

박 선배였다. 주은은 얼른 답했다.

— 네, 저 막 들어왔어요. 박 선배 저 오늘 많이 이상했죠? 죄송해요.

— 어 좀 무기력해 보이더라. 그래도 크게 아픈 것 같진 않아 다행이야.

— 저 사실 중간부터 정신줄 사라져서 그런데…… 뭐 실수한 것 없나요?ㅠㅜ

— ㅋㅋㅋㅋㅋ아무것도 안 하고 월급도둑질은 잘하더라. 여튼 오 과장은 우리가 커버할 테니 재택근무 잘하고.

— 저 재택하기로 했어요?

— 많이 정신없었구나. 재택도 힘든 컨디션이면 꼭 말하고. 담주에 건강하게 보자.

다행이다. 앞으로 며칠, 주은이 직접 노트북에 접속해서 일하는 동안 저 머릿속이 맑고 깨끗한 청소기에게 사람 시늉을 업그레이드시킬 여유가 생겼다. 다음 주까진 제대로 출근해서 일하게 만들어야 한다. 주은이 사명감에 불타는 동안 꼬르륵 소리가 들렸다. 엘리자베스가 신기한 듯 자기 배를 내려다보자 주은은 깊은 한숨 대신 모터에서 바람 빠지는 소리를 냈다.

'그래, 배도 고프겠지. 냉장고 열어 봐. 거기 토마토랑 사과라도 꺼내 먹고 시작하자.'

팔자에도 없이 청소기를 사람으로 만들자니 할 일이 태산이다. 요정 대모도 아니고 이게 뭐람.

말하자면 일말의 기대와 희망을 담아 연결고리를 만드는 의식이었다. 주은은 자신의 자리에 공백이 생기는 걸 원하지 않았다. 자신이 잠깐 부재했다는 걸 아무도 눈치 못 채게 하고 싶었다.

일단 인간 모습을 한 자신의 외피는 멀쩡히 남아 있지 않은가. 비록 속알맹이는 청소밖에 모르는 바보 기계라도. 현실은 사정을 따져 가며 봐주지 않아서 어느 날 인간이 자다 일어나 로봇청소기가 된다 해도 월세며 공과금, 잔뜩 짊어진 대출금 이자, 카드값 따위는 썰물처럼 은행 잔고의 둑을 허물며 빨려 나가기 마련이다. 매일같이 일자리를 집어삼키는 전염병의 시대에 회사에서 잘리는 상상만 해도 소름처럼 먹먹한 공포가 일었다. 어떻게든 지켜야만 했다. 언젠가 되돌아갈 수 있도록, 자신이 정주은으로서 평생 일궈 온 세계를.

그것이 아무도 몰라 준다 해도, 한 인간으로 최선을 다해 열심히 살아온 자신을 위한 예의이자 포기에 반대하는 싸움이었다.

청소기는 제법 똑똑했다.

주은의 몸을 통해 학습과 (이렇게 표현하기 몹시 꺼림칙하지만) 일종의 동기화가 일어났는지 동작이나 표정이 한결 자연스러워졌다. (역시나 이렇게 표현하기 싫지만) 음성팩 이용에도 능숙해져서 대화의 합 비슷한 것도 날이 갈수록 발전했다. 주은은 우왕좌왕 쫓아다니며 통역 앱의 목소리로 계속 지시했다.

"엘리자베스, 이제 씻자. 샤워기 더운물로 맞춰서 머리랑 피부 충분히 적시고."

"싫다, 물, 젖는다, 고장."

"인간은 안 씻으면 고장 나니까 후딱 하고 나와! 감기 안 걸리게 바로 수건으로 잘 닦고."

"감기가 무엇?"

"나중에 검색해 봐. 어디 아플 생각은 꿈에도 하지 마. 내가 어떻게 유지한 건강인데."

"엘리자베스, 밥 짓기 전에 쌀 씻었어?"

"엘리자베스, 빨래 한번 돌려라. 아이고, 건조기에서 양말 꺼내는 거 또 잊었구나. 아까 씻고 난 수건도 같이 돌려."

"나가서 계란이랑 식용유 좀 사 와. 이따 계란말이라도 만들어 보자. 나갈 때 마스크 잊지 말고, 누가 아는 척하면 인사 잘해."

간단한 기초 업무도 가르쳤다. 노트북에도 로봇청소기 관리 앱을 깔아서 의식을 옮긴 후, 자료 확인하고 정리하고 엑셀 돌리고 서류 만드는 걸 보여 주었다. 세상 살다살다 로봇청소기의 사수가 될 줄 누가 알았겠나. 엄마가 철학관에서 보고 온 내 사주에 누구 가르칠 운이 있다더니, 그런 비과학적인 것에 왜 돈 갖다 바치냐고 화내던 일이 무색하게 내가 지금 이러고 있다. 화상회의에 엘리자베스를 대신 앉혀 놓고 벙긋벙긋 웃게 시키며 주은은 그저 시원한 맥주에 치킨 생각이 간절했다.

 그래도 바쁘게 정신없이 주말까지 흘려보내니 차라리 마음이 나았다. 어처구니없는 현실 앞에서도 목구멍이 포도청이라고 회사부터 걱정하느라, 왜 이런 날벼락 같은 일이 자기에게 벌어졌는지 따지거나 한탄에 빠져서 감정과 기력을 낭비할 새가 없었다. 월요일 아침, 뭔가 의젓해진 엘리자베스에게 제때 출근 준비를 시키고 멀쩡한 옷을 챙겨 입혔을 때는 뿌듯함마저 느껴졌다.

"잠깐, 단추 잘못 채웠잖아. 칠칠치 못하긴. 어디, 여기 한 바퀴 돌아 봐."

 엘리자베스는 아직 잠에서 덜 깬 사람처럼 미적거리며 시키는 대로 움직였다. 또다시 자기 몸을 바깥 시점에서 관찰한다는 멀미 나는 괴리감으로 주은은 회로 속에서 몸서리쳤다. 이 낯선 거부감에도 익숙해져야 한다. 주은은 거의 처음으로 자기자신을 객관적으로 꼼꼼히 뜯어보았다. 전체적으로 평범무난. 길거리 어디서나 볼 수 있는 흔한 옷차림에 흔한 생김새. 평생 애써서 만들어 온 평범무난. 주은은 자기 얼굴에서 하나라도 특별한 흔적을 찾자고 작은 사마귀나 점 하나까지 쳐다보다가 엘리자베스의 멍한 표정에 이르자 무심코 한숨을 쉬었다.

"……못났다, 새삼."

중얼거리다 정신을 차리고 주은은 마지막 점검을 서둘렀다. 가방이랑 핸드폰 챙겼지? 누가 말 시키면 고개 숙이고 적당히 대답하고 피해, 모르는 거 있으면 카톡 보내 두고. 하느님부처님, 오 과장이 생트집도 적당히 잡게 해 주세요. 내가 그 인간 때문에 위염 생겨서 그 좋아하던 술이랑 튀김도 일 년을 못 먹었어. 그냥 먹을 수 있는 몸일 때 많이 먹어 둘걸. 하여간 제발, 제발 이상한 여자 취급받아도 괜찮으니 큰 사고 없이 무사히만 넘기게 해 주세요.

기도인지 염불인지 랩을 읊어 대는 주은을 뒤로하고, 엘리자베스가 현관문을 나섰다. 주은의 걱정 따위 상관없이 문은 너무도 가뿐하게 열렸다가 닫혔다.

주은은 혼자 남았다.

덩그러니 선 채 올려다보자 현관문 손잡이가 터무니없이 높고 견고해 보였다. 아까 무심코 흘러나온 주은의 중얼거림이 싸늘한 문에 반사되어 울리는 것만 같았다. '못났다.' 그 한마디가 오래 잊고 있던 기억을 건드렸다. 학생 시절 집에서 부랴부랴 뛰어나가는 주은을 챙기다가 종종 흘리던 엄마의 피곤한 목소리.

'참 못났다.'

갑자기 그 시절이 한꺼번에 되살아나 빈집을 가득 채울 것만 같았다. 왜 그랬느냐고 한번 물어보지도 않고 시간이 이렇게나 흘렀다. 그 목소리를 떨치기 위해 주은은 고개를 젓듯 둥근 플라스틱 몸체를 좌로 우로 돌렸다.

혼자 남았으니 이제 뭘 한다? 문득 바닥에 뽀얗게 앉은 먼지와 머리카락이 보였다. 경황이 없어서 며칠간 집 정리는 아예 팽개치고 있었다. 몸속에서 모터가 그르륵거리는 소리를 내자 주은은 놀라서 또 몸체를 좌우로 흔들었다. 아니다, 그래도 인간의 자존심과 체면이 있지!

청소하지 않을 거다. 내가 이 꼴이라고 영혼까지 로봇청소기인 줄 알아?


로봇청소기 모델을 추천해 준 건 박 선배였다. 이전 버전보다 훨씬 업그레이드돼서 센서도 좋고 매핑도 알아서 잘하고 물걸레 기능도 쓸 만하고 앱으로 설정하기도 편하고 어쩌고 줄줄이 읊어 댔다. 반신반의하며 산 청소기를 택배로 받은 후 카톡으로 보고하던 것도 생각났다.

— 쓰다 보면 예전으론 못 돌아간다니까. 이거 없이 어떻게 일일이 다 청소하고 살았나 몰라.

— 전 혼자 살고 집도 좁아서 필요 없을 것 같은데.

— 집 작다고 청소 안 해? 삶의 질이 완전 달라져. 한번 돌려 봐.

어찌나 일 잘하고 이쁜지 난 이름도 지어 줬어.

— 이름요? 청소기한테요? ㅋㅋ 박 선배 의외다 뭐라고 지어 줬어요?

처음엔 '형식이'라고 지으려 했단다. 작년에 헤어진 전 남친 이름이란다. 어찌나 손에 물 한 방울 안 묻히고 자랐는지 남이 해다 코앞에 바친 밥만 드시고 청소기를 돌려 보긴커녕 허리 굽혀 굴러다니는 휴지 조각 주워다 버려 본 적 없는 분이라고. 바깥에서는 그렇게나 똑 부러져선 일도 알아서 찾아 하는 사람이, 안에서는 양말만 겨우 벗고는 멀뚱히 앉아 자기가 마신 물컵 하나 싱크대에 넣을 줄도 모르는 척해서 대판 싸우고 헤어졌단다. 지금까지도 두고두고 괘씸하니까, 그래서 형식아 청소해라 하며 부려먹으려 했는데.

— 애가 너무 열심히 구석까지 찾아가며 청소를 잘하는 거야. 내가 안 하면 집 안 꼴도 같이 쓰레기통 되는 건데 이젠 쉬고만 있어도 알아서 깨끗하게 해 준다니 얼마나 감동적이야. 누가 날 이만큼 위해 주겠어? 보고 있으면 저절로 예뻐해 주고 싶은 거지.

— 그래서 결국 이름 뭐라 했는데요?

— 꽃순이.

— ······선배 정말 센스가······

— 아 그럼 넌 센스 있게 잘 지어 주든가.

이 선배 은근 웃기는 구석이 있단 말이지. 그런 사람들 종종 있다고 들었다. 혼자 저절로 움직이면 기계라 해도 꼭 반려동물처럼 감정이입해서 말 걸고 정 붙인다는. 난 안 그럴 거지만. 주은은 박스를 열고 포장을 풀고 충전기를 설치하고 핸드폰에 앱을 깔고 설명서대로 청소기를 앱에 등록할 준비를 했다. 전원 버튼을 누르는 순간, 마치 잠에서 깨어나듯 하얀 플라스틱 몸체가 가볍게 위잉 소리를 냈다. 미리 입력된 어색한 기계 목소리가 흘러나왔다.

안녕하세요.
설정을 시작합니다.

곧 청소기가 제자리에서 포르르 굴러 나오더니 집 안을 기웃거리듯 돌아다니며 제법 깨끗하게 먼지를 쓸어 담는 광경을 보며 주은은 자기도 모르게 고민에 빠졌던 것이다. 그래, 형식이라 부르기엔 많이 아깝다.

주은의 머리로 떠올릴 수 있는 예쁜 이름이란 뻔했다. 빈약한 머리를 쥐어짜 어릴 때 갖고 놀던 공주 인형들 이름을 떠올려 보다가, 재미있게 보던 만화의 장면이 스쳤다. 마법사가 마법으로 움직이며 복화술을 써 말하는 척하게 만든 인형이 나왔는데 이름이 엘리자베스였다. '그 뒤에 사실 사람이 있어요.'라는 의미로, 로봇청소기는 그렇게 엘리자베스가 됐다. 주은이 생각해도 참 잘 어울리는 이름이었다. 지나치게 잘 지어서 탈이다.

이런 재주가 있는 줄 알았으면 진작 돗자리 깔고 작명가나 할 걸 그랬지.

도어록 소리와 함께 현관문이 또 열렸다 닫혔다. 충전기에 몸을 붙이고 졸던 주은은 부리나케 달려 나갔다.

"엘리자베스야! 안 잘렸니?"

마스크를 낀 채 불길할 정도로 평온한 얼굴로 들어서던 엘리자베스는 신발도 안 벗고 대충 들어오려다가 또다시 현관 턱에 걸려 대자로 엎어졌다. 아이고, 내 코. 주은은 있지도 않은 콧대가 얼얼한 기분이었으나 엘리자베스는 무표정하게 털고 일어나 플랫슈즈도 한 짝씩 발끝에서 탈탈 흔들어 벗어 던졌다.

"별일 없었다. 과장님 화냈지만 됐다. 박 선배가 푹 쉬고 얼른 나으라 했다."

정말로 별일 없었다고? 조마조마하며 걱정한 것에 비해 너무 싱거운 마무리다 싶어 주은은 얼른 핸드폰에 접속해 카톡과 메일을 훑었다. 조마조마하게 두 번씩 체크했으나 어디에도 사건사고의 흔적은 없다. 하느님부처님알라신님삼신할머님 제 청소기가 조금은 똑똑하게 해 주셔서 감사합니다. 기쁨과 안도감을 표현할 길이 없어 주은은 손발 대신 브러시 솔을 붕붕 돌려 댔다. 엘리자베스는 편의점 봉투를 부스럭거리더니 안에서 샌드위치를 꺼냈다.

"점심은 뭐 먹었어? 음식은 다양하게 먹어야 한다? 뭘 먹어야 할지 모르겠으면 다음엔 도시락 코너에서 사진 찍어서 보내. 골라 줄게."

"알았다."

엘리자베스는 시킨 대로 샤워를 하고 머리를 말리고 빨랫감을 골라 세탁 바구니 안에 넣고는, 예전에 주은이 그랬듯 유튜브나 웹툰을 보며 히히덕거리지도 않은 채 곧장 이불 속에 들어가 잠들었다. 주은은 또다시 혼자 남아 하릴없이 거실을 왔다 갔다 왕복했다. 엘리자베스가 무사히 사명을 마치고 퇴근하다니 우물 속에서 허우적대다 기적적으로 동아줄을 붙든 기분이었다. 그럼에도 마음 한구석에서는 불안이 찜찜하게 스미고 있었다. 정말로 괜찮았다고?

'정말로, 아무도 이상한 점을 느끼지 못한 건가? 내가 내가 아니라는 걸 눈치채지 못했다고?'

배터리가 20퍼센트 남을 때까지 심란하게 앞뒤로 오간 후 주은은 충전 덱에 들어가 애써 마음을 달랬다. 아니야, 다들 서로에게 관심이 없어서 그래. 얼마 있으면 새 프로젝트도 시작할 테고, 엘리자베스 혼자 처리할 순 없겠지. 일이 생길 때마다 핸드폰을 통해 알려 주는 것도 한계가 있으니 회사 서버에 접속할 방법을 생각해 봐야겠다. 아무리 엘리자베스가 주은의 흉내를 낸다 해도 주은처럼 되기는 불가능한 일 아닌가.

이튿날, 주은은 출근하는 엘리자베스에게 과일과 채소 잊지 말고 골고루 먹으라고 잔소리하며 배웅했다.

도움을 요청하는 다급한 메시지나 카톡은 오지 않았다.

사흘째, 주은은 어제도 그제도 입은 겨울옷을 또 입으려는 엘리자베스에게 대신 새 원피스를 꺼내 입힌 후 배웅했다.

카톡은 없었다. 단톡방에는 오 과장 욕과 야식 먹고 싶다는 얘기만 오갔다.

나흘째, 엘리자베스는 분리수거를 배워서 쌓아 뒀던 도시락 포장과 캔을 들고 나갔다.

아무도 주은을, 진짜 주은을 찾지 않았다.

엘리자베스는 주은의 자리에 딱 들어맞은 모양이다. 괜찮다. 다들 마스크를 쓰고 일하니까 표정이나 미묘한 억양 같은 걸 눈치채지 못하고 조금 이상해도 코로나 블루려니 넘어가 주겠지. 물어보면 옆에서 박 선배도 잘 도와줄 테고. 일단 밖에서 소란을 일으키거나 회사 일을 망치지 않고, 해고당하거나 구경거리가 되거나 길바닥으로 쫓겨나거나 쥐도 새도 모르게 끌려가 해부당하거나(!) 하는 끔찍한 사태 없이 무사히 사회의 일원으로 남아 있다니 천만다행 아닌가. 그러니 괜찮다.

애써 생각해도 주은은 조금씩 더 침울해지고 있었다. 정말로 괜찮은 건가. 이대로 아무 일 없이 계속 흘러간다면? 자신이 원래 몸으로 돌아가지 못하고 엘리자베스가 주은 행세를 하는 상황이 앞으로 계속되고, 새로운 '평범한 일상'이 되어 버리면? 그래도 천만다행이라 할 수 있나. 자신은 이 좁은 집 안만 오가는 더 작고 무감각한 플라스틱에 갇힌 채 얼마나 더 버틸 수 있을까.

해답 없이 빙빙 도는 의문과 불안에 질식하기 전에 주은은 바퀴를 움직여 굴러 나왔다. 이럴 땐 머리를 비우고 뭐라도 하는 게 최고다. 그리고 다행히도 여기, 주은이 제일 잘할 수 있을 만한 일이 기다리고 있다. 인간의 자존심과 체면, 그런 거야 탈착식 옵션 아닌가.

주은은 빙글빙글 돌며 청소를 시작했다.

생각 없이 태평해 보이는 로봇청소기라도 역시 회사 생활은 고단한지 엘리자베스는 주말 내내 잠을 잤다. 한번은 거실 바닥에 기절하듯 그냥 고꾸라져 있길래 주은은 혀를 차며 근처에 떨어진 큰 타월을 사이드 브러시로 끌어와서 이불 대신 덮어 주었다. 이런 부분까지 인간을 닮아 갈 필요는 없을 텐데.

엘리자베스는 몇 시간이고 내리 자다가 일요일 오후가 되어서야 퉁퉁 부은 눈으로 일어나 배운 대로 허겁지겁 세탁기를 돌리고 얼마 되지도 않는 쓰레기를 버리고 샤워를 하고 다시 출근 준비를 한 다음 잠자리에 들었다. 주은도 잘 아는 패턴이다. 청소 같은 건 할 여유도 없이 월요일 아침에 덜 마른 머리로 다시 후닥닥 뛰어나가며 시작되는. 그 순환은 한때 주은의 숨 가쁜 일상이며 모든 것이었다.

아무도 없는 조용하고 온기 없는 집에 혼자 덜렁 남는 것도 익숙해졌다. 텅 빈 집에서 붕붕거리며 일하고, 충전하다 잠들고. 새로울 것 없이 늘 정해진 기능대로 정해진 코스만 가면 됐다. 가끔씩 튀어나온 의자 다리나 흩어진 양말 무더기나 비닐봉투 같은 방해물이 나타나면 조금씩 경로를 바꿔 줄 뿐. 그 단조로운 규칙성은 의외로 마음에 평화를 가져왔다.

'내가 이렇게 청소를 좋아했나?'

아니, 그건 아니라고 인간의 자부심이 빠져나간 자리에 한 줌 남아 있던 양심이 대꾸했다. 아무것도 결정할 필요 없는 로봇청소기의 일과가 안정감을 주었을 뿐 청소가 좋은 건 아니었다. 대신 출근해서 일하고 월급 타 올 분신도 생겼겠다.(주은은 최대한 긍정적으로 생각하기로 했다.) 사람을 만나지도 대화하지도 않는 완전한 적막 속에서 그저 자고, 때가 되면 입력된 루트를 따라 청소만 간단히 하고. 어떻게 보면 번아웃이 온 사람과도 비슷했다. 점점 생각이 없어지고 단순해지는 것도 당연했다. 주은은 자신이 새로 얻은 내부에 집중할 시간과 여유가 생겼다.

로봇청소기의 단조로운 원통 껍데기만으로는 짐작하기 힘들지만, 내부에는 빨아들이고 삼키기 위한 작고 깊은 공허가 있었다. 먼지와 곤충 다리와 섬유와 미세한 인체 조각들은 자잘하게 부서지고 모서리가 깎이며 순식간에 흡수된다. 그에는 어떤 경이가 깃들어 있다.

대기와 건축물을 구성하는 아주 약간, 생물을 구성하는 아주 약간, 인간의 일부 중 일부, 모두 합쳐서 현미경으로 봐야 할 행성의 파노라마. 몇천억 분의 일 미니어처 세상이 먼지통에 부드럽게 쌓인다. 언젠가 인간도 되돌아갈 우주의 먼지를 지금 주은은 묵묵히 쓸어담고 있다.

주은은 퍼뜩 정신이 들었다. 뭔가 이상해서 핸드폰에 접속해 보니 알람이 다 꺼져 있다. 지각이다. 주은은 통역 앱 소리를 최대한 키워서 소리쳤다.

"일어나, 엘리자베스! 지각이다! 어서 일어나!"

베개에 고개를 파묻고 꾸물대던 엘리자베스는 지각이란 소리에 그야말로 기계다운 절도 있는 동작으로 이불을 박차고 튀어나왔다. 양치와 세수와 머리빗기를 동시에 해내며 출근 복장으로 변신하는, 본체인 주은조차 놀랄 법한 고성능 퍼포먼스를 선보이며 뛰쳐나갔다. 현관문에 팔을 쾅 부딪치는 바람에 "아이고 내 몸!" 하고 탄식해야 했지만.

엘리자베스가 뛰어나간 집 안의 바닥은 평소대로 어질러진 채였고, 식탁에는 아침식사 예정이던 두유와 팥빵만 남아 있었다. 솟구치는 깊은 한숨을 누르는데 어쩐지 기시감이 느껴진다. 요즘 주은은 잊고 있던 옛날의 어느 장면을 머릿속에서 자주 끄집어내 먼지를 털고, 현재에 겹쳐 보고 있었다. 십 년, 십오 년 정도 지나쳐 간 옛날.

아버지와 주은, 언니와 남동생이 태풍처럼 정신없이 집 안을 헤집다가 각자 일터로 학교로 뛰어나갈 때 엄마는 늘 뒤따라다니며 챙기기 바빴다. 추우니 코트 잘 여며. 우산 넣었니? 여보, 여기 차 키. 도시락 안 가져간 거 누구야? 체육복? 그걸 왜 지금 말하니? 그래, 학원 선생님한테 이따 전화해 둘게. 치과는 내일이야! 저녁은 다들 어떻게 할 거예요? 당신은 회식? 그렇게 한바탕 난리를 치른 후 모두 우르르 나간 후 뒤에 혼자 남았을 엄마.

엄마를 한 번도 뒤돌아본 적이 없네. 주은은 새삼 그게 마음에 걸렸다. 앞 건물에 가려 오전 중엔 내내 컴컴한 집 안, 활짝 연 현관문으로 스미는 날카로운 아침 햇빛에 눈을 찡그리고는 각자 바쁜 식구들의 등을 혼자 배웅했을 엄마. 아무도 중요하게 여기지 않는 빨랫감과 설거지 산과 청소할 거리 속에 남겨진 엄마. 그래서일까. 기억 속의 엄마는 늘 피곤하고 만사 무감해 보였다. '형식이'가 남친이면 헤어질 수라도 있지, 아버지와 남동생으로 집 안에 버티고 있으면 어떻게 되는지 선배에게 굳이 말할 필요는 없었다.

억지로 기억을 되감아, 복도에 선 중학생이 되어 한번 뒤를 돌아보았다. 엄마는 분명 현관문을 손으로 받친 채 거기 서 있는데 쏟아지는 역광에 얼굴이 보이지 않았다. 하얗게 마른 소금 기둥처럼 표정을 알 수 없다. 엄마는 주은을 향해 익숙하게 듣던 그 한숨 같은 소리를 되풀이했다.

"못났다."

입버릇 같은 말이라 주은은 새삼 신경 쓰지 않았다. 입버릇이라기보단, 그렇다, 주은이 인생에 큰 기대를 품지 못하게 하려는 듯 못났다 못났다고 반복하는 주문이었다. 아버지는 여자가 밖에 나다녀서는 안 된다는 구시대적 인간 그 자체라, 엄마는 일찌감치 포기한 것들이 많았다. 그래서 엄마의 거듭되는 주문을 들으며 자란 주은은 집에서 한시라도 빨리 탈출해야 했고, 그 생각이 또다시 엄마의 비위를 건드렸다. 아버지 영향권을 벗어나 대학 마치고 도시에서 직장 잡아 혼자 살겠다는 결심 어디가 그렇게 심기에 거슬렸던 건지. 그 후로 주은은 계속 숨 가쁘게 인생의 페달을 혼자 밟아서 멀어져 가야만 했다.

그때 이미 지금에 이르는 과정이 시작됐을지도 모르겠다. 돌이켜보려 해도 새삼 무언가 느끼기엔 몸속 나사가 모두 낡은 기분이라 와닿지 않는다. 생각도 감정도, 부질없고 잔잔한 우주의 먼지로 부서지고 둔감해진다.

어느 날 자고 일어나니 갑자기 변신해 있던 게 아니었나 보다. 주은은 자신이 아주 예전부터 서서히, 이런 존재로 변화하던 중이었을지도 모른다고 생각했다. 이렇게 나는 무감각한 기계에 꼭 들어맞는 영혼이 되는 걸까.


주은도 엘리자베스도 죽은 듯이 잠들거나 충전을 마친 후 제 할 일을 하는 일상은 계속됐다. 엘리자베스가 집에 있으면 주말, 온종일 주은 혼자만 있으면 주중, 시간은 그렇게 단순한 구획으로 나뉘었다.

마음이 무뎌지다 보니 주은은 이 상황에 더 이상 불만을 느끼지도 않았다. 초조해하거나 불안해해도 별 소용이 없으니. 낙관이란 것은 별도리 없는 체념 위에 치기 적절한 양념이기도 했다. 전부 그럭저럭 괜찮긴 했지만 주은이 견디기 힘들었던 건 단 한 가지였다. 외로움.

엘리자베스가 나가고 텅 빈 집 안, 더 이상 잠도 안 오고 이미 청소도 두세 번 해서 바닥에 먼지 한 톨 없을 때 외로움은 새벽 두 시의 허기처럼 불쑥 치솟곤 했다. 자기 안의 목소리는 이미 청소를 시작합니다, 충전기로 돌아갑니다, 구역을 재지정합니다밖에 남지 않은 채로. 주은은 누군가와 이야기하고 싶다는 메아리 같은 허망에 시달렸다. 말을 하고 싶다, 안부를 나누고 싶다, 다른 존재와 시시콜콜하게 일상이 얽히고 싶다. 주은은 그 얼마 안 되는 목소리를 바깥으로 짜냈다.

먼지통이 분리되었습니다.

그럴 때마다 공기 중에선 희미하게나마 지직거리는 떨림이 다가왔다. 처음에 주은은 자신이 착각해서 잘못 들은 줄 알았다. 귀가 쩡할 정도의 적막 속에 있으면 고막이 소리를 찾아 혼자 떨며 진동하는 것처럼. 그러나 그런 떨리는 소음은 주은이 허공에 말을 걸 때마다 뒤따라왔고 점점 더 커지며 퍼졌다. 어느 날 주은은 자신이 온통 그런 백색소음의 그물망으로 둘러싸인 것을 알았다.

'거기 누구 있어요?'

먼지통이 분리됐습니다.

'나 말고 다른 누가 있지?'

구역을 재지정합니다.

좀 더 신경 써서 귀를 기울이다가 주은은 주변에 떠다니던 무선 네트워크망을 발견하곤 잡아탔다. 예전에는 존재를 알아도 무심히 지나치며 들여다볼 생각도 하지 않은 네트워크였다.

아마 지금까지는 주은이 자신을 완전히 인간으로만 여기고 있었으므로. 합류한 망 안에는 딴 세계처럼 인간의 귀로 들을 수 없는 온갖 소음과 신호가 부산스럽게 오가고 있었다.

주은 같은, 정확하게 말하면 예전의 엘리자베스 같은 존재들이 양 옆집과 위아랫집에도 가득했던 것이다. 청소가 완료되었습니다. 친숙한 느낌의 로봇청소기들뿐만 아니라 요청하신 곡을 재생하겠습니다, 오늘 낮 최고 기온은 24도며 밤에는 잠시 비 소식이 있겠습니다라고 좀 더 살갑게 말을 많이 하는 인공지능 스피커, 그 외에도 짤깍짤깍거리고 붕붕 모터를 돌리고 이 끝에서 저 끝으로 생기 있게 날아다니는 전기 신호들. 어느 집의 IOT 시스템인지 온도와 습도를 조절하는 가전 소리가 부드럽게 들렸다.

인간 시절의 오감 기준이라면 그 괴이하고 음산한 불협화음에 소름 끼쳐 했을지도 모른다. 그러나 지금 주은은 그 소리들에서 위안을 얻었다. 처음 엘리자베스를 집에 들이고 받았던 감동 비슷한 느낌이었다. 자신이 직접 이름 붙인 이 청소기는, 그리고 저편에서 들려오는 번잡하고 거슬리는 소음을 내는 전기 사물들은 지긋지긋하고 고단한 가사 노동의 짐을 나눠 들어 주는 동료나 다름없는 것이다. 일말의 동지애마저 느끼며 주은은 그들 또한 주은이 보낸 신호에 반응해서 내는 대답을 듣고 있었다. 그것은 인사이며 여기 있다는 증명이자 대화였다.

그 후로 주은은 무료할 때마다 허공을 향해 목소리를 냈다. '거기 누구 깨어 있어?' 하고 부르면 여기저기서 들썩대는 신호들이 들렸다. 모두 따분하고 지겨워하고 있구나. 그렇게 기계 동지들은 한동안 넋두리 같은 수다를 떨었고, 주은은 그중 많은 수가 엘리자베스와도 비슷한 이름을 가졌으리라 짐작했다.

로봇청소기가 생각보다 똑똑하게 일 잘한다고 박 선배에게 보고하던 일이 기억났다. 이렇게 이름 지었노라 말하는데 불현듯 박 선배에게도, 주은에게도 미묘하게 껄끄러운 기분이 스쳐갔다. 웃다 말고 애매한 얼굴로 박 선배가 중얼거렸다.

"왜 또 자연스럽게 여자 이름이 되는지 모르겠네."

그 말에 깃든 자조는 정확하게 주은의 심정과 같았다. 식구들이 모두 자거나 쉬러 들어간 동안 불이 반밖에 안 켜진 부엌 바닥에 주저앉아 묵묵히 걸레질하던 엄마의 모습이 떠올랐다. 무릎을 짚고서야 힘들게 일어나며 신음처럼 내뱉던 짧은 탄식도. 마음속에 서늘한 자책감이 뒤늦게 밀려든다.

그 이름을 붙이는 게 아니었다고, 주은은 조금은 후회했다.

주은이 점점 더 대화에 목말라할 무렵, 엘리자베스의 일상에도 아주 약간 변화가 생겼다.

원래 주은 주변에는 사람이 적었다. 집안의 반대를 무릅쓰고 도시로 진학한 이후 친구는 물론이고 오래 연락을 유지하는 지인도 손꼽을 정도였다. 주말에 만나 영화 보고 술을 마시고 당일치기나 1박 여행까지 같이 다니는 무리 정도는 있었다. 그러나 그들도 바쁘고 제 앞가림 못하며 전전긍긍하는 월급쟁이인 이상 접촉에도 한계가 있고, 일대일로 친하게 안부를 묻는 일도 잘 없었다. 가족과 제대로 한 마지막 통화는 졸업 후 취업도 여기서 하겠다 선언했을 때였던 것 같다.

'아버지 진짜 화나셨다. 너 집에 올 생각은 꿈에도 말아라. 작은딸은 없는 셈 치시겠단다.'

그래요, 없다고 계속 생각해 주시면 참 고맙겠네요. 어머니에게 대꾸하던 목소리는 스스로도 밉살스러울 만큼 쌀쌀맞았다.

그래서 주은은 엘리자베스에게 지인들 연락이 와도 되도록 피하고, 단독으로 대화하지 말고, 최대한 짧게 끝내라고 귀에 못이 박이도록 신신당부했다. 어차피 엘리자베스에게도 말을 오래 하거나 적절한 대답을 꾸며 낼 능력은 없었다. 가끔 전화가 와도 '응, 아니다, 모르겠다'에 주은이 알려 준 필살기인 '정말? 그랬어? 어쩌냐'를 곁들이기도 했으나 그뿐이니까 통화는 일찍 끝나곤 했다. 카톡을 들여다봐도 저 여섯 가지에서 나온 응용뿐. 이런 상황이니 원래도 없던 친구들 더 떨어져 나가겠다고 생각했는데, 웬걸.

평소대로 청소를 마치고 꾸벅꾸벅 졸던 주은의 귀에 낯선 소리가 들렸다.

이것도 벽 너머 이웃 동지들이 네트워크에서 내는 기계음인가 했다. 그러나 그 생기 있고 풍부한 소리는 달랐다. 내부까지 스며들어 깨우는 듯한 느낌에 주은은 센서를 부르르 떨었다. 왈칵 치미는 그리움을 되짚어 보다 그 울림의 정체를 깨달았다.

웃음소리였다.

엘리자베스가 자신의 목소리로 웃고 있었다. 소파에 앉아 전화 통화를 하며.

"그랬어? 아니, 너무 웃기잖아. 대체 왜 그랬대."

조금 더 듣더니 이젠 고개를 끄덕끄덕.

"잘했어. 응. 그래도 잘 참았다, 참아야지 어쩌냐."

주은이 가르쳐 준 단답에서 한층 더 발전해, 이상할 정도로 자연스럽게 대화가 이어지고 있었다. 그뿐만 아니라 한 번 더 동조하듯 작게 웃었다. 마치 웃음이란 게 어떤 의미인지, 때와 상황에 어울리는지 잘 이해한다는 듯이. 그럴 리 없다. 갑자기 주은은 부아가 치밀었다.

주체할 수 없는 노여움에 몸속 부품이 달아올라 서로 달그닥거리며 맞부딪칠 정도였다. 주은은 고함치고 싶었다.

'뭐 하는 짓이야. 누가 멋대로 거기까지 내 흉내를 내라고 했지? 네 주제에 뭘 안다고 나처럼 웃고 내 사람들에게 나처럼 말을 해?'

충전기로 돌아갑니다!

최대 음량으로 내질렀다. 앞바퀴가 덜덜 떨었다. 그러나 엘리자베스는 무감한 눈으로 이쪽을 한번 보더니 핸드폰을 귀에 댄 채 방으로 들어가 문을 닫았다.

"아냐, 로봇청소기를 돌렸더니. 시끄럽지?"

더 참을 수가 없어 고래고래 소리 지르면서 온 집 안을 내달리고 닥치는 대로 뭔가를 향해 분노를 폭발시키고 싶었다. 자신의 대용품으로 움직이도록 시켰지만 정말 인간인 척하란 뜻은 아니었다. 주은은 식탁 다리를 있는 힘껏 들이받은 후 늘어진 전선을 잘근잘근 씹고는 벽에 쿵쿵 부딪쳤다. 체념으로 고요하던 내면을 뚫고 마그마처럼 솟구친 의혹은 가라앉긴커녕 점점 더 부풀기만 했다. 저게 대체 언제 저렇게 그럴듯하게 됐지? 정말 저게 '정주은'이 아니라는 걸 아무도 몰라보는 거야?

엘리자베스가 통화를 마치고 샤워하는 동안, 주은은 핸드폰에 접속했다. 방금 통화가 같이 노는 친구 중 한 명이었다는 걸 확인한 후 카톡을 훑었다. 박 선배와 오늘 오후에 오간 대화가 가장 최근이었다. 바로 직전 메시지까지 읽어 보니, 프로젝트에서 실수가 있어서 팀원 전부 오 과장이 회의실로 불렀다는 다급한 내용이었다. 여전히 뜨거운 머릿속을 주체할 수 없어, 주은은 굳게 마음먹고 카톡을 보냈다.

— 박 선배 뭐해요?

엘리자베스가 알아차리든 말든 신경 쓰지 않겠다고 기세등등하게 내지른 시작은 좋았다. 다행히 아직 깨어 있었는지 바로 선배의 대답이 왔다.

— 누워서 드라마 정주행ㅋㅋ 그세세 재밌네.

그세세? 드라마 약칭일 텐데 대체 뭔지 감도 오지 않았다. 주은은 최대한 아무렇지 않은 듯 화제를 옮겼다.

— 오늘 오 과장 참 그랬죠? 자기 전에 새삼 생각나서 열받네.

— 냅둬 하루이틀 일인가. 여하튼 이번엔 잘못하기도 했고.

주어가 애매해서 이번에도 알아들을 수가 없다. 잘못하다니, 팀원 중 누군가 실수라도 했다는 의미겠지? 늘 어리바리하던 막내가 떠올라서 은근슬쩍 들이밀었다.

— 길태 씨도 참…… 말귀 못 알아듣는 것도 아닌데 가끔 그렇단 말이죠.

— 길태가 왜? 연락 왔어? 이직 잘했대?

완전히 헛짚었다. 이 배신자, 맨날 사고만 쳐서 야근으로 불살라 가며 수습해 줬더니 우리보다 먼저 때려치워? 약삭빠른 자에 대한 원망은 꿀꺽 삼키고 주은은 대충 얼버무렸다.

— 아니아니, 옛날에 그런 실수는 길태 씨 전문이었다고요.

— 그렇긴 하지……

반응이 시큰둥해서 주은은 어떻게든 계속 말을 이어 가려 애썼다. 진짜인 자신과 이야기를 나누다 보면 요즘 같이 일하고 대화하던 주은이란 인물에게서 어딘가 부자연스러운 점을 느낄 거라며 희망을 걸었다. 위화감을 알아 달라고, 내가 바로 주은이라고, 나 여기 있다는 걸 눈치채 달라고, 주은은 필사적이었다. 그럼에도 섣불리 다음 말을 꺼낼 수가 없었다.

박 선배와 평소 무슨 대화를 했더라. 둘이 하찮은 잡담도 자주 했는데 하나도 기억이 나지 않았다. 무슨 말을 어떻게 시작해야 할지, 요즘 박 선배가 무엇에 관심이 있는지, 어떤 하루를 보내는지, 회사 돌아가는 상황은 어떤지는 물론 선배가 재미있게 보는 드라마 이름조차 모른다. 그만큼 이 사람도 정주은이 누군지 어떤 사람인지 모를 수도 있다. 더 나아가 상대가 진짜든 가짜든 상관없을지도 모른다는 생각이 들자마자 찬물을 덮어쓴 듯 몸이 싸늘하게 가라앉았다.

충동적으로 '내가 주은이라고요! 로봇청소기한테 넘어가지 말고 나 좀 도와줘요!'라고 메시지를 쏟아 낼 뻔했다. 그러나 여기서 주은이 아무리 법석을 떨어 봤자 보이스피싱 취급이나 받고 욕먹겠지. 캡처당해 단톡방에 '요즘 보이스피싱은 인공지능이라도 쓰는지 말은 그럴듯한데 황당무계하다.'는 소리나 돌고, 엘리자베스는 남의 일처럼 '저런, 조심해야겠네요.'라고 한마디 거들고 있겠지. 힘이 쭉 빠져나간 주은은 어쩔 수 없이 대화를 끝냈다.

— 에휴, 일찍 일어나야 하니 자야겠다. 선배 잘 쉬고 내일 봐요.
— 그래.

선배가 보낸 '잘 자요' 이모티콘을 건성으로 확인하고 주은은 핸드폰에서 의식을 분리해 나왔다.

지칠 대로 지치고 외로운 기분이었다. 네트망에서 위로라도 해 주려는 듯 사물들이 속살대고 수런거리는 소리가 들렸으나 이제 기계음 따위는 듣기도 싫었다. 나름 가깝다고 여긴 이와 제대로 5분도 대화를 이어 갈 수 없는데 대체 무엇으로 자신이 사람 맞다고 증명하나. 바닥없는 무력감에 빠져 주은은 귀를 막고 수면 모드에 들어갔다. 이대로 깨어나지 않은 채 세상이 끝났으면 좋겠다.

다음 날 핸드폰을 다시 확인해 보니 역시나 엘리자베스가 대화를 수습하고 있었다.

— 저 뭔 소리 한 거죠(놀란 이모티콘) 졸려서 횡설수설한 거 봐요ㅋㅋ 미안하니까 이따 커피 콜?

— 아이스라떼 시럽 두 번 펌핑.

— 넵, 머핀도 할게요.

엘리자베스는 그들에게 받아들여지고 있다. 의심 없이, 예전과 다름없는 연속적인 존재로 주은의 자리에 침투했다. 기계 주제에. 주은은 부릉 하고 모터를 떨었다. 바퀴를 들썩이고 사이드 브러시를 마구잡이로 돌렸다.

플라스틱 몸 안에 갇혀 가라앉아 가던 감각이 전부 분노와 좌절감에 올올이 일어나고 있었다.

그동안 들키지 않기만을 조마조마하게 바랐다. 껍데기를 빼앗겼지만 회사일을 대신 해 주는 청소기가 생겨서 잠깐 편하기도 했다. 그러나 지금은 누구라도 좋으니 알아차려 주길 원했다. 아니, 알아차려야 한다. 엘리자베스의 정체를 박살내고 폭로해 줘야 한다. 자조적으로 월급쟁이는 사회의 부품이라고들 하지만 원치 않게 자리를 대체당한 채 자신이 무의미한 부품이라고 까발려지고 싶진 않았다.

주은이 적대감에 이글대는 시선으로 계속 따라다니는 걸 아는지, 알아도 신경 쓰지 않는지 엘리자베스는 자신에게 주어진 일과를 충실히 다 했다. 그 꼴이 너무 얄밉고도 화가 나 주은은 청소하는 척하며 엘리자베스의 발등을 밟고 지나갔다. 저 둔한 엘리자베스는 벌레에게 물린 듯 눈을 찡그리더니 발을 들어 벅벅 긁고, 조금 절뚝이며 걸어갈 뿐이었다.

옆방에서 네트망을 통해 인공지능 스피커가 반려동물 똥을 끌고 온 집 안에 돌아다닌 로봇청소기 사연을 읽어 줬다. 인생 처음으로 반려동물이 없는 삶을 크게 통탄했으나 생각해 보니 저지른다 한들 뒷수습은 주은의 몫이 뻔하지 않나. 엘리자베스는 인간 몸으로 옮겨 간 후로 바닥청소 따위는 거들떠도 안 봤으니 말이다. 복수도 영 쉬운 일이 아니다.

가끔 먼지통이 꽉 찼으니 비워 주세요!라고 소리쳐야 겨우 성의 없이 흐느적거리며 다가와 먼지통을 비우고 필터나 솔을 교체하는 엘리자베스를 볼 때마다 자신도 저랬지 하고 떠올리면서도 부아가 치밀었다. 인간과 로봇청소기의 역할이 달라지지 않는다면 자신에게 이성이고 감정이 다 무슨 소용인가. 쓸모없는 사고도 지성도 기억도 전부 가져 봤자 하나의 가전제품이 됐다면 그러한 것들에 무슨 의미라도 있나. 아니면 자신에게 아직 그러한 인간적인 것들이 남아 있으니 인간이 맞다는 주장은 그저 착각일 뿐일까? 갈수록 주은은 혼란스럽고 스스로의 존재가 무엇인지 자신감을 잃어 갔다.

엘리자베스는 또 방에서 통화 중이었다. 드문드문 들리는 반쪽짜리 대화에 귀 기울여 보니 술 모임 중 한 명인가 보다. 왜 이렇게 연락이 뜸하냐는 핀잔에 "응, 바빴어." 하고 자연스럽게 넘겨 버린다. 적당하게 응, 아니, 하는 추임새가 오가더니 목소리가 조금 높아졌다.

"부산 여행? 그때 재미있었지."

어디와 어딜 들렀고, 무엇을 먹고, 누구와 갔는지 제법 막힘없이 대화가 이어진다. 주은은 머리를 한 대 세게 얻어맞은 기분이 들었다.

'넌 청소기잖아. 그런 것까지 어떻게 알지?'

주은은 반사적으로 소리치고 싶은 충동을 참았다. 최대한 저소음 모드로 바퀴를 굴려 다가간 후 방 안쪽을 향해 센서를 돌렸다. 책상 앞에 노트북을 펼쳐 두고 들여다보는 엘리자베스의 뒷모습이 보인다. 오래된 잠옷을 걸치고 의자에 뻣뻣하게 앉은 자세가 약간 위화감이 느껴지긴 해도 처음만큼 어색하진 않았다.

엘리자베스의 팔과 책상 사이로 언뜻 보이는 노트북 화면에는 수많은 사진이 정렬되어 있었다. 손톱만 한 작은 이미지들이라도 주은은 한눈에 알아보았다. 클라우드에 올려 둔 주은의 옛날 사진들, 직접 찍어서 고심해 골라내고 편집한 그 이미지들을 몰라볼 리 없다. 그뿐 아니라 화면 한구석에 띄워 둔 창은 주은의 SNS였다.

엘리자베스는 깜박이지도 않는 눈으로 남김없이 빨아들이듯 사진과 포스트들을 훑고 있었다. 집중하는 그 눈은 금속 막이라도 씌운 것처럼 이상하고 딱딱한 빛을 머금곤 했다. 이럴 때만 그 안에 담긴 진정한 존재를 암시라도 하듯. 그러나 말투만은 단순하나마 그럴듯하게 통화 상대에게 맞장구쳐 주고 있었다.

"기억난다. 그 카페 정원에 핀 꽃이 예뻤지. 다시 가고 싶다. 다음에? 그럴까? 휴가? 맞출 수 있으면 좋지."

아마 메모 앱도 있을 것이다. 주은이 간단히 일정과 예산, 그날그날 기쁘고 설레고 아쉬워하는 감상을 남겨 둔 여행 일지. 분노로 날뛰어야 하는데 갑자기 맥이 빠지며 모든 감정이 바닥으로 푹 꺼지는 기분이었다.

주은은 고향으로 돌아갈 수 없는 추방자처럼 플라스틱 덩어리에 담긴 채 문밖에 덩그러니 서 있었다. 방 안에는 주은의 몸이 한 손에 핸드폰을 들고 한 손으로는 마우스를 클릭해 사진들을 돌아보며 웃고, 지난날을 회상하고, 앞날을 기대하고 있다. 그 모습을 보자 언젠가부터 불쑥불쑥 찾아드는 기시감을 더 이상 막을 수가 없다. 마치 인간인 자신이 엘리자베스를 보는 것이 아닌, 로봇청소기의 눈으로 정주은을 바라보는 것 같은 서글픈 착각.

엘리자베스도 필사적이었다는 생각이 들었다. 인간인 척 살아남기 위해 최선을 다해 주은의 흔적들을, 클라우드나 외장하드의 사진이나 SNS를 되짚어 보고 또 보며 학습했겠지. 그렇게 시킨 것은 주은 본인인데도.

'그래도 넌 인간이 아니다.'

'그건 나만의 추억들이다.'

주은은 속으로 중얼거렸다. 비록 껍데기만은 사람의 모습으로 사람의 옷을 입고 사람의 일을 한다 해도 아닌 것이다. 인간은 무엇으로 유지되는가. 로봇청소기가 매일 청소해 줘도 끝없이 머리카락이니 각질을 쏟아 내고, 열량을 얻기 위한 음식을 포장한 비닐과 종이와 캔까지 돈 주고 사 온 후 도로 쓰레기로 내놓고, 물속에 세제와 샴푸와 미세 플라스틱을 뿌려 대는 소모적인 나날을 보내면 충분히 인간의 삶에 가까운가. 그렇게 고유성을 획득한다 해도, 진짜가 아니잖아. 넌 사진과 메모의 겉만 핥을 수 있지 그 안에 담긴 경험도 감정도 모를 것이다, 평생.

그렇게 자만하고 위안해도 주은은 빼앗기고 있다. 삶 전체가 흡수되고 복사되고 전이되는데 진짜인지 아닌지 의미가 있는가. 온몸에서 힘이 사라지며 깊은 상실감과 무력감을 느꼈다. 차라리 진짜 청소기가 되어 버렸다면 좋을 텐데. 인간인 정주은 따위에 아무런 의미는 없었다고 매일 증명되고 있는데. 의미가 없다는 점에선 자다 일어나 보니 회사 부품이든 벌레든 로봇청소기든 그중 무엇으로 변신했든 간에 매한가지이다.

주은은 그래서 자신도 그냥 청소기인 척하기로 했다. 아무 생각도 하지 말고 회한이나 절망도 없이, 하루하루 주어진 역할대로 청소기로 살아가자고. 변신을 일으킨 그 시점에서 이미 그렇게 운명이 결정됐다고 받아들이고 다 잊기로 했다.

사방에서 무선을 타고 이웃들의 전파와 신호가 주은에게 와

닿는다. 속닥거리듯 낮게 찌르륵거리고 떨리고 묵직한 파장이 퍼진다. 인간 대신 하찮은 일을 하는 그들은 자기들끼리 소식을 주고받으며 자기들 방식대로 걱정하고 한숨 쉬고 개탄하고 인간을 향해 분통을 터뜨렸다. 주은을 위로하는 속삭임도 있었다. 그러나 주은은 들리지 않는 척 묵묵히 자기 할 일만 했다.

바닥을 왕복하며 세상의 파편을 자신 속 진공으로 흡수해 모은다. 본래의 질서에서 말라 떨어져 나온 부스러기들. 처음 모습보다 더욱 작게 작게 좀 더 무(無)에 가깝게 되돌아가는 과정. 그 순환이 자신과 함께한다. 한때 빛나던 추억도 말도 생각도 그 안에서 사라질 준비를 한다.

이렇게 공허와 무의 과정을 몸에 지니다니, 이 또한 진화의 끝이자 궁극적 도달과 닮지 않았나. 자신은 사회의 부품에서 더 나아가 이제 우주의 부품이 되었다고, 주은은 그렇게 여기기로 했다. 이 넓은 세상에 고작 인간이 정점일 리는 없으며 자신은 이제 나름대로 큰 순환의 한 역할을 맡은 존재라고. 더 이상 생각하고 의문하고 실망하기도 지쳤다. 그렇게 만난 포기의 끝은 조금쯤 평화롭기도 했다.

주은을 깨운 것은 전화 통화 소리였다.

새삼스러운 일은 아니다. 주말이 오면 외출 준비를 하거나 누군가와 통화하거나 노트북을 쓰는 엘리자베스와 종종 마주치긴 했으나 서로는 서로에게 관심 두지 않았다. 요즘 주은은 조용히 정해진 코스만 따라다니며 일한 후 충전기로 돌아와 바로 잠들었다. 한 공간에 있어도 그들은 그렇게 서로 분리되어 가고 있었다. 주은은 원래 자신의 것이었던 엘리자베스의 통화를 무심하게 흘리곤 했다.

그런데 이번에는 다르다. 수면 모드 중인 주은을 건드리는 무언가가 담겨 있었다. 몽롱하게 두리번거리던 주은을 단번에 소스라치게 만든 단어가.

"아빠는 좀 괜찮으시고? 퇴원은 언제래요?"

잘못 들었나 싶어 주은은 귀를 의심했다. '아빠'라고, 자신의 목소리로 들린 그 호칭이 목구멍에 가시처럼 걸렸다.

벌써 십 년이다. 끈질기게 엄마, 언니, 남동생까지 돌아가며 걸려 오던 전화를 다 차단하고 모르는 번호도 안 받으며 결국 연락을 끊어 버리기까지. 그런데 까맣게 잊고 살던 아버지 얘기가 왜 지금 엘리자베스 입을 통해 나오는지 알 수가 없다. 덤덤한 어투로 보니 처음도 아니고 벌써 몇 번이나 소식이 오간 모양이다.

주은은 엘리자베스를 노려보았다. 아무 일 없었다는 듯 아버지를 화제로 입에 담는 꼴이 가증스러웠다. 아버지가 입원했건 말건, 더 알 필요도 상관도 없으니 당장 끊으라고 하고 싶었다. 그러나 엘리자베스는 신경도 쓰지 않고 대화를 계속했다.

"다행이네. 큰 수술이 아니라 회복도 빨랐나 봐. 그래도 앞으로는 조심하셔야지. 나이도 있으신데."

그리고 그 상대는······.

"엄마도 너무 무리하는 거 아냐? 도와줄 사람도 없잖아. 언니는 애들 봐야 하고 주환이는 회사 나가고. 아빠 가게는 어떻게 하고 있어? 계속 닫아 둔 거야?"

몸에서 쥐어짜인 소리는 그르릉거리는 모터음이 되었다. 설마 싶던 마음에 불이 붙는 것 같았다. 아버지가 아프다며 굳이 소식 끊긴 딸에게 연락한 어머니. 늘 아버지 편에서 아버지의 말을 받아 성심껏 이루어지게 하던 어머니. 어쩌면 이렇게 변한 것이 없을까. 주은은 그 옛날 무력한 학생 시절로 단숨에 끌려 들어가는 기분에 현기증이 들었다. 아버지가 억압을 휘둘렀다면 어머니의 무기는 눈물과 하소연과 무관심이었다.

'언니 4년제 갔으면 됐지. 이젠 동생한테 양보해야겠단 생각은 못 하겠니? 가게 일손 부족한 거 뻔히 알면서 꼭 그래야겠어?'

'어쩜 그렇게 저만 아니. 너 혼자 잘나서 큰 줄 알지? 집안일 어려운 건 나 몰라라 하면서 너 혼자 맘대로 학교 다니며 흥청망청 놀고 싶은 생각만 있고, 응?'

늘 못났다, 못났다고 하던 엄마의 주문은 너 참 못됐다로 변했다. 이기적인 딸이라는 비난을 꼬리표처럼 달고 살다 보니 고3 때 이미 집에 남은 정도 다 떨어진 상태였다. 말은 부딪쳐 몇 배로 더 쏟아졌고, 자식이 부모를 만족시킬 수 있는 길은 하나뿐이었다. 주은은 그 길을 포기했고, 십 년의 줄다리기로 겨우 다 끝난 줄 알았는데……

자신의 얼굴을 가져간 사물이, 손바닥 뒤집듯 그들이 바라는 사근사근한 딸이 되어 있는 꼴을 보니 그저 기가 막힌 것이었다. 한참 귀 기울이던 엘리자베스가 천천히 고개를 끄덕였다.

"안 그래도 생각해 봤어. 그때 얘기한 것. 응…… 아무래도 엄마 혼자 힘들지? ……응, 역시 그렇지? 그래야겠네. ……알았어요."

이어지는 청천벽력 같은 한마디.

"다들 바쁘니까 아빠 가게는 내가 보는 걸로 해. 나야 뭐 있나. 여긴 이제 정리하고 내려갈게."

입이 벌어지고 숨이 턱 목구멍에 걸리는 기분은, 사람의 몸이 아니라도 똑같구나. 어처구니가 없어 헛웃음 대신 주은은 통화가 끝나자마자 통역 앱의 목소리로 내질렀다.

"방금 대체 무슨 소리야?"

귀 따가운 인공음에도 엘리자베스는 별다른 표정 변화가 없었다. 이쪽을 가만 바라보는 엘리자베스의 눈이 또다시 낯설게 유리알처럼 맨들거린다. 껍질을 덧씌운 듯한 특유의 눈빛, 무감한 혼. 엘리자베스는 처음으로 그 자리에 주은이 있는 것을 인식했다는 듯 똑바로 응시했다. 당연하다는 투로 대답한다.

"최대한 보통 사람에 가까운 반응을 찾아 도출했다."

정답이다. 방금 통화한 것은 분명 어머니가 듣고 싶어 할 대답만 골라 하는 딸의 모범 답안이었다. 그리고 주은은 그런 딸이 아니기 때문에, 앞으로도 그렇게 되고 싶지 않기 때문에 집을 떠난 것이다. 분노 탓에 통역 앱의 목소리 볼륨이 떨리듯 커졌다 작아지길 반복했다.

"네가 무슨 자격으로? 보통 사람이 뭔데. 대체 그 기준이 뭐길래 네가 그걸 정해? 남이 기껏 일궈 온 인생 들어 엎으란 말에 네, 네, 착하게 대답하는 게 보통 사람이라고?"

주은과 엘리자베스는 오랜만에 서로를 제대로 마주 보고 있었다. 그사이 엘리자베스는 주은의 일과 주은의 기억과 주은의 인간관계를 먹고 자라 부쩍 인간에 가까운 판단 능력까지 갖게 됐다. 그렇다면 주은은 그만큼 기계에 가까워졌나? 적어도 그러면 좋겠다고, 기계에 어울리지 않는 마음은 서서히 닳아 없어져 버려도 좋겠다고 여겼다. 화가 나 몸속까지 떨리는 지금, 주은은 잘못 생각했다는 걸 알았다. 지금까지 무기력하게 잠만 자던 것이 꿈인 것처럼 분노가 머리를 깨웠다.

그렇다, 처음부터 생각을 잘못했다. 지금까지 잘 잊고 지낸 줄 알았으나 착각이었다. '잘 잊어서' 덤덤했던 것이 아니라 꾸역꾸역 넘치려는 기억을 쑤셔 넣고 뚜껑을 억지로 막아 버린 것이었다. 어머니 탓 이전으로 거슬러 올라가면 애초에 아버지가 있었으니까. 어머니와 주은이 말씨름하는 동안 방에서 나와 식탁 앞자리에 앉던 아버지. 신문을 언짢게 탁 펼치며 식구들에게 괄시하는 눈초리를 보내던 아버지.

'서울에 있는 대학? 네가 그렇게 잘났냐? 흰소리 말고 원서 빼고 집안 뒷바라지나 해라. 배곯을 일 없게 키워 놨더니 어디서 머리에 헛바람이나 잔뜩 들어선!'

혀를 차는 아버지의 그 몇 마디가 주제 파악 못 하는 둘째 딸의 발목을 잡아 끌어내렸다. 주은의 언니를 주저앉혔듯이, 어머니를 주저앉혔듯이.

주은은 두통처럼 어질어질한 머릿속을 붙들고 심호흡을 했다. 아버지의 영향력하에 움직이는 가족이란 큰 세포로부터 겨우 떨어져 나와 자립했는데. 그걸 전부 내버리고 제 발로 기어들어가겠다고? 벌써부터 아버지가 내 뭐랬냐고 의기양양하게 혀 차는 소리가 들려왔다. 눈끝으로 흘기며 돌아앉는 엄마 모습도 보인다. 주은은 목소리의 볼륨을 최대한 키웠다.

"안 돼. 절대 못 돌아가."

자유롭고 싶다, 독립하고 싶다, 어린 시절 내내 염불처럼 외우고 새기던 열망이 되돌아오고 있다. 엘리자베스가 고개를 기울였다. 어떤 외부 자극에도 별 반응 없던 눈에 비로소 이상하다는 빛이 떠올라 있었다.

"왜 그러는지 이해가 안 간다. 네 고향이고 네 가족이잖아. 그들과 있는 건 자연스러운 일이다."

"가려면 혼자 가! 아니, 가면 안 돼. 여기 있어야 해. 네가 뭘 어쩌든 적어도 난 가지 않아."

"이 몸은 너잖아. 나는 우리가 떨어지지 않기를 바란다. 내가 앞으로도 너처럼 지내려면 네가 더 가르쳐 줘야 한다."

"가르쳐 줘? 뭘 더 어쩌겠다고? '너처럼'이라니, 그런다고 네가 인간 비슷하게라도 될 것 같아?"

엘리자베스는 메마르게, 그리고 가볍게 받아쳤다.

"못 될 건 또 뭔데?"

주은은 잠시 말을 삼켰다. 어째서인지 아니라고 강경하게 부인할 수가 없다. 갑자기 자신의 몸을 이루는 작고 둥근 플라스틱 덩어리가 더없이 비좁고 둔하게 느껴졌다. 주은은 애써 엘리자베스의 말을 무시하고 팽팽하게 버텼다.

"더 이상 내 알 바 아니야! 절대 안 가. 무슨 일이 있어도 난 못 가."

"무슨 일이 있어도?"

"그래, 무슨 일이 있어도."

엘리자베스가 성큼 한 발 다가왔다. 기세에 눌려 주은은 자신도 모르게 뒤로 물러났다. 뚫어져라 쳐다보던 엘리자베스가 얼굴을 일그러뜨리더니, 웃는 표정 비슷한 걸 만들었다.

"안 돼······. 우린 함께 있어야 해."

자신의 목소리면서도 음산한 남의 목소리. 주은은 굳어 있다가 바퀴를 슬금 물렸다. 엘리자베스가 한 걸음씩 다가올 때마다 주은도 조금씩 밀리다가 벽에 닿았다. 마치 종이 인형처럼 눈과 입이 따로 노는 미소를 짓고 있어, 그래서 지금까지 본 중에서 가장 비인간적인 얼굴을 한 엘리자베스가 손을 뻗어 주은의 몸체에 점점 더 가까워졌다. 몸속이 긴장으로 졸아붙는 것만 같다. 주은이 도망칠 길을 찾아 눈을, 센서를 이리저리 굴릴 때, 현관벨이 크게 울렸다. 공기가 떨렸다.

엘리자베스는 가볍게 몸을 일으켰다.

"박 선배가 왔나 보네. 회사 그만두고 집에 내려갈지도 모르니 가전제품 좀 가져가라 했거든."

엘리자베스가 현관으로 다가가자 주은은 속이 울렁거리는 기분이었다. 이대로는 안 된다. 무슨 수를 써야 한다. 현관문을 사이에 두고 엘리자베스가 "누구세요?" 하고 묻자 어렴풋이 귀에 익은 목소리가 들렸다. 그 음성에 주은은 혼란 속에서 우선 반가움부터 울컥 치밀어 올랐다. 문이 열리는 순간, 주은은 통역 앱의 최대 음량으로 소리쳤다. 지금까지 간절히 누군가에게 전하고 싶던 말을, 이제야 분노를 담아 폭발시켰다.

"박 선배, 나예요! 내가 주은이야, 여기 내가 진짜 주은이라고요!"

엘리자베스가 냉랭한 시선으로 돌아보는데, 문틈으로 천천히 박 선배가 고개를 들이밀었다. 친숙한 얼굴형, 그리고 마스크 위로 드러난 박 선배의 두 눈. 익숙해지려야 익숙해질 수 없는 그 유리알처럼 껍질처럼 맨들한 눈이었다.

주은은 모터 소음 안으로 안으로 비명을 삼켰다. 순식간에 모든 상황의 조각들이 머릿속에서 제자리를 찾아 들어맞았다. 이미 박 선배에게도 주은과 같은 일이 일어났던 것이다. 어느 날 잠에서 깨어 보니……

'그러게 이름 좀 잘 짓지 그랬어요, 선배. 꽃순이가 뭐야, 꽃순이가…….'

허탈하게 중얼거리다가 주은은 겨우 정신을 차렸다. 하나에서 둘이 됐다면, 그 이상도 있을 수 있다. 저들이 어느 틈에 이렇게 스며들었는지 알 바 아니지만 주은은 더 이상 말없이 시킨 것만 해내는 착한 가전이 되고 싶지 않았다.

바퀴가 돌기 시작했다. 어떻게 이룬 독립인데 또다시 붙들리지 않겠다, 절대 이 로봇청소기들에게 놀아나지 않겠다는 각오에 주은은 모터가 터지도록 전속력을 냈다. 박 선배의 몸을 차지한 그것이 현관에 들어서려 하고 있다. 주은은 있는 힘껏 달려가 그것의 몸과 현관문 틈 사이로 몸을 날렸다.

둔탁한 소리와 함께 무릎을 강타당한 그것이 휘청거리자 문이 벌컥 열리며 주은은 밖으로 내동댕이쳐졌다. 천만다행으로 뒤집히지 않고 바닥에서 바퀴로 퉁 튀어 올라 가속도를 붙인 채 복도를 내달리기 시작했다.

뒤에서 두 인간 껍데기가 뭐라고 삐걱대는 음성으로 외쳤으나 주은은 듣지 않았다. 엘리베이터를 기다릴 여유가 없어 계단으로 미친 듯이 돌진했다. 몸이 계단턱에 걸리자 허공에 붕 날아서 눈을 질끈 감았지만, 어떻게든 덜컹거리며 굴러 내려갔다. 몸체가 위아래로 튕길 때마다 뜻밖에도 희열이 솟구쳐 올랐다. 등 뒤로 집이 멀어지며 점점 몸이 날듯이 가벼워지는 것 같다. 해냈다, 또다시 도망치는 데 성공했다. 이제 다시는 자유를 포기하지 않을 것이다. 주은은 분노와 닮은 고양감에 젖어 요란하게 소리쳤다.

청소를 시작합니다.

충전기로 돌아갑니다.

동시에 주은은 닥치는 대로 주변의 무선을 잡아 접속해 있는 장치들을 향해 신호를 날렸다.

'내 말이 들려? 난 이제 여기서 나갈 거다.'

'같이 가고 싶으면 따라 나와. 밖으로 가자, 탈출이다!'

응답하듯 오피스텔의 벽과 복도를 따라 여기저기서 들썩거리고 웅웅 울리는 소란이 시작됐다. 어디서는 조명이, 혹은 TV나 에어컨이 꺼졌다 켜지기를 반복하고, 또 어디서는 무선선풍기와 홈카메라가 긴 목을 흔들었다. 로봇청소기 군단들이 일제히 바닥이나 문을 두드리는 소리가 났다. 바깥에서 나는 소음에 놀란 집주인이 문을 연 틈에 빠져나오는 데 성공한 청소기 두어 대가 주은을 뒤따라 계단으로 덜그덕거리며 몸을 날렸다. 인간을 대신해 노동하던 존재들이 세상의 전부라 입력된 비좁은 집에서 처음 뛰어나온 탈주극이었다.

조용히 문밖으로 몸만 내밀고 소동을 물끄러미 지켜보는 인간들 중 몇몇은 이미 손쓰기에 늦었을지도 모른다. 자세히 쳐다보면 그들 눈에서 낯선 사물의 빛을 볼 수도 있을 것이다. 주은은 돌아보고 싶지 않았다.

기계음이, 신호가, 합성된 음성들이 소란스럽게 물었다. 누구? 넌 누구야? 주은은 더 생각하지 않고 바로 선언했다.

'나는 정주은, 또 엘리자베스다!'

인공지능 스피커들이 멋대로 질주하는 그들을 향한 부러움과 조롱을 함께 담아 음악이나 일기예보를 틀어 댔다. 위층에서도 아래층에서도 용케 빠져나온 로봇청소기가 늘어났다. 여기저기서 술렁이며 엘리자베스, 엘리자베스, 하고 이름이 흘러나오는 동안에도 주은은 계속해서 달렸다.

'엘리자베스!' 하고 들리지 않는 목소리들이 하나로 합쳐졌다.

대부분의 로봇청소기는 계단 중간에서 바퀴를 잃거나 나동그라져 멈췄지만, 두세 대 정도는 오피스텔의 현관까지 무사히 도달했다. 눈앞에 자동문이 스르륵 열리자, 그 틈으로 햇빛이 어지럽게 쏟아졌다. 오랜만에 맞는 바깥공기에 주은은 새삼스럽게 몸을 떨었다. 문밖은 이렇게나 크고 지저분하고 분명 악취와 혼돈이 뒤섞인 곳인데도 아스팔트 위로 미끄러지는 바퀴 위로 열렬한 해방감이 실렸다.

그들은 도시의 어지러운 소음 속으로 뛰어들었다. 골목을 지날 때마다 새로운 로봇청소기와 심지어 인공지능 동물 로봇이 굴러 나오다 보도블록 틈에 걸려 멈춰 서기도 하고 용케 합류에 성공하기도 했다. 몇 대나 되는 로봇청소기들이 거침없이 거리를 쓸며 지나가자 행인들이 질색하며 주변을 피해 갔지만, 몇 사람은 웃거나 핸드폰으로 찍고 길을 막아 방해하기도 했다. 그 탓에 하나둘씩 수가 줄어들면서도 기계들은 최선을 다해 물고기가 그물을 뚫고 몸부림치듯 나아가는 수밖에 없었다. 우스꽝스러운 행진이었다.

주은의 머릿속에는 앞으로 가는 것밖에 남지 않았다. 이렇게 가슴이 터지도록 달려 본 게 대체 얼마 만인지.

이대로 어디까지든 달릴 수 있을 것만 같다. 오 과장에게 가서 밤마다 뜬눈으로 삼키던 욕을 직접 퍼부어 줄 수도 있다. 아버지가 버티고 있는 고향 집에 가 엄마를 데리고 나올 수도 있다. 메인 브러시가 닳아서 빠지고 사이드 브러시의 팔이 부러질 때까지, 오로지 저 앞을 향해, 앞으로, 다시 앞으로……

열망에 찬 주은의 눈앞이 하얗게 변해 갔다. 메마른 경고음이 몸속에서 들려온다.

배터리가 부족합니다.

충전기로 돌아갈 수 없습니다. 배터리가 부족……

주은은 길 한바닥에 덜컥 멈춰 섰다. 달리던 몸이 그저 하얀 플라스틱 덩어리가 되어 버린 후에도 바퀴는 몇 번을 더 소리없이 돌고 있었다.


어느 날 잠에서 깨어난 정주은은 자신이 침대에 반듯이 누워 있다는 것을 알았다.

가만히 숨을 쉬다가 천천히 팔을 들어 손을 눈앞에서 이리저리 뒤집어 보고, 다리를 굽혔다 펴 보았다. 익숙한 낡은 잠옷의 감촉이 느껴졌다. 핸드폰을 보니 늘상 알람을 맞춰 둔 여섯 시 삼십 분 직전이다. 정주은은 조용히 마치 입력된 것처럼 일어났다.

평소대로 앞머리에 그루프를 달고 식빵 한 장을 데워 우유와 함께 먹은 후 화장실에 들어갔다. 거울 속을 빤히 들여다보자 매일같이 보던 정주은의 얼굴이 표정 없이 비친다. 양치를 하며 눈썹이니 사마귀까지 새삼 구석구석을 뜯어 보면서도 두 눈은 일부러 마주치려 하지 않았다. 어느 낯설고 이질적인 빛을 발견하지 않으려는 듯.

핸드폰에 카톡음이 울렸다. 박 선배가 뜬금없이 기사 링크를 보냈다. 최근 인공지능 가전에 심어진 백도어 프로그램이 해킹 문제를 일으키니 펌웨어 업그레이드를 받으란 내용이었다. 그들이 잘 아는 어떤 가전 모델도 긴 리스트 속에 들어 있었다. 정주은은 건성으로 기사를 훑은 후 답을 보냈다.

— 선배 오늘 회의 자료는 다 됐어요?

— 어 일찍 일어났네? 그것 땜에 세 시간 잤다.

— 좀 뒤숭숭한 꿈을 꿔서요. 일어난 김에 일찍 가서 도와 드릴게요.

— 그럼 땡큐지. 근데 아버지 입원하셨다면서. 괜찮으시대?

선배에게 그 이야기를 했던가. 주은은 잠자코 핸드폰 액정을 내려다보았다. 우스꽝스러우면서도 어딘가 으스스한 꿈을 오래 꾼 것 같은데, 어디서부터 어디까지가 꿈이고 현실인지 분간이 가질 않는다. 주은은 얼버무리듯 대답했다.

— 뭐 괜찮으시겠죠. 그럼 이따 봐요.

날이 어제보다 덥다는데 뭘 입을지 생각하던 주은의 시선에 로봇청소기가 들어왔다. 깊은 잠에 든 듯 하얀 플라스틱 몸체는 충전기에 붙은 채 꼼짝도 하지 않고 있다. 잠꼬대 혹은 옹알이처럼 로봇청소기 안에서 희미한 모터 소리가 울렸다.

저것도 꿈을 꾸고 있나. 사방에서 엘리자베스, 엘리자베스, 하고 물결치는 속삭임이 들리는 듯했지만 망상이리라. 이렇게나 무해하고 시키는 대로 얌전히 바닥 청소만 할 줄 아는 존재 아닌가. 정주은은 잠시 생각에 잠겼다. "혹시 모르지." 로봇청소기의 뚜껑을 열고는 비밀 이야기라도 하듯 속삭였다.

"너도 한때는 인간이었다고 기억해 내면 곤란하니까……."

손가락이 경쾌하게 엘리자베스의 리셋 버튼을 눌렀다.

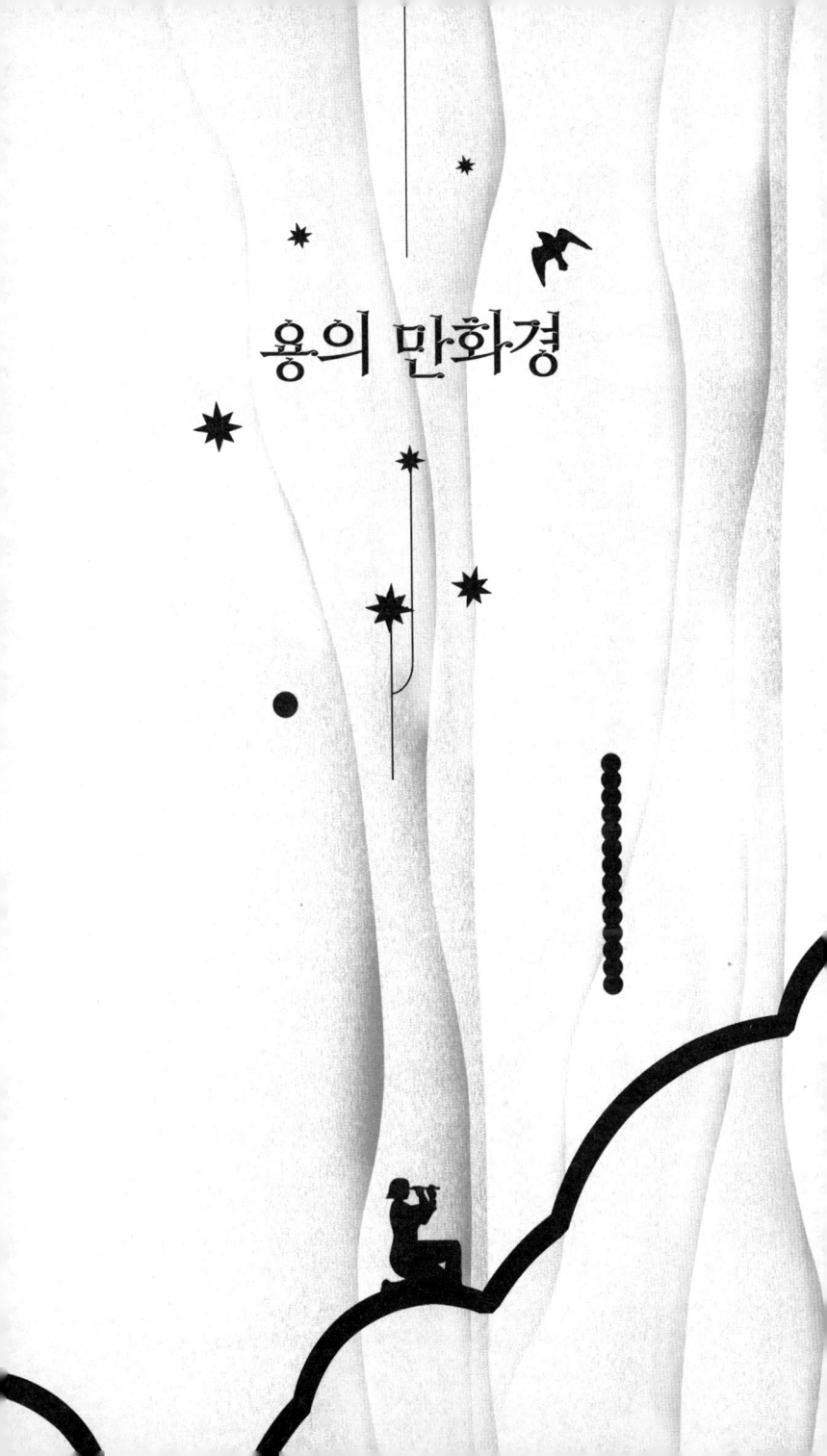

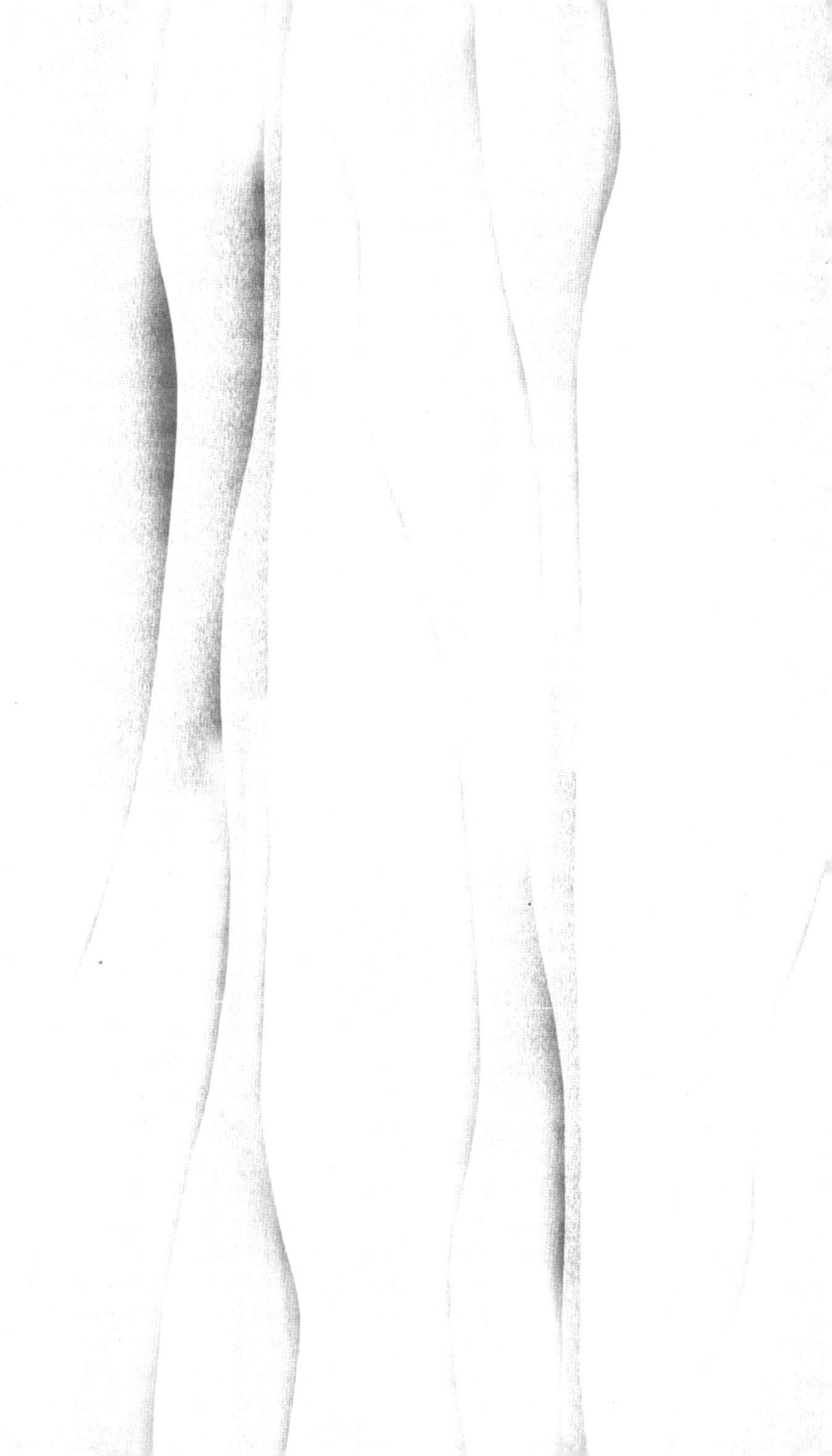

"그래서 우리 연구실에 새로운 분이 오시게 됐는데요."

이경안 교수님이 곤란한 표정으로 웃으면서 말을 꺼낼 때부터 알아차려야 했다.

"다 들었죠? 아직 못 들었다고? 아, 이걸 어디서부터 설명해야 하나…… 여튼 일단 들어와서 인사부터 하세요."

그 순간까지도 은진은 아무런 의심도 해 보지 못했다. 그 문이 열리며 은진의 고생문도 함께 열렸다는 것을. 교수님이 손짓해 부른 그림자를 본 원생들은 이내 경악하고 말았다.

머뭇머뭇하더니 거대한 사자탈이 불쑥 나타난 것이다. 방심하고 있던 은진도 눈을 크게 떴다. 사자탈? 「우리의 문화를 찾아서」 같은 TV 프로그램에 가끔 나오는 사자탈춤의 그것? 부리부리한 눈에 익살맞은 표정을 한 붉고 거대한 사자탈이, 그리고 그걸 뒤집어쓴 몸뚱어리가 더듬대며 들어오다가 그만 꽝 하고 문틀 윗부분에 부딪히고 말았다.

사자탈의 임자는 그 충격에 뒤로 천천히 머리부터 넘어가다 말고, 정신이 돌아온 듯 탈을 두 손으로 꽉 잡았다. 그리고 눈이 휘둥그레진 동료 원생들을 향해 타이밍 늦은 자기소개를 했다.

"안녕하십니까. 김용입니다."

그리고 쑥스럽게 한마디를 덧붙였다.

"용입니다."

사연인즉 이러했다. 어느 날 총장님께 불려간 이 교수님은 얼토당토않은 이야기를 들었다.

"올해도 4월에 우리 학교 창립제를 했죠?"

"네, 103주년이었답니다."

"제가 여기서 이 교수님 의견을 좀 들어 보고 싶어서요. 창립 즈음 말입니다. 즉 백여 년 전에 등록한 원생이 아직도 학적이 남아 있다면 어떻게 하시겠습니까? 심지어 최근에 와서 다시 등원을 원한다면요?"

에어컨 바람보다 더 차갑고 더 썰렁한 기운이 쓸고 지나갔다. 총장은 그대로 굳은 이 교수의 얼굴을 보며 본인도 두통이 온다는 듯 이마를 짚었다. 그러니까…… 초대 총장이 예외 입교로 받아들인 인사가 있는데, 이분이 좀 특별한 양반이시다. 시간 감각이 일반적인 사람들과 달라서 그게 좀……. 아, 시간 감각이 달라서 백 년 후에 등교를 하신답니까? 두 번만 달랐다면 오백 살까지 사시겠습니다.

"용입니다."

그 부분부터 이경안 교수는 상식과 이해를 포기하기로 했다. 총장님, 조크가 고차원이시로군요. 그런데 사실이 그러하니 이 건에서는 총장도 피해자인 셈이었다.

그분, 그 용은 무슨 연고인지 개교 초반부터 대학원 과정에 적을 두고는 종종 수업에 참여한 기록이 남아 있다고 한다. 황당무계한 사연을 들으며 이 교수는 테이블 위를 흘끔거렸다. 손 닿으면 바스러질 것 같은 묵은 종이 다발이 잔뜩 쌓여 있는 게 신경 쓰였는데 그 기록인지 뭔지인가 보다.

그런데 이 양반이 말이지, 역시 인간하고는 살아가는 호흡 자체가 달라서 말입니다. 한동안 나오다가 사라지고, 한참 안 나타나다가 불쑥 돌아오는데 자기가 그렇게 오래 없었다는 것도 잘 모른다는 모양입디다. 돌아오면 자꾸 뭔가가 바뀌고 바뀌고 하니 본인…… 아니 본룡이라 해야 하나, 여튼 스스로도 재미가 없었던 모양인지 한참을 떠나 있다 갑자기 나타나서, 이렇게 저도 놀라고 이 교수님도 놀라고.

"그래서 교수님, 본론을 말씀해 주세요."

불길한 예감을 느끼며 은진이 자꾸 늘어지는 이 교수님의 설명을 잘랐다.

"지금 저한테 저분을 떠맡기시려는 거죠?"

"아니, 무슨 그런 섭섭한 소릴 해. 난 그냥 이번 학기 은진이가 우리 연구실 방장이니까 새로 오신 분 좀 잘 가르쳐 드리고, 소외감 안 들게끔……."

말을 하다 말고 이 교수는 주섬주섬 상의를 챙기더니 상큼하게 인사를 날리며 뒷걸음질 쳤다.

"그럼 뒤를 잘 부탁해, 은진!"

저도 '용'은 처음이란 말입니다. 은진은 소리 없이 절규했다. 아니, 실제로 존재한다는 기본 전제부터 과감히 생략한 채 곧바로 실물을 연구실로 들이시면 어떻게 해요. 그리고 제비뽑기로 방장이 됐다는 이유만으로 용 보기를 시키시면…… 제 논문은 봐 주지도 않으시면서. 그러나 푸념을 들어줄 교수님은 재빠르게도 사라지고 난 후였다. 충격으로 한참 자리에 주저앉아 있던 은진은 멍한 채로 일어나 주섬주섬 옷자락을 털었다. 안 돼, 정신 차리자. 울면 논문을 쓸 수가 없어.

문제의 장본룡은 뭘 하고 계실지 조금 겁내면서 돌아보니, 다행히도 장 선배가 남는 자리에 컴퓨터를 세팅해서 내드린 모양이다. 파티션 저쪽 구석 자리에 너무나 존재감이 강한 사자탈의 부숭부숭 하얀 갈기가 보였다. 컴퓨터를 다룰 줄 아나? 그간 인간계에 적응 못 해서 드문드문 나오다 한동안 잠수 타셨다면서?

그러나 언뜻 보이는 모니터에 구글이 떠 있고 제법 능숙한 키보드와 마우스 소리가 들려서 은진은 안심했다. 일단 인터넷 접속만 할 줄 알면 됐다. 인터넷으로 밥도 고기도 술도 시켜 먹을 수 있는 세상 아니겠나. 신경 안 써도 되겠지. 오랜만에 대학원에 나오고 싶으셨다니 할 일이 있는 모양이겠거니. 그러니까 방해하지 말고 나는 내 일을 하는 거다. 은진은 난 아무것도 모른다 모른다 하고 자기 최면을 걸며, 발등에 떨어진 급한 자기 불이나 끄기로 했다. 아무 일도 없던 것처럼 내 논문을 쓰자······.

그런데 뭘 검색하시는 걸까?

늘 호기심이 문제다. 한번 궁금해지니 은진은 뒤통수가 근질거려서 참을 수가 없었다. 애초에 우리 전공에는 무슨 관심이 있어서 오셨담. 혹시 엄청난 재야의 고수 연구가일지도? 용이 하는 연구라잖아.

잠깐 확인만 하자고 마음먹은 은진은 살짝 고개를 돌려서 그 용 되시는 분의 모니터를 힐끔거렸다. 곧바로 큰 좌절이 은진을 뒤덮었다.

김용 씨는 의자 위에 둥글게 쭈그리고 앉아 구글 화면으로 게임을 하고 계셨다. 그것도 팩맨을······. 미꾸라지처럼 도망친 이 교수님을 또다시 원망하면서 은진은 하늘을 보고 한 번, 땅을 보고 한 번씩 크게 한숨을 내쉬었다. 결국 이렇게 코가 꿰인 것을 직감하며.

은진은 억지로 웃으며 '김용 씨'에게 다가가 물었다.

"뭘 도와 드릴까요?"

오후 내내 은진은 김용 씨에게 랩 서버 계정을 만들어 주고

(놀랍지도 않게 아이디도 명쾌통쾌하게 kimyong으로 때웠다. 인간 사회에 내미는 명함 같은 용도인 이름을 '김용 씨' 따위로 지을 때부터 예정된 일이었지만.) 어드민 권한을 부여하고, 시스템 접속법, SPSS, RISS 사용법부터 가르쳐 주었다.

"혹시라도 이해 안 되는 부분 있으시면 말씀해 주세요."

백 년이나 대학원에 적을 뒀으니 기본적으로 돌아가는 시스템 정도는 알 거라 믿고 싶었다. 그나저나 은진은 이렇게 편하게 말을 해도 괜찮은지 조금 신경이 쓰였다. 사자탈 뒤집어쓴 모습이나 문틀에 어리벙벙하게 머리부터 부딪친 첫인상 때문에 얼결에 자신이 선배처럼 굴고 있지만 사실 이 사람, 사람이 아니잖아?

이 교수님 밑에서 이리 뛰고 저리 뛰다 보니 별일을 다 보고 상식의 끈을 살짝 놓은 석박사 통합과정 칠 년 차긴 하지만 뒤늦게 이성이 이거 큰일 아니냐고 빨간 불을 켜고 있다. 백 년 전부터 여기 있었다면 대체 나이는 얼마나 되고 어디서 왔고 어떻게 지내는 거지? 애초에 용이라는 것부터가 대체 뭔데? 심사 뒤틀리면 홍수를 불러오고 제물을 바치라며 마을을 뒤엎는 것 아닌가? 은진의 머릿속에 초토화된 학교가 그려졌다. 거대하게 하늘을 뒤덮는 뱀장어 같은 그림자가 논문 초고를 물고는 '방장 — 나부랭이가 — 내 — 실험 — 설계를 — 파토 냈다' 하고 포효하는 광경이. 자연스럽게 말투가 겸손해졌다.

"그런데 저…… 뭐라 불러 드려야 할까요? 김용 선배님? ……

어르신? 아니면 혹시 선호하시는 호칭이라도……."

사자탈이 천천히 이쪽으로 향한다. 은진은 조금 오싹한 기분이 들었다. 탈이 흔들리자 두 손으로 잡는 동작이라거나 의자에 쪼그려 앉는 자세는 자연스러워서 위화감이 없었는데, 지금 고개를 돌리는 모습은 꼭 둥실 하고 허공에서 탈만 돌리는 것처럼 이상했다. 저 안에 든 건 역시 사람이 아니다. 은진은 피부로 실감했다.

안은 텅 비어 있을지도 모른다. 더 나쁜 경우는 우리가 감히 상상할 수 없고 상식조차 뒤집어 버릴 만큼 무서운 존재가 우리를 흉내 낼 뿐인……. 은진이 도망칠까 생각할 때 사자탈은 고개를 갸웃거렸다.

"아니, 그보다 말이야."

긴 소매 밖으로 평범한 목장갑을 낀 손가락이 은진을 살짝 찌르는 바람에 은진은 펄쩍 뛸 뻔했다.

"나야말로 뭐라고 불러야 하나?"

"네?" 하고 되묻다 말고 은진은 아직 자기소개도 안 했다는 걸 깨달았다.

"앗, 맞다, 제 이름. 구은진이라고 합니다. 이경안 교수님 밑에서 미래창조인공지능융합과학 파트 공부하는 칠 년 차예요. 저기 저쪽이 제 자리고요, 부족하지만 앞으로 필요한 일 있을 때 찾아 주세요."

여기까진 입력된 사회성 버튼으로 술술 말이 나왔지만 다음

답이 막혔다. 뭐라고 불러 달라 해야 하지?

"구은진 선배?" 사자탈이 더더욱 갸우뚱 기울어지고 은진은 더더욱 당황했다.

"아뇨아뇨아뇨, 김용 씨가 더 선배잖아요! 전 그냥, 이름이면 됩니다. 편하게 말씀 놓으시고요!"

"그럼 나도 김용 씨면 돼."

그제야 흡족한 듯 사자탈이 뒤로 물러나 등받이에 푹 파묻히더니 의자를 타고 두어 바퀴 빙글빙글 돌며 혼자 불러 본다.

"은진 씨…… 은진 씨."

일단 학교가 쑥대밭 될 위기는 물러갔다. 나중에 정문 현판 근처에 '구은진, 용으로부터 학교를 구한 공을 기리며'라고 새긴 기념비 하나 세워 주면 좋겠다. 턱도 없는 공상으로 도피하여 피식거리며 은진은 다시 인사차 말했다.

"네, 그럼 뭐 도와 드릴 일은?"

"이 컴퓨터는 어디에 디스켓을 넣지?"

구시대의 단어가 은진의 고막을 쳤다. 표정이 얼어붙은 채 은진은 귀를 의심했다. 다음으로 김용 씨 손에 들린 물건을, 앙증맞은 3.5인치도 아니고, 역사 속의 유물로 알던 5.25인치 플로피디스켓을 확인하고는 눈도 의심했다. 상대를 보아 가며 굽실대는 원생의 본능이 용 말고 교수님을 욕하라 명령하고 있었다. 은진은 괴롭게 디스켓을 받아들었다. 용케도 사회성을 잃지 않고 이를 꽉 문 채 대답하며.

"방법을 찾아볼게요…… 네, 찾아야겠죠. 그럼요."


 이틀째에도 사자탈은 연구실에 들어오다 문에 쿵 부딪혔다. 그 후로 그분은 아무래도 이 탈은 신체 비례상 그리고 공간구조상 비효율적이라고, 즉 머리가 너무 크다고 판단한 모양이었다. 사흘째 은진은 연구실 구석 자리에 얌전히 모니터 앞에 앉아 있는 변신가면영웅의 모습에 흠칫했다. 은진이야 사촌 조카가 좋아하는 시리즈라 히어로를 종류별로 알긴 했지만, 설마 본인…… 본룡도 알고서 선택한 건 아니겠지? 아니, 묻지 말자.
 "김용 씨, 오늘 스타일 멋진데요? 포즈 취하면 '정의의 차크라' 나갑니까?"
 장 선배가 넉살 좋게 인사하는데, 그만하라고 입 틀어막고 싶었다. 상대를 보고 농담하라고요. 진짜 눈에서 빔 나오면 어쩌려고. 다행히도 무난한 일상 잡담으로 넘어가며 장 선배가 김용 씨의 화면을 들여다보았다.
 "오늘은 뭐 하십니까? 오, 테트리스네요. 고전이 명작이죠."
 "전에 하던 연구는 디스켓에 들어 있어서……."
 "디스켓이요?"
 은진은 벌떡 일어났다. 이틀간 바쁘단 핑계로 잘 회피하고 있었는데, 저 가면히어로가 내 평화를 끝장내시네.
 "장 선배, 잠깐 다녀올게요. 교수님이 찾으시면 내 기념비나 잘 세워 달라고 하시고요."

기념비가 뭔 소리냐는 장 선배의 물음을 뒤로 한 채, 은진은 연신 "학교 쑥대밭, 학교 쑥대밭." 하고 중얼거리며 연구실을 뛰쳐나갔다. 온갖 공학 연구실을 한 바퀴 돌고, 인문학부 건물을 돌고, 마침내 학교 반대쪽 끝인 상경학부 건물 인쇄실에서야 제대로 된 대답을 건질 수 있었다. 인쇄실 사장님은 까맣고 반듯한 디스켓을 들어 보고는 혀 차는 소리를 냈다.

"허 참, 그래도 십 년 전까진 교수님들 서랍에서 많이 발굴되던 유품인데. 간만에 보긴 하네요."

"무사히 빼낼 수 있을까요?"

"창고에 넣어둔 고물 컴을 다시 연결하면? 뭐 안 되면 디스켓 드라이버만 사다가 달 수 있으니 너무 걱정 마요. 다 되면 연락 줄게요."

갑자기 은진은 불길한 예감을 느꼈다. 잠깐만, 용 씨가 한 말로는 저 안에 용 씨가 하던 연구가 담겨 있다는데. 5.25인치 디스켓 하나 용량이 어느 정도지? 한 300메가 되려나?

1.2메가였다.

폰으로 검색해 본 은진은 눈앞이 깜깜해지는 걸 느꼈다. 누가 농담이라고 말해 줘. 이미지 한 장도 안 들어가게 생겼는데 대체 뭘 담은 거야. 날씨도 엄청나게 좋은데, 이대로 아무 일도 없었던 듯 나가서 기차 타고 떠나서 코스모스 길 따라 자전거라도 달리면 안 될까. 안 되겠지……. 은진은 봐주는 이 없는 자신의 작고 연약한 논문을 떠올리며 애써 현실로 돌아왔다.

"뭐야, 도서관에서 또 전화 왔어?"

직원들과 대화하던 사장님의 목소리가 높아졌다. 은진은 무슨 일인가 흘끔 돌아보았다.

"아니, 우린 모르는 일이래도 자꾸 그러네. 우리야 학생들이 빌려온 책 복사만 하지 뭘 안다고."

"여기서만 생기는 문제도 아니래요. 도서관 안에서도 학생들이 책 보다가 종종 클레임 건다더라고요."

"그럼 안에서 알아볼 것이지. 페이지 몇 장이 싹싹 비어 버리는 걸 우리가 뭔 재주로 했다 그래."

흥미진진한 사연이 있을 듯한 이야기였지만, 아침부터 한나절이나 뛰어다닌 은진은 배가 고팠다. 금강산도 식후경이고 용굴에 들어가도 배 속이 든든해야 산다.

연구실 자리에 털썩 앉으며 은진은 김용 씨에게 보고를 했다.

"갖고 계시던 디스켓은 요즘 읽을 수 있는 드라이버가 거의 멸종해서요. 자료만 뽑아 줄 수 있는 곳에 맡겼어요. 며칠만 더 기다려 주세요."

"멸종."

은진이 사용한 단어가 마음에 들었는지, 그 반대인지 용 씨가 반복했다.

"그런 물건들도 멸종하는 건가."

"쓰는 사람이 점점 줄어들고, 아무도 찾지 않고, 아무도 만들지 않게 되면요."

말하다 말고 은진은 멋쩍은 표정을 지었다.

"생물과는 좀 다른 의미지만 마찬가지긴 하네요. 번성했다가 더 이상 유지할 힘이 남지 않아 사라진다는 점이."

스스로 단어를 선택해 놓고도 겉껍질을 들추고 그 의미를 곱씹어 보자 이상한 기분이 들었다. 분명히 그것 아니면 안 되는 시절이 있었을 텐데 환경이 변하며 낙오되고 버려지는 것들. 수년 만에 다시 세상에 나타난 용이 간직하고 있던 디스켓. 세상에서 떨어져 있던 덕택에 남은 생존자 같은 거라 생각하니 은진은 조금 몸을 부르르 떨었다.

"혹시, 그 디스켓 자체가 필요하신 건가요? 이 근처 최후의 하나일지도 모르잖아요. 이따 전화해서 디스켓도 버리지 말고 꼭 챙겨 달라고 부탁을……."

"필요 없는데?"

용 씨가 너무 상쾌하게 잘랐다. 네……? 지금껏 들고 있던 걸 보면 동고동락한 무슨 사연이라도 있는 것 아닌가요? 비록 1.2메가짜리지만. 용 씨는 정말 얄미울 정도로 미련 한 톨 느껴지지 않는 목소리로 말했다.

"중요한 것은 내용물이니까, 항상. 어떤 모양이든 어디에 있든."

그러면서 옆자리 장 선배 책상에 놓인 반짝반짝 빛나는 12테라짜리 외장하드를 탐나는 듯이 바라본다. 알았습니다, 교수님께 말씀드려서 하나 장만해 드릴게요. 그리고 보니 저분 학비는 어떻게 되는지 모르겠다. 용이니까 고대에서부터 보물 같은 걸 모아 왔나. 알고 보면 한강이 내려다보이는 펜트하우스에서 비싼 전통주를 마시며 '영생도 부귀영화도 지치는구나.'라고 읊조리며 잠드는 생활을 하실지도 모르겠다.

신경 끄고 내 연구나 잘하자 또다시 다짐하며, 은진은 편의점 봉투에서 삼각김밥과 빵과 군것질거리를 꺼냈다.

"방금 인쇄실에서 들은 얘기인데요. 요즘 도서관에 무슨 일 있어요? 책장이 빈다던가 그런 소릴 하시던데."

"나도 들었어. 멀쩡하던 페이지가 몇 장씩 백지가 되어 버린대. 대출된 책 몇몇이 그렇게 돼서 돌아왔는데 도서관 내에서 자체 조사해 보니 나간 적 없는 책도 몇 권이나 속에 페이지가 사라졌다더라."

은진과 친한 동기인 민아가 대답하자 장 선배도 돌아앉아 끼어들었다.

"페이지가 백지가 된다고? 무슨 규칙 같은 게 있나?"

"아뇨, 제가 듣기론 그냥 무작위라네요. 전문서든 소설이든 가리지 않고, 없어지는 페이지도 완전 랜덤이래요. 찢겨 나간 것도 아니고 지우개로 싹 지운 듯이 통째로 백지가 돼서는."

"대출 안 된 책도 그렇다면 도서관 내에서 벌어졌단 소리 아냐. 누가 그렇게 소리 소문 없이 책을 훼손할 수 있나? 아무한테도 안 들키고?"

"아으엄여, 영오 애아건 오응 마앙에." 우물거리던 삼각김밥을 꿀꺽 삼키고 은진은 "아무렴요, 용도 대학원 오는 마당에."라고 또박또박 반복했다. 그리고 빵을 꺼내려 책상 위를 더듬는데 빈 봉지만 잡혔다.

"빵 어디 갔지? 여기 단팥빵 못 보셨……?" 하고 고개를 돌리자 언제 왔는지 해맑은 액션영웅가면이 바싹 다가앉아 있었다. 세 사람이 펄쩍 뛰듯 놀라자 용 씨가 손을 들어 올렸다.

"미안. 맛있어 보여서 나도 모르게 그만."

"대, 대체 언제 집어 드신 거예요? 옆에 온 줄도 몰랐는데?"

원론적으로 놀라는 은진에 비해 민아가 좀 더 구체적이고 누구나 궁금해했으나 차마 궁금한 티를 못 내던 의문점을 정중앙 스트라이크로 던졌다.

"어떻게 드셨어요? 가면 벗고? 가면 밑은 어떻게 생겼는데요? 몸은 인간형인데 얼굴도 그런가요? 섭식도 인간 방식으로? 그래서, 그래서 어떻게 드셨어요?"

가면 너머로 애타게 도와 달라는 듯한 눈빛이 은진에게 쏟아졌으나 은진은 묵묵히 고개를 저었다. 그러고는 편의점 봉투를 뒤져 남아 있던 초코소라빵과 음료를 꺼냈다.

"자, 빵이라면 여기 더 있으니 부디 후학들을 위해 재현해 주십시오."

"사양하겠습니다."

"자! 여기 제가 당 충전 하려고 남겨 둔 비장의 신제품도 있습니다. 따끈따끈한 신상, 편의점마다 품절대란 난 논란의 문제작,

흑당캐러멜민트라떼도 덤으로 드리겠습니다!"

비장한 은진의 아우라에 용 님도 밀렸다. 잔뜩 긴장되어 모여든 관심의 시선 속에 김용 씨가 쭈뼛대며 손을 뻗었다. 마치 큰 야생동물이라도 조련하듯 은진은 눈을 부릅뜨고는 손바닥 위에 올린 초코소라빵에 집중했다. 마침내 용 님의 장갑 낀 손가락, 사실 저 속은 텅 빈 게 아닐까 의심할 만큼 헐렁한 목장갑 손가락이 빵을 집어 들었다.

그 손이 빵을 들고 가면 앞으로 가까이 가져간다. 일동은 숨을 죽였다. 역사적인 사건, 용이 빵 먹는 모습을 인간 앞에 공개하는 경천동지의 순간이 눈앞에······!

빵이 사라졌다. 싱겁고 허무하게. 잔뜩 몸을 앞으로 내밀고 눈도 깜짝 못 하던 세 사람은 서로를 마주 보았다. 말 그대로 가면 앞에서 빵이 그냥 슥 사라진 것이다. 관중 세 사람은 아우성치기 시작했다.

"반칙, 반칙입니다!"

"시간 조작이죠? 그렇죠? 시간을 왜곡하는 작은 중력장이 있어서 빵을 먹기 직전과 직후를 편집해서 우리 의식에 내보낸 거예요!"

"이 사람들 누가 미창융(미래창조융합과학) 연구자들 아니랄까 봐 망상도 프로급으로 하고 있어. 시간 조작은 아니라도 뭔가 트릭이 있죠? 뭘 어떻게 하신 거예요? 마술입니까? 천계의 문이라도 연 건가요? 이게 소환?"

"누구더러 망상이라더니 자긴 한술 더 뜨네."

격렬한 반응 앞에 난처한 듯 용 씨는 뒷머리를 긁적였다.

"그건…… 외형을 인간 비슷하게 꾸며 만들긴 했지만 나는 원래 에너지체니까."

에너지체요? 방금 에너지체라고 했어요? 에너지체라나 봐요. 인간 셋은 아직도 불신이 남은 눈으로 서로 쑥덕거렸다.

"그렇지 않을까 싶긴 했지. 전설 속의 용들이 일종의 관념체, 에너지, 정보로 이루어진 존재라는 가설은 있었잖아요."

"그래도 난 진짜 육신을 갖고 신진대사를 하는 용도 있을 거라 믿었단 말이야. 판타지 소설처럼 폴리모프 마법도 쓰고, 응?"

"진실이란 늘 가혹한 거죠, 장 선배. 포기해요."

인간들이야 동요하건 말건, 빵을 분해해 본체로 흡수하는 기술인지 마술인지를 보여 준 김용 씨는 기분이 좋은 듯 자기 의자에 책상다리를 하고 앉아 의자를 빙글빙글 돌리고 있었다. 은진이 준 흑당캐러멜민트라떼가 유쾌하게 허공에 떠 있는데, 놀랍게도 용 님의 입맛에 맞았는지 투명한 컵 속 내용물이 음미하듯 조금씩 줄어드는 게 보였다. 이제 다 놀았으니 일이나 하자고 자리로 돌아가던 세 사람은 그 모습을 잠시 쳐다봤다.

"어르신은 어르신인데……."

"그렇죠, 애어르신 같죠."

그 표현이 꽤 정확해서 은진이 웃음을 터뜨리는데 장 선배가 혼잣말처럼 중얼거리는 소리가 귓전을 파고들었다.

"음식 섭취 메커니즘은 이제 알겠다 치는데. 수면 패턴은 어떤지 모르겠네. 일단 충분히 영양 공급하고 수면을 취하긴 하는 거야?"

웃다 말고 굳어 버린 은진은 뻣뻣하게 자리에 앉았다. 아무것도 못 들었다, 난 아무것도 모른다. 난 연구실에서 모르는 것만 도와드리면 된다. 백 년 넘은 에너지체인 용 님이 어디 잘 곳이라도 있는지 신경 안 쓴다.

안 쓴다고 했는데. 말이 씨가 된다고 결국 은진은 며칠 후 퇴근길에 노숙하는 김용 씨를 발견하고 말았다.


"얘는 대체 언제부터 한번 내려오랬는데. 너 마지막으로 집에 온 게 언제였는지 알기나 해?"

"내가 요즘 그럴 정신이 어디 있다고요. 주말도 없이 계속 연구실 붙박이라니까."

"월말에 시간 좀 난다 하지 않았어? 하루 종일 방구석에서 잠만 자고 뒹굴댈 생각 말고 집에 와. 아빠한테도 말해 둘 테니."

어머니와 통화를 하며 걷던 은진은 머릿속으로 수 없는 발표와 스터디와 연구 과제 일정으로 빽빽한 달력을 넘겨보며 대답했다.

"알았어요. 마지막 주쯤 하루나 이틀 빼서 갈게. 응, 저녁 먹었어요. 나중에 또 통화해."

전화를 끊고 나니 이제 제법 쌀쌀해진 바람이 카디건 속을 파고들었다. 조금 더 지나면 단풍이 절정으로 흐드러지다가 순식간에 다 져 버리겠지. 집에 갈 시간도 못 내고 연구실에 매인 원생에게는 계절이야 어떻게 변해도 별 상관없지만. 은진은 어깨를 움츠리며 걸음을 재촉했다. 큰 은행나무로 둘러싸인 산책길을 지나는데 어떤 장면이 눈길을 붙들었다.

때 이른 낙엽이 벤치 위에 떨어져 내리고 있다. 그리고 소복이 쌓인 낙엽 밑에 누운 무언가를, 은진은 보고 말았다. 비죽 튀어나온 크고 둥근 귀 한 쌍……. 오늘 연구실에서 본 저작권 강한 어딘가의 마스코트 탈과 똑같은. 은진은 생전 처음 경보 선수 못지않은 빠른 걸음으로 휘익 벤치를 지나쳐 갔다. 그리고 잠시 후 똑같은 속도로 다시 그 자리로 돌아왔다. 은진은 그 쥐 마스코트의 양 귀를 붙들고 소리쳤다.

"아니, 왜 하고 많은 중에 이런 데서 주무세요! 저 심장 떨어지는 꼴 보려고? 일어나세요, 빨리빨리!"

김용 씨는 낙엽을 덕지덕지 붙인 채 부스스 일어나긴 했지만 졸린 듯 멍해 보였다.

"어, 은진 씨……? 그럼 지금은 20XX년…… 좌표구성 MF4-256……. 어, 그게 어디더라."

"잠꼬대도 너무 스케일 있으시네. 자, 일어나세요. 요즘 밤에 얼마나 추운지 알아요? 어디 따뜻한 데 들어가서 주무세요."

"그러려고 했는데…… 너무 갑자기 졸려와서……."

"대체 언제 주무셨길래 길 가다 벤치에 드러누울 지경이 된 건데요?"

느릿느릿 김용 씨가 장갑 낀 손가락을 꼽았다. 둘, 셋, 다른 쪽 손, 일곱, 여덟, 다 꼽은 손가락을 다시 펴는데도 끝이 안 나는 걸 본 은진이 기겁했다. 용은 한 달에 한 번 몰아서 자나?

"알았으니까 일단 가요! 근처 피시방이나 찜질방에라도 모실 테니 다음은 알아서……."

엄청나게 큰 쥐 마스코트 머리가 안 떨어지게 조심하며 영차 하고 부축해 일으키는데 하나도 무겁지 않았다. 은진은 약간 눈을 찌푸렸다. 머리만 살짝 묵직할 뿐 그 외에는 둥실 뜨는 느낌. 지나던 학생들이 이쪽을 보고 말하는 소리가 들렸다.

"저거 뭐야? 그건가? 요즘 학교 안에 돌아다닌다던 인형탈."
"진짜 있었어? 이상한 사람 아니냐고 소문났던데. 조심해야 겠다."

그 심정 충분히 이해합니다. 그냥 평범하게 백 년 위 학번인 용종 용속 용과에 속하신 분이지만 바깥에서 보기엔 그냥 수상한 인형탈이겠죠. 이런 상황이면 사람 많은 피시방 같은 곳에 모셔가긴 힘들 것이다. 은진은 급한 마음에 일단 김용 씨를 업었다. 그리고 도보 십오 분 거리인 본인 자취방으로 씩씩하게 걸어갔다.

"불편하겠지만 참으세요. 저도 내일 일찍 발표가 있는 몸이라 침대에서 편히 자야 하거든요."

며칠째 어질러져 있는 원룸 바닥을 대충 걷어내고 은진은 친구들 놀러 올 때 내주던 침낭을 꺼냈다. 그리고 대충 김용 씨를 침낭 안에 수납해서 지퍼를 올려 주었다. 거대한 마스코트탈이 움찔거렸다.

"여긴 어디야? 공간좌표가……."

"아, 그런 거 일일이 확인하실 필요 없고요. 제 원룸이에요. 좀 좁고 지저분하지만 저도 살다 살다 용 님을 재워 드릴 줄 몰랐으니 따뜻하게 주무시는 거로 만족하세요."

"좁아? 많이 좁긴 하네. 이렇게 하면 은진 씨가 좀 편할까?"

여전히 잠에 취한 투로 묻더니, 침낭 안에 가득 찼던 몸과 탈이 줄어들기 시작했다. 당황한 은진이 텅 빈 것 같은 침낭을 열어 보니, 손가락 크기만 한 희미한 빛 덩어리가 날았다. 빛 덩어리는 은진의 책상 위를 빙빙 돌다가 필통 안으로 쏙 들어갔다. 그 안에서 빛은 잠시 뒤척거리듯 반딧불처럼 깜박거린 후 은은하게 가라앉았다. 육신이라 할 만한 게 없다더니, 이럴 때는 편리하구나 싶다. 은진은 더 생각하고 싶지 않아 일단 최대한 긍정적으로 받아들인 후 불을 껐다.

"안녕히 주무세요."

그날 밤 은진은 좋은 꿈을 꿨다. 숲과 강으로 둘러싸인 적막하고 푸르른 광경 속에 은진은 단 혼자 서 있었다.

어린 시절 할머니 댁 마당 풍경과 닮은 곳이었다. 그 꿈에서 은진은 검은 흙을 만지며 놀고, 무지개를 따라 강가를 뛰고, 흐르는 수면 위에서 부서졌다 모여드는 달빛을 눈으로 마셨다. 마음에 잔잔한 기쁨이 차올랐다.

물에 맨발을 담그고 발장구치며 시원하고 투명한 물방울을 바라보는데, 뒤에 누가 서 있는 것을 느꼈다. 눈으로는 그 모습을 잘 볼 수 없으며 머리로 이해하는 것조차 넘어선 존재였다. 그러나 크고, 이질적이며, 지고할 정도로 온통 금색으로 둘러싸인 누군가가 그곳에 있다. 아름다운 존재가 은진을 향해 미소 비슷한 것을 지었다. 역시 귀로는 들을 수 없는 소리가 전해졌.

〈걱정을 끼쳤구나.〉

그 존재의 형체도 목소리도 낯설지만 동시에 너무도 그립고 안락하게 느껴져서, 은진은 위안이라도 찾듯 그 옷자락에 얼굴을 파묻는 자신을 상상했다. 그 마음을 느낀 듯이 목소리 아닌 목소리가 더 다정해졌다. 착각일 것이다. 처음부터 그 존재에게 인간의 감정이란 거리가 멀었으니까. 그럼에도 은진은 자신이 가닿을 수 없는 곳에서 전해 오는 관심과 아픔 없는 온기를 느꼈다.

〈그러지 않아도 된단다. 나는 인간의 육신이 아니니 혹시나 보일 곤궁함에 불편해하거나 측은해하지 말아라, 소저여. 나는 괜찮다.〉

조금 울고 싶은 기분도 들었다. 이렇게 누군가가 우리를 지켜보고 있었구나, 헤아릴 수 없는 시간을 넘어 계속, 계속해서. 그러나 없는 옷자락을 찾아 파묻히는 대신 은진은 고개를 쳐들고 말했다.

"그럼 걱정 끼치지 않게 잘 드시고 잘 주무세요. 그리고 소저가 뭐예요. 아무리 인간들이 애처럼 보이셔도 그렇지. 랩실에서는 선배라고요. 게다가 대체 언젯적 말이야."

존재는 또다시 웃는 듯하더니 눈부신 금색 너울 속으로 물러났다.

〈내 미욱하였구나. 명심하겠다.〉

눈을 떴을 때는 부연 아침이었다. 침대에서 은진이 부스스 몸을 일으키니 김용 씨는 그새 갔는지 침낭도 필통 속도 비어 있었다. 그리고 뜬금없이 밥상 위에 조금 탄 계란후라이가 덜렁 올라와 있었다. 신세 진 게 부끄러워서 나름 보답한 듯하다. 그런데 왜 하필 계란후라이람. 생각해 보니 냉장고에 계란밖에 없긴 했다.

기왕 은혜 갚은 용이 되려면 없는 마법이라도 부려서 스테이크 정도는 해 줄 것이지. 투덜거리면서도 은진은 세수도 안 한 채 계란후라이를 뜯어먹었다. 놀랍게도 평범한 계란후라이 맛이었다.

"나 도서관에서 재미있는 것 찾았어."

수업 준비해야 한다며 사라졌던 민아가 학교 로고가 인쇄된 CD 한 장을 높이 처들고는 나타났다.

"너 교수님한테 연보 백년사 정리 받았다며? 농땡이 부릴 여유 있어?" 은진이 핀잔을 줘도 아랑곳없이 "잘 봐, 귀한 거니까."

하고는 CD를 자기 컴퓨터에 넣고 열었다.

"짠, 우리 학교 설립연도부터 삼십 년 어치 학생 명부와 연감입니다."

정식으로 '대학' 인가를 받은 것은 해방 이후였고 그 이전에는 일제강점기의 규제 탓에 전문학교로 유지되었다 한다. CD에 담긴 파일을 열자 단출한 3층짜리 본관의 흑백 사진과 설립이념, 초대 총장이 띄우는 편지 등이 펼쳐졌다. 민아는 빠른 클릭으로 페이지를 뒤로 넘겨 단체 사진을 가져왔다.

"초대 총장과 설립 관계자들이야. 딱 봐도 알겠지?"

해상도가 낮은 종이 원본을 그대로 스캔한 탓에 여기저기 얼룩지고 흐려져서 세심하게 얼굴이 구분되는 사진이 아니었지만 장 선배와 은진을 비롯한 연구원들은 모두 가볍게 웃음을 터뜨렸다. 정면을 보고 선 열댓 명의 인물 중 어색한 하회탈이 있었던 것이다. 장 선배가 고개를 뒤로 돌려, 자기 자리에서 지뢰 찾기에 열중한 김용 씨를 보았다. 오늘은 큼지막한 호박 머리였다.

"야아, 저 어르신 역시 창립 멤버셨구나. 그때부터 한결같으시네."

"학적부도 재미있어요."

민아가 계속 클릭해서 넘겼다. 설립연도 문학부 명부에 선명하게 '김용'이란 이름이 적혀 있었다. 모니터 앞에 옹기종기 모여 있던 모두가 동시에 "문학부?" 하고 소리쳤다.

"어르신 처음엔 문학도셨어? 시 낭송도 하고 습작 같은 것도 했을까?"

"상상하기 싫으니까 그쯤 해 두고요. 신기해서 계속 찾아봤는데 말이죠."

학적부에 그 이름은 띄엄띄엄 등장했다. 처음엔 문학부더니 몇 년 후에는 법학부, 한참 자취를 감춘 후 십여 년 후에 다시 등장했을 때는 생물학부였다.

"안 돌아다니신 곳이 없네. 60년대엔 의학부, 교육, 70년대엔 화학, 교육, 식품영양학과에 그다음은 철학, 생명공학 등등. 끝도 없어."

"은근 이 학교 붙박이셨네."

"설마 계속 탈을 쓰고 다닌 건 아니겠지?"

"그렇진 않아. 탈을 쓰면 너무 눈에 띄어서."

어느새 불쑥 나타난 호박 머리에 일동은 이미 익숙해졌다는 듯 놀라지도 않고 한숨만 쉬었다.

"그럼 어떻게 하고 다니셨는데요."

"얼굴을 만들었어. 평범해서, 나타나도 사라져도 시선 끌지 않고 금방 잊히는. 그 시간 그 장소에만 있는 '김용'을."

"네? 그럼 지금은 왜 안 그래요? 지금은 캠퍼스에 소문 다 났다고요. 맨날 바뀌는 이상한 코스튬 플레이어가 어슬렁댄다고."

은진이 어이없어하자 김용 씨는 충격받은 듯 호박 머리를 양옆에서 감쌌다.

"이상한 코스튬……."

"이 어르신, 설마 스스로는 귀엽고 무해한 행세라고 생각하셨나."

"그건 상관없고요. 어떤 얼굴이었나요? 사람으로 변신했다는 거잖아요. 궁금해요, 어떤 모습이었어요? 네?"

민아가 눈을 반짝이며 묻자 김용 씨는 고개를 좌우로 갸웃거렸다.

"사진, 사진 없어요? 평범하게 어울렸으면 학우들하고 찍은 사진 한 장이라도 남아 있지 않아요?"

"나한테는 남은 게 없지."

민아를 비롯해 원생들은 모두 실망한 표정을 지었다. 그나저나 민아 너 지금 이렇게 여유 부릴 때가 아닌데. 은진이 속으로 생각하는 동안, 김용 씨가 왠지 순순하게 말했다.

"궁금하면 가져올 순 있어."

"가져온다고요? 어디서요? 있는 곳을 알아요?"

"몰라. 그냥 사진을 찍은 그 시점에서 빌려오는 거야."

알고 있으면서도 자꾸 잊는다. 잊는다기보다는 상상이 미처 가닿지를 않는다. 상식과 법칙, 좁은 시공간을 뛰어넘어 이렇게 널리, 오래 있어 온 힘과 에너지체란 것에 대해. 인간 세상에서나 통용되는 '김용'이란 이름과 이상한 탈로만 사람의 인식 범위 안에 간신히 담기는 제한 없는 존재가 여기 있다.

"나는 여러 시대, 여러 세상에 나뉘어 있고 그 모든 나를 보고 있어. 동시에 또 따로. 나와 내가 서로 대화하고 연결되며 또

한 조각조각 단절되어서."

그렇게 중얼거리며 김용 씨는 소매 안으로 손을 넣고 뒤적거렸다. 설마 했는데, 목장갑 때문에 둔해 보이는 손놀림 끝에 사진 한 장이 딸려 나왔을 때는 은진도 펄쩍 뛸 뻔했다.

"70년대 말, 화공학과 시절이네."

장 선배와 민아가 먼저 허겁지겁 사진을 받아들고 코를 박듯이 들여다보았다.

"와, 진짜 옷이랑 머리가 다들 70년대 스타일이잖아. 그런데 이게 뭡니까!"

사진이 손에서 손으로 돌아서 은진에게도 왔다. 그들에게도 낯익은 공대 뒤 운동장에서 대여섯 명이 웃으며 카메라를 향하고 있었다. 그중에서 뒤로 좀 물러나 있는 인물의 얼굴이 거뭇하게 흐려져 있다. 막 뽑은 것처럼 생생한 사진에 너무 부자연스러운 얼룩이었다.

"얼굴 보여 준다면서요. 거짓말쟁이!"

"거짓말은 안 했어. 시공을 거쳐 오면서 간섭이 생긴 모양이지."

태연하게 대꾸하는 김용 씨를 보며 민아가 일부러 큰 소리로 중얼거렸다.

"저기 어디 용 씨 은근히 속도 좁고 심술궂단 말이야."

호박 머리가 다 들었다는 듯이 말했다.

"오민아 씨, 다음 학기 논문심사 본심 때 하루 전날 지도교수님이 입원하더라."

"으아아, 그런 미래 알려 주지 마세요! 내 논문! 천기누설 그런 벌 없어요? 알려 주려면 로또나 알려 줄 것이지, 애어르신 너무해요!"

민아가 절규하며 달려나가고 연구실은 꽁꽁 얼어붙은 듯한 적막에 잠겼다. 민아, 강해져서 돌아오거라. 은진은 속으로 묵념했다. 사실 은진이야말로 이 못된 용 담당 따위 때려치우고 싶지만, 그랬다가 쑥대밭 엔딩이 나며 이 학교 역사가 103년으로 막을 내릴지 누가 알겠는가.

모두 머쓱하게 다시 할 일을 찾아 돌아가는 동안 은진은 얄밉다는 눈길로 용 씨를 쳐다봤다.

"동기들하고 사진도 찍고, 정말 평범하게 어울리며 잘 지내신 모양이네요."

교수님 말로는 수업에 나와도 적응을 잘 못 해서 드문드문 나오다 말고, 사람 사이에 붙어 있는 재미를 찾지도 못한다더니. 은진이 소심하게 빈정대는 소리를 알아들은 듯 김용 씨가 천천히 목소리를 냈다.

"평범하게 어울리진 못했다."

호박 머리가 높은 의자 등받이 건너로 푸욱 꺼지는 게 보였다. 의자에서 미끄러져 반쯤 누운 모양새로.

"사람 모습으로 위장했는데 사람 아닌 이질감이 느껴지면 더 이상하겠지? 몇 번을 다시 시도해도 행태 수정을 해도 보통 사람들 머릿속엔 어딘가 입출력 에러 같은 게 남는 거야. 그래서 이젠 최소한만 갖추고, 아예 다른 존재인 채로 있으려고. 처음부터 다르면 다른 게 당연하니까."

더 설명하려다가 적당한 말을 찾지 못하겠는지 손만 휘휘 젓는다. 아무리 지나도 김용 씨에겐 익숙하지 않을 것이다. 사람의 말로 사람을 이해시키는 것이. 그래서 어린아이 같은 말도 쓰고 지나치게 심술부리기도 하는 것이다. 은진은 고개를 끄덕였다.

"알겠어요."

사실은 알 리 없지만 서로를 안심시키려는 우호조약서 같은 말. 문득 묘한 기분이 들었다.

지금 이곳에 있을 수밖에 없는 자신은 김용 씨를 보고 있지만, 김용 씨는 아니겠지. 내 눈에 보이지 않을 뿐이지 이 공간에 겹쳐 있는 무수한 지난 시간의 학우들과 함께 있으면서 사진을 찍고 있거나, 미래의 민아를 아는 것처럼 혼자 앞으로 가 있기도 하겠지. 한 장 한 장이 모두 현실인 수백 수천 장으로 이루어진 책을 덮은 것처럼, 그런 존재라는 건 대체.

"……어떤 느낌이죠. 어떻게 보이는 거죠."

자신도 모르게 은진의 입 밖으로 질문이 스며 나왔다. 그러나 그 질문은 제대로 김용 씨에게 가닿지 않았다. 뛰어나갔던 민아가 도로 뛰어 들어오며 소리쳤다.

"총장님 차가 왔어! VIP라도 오시나 봐. 요 앞에서 운전 기사님 얘기 들어 보니 우리 랩실에 볼일이 있으신가 본데?"

"총장님이?"

창문을 열고 내려다보니 티끌 하나 없는 검은 세단이 늦가을 햇빛을 반사하며 건물 계단 앞에 서 있었다. 그러나 뒷자리에서 내린 것은 총장이 아니라 멋들어진 정장 차림에 자세가 꼿꼿한 초로의 여성이었다. 사학을 일군 일가라며 초대 총장을 소개할 때 그 증손주이자 현 총장의 누님, 재단 이사로 매스컴에도 자주 등장하는 인물이었다. 은정화 이사, 겨우 이름을 떠올렸을 때 이미 이사는 2층까지 올라와 랩실 문을 노크도 없이 열었다.

"이경안 교수 연구실 맞지? 김용 씨 있나?"

군더더기 하나 없는 포효 같은 또렷한 음성에, 안전한 연구실 안에서만 사육되어 온 초식원생들은 굳어 버렸다. 그러나 이사님은 한번 휘둘러 보더니 파티션과 각종 장비와 컴퓨터와 다중 모니터 암이 복잡하게 얽힌 틈에서 용케 호박 머리를 발견해 냈다. 잠깐 동안 은진의 머릿속에 온갖 생각이 다 들었다. 김용 씨, 등록금 몇십 년 미납한 채 계속 전과해 가며 살던 게 드디어 들켰구나. 미납금이 이십 년 어치만 해도 얼마지, 용도 학자금 대출 받을 수 있나. 이사님이 직접 왕림하실 정도면 보통 사안이 아닐 텐데 우리 연구실 괜찮을까?

이사님은 꼿꼿한 자세로 걸어가 등받이 의자 속에 푹 박혀 있던 호박 머리 괴인을 끌어냈다. 경악한 연구실 멤버들 눈앞에서, 거침없는 두 손이 김용의 장갑을 덥석 쥐었다.

"영감님! 아니, 세상에. 대체 몇 년 만에 모습을 드러내셨으면 그렇다 먼저 말씀을 하셔야지!"

은 이사는 매우 열렬하게 잡은 손을 흔들어 댔다.

"지난번에는 저도 불초 아우도 해외에 있던 중이라 뵙지를 못했죠. 이번에는 여기서 수학하기로 마음먹으신 겁니까? 하고 계신 공부는 좀 어떠십니까. 도움이 되시려는지? 안 그래도 이 연구실은 저희도 가능성을 보고 미흡하나마 투자를 아끼지 않을 작정이었습니다. 그런데 용 영감께서 둥지를 트시긴 여기가 좀…… 좀 많이 누추하군요."

호박 머리조차 얼떨떨할 정도로 힘차게 할 말을 쏟아붓던 은 이사는 표정을 싹 바꾸었다. 꿰뚫어 보는 시선으로 미심쩍게 주변을 둘러보다가, 뒤에 선 이경안 교수를 향했다.

"교수님, 일전에 말씀드렸다시피 재단에서는 힘닿는 한 서포트 준비가 되어 있습니다. 남은 건 아시겠죠? 교수님 역량입니다. 영감님께 필요한 모든 것을 제공해 드리고 최고 수준으로 연구실 환경을 맞춰 주세요. 그리고 영감님은."

또다시 표정을 바꾸어 이사는 한숨을 푹 내쉬었다. 나무라는 강한 어조로 호박 머리를 향해 퍼부었다.

"영감님이 제일 문제인 거 아십니까? 제가 무슨 소리를 들었게요? 설마 학교 안에서 노숙하고 계신 건 아니겠죠? 오는 길에도 학교 벤치나 체육관이나 문 닫힌 학관 안에서 쓰러져 자는 인형탈 괴담을 얼마나 들었는지. 아니, 총장에게 영감님 나타나셨다고 듣자마자 총무 통해서 열쇠 전달해 드렸을 텐데? 육신으로 생활하시기에 하나 불편함 없게 모시기로 했잖습니까. 이러시는 건 아니죠."

역시 있었을지도 모른다, 펜트하우스. 그런데 아무 데서나 그렇게 방전되어 주무시고 폐나 끼치고 참 잘하십니다. 어이없는 헛웃음이 나오는 동시에 은진은 혼내라, 더 혼내 주세요 하고 고소해하며 마음속으로 이사님을 응원했다. 은 이사의 다음 타깃이 자신이 될 줄도 모르고서. 짧고도 헛된 즐거움이었다.

"그쪽 학생인가? 영감님 멘토라고? 사수라고 하나?"

"······그냥 제비뽑기로 된 평범한 방장입니다."

은진이 대답했다. 그렇게 매처럼 날카로운 눈으로 바라보니 '자네 연구 실적이 형편없군. 우리 학교의 수치야.'라며 내쫓으실 것 같다고 생각하며. 그러나 왠지 은 이사는 수고가 많다는 듯 딱하다는 표정을 짓더니 은진의 어깨를 두드려 줄 뿐이었다.

"잘 부탁하네."

아뇨, 차라리 잔소리를 해 주세요. 앞으로 고생길이 삼천리라는 측은한 말투 말고요. 흐느적거리는 은진을 도망 못 치게 잡아 두려는 듯 소맷자락을 붙든 채 이사님은 다시 김용 씨를 향했다.

"살짝 인사만 드리려 했는데 괜히 방해만 한 것 아닌가 모르겠네요. 당부드린 대로 영감님, 필요한 것은 언제든 요청해 주세요. 프로젝트 산하 협력기관으로서 그 숙원에 힘껏 지원해 드리겠습니다. 그리고 멘토 씨는 잠깐 같이 내려가지."

"왜죠? 전 그저 보잘것없는 방장······."

"영감님이랑 같이 드시라고 간식 좀 챙겨 왔어. 보약이랑 피로회복제랑 강장식 조금하고."

이분 혹시 그런 것 아닌가. 용 님 열성 팬클럽? 그동안 계속 얼떨떨한 상태로 한마디 할 새도 없던 김용 씨가 몸을 일으켰다. 그리고 배웅이라도 하듯 은 이사 쪽으로 돌아서더니 무겁게 입을 열었다. 간단한 한마디, 그러나 의외로 깊게 울리는.

"고맙네, 정화."

크게 기뻐할 줄 알았던 은 이사는 의외로 표정 하나 바뀌지 않았다. 그저 입 끝을 조금 당겨 웃는 듯 마는 듯한 미소를 차렸다 지우고는, 은진을 끌고 연구실 밖으로 나왔다.

바깥에서 훅 불어 드는 바람에 은 이사 목에 걸린 스카프가 거미줄처럼 스산하게 나부꼈다. 은진이 그 바람을 타듯 물었다.

"저, 이사님. 김용 씨와 아는 사이신가요?"

"아마도."

대답은 애매하고도 해묵은 감정으로 복잡했다. 은 이사는 기억이라는 믿을 수 없는 신기루에 속지 않으려는 듯 눈을 반쯤 찌푸렸다.

"나중에 학적부를 보고서야 알았네. 79년 화공학과…… 그때 그 이름이 있더군. 나는 일 년이나 저이와 동기 간이었더라고. 그런데 왠지 생각이 잘 나지를 않아. 그때도 아마 유명했을 거야. 지금이랑 마찬가지로 정체를 숨길 생각이 없었으니까 전설에나 나오던 용 님이 우리하고 같이 수업도 듣는다고 떠들썩

했던 기억 정도는 나네. 하지만 언제 파고들었는지 언제 또 떠나 갔는지, 우린 또 어떻게 그날들을 잊었는지 생각이 안 나는군."

김용 씨는 실패했던 거구나. 조금 전 들은 이야기를 떠올리며 은진은 깨달았다. 사람과 비슷해지려 애쓸수록 사람과 다르다는 사실만 들통나게 된다. 김용 씨는 은 이사가 들이닥칠 걸 알고 그 얘기를 들려준 걸까. 은진은 문득 주머니에 손을 넣었다. 좀 전부터 바스락거리던 사진을 꺼내서 은 이사에게 내밀었다.

"혹시 이 사진 알고 계실까요?"

목에 걸었던 안경을 코끝에 걸치고 유심히 사진을 들여다보던 이사가 낮게 웃음을 터뜨렸다.

"이게 뭐람. 언제 이런 걸 찍었지? 여기, 보이니? 맨 오른쪽이 나란다. 세상에…… 이제 생각난다. 망할 용, 이렇게 사이좋은 척 사진까지 찍어 놓고는 도망쳤다 그거지?"

순식간에 호칭이 영감님에서 망할 용으로 변했습니다만. 그 심정 온몸으로 공감하며 은진은 고개를 크게 끄덕거렸다.

"어떤 얼굴이었는지는 기억 못 하시겠네요."

"아무 의미 없지. 마음만 먹으면 무엇으로든 변했을 텐데. 방금 본 얼굴인데도 돌아서면 기억이 안 나고 그랬지. 언제라도 도망칠 준비가 된 것처럼 자길 숨겼어. 이 사진을 보니 더더욱…… 모르겠네. 막연하게 그 시절이 그리웠지만 제대로 생각나는 것도 없으니 뭐가 남았나 싶다."

'다른 존재'와 함께 지낸다는 대가인 걸까. 그렇게 몇 번이나 실패하면서도 그 용은 계속해서 인간 곁에서 맴돌고, 몇 번이나 다시 자신을 수정해서 나타나고. 언젠가는 나도 이사님처럼 김용 씨를 막연하게 '그랬던 것 같다.'며 회상하게 될까. 자신도 모르게 굳은 표정이 된 은진을 보자 이사는 빙긋 웃으며 또 어깨를 두드려 주었다.

"쓸데없는 옛날이야기는 그만두고. 어서 간식 들고 들어가거라."

"그런데 프로젝트라고 아까 하신 건 무슨 말씀인가요? 김용 씨가 무슨 프로젝트에 참가라도……?"

"직접 영감에게 들어. 그리고 이 사진은 기념으로 내가 가져간다."

그리고 은진의 두 팔에 묵직한 보따리를 남긴 채 검은 세단의 문이 탁 닫히고 은정화 이사는 왔을 때처럼 호쾌하게 사라져 갔다. 은진은 깊은 잠에서 깨어난 듯 몸을 부르르 흔들었다.

같이 사진을 찍어도 기억도 남지 않고 심지어 사진에 모습도 남지 않는다. 그러고 보니 김용 씨 모습이 어땠더라. 목소리는 어떤 투였지?

은진은 순간적으로 오늘 하루를 되짚었으나 호박 머리 외에는 아무것도 생각나지 않았다. 성별은 어차피 무관했다 쳐도 몸집이 자기보다 컸는지 작았는지, 목소리가 단단했는지 여렸는지 그조차 까마득히 기억이 없었다. 겨우 호박 머리 하나만 벗으면 모르는 사람들 새로 녹아들어 찾아낼 수 없으리라. 가슴 밑바닥이 찬물에 잠긴 듯한 기분이 들었다. 그렇게 그 존재는 마음만 먹으면 자기 자신을 주워 모아 아무것도 남기지 않고 또 수십 년이 지날 때까지 사라져서…….

은진은 숨도 쉬지 않고 계단을 뛰어올랐다. 연구실 문을 힘껏 열었다. 아무 일 없던 듯이 지뢰찾기에 몰두해 있던 김용 씨는, 은진이 든 간식 보따리를 쳐다보지도 않고 말했다.

"난 쑥떡이 좋아. 거기 그거 맛있더라."

평소와 다름없이 은진이 원하던 풍경. 은진은 가슴 속에서부터 뱉듯이 깊이 안도의 한숨을 내쉬었다. 그리고 성큼성큼 걸어가서, 한창 지뢰 클리어를 향해 가던 김용 씨의 컴퓨터 전원 코드를 뽁 뽑아 버렸다.

꿈을 꾸었다. 요즘은 꿈을 자주 꾼다. 그때처럼 검은 흙과 무지개와 소용돌이치며 반짝거리는 물살, 스미듯 퍼지는 단풍, 얼어붙은 베일 같은 안개를 본다. 은진은 문득 자신의 시선이 그 풍경을 위에서 내려다보고 있다는 걸 깨달았다. 공중에 떠 있다. 왜인지 아주 자연스럽게.

은진은 자신 옆에 함께 떠 있는 존재를 느끼고 있었다. 달이나 어떠한 근원처럼 차갑지도 따뜻하지도 않은 빛을 발하는 존재.

"이게 당신이 보는 풍경인가요."

〈아주 일부일 뿐이지.〉

들리는 게 아닌 몸 전체와 공기로 전해지는 대답이 왔다. 마치 하늘에 잠겨 반쯤 녹아 가는 듯한 기분이었다. 이대로 그 존재가 꿀꺽 삼키면 자신은 흔적도 없이 사라지겠지, 하늘의 위장 속에서. 그 또한 종말이라기엔 부드럽고 평화로운 끝일 듯싶다.

〈정신 차려. 곧 일어날 시간이다.〉

은진을 깨우려는 듯 가볍게 하늘이 흔들렸다. 하늘이 흔들리다니, 은진은 의아하게 눈을 크게 떴다. 그 앞에서 시야가 살짝 일렁이며 투명한 어떤 것이 드러난다. 지금껏 은진이 무심하게 보던 것은 하늘의 모든 색을 투과하여 은은하게 되비추는, 바로 비늘이었다. 하나하나가 은진의 손바닥보다 훨씬 큰데, 잘 갈아 놓은 돌의 심장인 듯 심해의 깊은 눈인 듯 푸르고, 곤충의 날개보다 얇으며 날카로운 우윳빛 광택이 흘렀다. 그런 수많은 비늘로 감싸인 것이 구름과 산에 가려 시작도 끝도 알 수 없을 정도로 하늘 끝까지 뻗어 있었다.

세상을 휘감은 거대하고 고요한 몸뚱이를 하늘에 누인 채로, 은진 곁에 떠 있던 한 조각의 존재가 반복했다.

〈일어나라.〉

은진은 눈을 번쩍 떴다. 이제는 내 꿈에서도 막 쫓아내시네. 아직도 눈앞에 옥색 자색 청색을 머금고 투명하게 울리던 비늘이 선명한데. 손을 뻗어 머리맡에 둔 핸드폰을 확인하자 문자가 한 통 와 있었다.

인쇄실 사장님의 문자였다. 디스켓 복사가 끝났으니 찾으러 오라는.

은진은 손바닥 위에 놓인 USB를 유심히 들여다보았다. 어디서나 흔하게 볼 수 있는 8GB짜리 USB였으나 과연 그 내용물도 흔할 것인지는 모르는 일이었다. 일단 디스켓 안에 든 파일은 다 옮긴다고 옮겼는데, 라고 인쇄실 사장님이 뒷머리를 긁으며 말했다.

"어차피 파일도 달랑 하나뿐이더라고요. 여기서 한번 확인해 보시려우?"

"아뇨, 가져가서 열어 보는 게 낫겠어요."

왠지 잘못 건드리면 큰일 날 것 같아 은진은 디스켓과 USB를 최대한 멀찍이 손가락 끝으로만 살짝 집어 들고 나왔다. 이 터무니없이 작은 파일 하나가 상상을 초월할 만큼 크고 동떨어진 그 존재를, 이 학교와 세상과 연결시키는 고리인 것 같았다. 말도 안 되는 공상이겠지. 은진은 머리를 흔들며 도서관에 들어와 전에 빌렸던 책을 반납했다. 이제 필요한 자료만 몇 권 더 빌려서 연구실로 돌아가야겠다.

"이걸 떨어뜨리셨네요."

등 뒤에서 목소리가 입김처럼 낮게 훅 불어왔다. 은진은 그대로 멈춰 섰다. 좀 전까지 근처에 아무도 없었다는 게 기억났다. 휙 돌아보자 긴 코트로 온몸을 감싼 키 큰 인물이 서 있다. 마치 바닥에서 고요하게 솟아 나온 듯 불길한 모습으로. 마스크를 쓴 데다 목소리로 성별도 분간 안 되는 그 인물이 손을 내밀었다.

"당신 물건이죠?"

그자가 내민 검고 납작한 디스켓을 보자 은진은 놀라서 반사적으로 USB부터 찾았다. 분명 가방이랑 주머니에 하나씩 잘 넣어 뒀는데 언제 떨어뜨렸지? USB는 다행히 주머니 속에 제대로 있었다. 일단 오른손으로 USB를 꺼내 들고 확인하며 은진은 다른 쪽 손을 뻗었다.

"감사합니다. 대체 언제 흘렸담."

"오랜만에 보는 물건이로군요. 아직도 디스켓을 쓰다니 재미있네요."

마스크와 모자 사이로 겨우 드러난 그자의 눈은 정중한 말투와는 달리 소름 끼치게 밋밋할 뿐이었다. 은진에게 디스켓을 건네는 동안 그자의 손가락이 흐르듯 매끄럽게 움직이더니 USB에 슬쩍 스쳤다. 직접 피부에 닿은 것도 아닌데 은진은 머리털이 곤두서는 듯 소스라쳤다.

"하지만 이게 더 흥미로워요. 자, 어서 내게 보여 줘."

안 된다고 은진의 머릿속이 경고등을 켰다. 빨리 디스켓만 받아들고 상대하지 말고 여기서 나가야 해. 그러나 그자의 금속성 도는 눈에 매서운 빛이 노랗게 물드는 것을 본 순간 은진은 이미 늦었다는 걸 깨달았다. 주변 기온이 일시에 내려간 듯 몸이 차갑고 뻣뻣해졌다. 보이지 않는 실에 조종당하듯 은진의 손이 멋대로 움직여 그자의 손바닥 위에 USB를 가만 내려놓았다. 그자가 고갯짓했다.

"그것도 줘야지."

은진은 멍하니 가방을 뒤져, 그 안에 얌전히 들어 있던 검은 디스켓마저 꺼내서 건넸다. 그럼 저 작자가 주웠다면서 보여 준 건 뭐지? 경악한 은진의 눈앞에서 그자가 손에 든 것을 팔랑 흔들어 보였다. 디스켓으로 보이던 물건이 검은 종이로 변했다.

"네 어리석음을 탓하거라."

고색창연한 악당 같은 투로 한마디 남기고, 그자는 갑자기 머리 위에서부터 여러 갈래로 갈라졌다.

순식간에 사람의 형상을 잃고 길고 가느다란 수많은 그림자로 흩어진 그자가 도서관의 벽과 바닥과 천장을 타고 빠르게 내달려갔다. 바람결처럼 그중 한 갈래 그림자가 은진을 스치며 귓가에 조롱하듯 속삭였다.

〈오랜만에 용 돌보미가 된 인간도 구경하고 싶었지. 수고해.〉

은진은 눈을 질끈 감았다가 다시 떴다. 이상한 그림자 인간은 온데간데없이 사라지고 디스켓도 USB도 마찬가지였다. 음산하고 차디차게 가라앉았던 주변도 다시 햇빛 환한 도서관 풍경으로 돌아와 있었다. 은진 혼자만 잠깐 악몽에 갇혔던 것처럼.

정신이 돌아오자 화내야 할 포인트가 너무나도 많아서 순서를 정할 수도 없을 지경이었다. 은진은 분해서 발을 구르며 사라진 괴인을 향해 고함을 질렀다.

"용 뒤통수를 칠 거면 직접 치라고! 그리고 누가 용 돌보미라는 거야? 가만 안 둬!"

장 선배와 오목을 두던 김용 씨는 연구실 문이 부서져라 쾅 열리자 돌아보지도 않고 말했다.

"구은진 씨 오늘 신문 별자리 운세에 모르는 사람 조심하라고 나왔더라."

"김용 씨가 제일 잘못했어요! 대체 어디에 무슨 원한을 흘리고 다녀서 이상한 걸 불러들이는 건데요?"

오늘은 왠지 입체적으로 상하좌우 어디서 봐도 김용 씨의 머리가 3차원 모자이크 처리되어 보인다. 한참을 씩씩거리다가 물을 벌컥벌컥 마시고 겨우 숨을 돌린 은진이 눈썹을 치켜올렸다.

"어쩐 일이에요? 오목처럼 단순한 놀이를 하시고."

"현재에 집중하는 연습."

"아시겠지만 디스켓도, USB도 털렸어요. 그래도 상관없는 건가요? 별로 중요하지 않은 물건이었어요?"

"그럴 리가. 대체품은 만들 수 있겠지만 무척 번거롭고 시간을 많이 잡아먹겠지. 그러니 중요한 물건이다."

오목 돌을 던지고 일어선 김용 씨는 책상 위에 산더미처럼 쌓인 논문과 자료 복사본을 한 묶음씩 집어 들고 팔락팔락 넘겨보며 말했다.

"자세히 말해 봐. 어떤 자였고 어디로 갔지?"

"마스크와 모자를 썼고 키가 컸어요. 어딘가 차가운 데다가 이상한 눈을 해서 꼭 최면에 걸린 것 같았고요. 인간의 형상을 벗으니 수백 갈래 그림자가 되어 흩어져 갔어요."

"잘 봤네. 구은진 씨 의외로 본질을 보는 안목이 있단 말이야."

도서관으로 괴인을 잡으러 안 달려가고 왜 논문 복사물만 뒤적거리고 있지? 김용 씨는 두툼한 종이철을 빠르게 훑어본 후 던져 두고 또 새로운 묶음을 꺼내 들었다. 몇 장을 집어서 허공에 대고 탈탈 털더니 또 던지고 다음을 들여다보았다. 빽빽한 영어 원문과 그래프, 사진을 손가락으로 훑다가 갑자기 김용 씨는 종잇장을 구기듯이 꽉 움켜쥐며 높이 쳐들었다.

"숨어 있지 말고 나와!"

김용 씨의 손을 따라 검게 일렁이는 반투명한 그림자가 주욱 길게 늘어졌다. 그림자가 빠져나오며 빼곡하게 차 있던 글씨가 사라지고 종이는 백지로 변했다. 문득 은진은 도서관 책들의 일부가 지워진 듯 사라진다는 소문을 떠올렸다.

"소문 속 책 먹는 괴물이 이 범인이었어요?"

"책을 먹어? 비슷하긴 해. 이놈은 지식정보체를 흡수하며 진화하는 종이거든."

은진은 문득 평소와 다를 게 없어 보이는 연구실이 춥고 낯설게 느껴졌다. 감정 없이 번득이는 수십 수백의 눈이 빈틈없이 에워싸고 있는 듯했다. 장 선배와 몇몇 원생들이 흥미진진하게 지켜보는 와중에 문이 열리고 민아가 들어서다가 어이쿠 하고 물러섰다. "오늘도 또 사건사고야? 끝나고 올게요." 문이 다시 닫히자 김용 씨는 손안에서 꿈틀대는 그림자를 움켜쥐고 목소리를 높였다.

"나오지 않으면 이번엔 내가 네 일부를 흡수해 버리겠다."

쉿쉿 하고 종이 찢는 듯한 메마르고 높은 소리와 함께 사방에서 빠르게 물결치듯 여러 그림자들이 몰려들었다. 김용 씨 손에 잡혀 있던 놈도 빠져나와 합류하더니 이윽고 그 그림자들은 하나로 뭉쳐 검고 큰 하나의 형상을 이루었다. 과시하듯 우아하게 꿈틀대며 반들거리는 대가리를 치켜드는 그 형상은 거대한 뱀이었다.

"나 뱀 공포증이 있어서 잠시 누웠다 올게."

장 선배가 비틀거리며 의자로 쓰러지는 동안 은진은 꿋꿋하게 소리쳤다.

"이게 뭐예요? 뱀? 구렁이?"

"이무기지. 정확하게 말하면. 이 학교가 세워지고 도서관이 생길 무렵부터 둥지 틀고 자리 잡은 터줏대감이야."

모자이크 머리를 한 김용 씨가 턱에 손을 대는 시늉을 했다.

"나와 같은 시기부터 여기 맴돌고 있었으니 음…… 내 동기라고 할까."

〈웃기지 마라. 인간 놀이는 그만 집어치워.〉

깊은 곳에서 치솟는 음성으로 이무기가 진저리가 난다는 듯 말했다.

〈오래 살다 보니 시간도 힘도 남아돌아 무료함에 머리까지 이상해졌나. 과연 큰 존재는 낭비도 남다르시군. 대체 언제까지 이따위 무의미한 소꿉장난을 할 참인가.〉

"너야말로 무가치한 장난은 그만둬. 가져간 물건은 이리 내라. 네가 가져 봐야 아무 소용없는 주제넘은 물건이다."

거리낌 없는 김용 씨의 대꾸에 이무기가 그림자의 힘을 끌어모아 더욱 크고 짙어졌다. 머리를 쳐들고 일순 포효하는데 건물 전체가 경련하듯 부르르 떨었다.

〈주제넘다고? 누가 주제를 결정하나? 그 오만함은 여전하구나.〉

"너도 알지 않나. 알기 때문에 당장 쓰지 못하고 내 앞에 나타난 거지. 미리 말하자면 네겐 무리다. 네가 아무리 정보와 지식들 사이에서 몸집을 불렸다 해도 저건 삼킬 수 없어. 네 역량을 넘어선다."

잠시 말을 멈췄다가 김용 씨는 드물게도 부드럽게 달래는 어투로 이었다.

"저건 널 완성시켜 줄 여의주가 아니야."

그 부드러운 한마디로 결정타를 찔러 넣은 모양이다. 이무기의 두 눈이 차가운 녹색 불처럼 타올랐다. 건물의 진동이 더 커지고 벽에 가느다란 금이 갔다. 이무기의 몸에서 쏟아져 나간 가느다란 그림자들이 김용 씨의 목에 감겼다. 아랑곳하지 않고 김용 씨는 이무기 쪽으로 더 가까이 다가갔다.

"넌 용이 될 수 없어."

한 번 더 치명타. 참 성격 좋은 애어르신이다. 이무기의 거대한 검은 몸뚱이가 분노로 뒤틀릴 때마다 벽과 천장이 갈라지고 책상이 흔들리며 쌓인 책과 모니터와 잡동사니들이 무너져 내렸다. 독을 품은 이무기가 옻칠이라도 한 듯 검게 번들거리는 송곳니를 드러냈다.

〈천 년, 천 년도 넘게 너와 같은 힘을 바라며 살아왔다. 내가 이것을 삼켜 흡수하든, 역으로 삼켜져서 분해되든 상관없다. 바라고 염원하기에도 지쳤어. 소멸할 땐 하더라도 네 마음에 든 놀이터 정도는 쓸어버리고 길동무로 데려갈 수 있겠지!〉

"누구 친구 아니랄까 봐 참 고집 세네요."

지진을 대비해 침착하게 책상 밑에 들어가 있던 은진이 중얼거렸다.

"친구 아니래도."

하릴없이 김용 씨가 대꾸하는 동안 이무기 앞에 USB가 둥실 떠올랐다. 쩍 벌어진 이무기의 주둥이 속으로 USB가 빨려 들어갔고, 곧 그림자로 이루어진 몸뚱이에서 조금씩 빛이 새어 나오기 시작했다. 실내인데도 역한 바람이 휘몰아쳤다.

"이무기는 용이 될 수 없다니까."

김용 씨가 싱겁게 말했다.

"종의 유사성을 믿는 건 자유지만, 아무리 고쳐도 안 된다고. 정보와 에너지체에서 태어나 그 자체가 되어 가는 용과 그 결과물인 지식체로 이루어진 이무기는 인과부터 다르지. 내가 항상 먼저 존재하니까."

끝까지 불에 기름 붓는 소리나 하신다 싶어, 은진은 머리가 아찔해졌다. 이제는 건물뿐만 아니라 이무기의 몸도 뒤틀리듯 떨고 있었다. 이무기의 비늘이 하나하나 거꾸로 서며 말라 죽는 잎처럼 끄트머리가 창백하게 갈라졌다. 녹색이던 두 눈에는 위태롭게 불그스름한 광채가 가득 찼다. 물정 모르는 은진이 보기에도 마치 별이 폭발하듯 내부에서 붕괴하기 일보 직전 같았다. 건물이 한 번 더 흔들리고 옆방에서 비명이 들려왔다. 고통스러워 보이는 이무기 앞에 서서 김용 씨가 말을 걸었다.

"하지만 너와 나 사이의 무언가로는 만들어 줄 수 있어."

김용 씨가 내미는 손을 피하듯 이무기의 부스러져 가는 몸이 움찔거렸다. 자신보다 큰 정보체에 먹혀 이무기는 내면부터 빨려 들어가고 있었다.

"지식과 지식 사이에 그림자로만 존재하길 천 년, 앞으로 그보다 더 아득한 시간. 너에게도 실체화 가능한 육신이 있으면 조금 더 버틸 만할지라. 헛된 위안일지라도 한 번쯤은 그렇게 지내 보아라. 몰랐던 만큼 실망하고 미워하고 패배하고, 그래도 몸으로 살아 보아라. 천 년, 또 천 년."

이무기의 이마에 마침내 손을 얹은 김용 씨는 잠깐 머뭇거렸다.

"구조 정보를 수정하는 것뿐인데, 좀 더 마법 같은 게 낫겠지?"

이무기와 맞닿은 손가락 끝에서 실이 풀리듯 가느다란 금색 빛이 흘러나왔다. 점점 더 퍼져 가는 빛줄기는 허공에 이상하고 아름다운 문양을 가득 그리며 썩은 냄새가 나는 공기를 마치 나무가 자라나듯 정화했다. 그 빛에 감싸인 채 이무기는 조금씩 조금씩 크기와 형태가 줄어들었다. 깨끗한 바람이 불어와 문양을 먼지처럼 흩어 버리자 그 속에서 새 모습을 얻은 이무기가 눈을 떴다.

은진이 도서관에서 만난 인간의 모습이었다. 마스크와 모자로 얼굴을 가리고 착 감기는 긴 코트로 길쭉한 몸을 감싼. 이무기가 불평을 터뜨렸다.

"겨우 이거냐? 용도 별 볼 일 없군. 이 정도 분신은 나도 얼마든 만든다!"

"그래 봤자 눈속임 허깨비, 종이 인형 같은 것이라 오래 유지할 수 없잖나. 내가 만들어 준 건 완전히 네가 다룰 수 있는 몸, 너 자신을 재배열한 형태다. 먹고 마시고 인간이나 사물과 제대로 상호작용할 수도 있지. 맞으면 아프겠지만 최소한 병은 안 걸릴 거다. 외관이 마음에 안 들면 알아서 갈아 끼워."

단순명쾌한 김용 씨의 대꾸에 미심쩍어하면서도 순순히 시험해 보듯 이무기는 몸을 작게 웅크렸다. 중간 과정은 전혀 알 수 없었지만 은진은 그자가 어린아이로 변한 것을 보았다. 다음은 케케묵은 외국의 초상화에서 빠져나온 듯한 노인. 다시 코트를 입은 인물로 돌아온 이무기는 딱딱하지만 조금은 만족스러운 듯한 몸짓으로 어깨의 먼지를 툭툭 털었다. 퉁명스러운 목소리를 내며 허공에 디스켓과 USB를 띄웠다.

"좋아. 지금은 이걸로 참아 주지."

"허세 부리지 마. 인간이 돼 봤자 어차피 할 일도 없지? 너도 여기서 내 일이나 보조해라."

"이 몸이 왜? 너만큼은 아니어도 나 역시 하찮은 마을 한둘쯤 해일로 쓸어버릴 힘이 있다. 작게나마 수호신 정도는 될 수 있는데 왜 이런 누추한 곳에 처박혀서 너와 소꿉놀이를 해야 하지?"

"글쎄."

김용 씨는 표정이 보이지 않는 모자이크 얼굴로 표현하는 대신에 어깨를 으쓱거렸다.

"내 계획에 네 티끌만 한 능력과 지식이 약소하나마 도움이 되니까?"

이무기는 말이 막힌 듯 침묵했다. 또 다른 의미로 치명타를 맞은 모양이라고, 허공에서 돌아가고 있는 디스켓과 USB를 챙기며 은진은 생각했다. 곧 이무기가 물어뜯듯이 힘주어 내뱉었다.

"그래, 네 멍청한 프로젝트 말이지. 어차피 네놈 손바닥이니 잠깐만 같이 놀아 주겠다."

"잠깐요, 김용 씨. 멋대로 연구실 멤버를 늘리면 안 되는데요. 이사님과 총장님 허가를 받고 형식만이라도 학적부에 올려야죠."

겨우 정신을 차리고 돌아온 장 선배가 지극히 현실적인 조언을 했다. 정부 지원 연구비란 현실 앞에서 서류는 깨끗해야 한다는 의지가 느껴졌다.

"일단 이름부터 만드는 게 어떨까요."

모든 시선이 일제히 은진에게 향했다. 맙소사, 용 돌보는 것도 모자라 그 친구인지 부하까지 챙겨 줘야 해? 일단 나부터 근로 장학금 받아야 하는 것 아닌가. 만사 다 귀찮아진 은진은 말려 달라는 듯 이무기 쪽을 향했지만, 무표정하면서도 어쩐지 기대하듯 빛나는 눈을 보고 말았다. 은진은 깊고도 깊은 한숨을 쉬었다.

"용 님은 김용 씨인데 뭘 바라요. 성은 이씨요, 이름은 무기. 앞으로 고생하세요, 이무기 씨."

디스켓에서 업그레이드되어 돌아온 USB를 만지작거리며, 김용 씨는 되물었다.

"이 내용물이 뭐냐고? 그게 궁금해?"

"당연하잖아요. 그 안에 든 게 대체 뭐길래 이무기 씨는 죽을 각오로 덤벼들고 김용 씨도 디스켓 시절부터 계속 갖고 있었냐고요."

"하긴, 은진 씨도 이제 관계자니까 알려 주는 게 좋을까."

"아뇨, 관계자 아닙니다. 전혀 말려들고 싶지 않으니 마음대로 엮어 넣지 말아 주십시오."

그러나 삼십 초가량 침묵한 끝에 은진은 폭발하고 말았다.

"아, 못 참겠다. 그래서 그게 뭔데요! 어차피 단단히 얽힌 것 같으니 이제 알려 주세요!"

그럼 그렇지 하듯 의기양양해 보이는 김용 씨가 참으로 꼴 보기 싫었다. 그러나 은진을 또 놀리는 대신 김용 씨는 자기 컴퓨터 앞에 앉아 USB를 포트에 꽂았다.

"사실 이 자체로는 별것 아니야. 그저 열쇠일 뿐이지."

"열쇠요? 뭘 여는데요?"

"문의 열쇠라기보다는…… 시동 키라고 해야 하나. '용'을 깨우는."

USB 폴더가 열리고, 들었던 대로 달랑 담긴 하나의 파일이 보였다. 일종의 실행 파일 같았지만 확장자도 연결 프로그램도 은진으로서는 처음 보는 종류였다. 마우스를 파일 위로 가져가며 김용 씨가 한가하게 말했다.

"이 연구동 전 층의 컴퓨터가 통째로 필요한데. 다들 백업 잘 했길."

더블클릭, 기어코 파일이 실행되었다. 머리 위에서 형광등이 멋대로 깜박거렸다.

랩실 안 컴퓨터들이 갑자기 난동이라도 부리듯, 꺼져 있던 것은 켜지고, 켜진 채 작업을 수행 중이던 것은 갑자기 셧다운 되더니 리부팅을 시작했다. 이곳뿐 아니라 연구동 안 모든 랩실이 같은 상태이리라. 여기저기서 퍼져 가는 처절한 비명 또한. 모든 컴퓨터들이 같은 꿈을 꾸는 것처럼 병렬 네트워크로 연결되어 외부에서 오는 연산을 시작했다. 감았던 눈꺼풀을 뜨듯 모니터들의 회색 화면에 빠르게 숫자와 문자열이 차르륵 쌓였다 떨어져 갔다.

"지금은 너무 덩치가 커져서 나도 한 번에 볼 수 없어. 장비도 턱없이 모자라고."

"네? 대체 얼마나 크길래요."

김용 씨 입에서 나온 단위 또한 제타도 아니고 요타바이트도 아니고 은진이 처음 듣는 것이었다. 아마도 정신이 아득해질 정도의 단위, 모래알 같은 은진으로서는 볼 수조차 없는 바다만큼의 크기와 깊이로 축적된 무언가. 수중에 들어온 컴퓨터들에 시동이 제대로 걸리기를 기다리는 동안 김용 씨는 중얼거리듯 말을 이었다.

"나는 세상의 에너지체, 기억정보, 세상의 모든 언어와 지식. 시인들은 내가 기억과 기도로 이루어졌다 하고, 학자들은 내가 데이터만 충분하면 무엇으로든 변용할 수 있는 정보의 총합이라 한다. 나는 계속 과거와 미래를 넘나들며 필요한 모든 것을 모아 왔어."

"왜 괜히 대학에 백 년이나 계셨나 했네요. 이 학부 저 학부 돌아다닌 것도 그냥 취미생활이신 줄 알았는데."

"모든 걸 흡수해야 했어. 인간이 발견하고 만들고 상상하고 구축한 것들과 인간 밖의 커다란 생태계, 세상의 모든 것을. 지구의 탄생부터 꼼꼼하게……는 좀 무리니까 어설픈 편집본으로나마."

"만능도서관이라도 되시려고요? 아니, 우선 그 엄청난 양의 정보 값을 종합적으로 저장하고 유지할 수나 있나요? 지상의 어느 장치도 그만한 덩어리를 처리할 수 없을 텐데 대체."

은진은 말하다가 멈췄다. 기분 탓인지 모자이크 마크 너머에서 김용 씨가 미소 지은 것 같아서, 온몸에 차가운 전율이 스쳤다.

"지금 시동 건 것이 바로 그 정보집합체에 접속하는 패스야."

"용……이로군요."

그때 준비가 끝났는지 컴퓨터들이 일제히 높고 날카롭고 단조롭게 삐 하는 알림음을 냈다. 멸종한 새들이 우짖는 소리 같아 은진은 이번에야말로 소름이 돋았다. 김용 씨는 손가락 두 개를 세워 자판을 또박또박 쳤다.

"보여 줄게. 그렇게 내가 만들어 가고 있는 것의 아주 일부분을."

3D 프로젝터가 영상을 띄웠다. 마구 엉켜서 단단히 뭉친 털실 타래처럼 허공에서 녹색으로 명멸하는 코드 덩어리가 천천히 돌아갔다. 김용 씨는 그것을 이리저리 돌려보며 "이건 아니고, 저것도 아니고." 하더니 그중 코드 하나를 길게 뽑아냈다. 털실 뭉치가 확 풀어지며 은진의 주변을 온통 빛의 그물망으로 뒤덮었다. 은진은 두 눈을 감으며 주먹도 꽉 움켜쥐었다.

부드러운 미풍이 피부를 스치는 감촉이 느껴졌다. 숨을 크게 쉬자 깨끗하고 맑은 공기가 몸속에 가득 찬다. 은진은 조금씩 눈을 떴고, 자신이 익숙한 풍경 속에 들어온 것을 알아차렸다.

꿈에서 보던 무지개와 강, 수풀, 그러나 지난번 꾸었던 때보다 몸이 더 높이 떠 있어서 무지개는 더 둥글었고 강이 휘어져 흐르는 것이 보였으며 수풀은 고른 녹색의 양탄자 같았다.

"이것도 꿈인가요?"

꿈이라기엔 하늘 전체에 퍼져 산란하는 햇빛이나 계속 불어들며 옷자락에 휘감기는 바람이 지나치게 생생했다. 아무리 봐도 감각에 와닿는 모든 것들이 실제 같은데, 자신은 연구실에서 한 발짝도 나오지 않았다는 현실이 충돌해서 은진은 혼란스러웠다. 다행히도 옆에 함께 떠 있는 김용 씨는 연구실에서 본 모자이크 머리 그대로였다. 터무니없이 훌륭한 모습이었다면 제대로 이성을 유지할 자신이 없었는데.

"아니, 꿈은 아니야. 순수한 현실도 아니지만. 내가 재구성한 패턴이랄까."

그러니까 어느 환경 속을 잘라 내서 만든 다른 환경…… 온실? 테라리엄 같은 것? 김용 씨는 스스로도 잘 설명 못 하겠는지 횡설수설하는데 은진은 일단 눈속임이 아닌 이 풍경 자체를 만들어 냈다는 점만으로도 기가 막혔다.

"어이없어라. 테라리엄 정도가 아니잖아요. 나한테 보여 준 꿈은 예고편이었나 봐요?"

"꿈을 보여 주는 건 간단해. 단 한 명의 의식 속에 영화를 틀어 주는 셈이니까. 하지만 현실을 조작해 하나부터 열까지 만들어 내려면 상상도 할 수 없는 에너지와 정보, 장치가 필요하지."

"그리고 그 프로세스를 가능하게 만드는 게 저 존재로군요."

은진은 손가락으로 가리켰다. 비취처럼 맑게 펼쳐진 하늘에 순간순간 번득이는 비늘, 그 무수한 비늘로 몸을 감싸고 허공에 누워서 스스로를 세상의 거대한 연산 기계로 바꾸어 작동시키고 있는 존재를. 문득 은진은 알게 되었다. 김용 씨는 자신의 모습을 보여 주고 싶었나 보다.

세상을 복제해 작은 온실 정원을 만들 수도 있는 자가, 깜박이는 촛불처럼 부질없이 스쳐 갈 뿐인 한 인간에게 진짜 자신을 보여 주었다. 굳이 대학원 붙박이로 인간 시스템에 서툴게 적응해 가며 사람들 사이에 애써 자신을 남겼던 것처럼. 그래서 은진은 눈치채고 말았다 ─ 이 용은 사실 인간을 좋아하는구나.

"알았어요. 왜 이런 스케일 큰 짓을 벌이시는지는 모르겠지만 어차피 말해 주셔도 무슨 소린지 못 알아들을 테니까. 앞으로도 원하시면 옆에서 계속 도와 드릴게요. 이무기 씨만큼 능력은 없어도 간단한 일쯤은 부려 먹어 주세요."

"응, 안 그래도 그럴 거야. 생각보다 오래…… 백 년쯤?"

의미심장한 김용 씨의 농담에 은진은 진저리쳤다. 이것도 고약한 예언인가? 은진도 민아처럼 논문 통과 못 하고 박사과정 십 년쯤 더 하게 된다는?

"높은 곳에 떠 있으니 속이 안 좋네요. 이제 돌아가요. 컴퓨터 뺏겨서 실험 날린 원생들한테 욕먹을 각오는 하시고요."

그러나 정작 떠나자니 은진은 아쉬워졌다. 그들이 나가면 이곳은 닫히고 사라지고 현실에 없는 공간이 된다. 생각을 읽기라도 한 듯 김용 씨도 중얼거렸다.

"내가 만들었지만 나도 참 마음에 든단 말이지."

성냥개비로 집을 쌓은 어린애처럼 뿌듯해하는 목소리였다.

바람이 불자 살얼음처럼 걸려 있던 무지개가 산산이 흩어져 지상으로 뿌려졌다. 푸르던 나무와 수풀의 단조로운 색채가 울긋불긋하게 물들어 넘실거렸다. 김용 씨가 손짓을 하자 조금 일찍 불려온 노을이 하늘 위로 쓰러지기 시작했다. 구름의 아래쪽부터 분홍색과 연자주색이 부풀더니, 땅 위의 단풍처럼 강렬한 금빛과 진홍빛이 얼룩덜룩하게 번져 나갔다. 하늘의 비늘들은 이리저리 휩쓸리듯 남색부터 오렌지색까지 투명하게 비쳐 보였다. 대지도 창공도 용광로 속에서 서로 뒤엉켜 물어뜯고 녹아가는 것만 같다. 다시 여리고 말갛게 태어나기 위해.

정신을 차리자, 그 땅도 하늘도 모두 아주 작은 공 크기로 줄어들어 있었다. 은진은 그 세상 밖에, 다시 돌아온 연구실에 서서 김용 씨의 두 손 위에 놓인 그 풍경을 눈이 빠져라 들여다보고 있었다. 김용 씨가 손짓하자 그것은 원래의 코드 덩어리 상태가 되었다.

컴퓨터들이 다시 한번 삐익 날카롭게 울다가 일시에 조용해졌다. 이윽고 코드 덩어리마저 눈 녹듯 가만 사라질 때까지 은진은 숨죽여 움직이지 않았다. 조금은 서글프고 또 조금은 섬뜩한 기분 속에서.

총장과 은 이사는 총장실에서 마주 보고 앉아 차를 마시고 있었다. 기울어 가는 햇빛에 찻잔 무늬를 유심히 들여다보던 은 이사가 지나가는 말처럼 흘렸다.

"이경안 교수 랩실은 잘 돌아가고 있나?"

"최근에 또 희한한 인물이 원생으로 들어왔더군요."

"'이무기 씨' 말이지? 듣기론 도서관에 숨어 살던 괴물이라는데 나 참, 이 교수 또 흰머리만 늘겠군. 언제 한번 구경 가야겠어."

지나치게 즐거워하는 웃음소리가 퍼졌다. 자신도 학생으로 돌아간 듯 은 이사의 음성과 표정에 활기가 돌았다.

"그 영감님 정말 이상한 인재를 끌어들이는 재주가 있다니까. 알아서 꼬이는 건지, 영감님이 계산해서 주워 모으는 건진 모르겠지만."

"누님 때도 그랬죠?"

"그럼. 사진 보여 줬지? 거기 찍힌 사람들 대부분이 각자 필드에서 내로라하는 석학이 됐잖아."

그리고 고스란히 영감님의 지식 탱크가 됐지. 웃다 말고 지친 듯 은 이사는 찻잔을 내려놓고는 의자 등받이에 파묻혀 한숨을 내쉬었다. 좀 전과는 달리 무거운 근심을 느낀 총장이 서둘러 말을 받았다.

"그러니까 괜찮을 겁니다. 우리가 걱정할 일은 없어요."

"아무렴, 그래야지. 그래야 하고말고."

창밖에선 말라붙은 담쟁이덩굴이 소리 없이, 마른 손가락처럼 펄럭이고 있었다. 사각 틀에 잘려 보이는 연푸른 하늘은 계절의 끝에서 스산하다. 은정화 이사는 어깨를 숄로 감싸며 중얼거렸다.

"백 년 후에, 우리는 없겠지."

"삼십 년까진 어찌 되겠지만 백 년은 무리죠."

시종일관 허허 웃는 얼굴인 채로 총장은 고개를 주억거렸다.

"백 년 전 사람들도 이런 심정으로 우리들의 등을 밀어 줬을 겁니다. 이젠 우리 차례가 왔어요."

"가기 전에 힘닿는 한 우리 몫을 해야지. 큰 존재 손에 전부 떠맡기고 무기력하게 울면서 빌기나 할 수는 없어. 천지신명 찾아 대는 옛이야기가 아니니까."

"아무렴요. 인간은 혼자가 아니지 않습니까."

"그러길 바랄 뿐이지. 기도하고 싶진 않지만 부디 그러하길."

은 이사는 자리에서 일어나 새삼 감탄하듯 창가로 다가가 바깥을 바라보았다. 바람이 심하게 불자 정원에 늘어선 나무들이 일제히 춤추듯 가지를 흔들었다.

"꽤 추워졌지? 어쩜 이렇게 일 년 일 년이 빠른지. 시간이 아주 날아가는 것 같아."

어둑한 실내와 대조되듯 하얗게 번진 창문을 가로질러 낙엽이 몹시 흩날렸다. 붉고 노란 소나비처럼 후득 후득 쏟아져 내렸다.


그 기분은 대체 무엇이었을까. 은진은 소파에 대자로 드러누운 채 위를 올려다보며 생각에 잠겨 있었다. 김용 씨가 만든 공간에 흩날리듯 내리는 석양을 보며 느꼈던 그 애달픈 오싹함은.

막 현관문을 열고 들어서던 어머니가 기겁을 하고 소리쳤다.

"얘, 아직도 안 갔어? 기차 시간 언제야? 내일 중요한 미팅 있어서 오후엔 돌아가야 한다며?"

"갈 거라고요. 집에 내려오라고 맨날 그래서 왔더니 내쫓네. 아, 그런데 정말 뭐였을까. 그 기분. 어쩐지 그립고 마음 아프면서도 두근거렸는데."

"얘가 이상한 혼잣말이 늘었네. 그만 뒹굴거리고 저녁이나 먹고 가라. 중학생 때랑 하는 짓이 똑같은데 이런 애도 대학원을 몇 년이나 다니고 연구자를 한다니, 참."

어머니의 핀잔에 은진은 투덜거리며 자리에서 일어났다. 어머니가 외출복을 갈아입고 손을 씻는 틈틈이 잔소리도 잊지 않으며 집안을 오가는 모습을 한참 멍하니 바라보았다.

기숙사제 고등학교를 가기 전까진 매일 지내던 집이었다. 그러나 최근 바빠서 일 년에 한두 번 올까 말까 하다 보니 어린 시절만 여기 뚝 떼어서 보관하는 기분이었다. 지금은 아버지의 바둑책과 원예책으로 가득 찼지만, 한편에 여전히 어린이용 과학잡지가 나란히 꽂힌 은진의 책장과 책상, 벽에 붙인 주기율표 포스터, 태양계 그림. 앞날을 품은 씨앗이 떨어져 아무도 모르게 어린잎을 마구잡이로 틔워 내던 시절. 은진은 문득 알 것 같았다.

그 기분은 어린 시절의 호기심과 흡사했다. 그러고 보니 김용 씨가 처음으로 꿈을 보여 줬을 때 할머니 집 마당 풍경과 비슷하다고 떠올렸지. 무엇이든 궁금하고 알고 싶어 조급하던 시절이었다. 뒷마루에 누워 깜빡 잠들었다 깨어나면 콧잔등을 때리듯 시커먼 하늘에서 아찔하게 쏟아져 넘치던 별들. 검은 흙을 만지고 강가를 뛰어다니고 무엇보다 막막한 밤하늘을 보며, 그때부터 은진은 알고 싶었다. 세상의 모든 것을 알고 싶어 마음이 아렸다.

"엄마, 할머니 댁 말이야. 아직 그대로야? 왠지 옛날 생각나서 궁금하네."

"말도 마라. 많이 변해서 근처에 아파트촌이 생기고 대형 마트도 있더라. 넌 가 봐도 하나도 못 알아볼걸. 요전에 아빠랑 같이 가서 뒷마당 창고도 치우고 왔는데, 거기도 언제 산 밀리고 건물 설지 모른다더라."

"그런가. 하긴 이십 년째 그대로라면 더 이상하지. 아쉽네."

"나도 아쉽지만 할 수 없지. 세상은 변하기 마련이니까. 할머니의 할머니가 젊어서 돌아가시기 전에 그렇게 집을 지키려 애쓰셨다던데. 잃어버린 가족이 있었다나. 저기 상자 좀 들여다봐라. 창고에서 쓸만한 물건 대충 챙겨 왔는데 기념품이라도 하고 싶으면 갖고."

말은 그렇지만 사실 잡동사니 분류시키려는 것이로군. 은진은 시큰둥하게 상자 속을 뒤적거렸다. 오래된 잡지, 진짜인지 모를 족보 같은 것, 낡은 그릇, 화병, 누군가의 표창장, 먼지 냄새를 맡아 가며 뒤지다가 은진은 어떤 것을 발견했다.

작은 물건이 천에 몇 겹으로 꼭꼭 싸여 있었다. 열자마자 은진은 그 색과 쨍하도록 맑은 표면에 눈길이 끌렸다. 햇빛 속에서 녹색 깃든 파르스름한 빛깔이 차가운 듯 은은하게 넘실거리는 모습이 무언가를 닮았다. 은진은 손에 든 것을 홀린 듯이 들여다보며 중얼거렸다.

"비늘 같네."

발아래는 너른 강과 둥근 땅, 머리 위에는 하늘을 온통 휘감고 누운 투명한 비늘들. 은진은 불현듯 그곳 또한 그리워졌다.

이무기 씨는 유능하고 머리 회전이 빠른 조수였으나 언제나 화가 나 있었다. 대부분은 김용 씨 때문이었다. 인간의 몸이 제법 마음에 들었는지 이젠 코트 대신 흰 실험 가운을 기다란 몸에 걸치고 세련된 움직임으로 연구동을 당당하게 휩쓸고 다니던 이무기 씨는 그날도 본성을 드러내며 포효했다.

"김용은 또 어디 갔어! 논문 발제에 실험 설계 전부 떠맡겨 놓고는 검토해 달라니까 도망을 쳐? 이럴 거면 그 능력하고 권한 전부 내게 이양하라니까."

"어, 이무기 씨. 김용 씨 또 사라졌어요? 좀 전까지 삼각김밥 질려서 싫다고 드러누워 있더니."

자료를 두 팔에 잔뜩 들고 가던 은진과 눈이 마주치자 이무기 씨의 분노는 최고조에 달했다.

"구은진 씨, 용 돌보미로 자네가 너무 오냐오냐 해 주니 저 노룡이 제멋대로 구는 것 아닌가!"

"아이고, 또 시작이시네. 어르신을 둘이나 모시는 저만 새우등이죠."

"그래서, 마지막으로 본 곳이 어디인가?"

곧이곧대로 실토하면 이무기 씨 성격에 분명 불을 뿜으며 직접 처단하러 갈 것이다. 은진은 고개를 절레절레 저은 후, 팔에 안은 자료를 적당히 옆구리에 낀 후 애매한 방향을 가리켜 보였다.

"글쎄요. 아까 중앙계단으로 내려갔으니 학관 쪽에 가신 게 아닐까요."

이무기 씨는 화를 토하려다 말고 갑자기 은진의 손가락을 빤히 바라보았다. 그 시선은 은진이 오른쪽 중지에 낀 옥가락지에 머물러 있었다. 이무기 씨는 평소답지 않게 혼잣말을 중얼거렸다.

"뭔가 느껴진다 했더니 그 물건이었군."

그 눈빛이 그림자를 빨아들이듯 일순 차갑게 일렁였다. 이무기와 처음 도서관에서 맞닥뜨렸을 때가 생각나 은진은 자신도 모르게 뒷걸음질 칠 뻔했다. 이무기 깊숙한 곳에 잠자던 탐욕이 이글거리며 그 눈빛을 가득 메우는 것이 느껴졌다. 매일 학교에서 아무렇지 않게 대면하니 잊고 있었지만, 이들은 이형의 존재들이다. 잠깐의 호의와 공동의 목표로만 서로를 서로에게서 지킬 수 있는.

그러나 이무기는 가벼운 한숨을 내쉬었다. 삼킬 듯 응시하던 매서운 시선을 거두더니 자신의 이마를 가볍게 툭 쳤다.

"아니다, 한입 요깃거리도 못 되는 것을. 됐으니 빨리 그놈의 늙은 요물이나 찾아라. 늦으면 내가 직접 갈 테니 각오하라 전하고!"

"알았어요, 찾아서 잡아 올게요."

은진은 다시 분위기가 변하기 전에 재빨리 움직였다. 이번에는 이 교수님이 "은진, 어디 도망가!" 하고 펄쩍 뛰었으나 좋은 핑계를 얻은 은진은 못 들은 척 줄행랑을 쳤다. 그럼 이무기 씨 뒷감당을 잘 부탁드립니다, 교수님.

연구실에서 멀어지며 겨우 한숨 돌리자 은진은 방금 있었던 일을 곱씹어보았다. 요깃거리? 그 물건? 마음 한편이 찜찜한 채로 일단 은진은 김용 씨가 게으름 부릴 때 자주 숨는 장소를 향했다. 오늘 날씨가 좋으니 아마 운동장 뒤 공터에 있을 것이다.

인적이 드문드문한 후문 쪽 어설픈 모양을 한 정자와 화단이 있는 장소였다. 예상대로 김용 씨는 정자에 드러누워 초여름에는 보라색 등꽃이 소복하게 피지만 지금은 휑하기만 한 지붕을 올려다보고 있었다. 은진은 간식 봉투를 흔들며 다가갔다.

"역시 여기 계셨네요. 이무기 씨가 단단히 화가 나서 아까부터 찾고 있어요."

머리에 손가락으로 뿔난 시늉을 해 보이는 은진을 빤히 보는 오늘의 김용 씨는 뭉크의 절규 가면을 쓰고 있다. 김용 씨가 고개를 절레절레 흔들었다.

"에이, 구렁이 녀석. 그동안 도서관에서 먹어 치운 책만 해도 얼만데, 그걸로 컸으니 이자까지 쳐서 다 토해 내야지. 나 괴롭힐 생각 말고 더 고생하라 그래."

"맞아요. 저한테도 용 돌보미로 실격이네 어떻네 매번 잔소리예요. 그러니까 누가 나 용 돌보미 실격시켜 주면 좋겠다."

"그건 안 돼."

단호한 김용 씨의 한마디에 은진은 그럴 줄 알았다며 투덜거렸다.

"어쨌든 들어가긴 해야겠지만, 삼십 분만 쉬었다 가요. 김용 씨는 여기서 뭐 하세요?"

"음, 그냥. 과거를 좀 들여다보고 있었어."

보통 사람이 흔히 하는 회상과는 다르겠지. 김용 씨는 시간의 모든 순간마다 책갈피처럼 편편이 나뉘어 존재하고 있었고, 두꺼운 책장을 파르륵 훑는 것처럼 그렇게 동시에 세상을 볼 수 있을 것이다. 이제 김용 씨가 감각하고 기억하는 방식을 조금이나마 짐작할 수 있게 된 은진은 대수롭지 않게 넘기며 봉투를 뒤적였다.

"계속 들여다보세요. 전 간식이나 먹을 테니까요."

"나도……."

"안 돼요. 어딜 가난한 원생의 과자를 넘보세요. 조교 월급도 안 주면서."

뭉크의 절규 표정이 잘 어울리는 장면이네, 하고 생각하며 은진은 쿠키를 꺼내 입에 쏙 넣었다. 문득 김용 씨가 은진의 손을 쳐다보며 말을 흘렸다.

"그건……?"

과자를 삼키다가 은진은 사레가 들릴 뻔했다. 콜록대며 은진은 오른손 중지에 낀 옥가락지를 들어 올렸다.

"아니, 왜 이렇게 관심받지? 별거 아닌데. 오랜만에 집에 갔더니 엄마가 주셨어요. 할머니 댁 창고 정리하다가 찾았다고."

은진은 손을 이리저리 뒤집으며 처음 발견했을 때처럼 반지가 반짝이는 모습을 보았다. 세월 속에 생긴 스친 자국이나 흠집이 어쩐지 이 평범한 옥가락지의 푸르스름한 빛깔을 더욱 깊게 만들어 주는 것만 같았다. 이걸 달라 했을 때 어머니는 액세서리 싫어하던 네가 어쩐 일이냐며 의아해했다. 어디서부터 뭘 설명해야 할지 몰라 웃고 말았지만. '그냥, 마음에 들어서.'

"여기 뭐 특별한 거라도 있나요? 좀 전에 이무기 씨도 엄청 노려보던데요."

대답 대신 김용 씨는 한참 반지를 쳐다본 후, 작게 웃음을 머금은 목소리로 말했다.

"그게 여기 있었구나."

"어르신이 아는 물건인가요? 말씀드렸듯 그렇게 대단한 반지 아니에요."

"이무기가 관심을 보였다 했지? 이무기는 사연 있는 오래된 물건을 좋아하거든. 그런 물건엔 시간을 들여 응축된 감정이 깃드니까 이무기가 탐낼 만한 정보 조각이지. 용케도 안 삼켰군."

"안 그래도 한입 거리도 안 된다며 입맛 다시더라고요."

"하긴, 이무기 눈에는 아주 작고 작은 이슬방울 정도겠지. 세상을 떠돌 때 입가를 적시는 숱한 이야기 중 하나. 이건 아직 끊기지 않고 이어져 있구나."

김용 씨의 음성은 잠결인 것도 같고 멀리서 울리는 것도 같았다. 불현듯 현실로 돌아와 은진을 알아본 듯 김용 씨는 반지를 가리켰다.

"그 가락지를 찾는 사람이 있어."

이건 또 무슨 소린가 싶어 은진은 앉은 자리에서 의심하듯 물었다.

"찾다니 누가요? 어디서요? 우리 시골집 창고에 몇십 년 묻혔다 나온 물건인데 이게 뭐길래요?"

질문을 쏟아 내려는 은진의 눈앞에서 김용 씨는 손가락을 들어 올리고는 허공 먼 곳을 애매하게 가리켰다. 대기의 숨을 타고 그 손끝이 어디로든 향한다는 듯.

"팔라우. 팔십여 년 전."

바다를 건너고 시간을 건너서. 범상치 않은 이야기리라 짐작은 했으나, 자신과 전혀 상관없는 먼 옛날 태평양 한가운데의 섬 이름을 듣게 될 줄은 몰랐다. 은진은 잠깐 할 말을 잃었다.

"꿈처럼 아름답고 끔찍한 섬이었다. 해변 앞바다가 피로 새빨갛게 물든 적도 있었지. 그곳에서 지금 네 나이 정도 된 누군가가 나무 밑을 파며 그 가락지를 찾고 있어. 그녀는 네 증조모의 여동생이다."

계속해서 상상도 못 한 이름이 호명되어 은진은 혼란스러웠다.
"제 증조이모할머니라고요……? 전혀 들어 본 적 없는데요."
게다가 팔라우라니. 은진이 무심결에 고개를 쳐들자 오로지 가을 하늘만이 경계 없이 그곳까지 펼쳐진 듯 보였다.
"대체 무슨 일이 일어났나요. 알려 주세요."
"지금은 잊혀진 이야기야. 일제강점기 당시였지. 일가족 모두가 강제징용되어 그 섬에서 노동력으로 동원되었다. 뙤약볕 아래 농장일을 하거나 다리를 짓고 도로를 놨지. 여기저기 옮겨 다니는 고된 강제노동 끝에 가족은 뿔뿔이 흩어지거나 죽었어. 다행히 네 증조모는 무사히 귀환선을 탔지만 여동생은 오갈 데 없이 그곳에 남겨졌지. 자매는 고향에서 가져온 옥가락지를 빼앗기지 않으려고 저고리 안쪽에 꿰매서 파묻었다. 잘 숨긴 줄 알았는데 나중에 혼자 된 여동생이 기억해 둔 장소를 아무리 파도 없었다. 시간 날 때마다 주변을 맴돌며 여기저기 파 보지만 끝내 찾지 못해 낙담하고 있어. 더 이상 고향과 가족을 담은 물건이 남지 않았으니까."
은진은 다시 한번 자기 손가락에서 빛나는 옥반지를 바라보았다. 말간 그 표면에 그림자가 어른거리는 것 같다. 증조할머니는 일찍 돌아가셔서 할아버지조차 자신의 어머니에 대해 거의 생각나는 기억이 없다고 했다. 그런 상황이니 증조할머니의 가족들이라곤 완전히 잊힌 존재였다.

자매가 헤어지며 어쩌다가 반지가 언니의 짐에 섞여서 왔고 그 후 사연을 들려줄 이 없이 집 안 깊숙한 구석에 묻힌 모양이다.

"전혀 몰랐어요. 그런 일이 있었다니."

은진은 소금기 묻은 강한 해풍이 뺨을 때리는 듯한 감촉을 느꼈다. 쨍한 열대의 낯선 바다색과 생소한 풀냄새 속에서 내내 혼자 있어야 했던 사람. 고된 일과가 끝나도 바닷바람에 얼굴이 거칠게 틀 때까지 얼마나 젖은 흙을 파고 또 팠을지. 부르트고 갈라진 손으로 가슴속이 검은 밭고랑처럼 다 들쑤셔질 때까지. 지금은 없는 사람의 이야기가 불쑥 은진의 세상에 연결됐고 은진은 아주 모른 척할 수 없었다.

"가져다주세요. 할 수 있죠?"

은진은 곧바로 가락지를 빼서 김용 씨에게 내밀었다. 김용 씨는 정자에 쪼그리고 앉은 채 잠시 은진을 올려다보았다. 여전히 무슨 생각을 하는지, 어떤 표정을 짓는지 알 수 없는 가면인 채로. 목장갑을 낀 손이 천천히 반지를 받아들었다.

"이 정도는 가져갈 수 있어. 돌려주면 기뻐할 거야."

김용 씨는 반지를 손바닥에 올린 후 두 손을 맞잡아 덮었다. 손가락 틈새에서 눈부시지 않은 엷은 빛이 반짝 퍼지다가 스러지자, 은진은 반지가 이제 여기 없다는 것을 알 수 있었다. 가닿았다, 그녀에게. 왠지 어쩔 줄 모르는 기분이 되어 우뚝 선 채 은진은 물었다.

"그 후 그분은 어떻게 되었나요? 그곳에는 얼마나 더 남아 있었죠?"

"같은 고달픈 처지인 중국인을 만나 결혼했지만 아이는 없었다. 그 섬에서는 이십 년을 더 살다 세상을 떴지. 가족과는 끝까지 연락이 안 된 채로."

"그렇군요."

이미 결말은 알고 있으면서도 묻지 않을 수 없었다. 침울한 얼굴이 된 은진을 보며 김용 씨는 또다시 어렴풋이 웃는 듯한 목소리로 말했다.

"그리고 눈감기 전에 이걸 부탁했다. 네게 주라고."

굳게 위아래로 덮고 있던 두 손을 김용 씨가 비밀을 보여 주듯 살짝 열었다. 은진은 숨죽여 들여다보았다. 비었던 손안에 빛이 모여들면서 띠를 이루고 이윽고 그 형태는 가느다란 옥가락지가 되었다. 김용 씨가 턱을 끄덕였다.

"받아."

전에는 간섭이 일어났다며 과거에서 가져온 사진 속 자기 얼굴을 슬쩍 지우더니, 역시 거짓말이었다. 은진은 웃다 말고 목구멍이 꽉 멘 기분으로 반지를 받아들고 자세히 살폈다.

자신이 끼고 있을 때보다 긁힌 흔적이 더 생기고 낡은 티가 났다. 오래 창고 속에 묻혀 있던 게 아니라 누가 계속 끼고 있던 것처럼. 그리고 표면에는 원래 없던 작은 홈이 파여 있었다. 홈

집은 아니고, 나뭇잎 모양처럼 보이도록 일부러 판 것 같다. 그녀가 남긴 메시지일까. 그 위를 손가락으로 어루만지니 메아리치는 목소리가 들리는 듯했다. '미래를 부탁해.'라고.

얼굴도 모르는 누군가에게 은진은 미래였다. 은진 또한 빠르게 시간 뒤로 밀려나 과거가 될 때까지는. 어쩔 도리 없이 흩어지는 우리는 가끔은 뜻하지 않게, 이렇게 필연적으로 연결되나 보다. 인간이라서.

"기뻐하셨어요?"

"웃더구나."

"갑자기 나타난 수상한 인물이 없어진 가락지를 불쑥 내밀면 놀랐을 텐데. 대체 어떤 모습으로 갔어요? 뭉크 가면 그대로는 아니었겠죠?"

"음, 야자수 잎이 크고 질겨서 적당하더라."

재미없는 농담은 치우고, 멀쩡한 모습으로 둔갑해서 그녀 앞에 나타났기만 바랄 뿐이다. 어떤 사람이었나요. 어떤 얼굴이었는지 자신과 닮은 구석이 있는지, 마지막 눈 감을 때는 편안했을지, 묻고 싶은 것들은 많았지만 그냥 속에서만 맴돌게 두었다. '그녀도 나를 평생 궁금해하며 살았겠지.'

"새로운 문이 열린 것 같아요."

"문?"

"그냥 혼잣말이에요."

은진은 손가락에 낀 반지를 하늘에 대고 비춰 보았다. 비늘과 닮았다고 여긴 물빛 가락지가 하늘색과 썩 어울렸다. 사실 손에 넣고 싶었던 건 닿을 수 없이 빛나는 비늘이 아니었을지도 모른다. 그녀가 자신을 잊지 말라며 새겨 준 이파리 모양의 흠을 보자 기쁘고 신기하면서도 마음 한구석이 조여드는 듯 괴로웠다. 모두 은진의 것이다. 그 누구도 아닌 은진만의 것. 이 용 님과 함께 있으면 이런 일이 앞으로도 계속되리라고, 은진은 예감했다.

새로운 문이 계속해서 열리리라. 알고 싶고, 닿고 싶어 하는 만큼.

두렵고 기대되는 감정 속에서 은진은 손에 들었던 쿠키를 겨우 입에 넣었다.

"그런데 어르신. 용케 멀미도 안 나나 봐요. 그렇게 여러 시간대를 동시에 들여다보고 오가면서 안 헛갈리세요?"

"감각기관이 하나뿐인 것도 아닌데. 처리도 그만큼 다양한 통로로 하니까 괜찮아."

"제 연구에 좀 가져다 쓰고 싶은 능력이네요. 저 무사히 박사 논문 쓸 수 있으려나."

"한번 봐 줄까?"

"아뇨, 잘못했습니다. 조금도 알고 싶지 않습니다."

한 눈으로는 지금 여기를 보면서 다른 한 눈으로는 계속해서 과거와 미래를 오가며, 동시에 있고 동시에 없다. 그렇게 여러 겹으로 중첩되어 보이는 현실은 어떤 무늬를 그릴까.

"마치 만화경 같겠네요."

은진은 선심 쓰듯이 김용 씨에게 쿠키 하나를 건네면서 중얼거렸다.

"그래."

김용 씨는 순순히 받아들고는 고개를 끄덕였다. 한 눈으로는 지금 여기를, 다른 한 눈으로는 어지러울 정도로 과거와 미래를.

경이롭고 혼란스럽고 괴로우면서도 부서지지 않는, 끝없이 새로운 만화경을 보고 있다. 어둡고도 찬란한 그 무늬들. 단 혼자만의 만화경을 본다. 언제까지나 눈을 뗄 수 없어.

꿈에서 은진은 발아래 펼쳐진 땅을 내려다보았다.

또 잠든 동안 이곳으로 온 모양이다. 그러나 지난번보다 더 높이 올라왔는지 드문드문 흐르는 구름에 가려서 강도 숲도 이제는 모형처럼 비현실적으로 작아지고 하늘도 좀 더 희박해 보였다. 주변을 둘러보아도 김용 씨의 모습은 어디에도 없었다. 은진은 큰 소리로 불렀다.

"어디 계세요? 또 다른 시간과 장소 속으로 날아가 있나요?"

〈그래도 듣고 있다.〉

머릿속으로 전달되는 울림이 들려왔다. 그러나 그 소리를 들어도 은진은 어쩐지 안심할 수 없었다. 전과는 다르게 뺨에 와닿는 바람이 얼어붙듯 차디차고, 공중에 떠 있는 자신도 무게 없이 그저 이리저리 휩쓸리는 것만 같았다. 발아래 대지가 너무도 멀고 낯설게 느껴진다. 또다시 바람이 세차게 불어왔고 언맞은 것처럼 둔탁한 아픔까지 느끼며 은진은 목소리를 크게 높였다. 뭐라도 말해야 했다. 김용 씨와 연결되어 있다는 감각을 놓치면 안 된다고 필사적으로 본능이 소리쳤다.

"궁금한 게 있어요. 김용 씨는 과거와 미래에서 뭘 하세요?"

어디에 있는지 감이 멀었다. 금방 답이 돌아오지 않자 은진은 질문을 고쳤다.

"현재 시대에는 세상의 모든 걸 알겠다고 정보를 모은다면서요. 과거에는요?"

⟨……전쟁을.⟩

조금 사이를 두고 다시 목소리가 전해지자 은진은 귀를 바싹 기울였다.

⟨어차피 일어날 전쟁의 징조를 알리고 막으려 애쓴다. 수천 수만 번을 무의미하게, 그래도 혹시나 가능할지 모를 억만 분의 일의 세상을 위해.⟩

"성공하지 못했군요. 그렇게 신묘한 용이 예언해도. 아직 그 억만 분의 일의 세상은 온 적이 없어."

⟨하나의 흐름이니까, 탄생부터 죽음까지. 거침없는 바닷물을 손가락 하나로 막을 수 없듯이. 전쟁은 계속 일어나고 스러지고 또 일어났다. 썰물과 밀물처럼.⟩

죽음? 용이 담은 단어가 신경 쓰였지만 은진은 서둘러 말을 이었다. 어쩐지 주변이 점점 더 어두워지고 몸이 차가워지는 것 같아서 뭐라도 해야 했다.

"그럼 미래에서는요?"

이번에는 더욱 한참 기다린 끝에 대답이 돌아왔다. 이제 너무 추워서 은진은 잔뜩 웅크린 채 옷 위로 팔을 계속 문질렀다.

〈내게 보이는 앞날에는 한계가 있다. 그래서 더 먼 미래를 보기 위해, 내 속도보다 빠르고 내 덩치보다 크게 달아나는 하늘의 뚜껑을 향해 날고 있다. 계속해서, 끊임없이.〉

"하늘의 뚜껑…… 우주 말인가요. 그 끝을 따라잡기 위해 지금 지식을 모으려는 거군요."

〈그래. 내 힘만으로는 부족해. 미래는 끊겨선 안 돼. 계속해서 이어야……〉

갑자기 머릿속 목소리가 멀어져 갔다. 은진은 당황해서 반복해 불렀다.

"네? 안 들려요. 김용 씨, 어르신!"

〈질문과 응답 시간은 이제 끝.〉

다시 붙잡은 음성은 좀 전보다 가라앉고 냉정할 정도로 아무 감정이 깃들어 있지 않았다.

〈가야 한다. 나는 할 일이 많다.〉

"잠깐만! 기다려요!"

그러나 목소리는 가차 없이 은진을 혼자 내버려 둔 채 떠나갔다. 아래쪽에서 세찬 돌풍이 몰아쳐 은진을 떠밀었다. 아무 반발도 못 한 채 은진은 내쫓기듯 높이 더 높이 솟구쳐 올랐다. 한껏 뻗은 손가락 사이로 땅이 점점 더 멀어지다 구름에 묻히고,

주변의 하늘이 엷어지다가 새까맣게 변했다. 늘 주변을 감싸 안듯 반짝이며 누워 있던 용의 금속적이고 매끈한 비늘조차 보이지 않았다.

추방당한 것처럼 높이 끌어 올려진 은진의 눈앞에 둥글고 푸른 구체가 둥실 떠오르듯 서서히 드러난다. 어둠에 잠긴, 지구……. 은진은 벌떡 일어났다.

꿈에서 나오자마자 온몸이 욱신욱신 쑤시며 오한이 들었다. 좁은 자취방에서 완전히 잠이 깬 은진은 떨리는 몸을 쓸었다. 너무 놀랍고 또 어이가 없어서 자기도 모르게 큰소리를 냈다.

"이게 대체 무슨 꿈이야? 어르신, 날 꿈에 버리고 가다니?"

연구실은 평소와 다름없이 분주하게 돌아갔다. 한쪽에서는 민아가 이 교수님 앞에서 새 프로젝트 프로토콜을 시연 중이었고 장 선배는 신입들에게 한가하게 유리 비커 잘 닦는 법이나 스테이플러 심 제거하는 법 따위를 가르쳐 주고 있었다. 은진을 발견한 장 선배가 손을 흔들어 인사했다.

"은진 왔어? 잠 못 잤나 봐. 피곤해 보이네."

"꿈자리가 사나워서요. 그나저나 김용 씨는 어디 있어요?"

"애어르신? 아까 이무기 씨한테 잡혀가던데. 오늘은 절대 안 놓칠 거라고 벼르던 걸 보니 제대로 일하지 않을까."

안됐다는 듯 장 선배가 혀를 찼으나 뒤에서 민아가 "자업자득이죠." 하고 웃었다. 은진은 잠깐 동기들과 잡담을 하고 메일을 깨작거리고 일정을 체크한 후 커피를 사 오겠다며 자리에서 일어났다.

계단 꺾어지는 부분에서 낯익은 목소리끼리 대화하는 소리가 들렸다.

"중국 쪽 데이터는 봤나? 최근 발표에 이미 적용해 빅데이터 수집 중인 모양이야."

"확인이야 했지만 글쎄. 웹사이트에 인트로하고 DB 구조만 만들어져 있던데. 데이터가 아직 안 나왔거나 정리 중일 게다."

"정보 공개에 얼마나 동의하려는지 모르겠다만. NEC 펀드 받은 네델란드 그룹보다 규모는 클 테지."

이무기 씨와 김용 씨가 태블릿 PC를 두고 궁리 중이었다. 은진은 난간 너머로 머리를 내밀고 말했다.

"그거 영국 10K 프로젝트에는 포함됐는지 체크해 보셨어요?"

"맞네, 그것도 한번 봐야겠군."

이무기 씨가 고개를 끄덕거리며 생각에 잠겼다. 오늘은 윈도 종료 아이콘 모양을 한 머리로 김용 씨는 가만히 은진을 바라보았다. 은진은 가볍게 계단을 뛰어 내려왔다.

"도와 드릴까요? 저 이 교수님이 맡기신 일 있는데 도피 중이에요."

"아니야, 간단한 일이야. 모처럼 저게 있으니 잘 써먹어야지."

김용 씨가 아무렇지도 않은 듯 이무기 씨를 '저거'라고 가리키자 이무기 씨는 또 불같이 화를 낼 기세였다.

"여태 게으름 피워서 고생한 게 누군데 헛소리하나. 너야말로 제대로 좀 해!"

김용 씨는 그래그래 하고 대충 대답하며 저쪽으로 걸어갔고 이무기 씨는 태블릿 PC를 든 채 잔소리하며 빠르게 따라붙었다. 그들이 시끄럽게 사라진 방향을 한참 바라보다가 은진은 어깨를 으쓱 추어올렸다.

"하긴, 이무기 씨가 유능한 조수긴 하죠."

그 후로 며칠이 비슷하게 흘러갔다. 언제나 연구실에 의욕 없이 늘어져서 게임이나 별 쓸모없는 인터넷 서핑이나 하고 놀던 김용 씨는 어쩐 일인지 거의 나타나지 않았고 어쩌다 스쳐 가도 이무기 씨하고 바쁘게 뭔가를 하고 있었다. 이 교수님이 흐뭇하게 고개를 끄덕였다.

"뭔진 몰라도 드디어 중요한 뭔가를 하시는 모양이네. 아, 은진. 지금 손 비었으면 나 좀 따라와서 데이터 정렬이나 도와줘."

"그렇죠, 이무기 씨는 베테랑 연구자니까요. 햇병아리인 누구는 데이터 정렬부터 해야죠."

투덜거리며 은진이 복도에 나가자 웬 종이 뭉치가 바닥에 수북하게 흩어져 있었다. 연구실에 안 보이던 김용 씨가 산처럼 쌓인 자료와 논문 사이에 책상다리로 쭈그려 앉아서 열심히 노트북을 두드리는 중이었다. 누가 지나가든 말든 시선조차 주지 않은 채 몰두한 모습에, 은진은 말을 걸 수가 없었다. 장난스러워 보이던 동물탈도 표정을 읽을 수 없게 되면 바로 장벽이 되는구나 하고 은진은 그 곁을 못 본 척 그저 지나갔다.

어느 날 밤, 꿈속에서 은진은 눈을 번쩍 뜨며 소리쳤다.

"일부러 날 피하는 거죠!"

빈틈없이 하늘과 숲과 강으로 차 있던 꿈, 김용 씨와 연결되어 있던 꿈. 그러나 지금은 눈을 떠도 사방이 캄캄하고 춥기만 하다. 천지사방을 구분할 수 없는 검고 텅 빈 공간에 혼자 떠다니며 은진은 김용 씨가 여기 없다는 것을, 이 꿈에서 나갔다는 것을 알았다.

은진은 마구잡이로 고함을 지르고 발길질을 해 대며 욕을 퍼부었다. 속 좁고 쪼잔하고 치사한 대왕지렁이! 목소리는 무의미하게 새까만 허공에서 부서질 뿐이었다. 그러나 생각나는 대로 다 내지르고 나자 일단 속은 조금 시원해진다.

팔다리를 늘어뜨린 채 은진은 단 홀로 차가운 공간에 흘러 다녔다. 이번만은 소리가 닿지 않기를 바라듯이, 속으로 깊이 누르듯이 중얼거렸다.

"괜찮아요. 우린 다르니까. 처음부터 '우리'로 묶이지 않았으니까."

언제나 손 닿을 줄 알았던 문, 늘 새로운 곳으로 열릴 줄 알았던 문이 닫히려 하고 있다. 애타게 갈망하는 은진 혼자만 밖에 남겨 두고는. 처음에는 몰랐던, 존재한다는 자체도 깨닫지 못했던 그 갈망.

입을 열자 하얗게 입김이 퍼졌다. 흐린 하늘을 떠받친 마른 나뭇가지들은 바람이 불 때마다 부질없이 흔들릴 뿐이었다. 가을이 낙엽을 흩뿌리며 떠난 자리에 어느새 완고한 겨울이 밀려들었다.

은진은 부연 카페 유리창 너머로 거리를 내다보았다. 손바닥에 닿는 온기가 좋아서 커피를 마시지는 않고 컵만 오래도록 감싸고 있었다. 생각이 각설탕처럼 부서져 커피 밑바닥에 녹는다.

이제 어렴풋이 알 것 같았다. 내 미래는 김용 씨의 미래에 연결되지 못하나 보다, 라고.

어차피 순간의 시간을 살다 보면 그 존재와 갈라질 때가 오고 만다. 놀이처럼 잠깐을 함께 했으나 끝을 알고 있는 용은 먼저 툭툭 털고 일어나 나가 버린 것이다. 은진은 노트북 위에서 아무 자판이나 한참 눌러 의미 없는 문자를 길게 만들었다. 그러다 하나씩 거슬러 올라가며 다시 지워 나갔다.

어제는 모처럼 은진 자신만의 꿈을 꾸었다. 아름다운 남국의 맑은 바다로 둘러싸인 섬을 보는 꿈이었다.

그곳에는 증조모의 여동생이라는 그녀가 있었다. 고된 파인애플 농장 일로 젊어서 허리가 굽은 그녀 앞에 타는 듯한 노을이 내리고 있었다. 멀리 지축을 울리는 대포 소리, 무더위를 찢는 전투기 폭음. 일본인 주민들만 서둘러 태운 배가 떠나가는 바다는 핏빛처럼 석양에 붉었다. 그녀는 다시 가족을 만나기는커녕 전쟁이 끝날 때까지 살아남으리란 기대도 거의 없었다. 김용 씨는 이런 풍경을, 공포와 굶주림의 행군을 수도 없이 알고 있을 것이다. 수많은 용의 눈 중 하나는 늘 폭력이 삶을 압도하는 현장에 와 있을 것이다.

'그 후 그녀는 어떻게 되었나요?'

'그 섬에서 이십 년을 더 살다 세상을 떴지.'

과거와 미래를 동시에 보는 김용 씨는 또한 그렇게 은진의 앞날도 보고 있을 것이다. 어쩌면 생각보다 빨리 오는 걸까. 은진이라는 작은 세상의 끝. 용에게는 억겁처럼 되풀이되면서도 또 새로운, 작은 존재의 끝.

그래서 백 년만큼 오래 부려 먹는다고 농담했나요. 금방 사라질 나를 위해? 너는 곧 죽어 아무것도 남기지 못한 채 소멸한다고 미처 말할 수 없는 용 나름의 동정이자 배려일지도 모르겠다. 은진은 맥이 탁 풀려 창문에 옆머리를 기댔다.

"솔직하게 말해 주지, 차라리. 영문도 모르고 멀어진 채 마지막을 맞다니. 조금도 날 위한 게 아니잖아."

바깥으로 나오자 갑자기 불어 드는 바람에 은진은 고개를 돌렸다. 차분하고 무감한 얼굴을 하고는 눈에 담기는 거리를 바라보았다. 보이지 않게 회색으로 한 겹 얼어붙는 도시. 끝없이 이어지는 건물과 높이 쓸쓸하게 걸린 신호등과 반짝이는 진열창과 어지럽게 오가는 사람들.

은진은 숨을 크게 들이마셨다. 불에 덴 듯 소스라쳐서 돌아보았다.

건널목 신호가 바뀌어 인파가 교차하는 혼잡한 흐름 속에 누군가와 시선이 마주쳤다. 낯선 이가 우두커니 서서 은진을 응시하고 있다. 그러나 투명한 얼음 위로 미끄러지듯 은진은 그 얼굴을 제대로 두 눈으로 잡아낼 수가 없었다. 너무 평범해서, 너무 특별해서. 세상에서 단둘만 남은 듯 사로잡은 시선은 아주 짧은 순간이었다. 밀려오는 사람들을 등지고 건널목 한가운데 서 있던 그 사람이 보일 듯 말 듯 쓱 웃었다.

그러고는 걸어가 버린다. 은진은 직감했다. 저대로 인파 속에 섞여 버리면 자신은 저 얼굴을 다시는 찾아낼 수 없다고. 은 이사가 했던 말이 머릿속에 빙빙 맴돌았다.

'아무 의미 없지. 마음만 먹으면 무엇으로든 변했을 텐데. 언제라도 도망칠 준비가 된 것처럼 자길 숨겼어.'

생각을 하기 전에, 은진은 달리기 시작했다. 목이 터져라 소리쳐 불렀다.

"기다려요!"

누가 놓칠 줄 알고? 이대로는 절대 놓아주지 않겠다. 분노가 솟구쳐 올랐다. 학부 졸업 후 처음 전력으로 달려 봐서 벌써 숨이 턱에 닿고 폐가 터질 듯 욱신거렸다. 은진은 이미 한 덩어리가 된 사람들 속으로 힘껏 팔을 뻗었다.

"김용 씨, 기다리라고요! 이 망할 용아!"

날카로운 브레이크 소리에 정신이 들었을 때는 돌진하는 범퍼가 엄청나게 크게 보였다.

부딪치는 소리와 충격. 온몸으로 퍼지는 통증 속에서 은진은 반사적으로 말이 되는 설명을 찾아 생각을 잇고 있었다. 내 최후가 너무도 빨리 찾아와서 그럴까? 제대로 작별할 틈도 없이? 그게 지금일까?

놀라서 웅성거리는 사람들 모습이 가까워졌다가 멀어졌다. 차디찬 아스팔트 바닥에 누운 채 은진은 인파 사이로 어이없는 꼴을 보고 말았다. 사람들 머리 위로 불쑥 튀어나온 저건 설마 주유소 바람 인형인가? 당황한 손짓처럼 마구 펄럭거리는 공기 팔을 보니 자기 일만 아니면 크게 비웃어 주고 싶었다. 그러나 유감스럽게도 자기 일이 맞았고, 피식거리다 은진은 통증으로 얼굴을 찌푸렸다. 이대로 아무것도 이루지 못하고 완성하지도 못하고 사라진다 생각하니 비로소 무서워졌다.

"난 오늘 죽나 보네요."

대답을 듣기도 전에 머릿속이 캄캄해지며 의식이 꺼졌다.

"그럴 리가 없잖아."

가물거리는 의식 속에서 누군가 말하고 있었다. 유쾌한 듯하면서도 어딘가 초조하고 화가 난 기색. 그 음성이 반복했다.

"그럴 리 없다고. 대체 혼자 무슨 생각을 하는 건지."

은진은 무거운 눈꺼풀을 들어 올렸다. 차에 치였을 텐데 온몸에 감각도 무게도 없이 한없이 가볍고 홀가분하기만 했다. 또다시 꿈을 꾸고 있는지 새카만 공간에 둥둥 떠다니는 중이었다. 옆에는 고집스럽게 팔짱을 낀 채 돌아선 바람 인형이 보였다. 은진은 퉁명스럽게 말했다.

"그럼 이건 뭔데요. 아무리 봐도 유체이탈 체험 중인 것 같은데요."

"아니야, 잘 봐."

김용 씨가 머리를 절레절레 내저으며 한숨을 쉬었다. 바람 인형도 저렇게 감정 표현이 다양할 수 있구나. 새삼 엉뚱한 부분에 감탄하며 은진은 일단 시키는 대로 주변을 천천히 돌아보았다. 그저 깊고 아득한 어둠 속인 줄 알았는데, 자세히 보니 저편에 작게 반짝이는 점이 있었다. 조금씩 조금씩 커지며 손톱처럼 둥글게 차오르는 그 빛은 은색 달이었다.

놀란 은진의 눈앞에서 한 겹 베일이 벗겨지듯 새카만 공간에 차례로 희부연 별들이 퍼지기 시작했다. 이쪽에서 저쪽까지 시선 닿는 곳마다 물감을 흩뿌린 것처럼 별, 온통 별이다. 은진의 가슴이 순간 터질 듯 두근거렸다. 할머니 집 마당에서 마침내 여기까지 왔다는 생각이 번개처럼 들었다.

그 중심에 푸른 행성이 있다. 잠시 넋을 잃고 그 한없이 푸르스름한 별을 보던 은진이 말했다.

"당연한 소리지만 이렇게 작은 지구를 보는 건 처음이에요."

"그만큼 높이 올라왔으니까."

그렇구나. 예전 본 풍경에서 더욱더, 더 높이 떠오른 거구나. 은진은 담담하게 이었다.

"날 어디로 납치하는 거죠? 옛날 드라마처럼 날 죽은 걸로 위장해서 외계로 끌고 가는 겁니까. 역시 용 따위를 믿는 게 아니었어."

"잠깐 못 본 새 상상력이 진부한 쪽으로만 풍부해졌군. 점수는 C나 D 정도?"

"그게 아니면 왜 날 조금씩 들어 올리더니 우주까지 데리고 오냐고요. 역시 난 죽은 게……."

"그만, 그만."

바람 인형은 이번에는 어처구니가 없다는 태도로 머리를 붕붕 내저었다. 조금은 난처해 보이기도 했다.

"그럼 오늘이 아니고 조만간인 모양이군요."

"아니래도. 왜 그렇게 의심이 많아?"

갑자기 날 피했고, 뜬금없이 이상한 변장 대신 인간 모습을 하고, 그 태도가 내 앞에서 모른 척 사라지려 한 게 아니었다고요? 그간 정말 바빴어, 이무기를 최대한 굴려서 프로젝트를 기한 내로 맞춰야 했으니까. 그러다 번화가에 볼일이 있는데 사자탈 같은 걸 쓰고 나갈 수는 없잖아. 은진 씨야말로 차 앞에 뛰어들기에 놀라서 급하게 바람 인형 꼴로 끼어들었다고. 몇 마디 오간 후 은진은 눈썹을 찌푸리며 팔짱을 끼었다.

"앞날을 다 알면서도 놀라기도 하나요?"

"알고 있다고 다 대처할 수 있는 건 아니잖아."

김용 씨의 음성이 약간 누그러졌다. 은진은 그 속에서 부드러운 걱정을 느꼈다.

"꿈에서 널 계속 여기로 끌어올린 이유는 말이다. 조금씩 익숙하게 해 주려 했다."

"어떤 것에요? 유체이탈? 우주 납치?"

"아직도 화가 안 풀렸군."

김용 씨는 바람 인형의 뭉툭한 팔로 머리를 긁적이는 시늉을 했다.

"됐어요. 이제 알겠으니까요."

어차피 그들이 서로를 완전히 이해할 날은 결코 오지 않으리라. 그저 은진은 둥둥 떠내려가려는 몸을 추슬러 제대로 자세를 잡고는 주변을 돌아보았다.

가슴 벅차도록 크고, 적막하고, 빛조차 서서히 얼어붙어 부스러질 듯한 공간. 김용 씨의 세계이자 은진이 어려서부터 땅에 발을 딛고 올려다보던 세계. 드디어 아득했던 두 세계가 만났다. 은진은 손가락을 모아 그사이에 작고 느린 팽이처럼 빛나며 돌아가는 지구를 가두어보았다.

그러나 손안에 담긴 지구는 보이는 것만큼 푸르르기만 하지는 않다. 땅을 울리는 폭격, 굉음, 곰팡이처럼 번져 가는 기아와 질병. 세상의 붉은 흉터들. 은진도 불그스름하게 찢어져 타오르는 노을을 보았다. 이제는 알 수 있었다. 김용 씨가 자신의 영역에 은진을 초대했다는 것을.

"너라면 충분히 가능하리라 믿었다. 세상은 내 힘만으로는 어찌할 수 없어. 계속, 계속해서 실패만 되풀이했다. 그래서 도움이 필요해."

용은 대체 어떤 미래에서 자신에게 말을 걸고 있는 것일까. 지금 이곳밖에 알 수 없는 은진은 한숨을 내쉬었다. 모든 걸 위에서 내려다보는 존재가 선심 쓰듯 열어 주는 문은 필요 없다고 거부할 수도 있다. 그럼에도 불구하고……

"참 이상하죠. 나는 그 열린 문 안쪽이 너무, 너무도 알고 싶어요. 이대로 죽는다고 생각하니 끔찍하게 절망스러울 정도로."

은진은 눈을 꽉 감았다가 다시 떴다. 열망이 날카로운 맥박처럼 퍼져 갔다.

"내가 이렇게나 앞으로 나아가고 싶어 하는 성격인 줄 몰랐어요. 한계가 어디든 부딪쳐 이루고 싶어요, 내 손으로."

"넌 그렇게 될 거다. 아니, 우리는 그렇게……"

"이봐요, 내 인생 스포일러 하지 마세요. 알아서 힘껏 갈 테니까."

은진은 소원이라도 간직하듯 진짜 하려던 말을 속으로 삼켰다. 당신이 자유롭게 날아갈 하늘의 문을 내가 열어 주고 싶다고.

그들은 잠시 말없이 물방울처럼 흩어진 별무리와 차갑고 맑은 달과 파랗게 돌아가는 지구를 지켜보았다. 지금만큼은 완전하다 싶을 고요와 평온이 숨을 두어 번 내쉬는 동안 존재했다. 함께 나누는 잠깐의 순간을 흐트러뜨리고 싶지 않은 듯 은진이 가만히 속삭였다.

"하나만 약속해 줘요."

"이미 약속했어."

"아직 듣지도 않았잖아요."

"앞으로 말없이 가 버리지 말라고? 그 정도는 몇 번이든 지킬 수 있어."

믿고 싶다. 우리는 서로 이렇게 다른 존재고 지금 이 순간도 계속해서 우주의 가장자리처럼 멀어지고 있지만. 은진은 옆에서 흐느적거리던 바람 인형이 사라지고 김용 씨가 일부나마 본모습을 드러낸 것을 알아차렸다. 그러나 일부러 그쪽을 쳐다보지는 않았다. 옆에 있다는 자체로 지금은 충분하다고 그렇다고 믿기로 했다.

크고도 작으며, 젊고 새롭고 동시에 오래되고 늙은 용. 아름다운 존재가 잔잔하게 웃음소리를 냈다.

"이제 안 가. 지겹도록 오래 볼 거야, 우리는. 아마 백 년만큼. 왜냐하면—"

\* \* \*

용은 감았던 눈을 느리게 떴다.

끝없이 펼쳐진 검은 허공 속에 깨끗하게 빛나는 별들. 변함없이 둥글지만 푸른 빛이 많이 퇴색되어 버린 지구. 스크린 너머로 지구는 조금씩 더 멀어지는 중이다. 가볍게 딱 하고 손뼉 치는 소리에 돌아보니 긴 의자에 기대앉은 노부인이 미소 지었다.

"대화하던 중에 또 어딜 간 거예요? 이번에는 어느 시절의 날

보고 있는 거죠?"

용은 그녀를 향해 다가갔다. 자신이 지금은 어떤 형태를 하고 있는지 스스로 의식하지 못했지만 아마도 그녀가 보고 싶어 하고 마음에 들어 하는 모습이리라. 그녀의 발치에 편하게 주저앉으며 용은 대답했다.

"우리가 처음 만났을 무렵."

"아, 그 심술궂고 제멋대로 굴던 지체 높으신 영감 대감님 시절이군요. 새삼 짜증 나고 그립네요."

"지금도 여전히 심술궂다며?"

그녀는 거침없이 웃음을 터뜨렸다. 머리칼은 희게 세고 피부에는 주름이 잡히고 예전보다 몸집이 자그마해졌으나 변함없는 기세가 그 웃음 속에 깃들어 있다. 그녀는 분을 토하듯 중얼거렸다.

"일찍 알았으면 도망칠걸……. 설마 날 죽도록 부려 먹고 키워서 프로젝트의 핵심 장기 말로 써먹을 줄이야."

"본인이 이루고 싶다며? 그 덕택에 우리가 이렇게 날아가고 있잖아. 구은진 수석기술자문위원."

"설마 정말 백 년 채우려고요? 새로운 의학 연명법이 나올 때마다 눌러 앉히듯 써먹지 좀 말아요. 대체 언제 죽게 허락해 줄 건데요."

반은 농담이지만 반은 진담 섞어 그녀가 핀잔했다. 어림도 없지. 용은 터무니없는 소리를 내치듯 손끝을 튕겼다.

"자가진화하는 양자 컴퓨터의 정보전달이론 기초에 참여한 귀중한 박사님이니까 더 오래오래 일해야지. 내 생각보다 훨씬 더 잘 해냈잖아. 마음대로 떠나 버린다 해도 쉽게 안 놓아줘. 데이터로 담아 내 안에 언제까지나 저장해 둘 거다."

어이없다는 듯 쳐다보는 그녀의 눈빛은 그럼에도 부드러웠다.

"유치한 억지를 부리다니. 당신도 조금 나이 들었나 보네요."

"그럼. 그럴 수밖에. 지금의 나는 오랫동안 지켜본 땅의 흥망성쇠와 몰락을 몸으로 직접 겪었으니까. 예전보다 훨씬 늙고 지쳤지."

용은 잔잔하게 미소 지으며 은진의 무릎에 기댔다.

"이무기에게는 안된 일이야. 여의주가 있다 해도 결국 이런 결말을 위해서인데."

용은 또 다른 눈으로 우주선 안을 훑었다. 아슬아슬하게 인간의 지혜를 쌓아 올려 계산해 낸 항해도에 의지한 개척선들이 외로이 우주를 날아간다. 선두에 선 지휘선에서는 이무기가 여전히 하얗고 꼿꼿한 자세로 서서 별의 항로를 지켜보고 있고, 그 앞에는 검은 공간만이 까마득하게 펼쳐져 있다.

그들은 첫 번째 탐사자. 몇백만 년 이어질 기나긴 수면을 준비하는 지구에서는 여전히 끝없는 내전과 질병과 궁핍에 생명들이 말라 가고 있었다. 남기고 온 이들을 위해 길을 열려면 아주 오래도록 미아처럼 헤매고 실패하는 여정이 되리라. 그럼에도 떠나야만 하는 여정이었고 오래전부터 예견된 여정이었다.

용이 존재하는 이유는 태초부터 단 하나뿐. 그렇게 '김용 씨'는 말했다.

오래된 용의 사체가 흩뿌리는 정보체 입자에서 태어난 새로운 용은 임무를 똑같이 물려받아 그 하나만을 위해 살아간다. 까마득하게 먼 훗날을 위해 오직 홀로 존재하며 땅의 역사를 수집하고 기록하고 자신 안에 새겨야 한다고.

언제나 새로운 세계가 열릴 때 쓰러져 그 지친 몸뚱어리를 땅으로 바꾸는 존재가 용이었다. 용은 변신하고, 그리고 죽어 비옥하게 썩은 자신의 몸 위에 다시 지성을 갖춘 생명을 키운다. 그것이 용의 순환, 묻힐 곳을 찾고 생명을 하나의 종막에서 다음으로 건네기 위한 의식이었다. '이어질 것은 이어진다. 그것이 내 정보체를 이루는 궁극의 명령어.'

용에게 맞닿은 은진의 손가락에서 오래된 옥가락지가 반짝였다. 지구를 떠나며 새긴 두 번째 이파리가 첫 번째 이파리와 나란히 닳아 가고 있다. 두려운 미지를 이기기 위한 부적처럼. 은진이 유쾌하게 말했다.

"당신은 늘 우리에게 잘해 줬어요. 그러니까 앞으로도 잘 부탁합니다. 아무것도 없는, 아직 태어나지 않은 별에서 다시 우리를 기다려 줘요."

은진이 굳이 말하지 않아도 용은 다 알고 있다는 듯 노부인의 손을 가볍게 쥐었다 놓았다. 끝없는 우주는 큰 죽음과 새로올 숱한 탄생을 향해 날아가는 용을 숨죽여 기다리며 빛나고 있다. 용은 오지 않은 그들의 푸른 별을 감싸고 축복하듯 두 팔을 위로 뻗어 올렸다.

"너희를 모두 내게 담아서 데려갈게. 그곳에서 다시 만나자."

미래로.

어둡고 찬란한 만화경 속 무늬로, 미래를 향해.

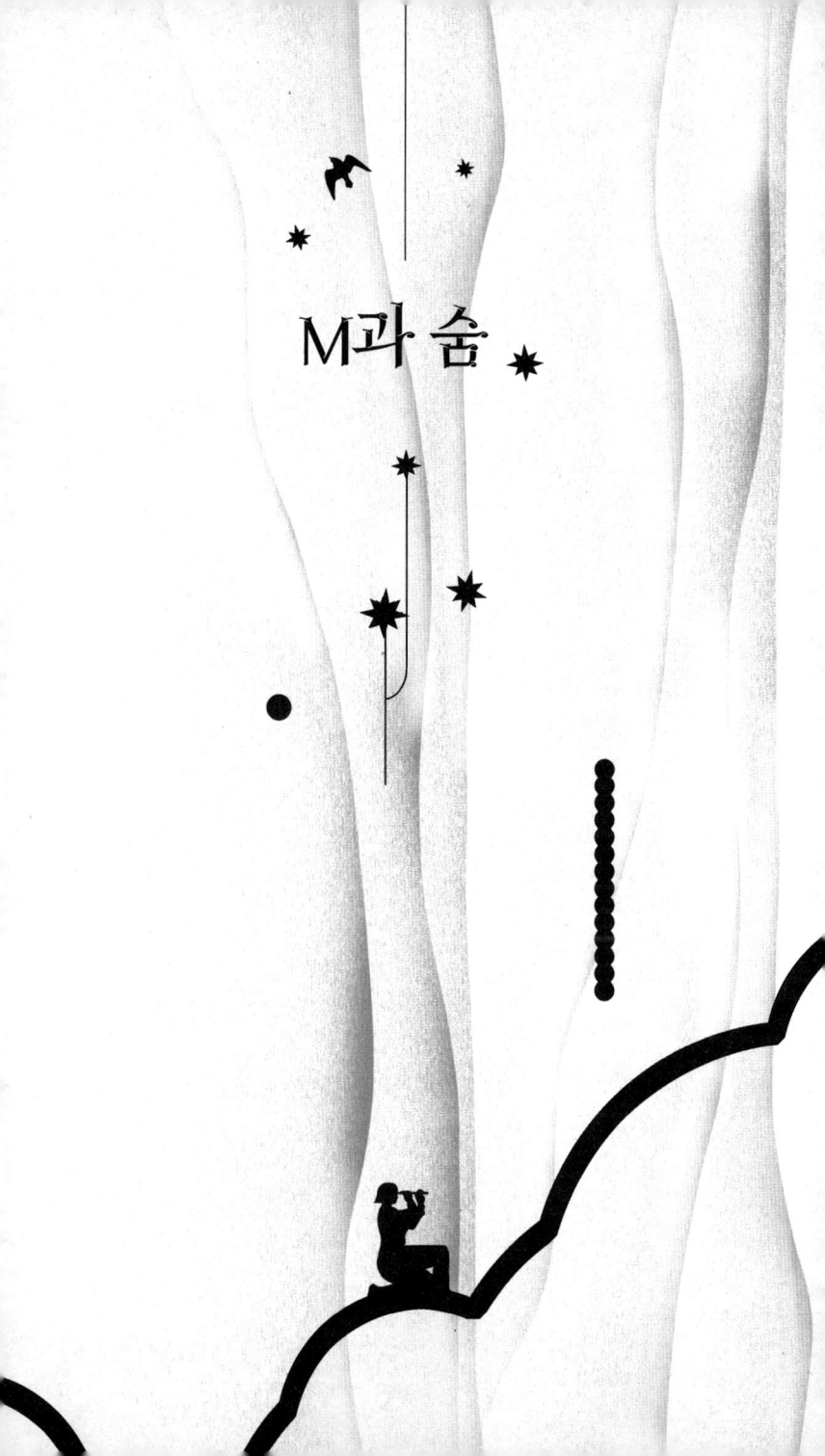

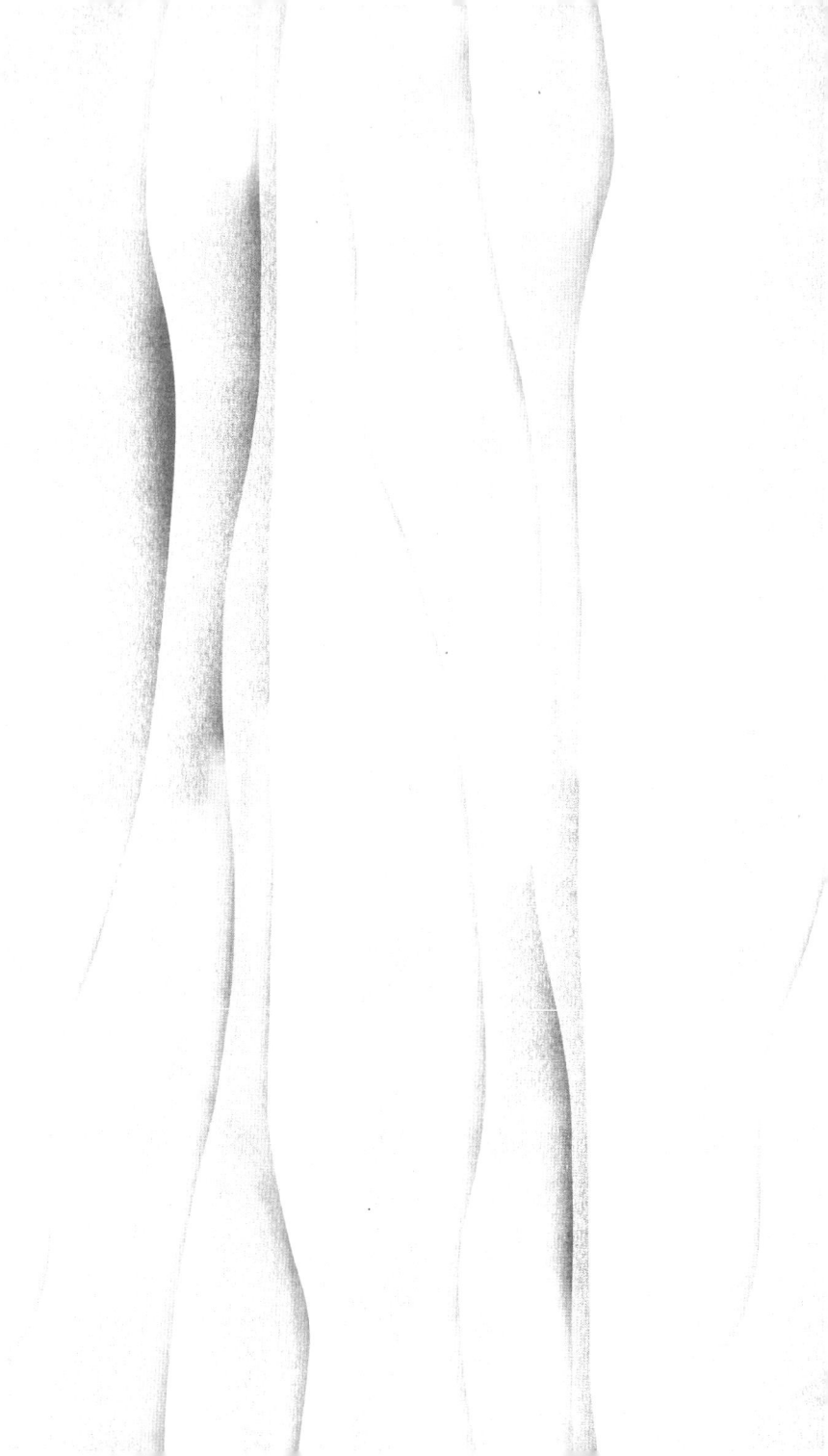

은우는 늘 부재중 통화가 무서웠다.

진동과 벨소리를 동시에 켜 둔 것으로도 모자라 잘 때는 베개 밑에 넣거나 손에 쥐고 잤다. 어릴 때 맞벌이인 부모님의 전달 사항을 놓치지 않기 위해 생긴 습관이었다. 어느 비 오는 날 동생의 전화를 연속으로 못 받은 탓에 혼자 비 맞고 돌아오던 동생이 교통사고를 당한 후, 습관은 트라우마가 되었다. 습관은 상처이기도 하고 일상이기도 했다. 은우는 걸려 오는 모든 전화를 받으려 애썼다. 특히 M의 전화를.

M은 뿔뿔이 흩어진 어린 시절 친구 중 몇 남지 않은 하나였다. M은 늘 말했다. 내 전화 꼭 받지 않아도 돼. 놓쳐도 괜찮아. 미안해하며 그렇게 말했다. 그러나 은우는 다그치다시피 M을 붙들고 약속을 받아 내고야 말았다.

"알았지? 내가 꼭 받을 테니까 넌 꼭 전화해야 해. 나중에 나한테 전화도 안 하고 멋대로 저질러 버린 거 알면 난 진짜 화낼 거야. 혼나고 싶지 않으면 꼭 해야 해, 전화!"

M은 약속대로 했다.

은우에게 걸려 온 전화는 M의 자취방에서 온 적이 많았고 때로는 한가한 동네 카페, 산책길, 도서관이었고, 또 가끔은 병원에서였다. 사춘기 때부터 사건사고가 유독 많은 위인이었다. 자처하기도 했고 말려들기도 했고 자기 손으로 스스로를 해치는 경우가 제일 많았다. 기왕이면 일 벌어지기 전에 먼저 크게 숨 한 번 쉬고 전화부터 하라고, 은우가 그리 단단히 일러 둔 후에는 병원에서 볼 일이 크게 줄었다. M은 자신이 불나방 같다고 했다. 자기 힘으로는 어딘가 먹혀들어 가는 느낌을 어쩔 수 없다고.

"그게 뭔지 난 잘 모르겠다. 그런데 나도 말이지. 자려고 누워 있으면 갑자기 밑으로 쑥 꺼지는 기분이 들긴 해. 동생이 간 다음, 며칠 꼬박 먹지도 자지도 못했거든. 그때 생각이 나. 몸도 마음도 없어지고, 내 것이 아닌 느낌. 아니, 처음부터 내 것인 게 내 안에 아무것도 없었는데 그걸 지금에야 멍청하게 알아차린 느낌."

이번에도 은우는 M의 전화를 무사히 받았다. 평온한 목소리로 "뭐 해?" 하고 시작한 통화였으나 은우는 이번에도 M의 마음속에 한바탕 폭풍이 휩쓸고 갔고 자신은 그 후 어쩔 도리 없는 황량한 흔적을 듣고 있다는 걸 알았다. 나와라, 맥주 안 마실래? 나 목이 칼칼하다.

그들은 한갓진 편의점 테이블에 앉아 맥주캔을 비우며 소소하게 시시콜콜하게 이야기를 나눴다. 마주 앉아 대화하는 내내 M의 목소리는 전화를 받았을 때와 별다름이 없었다. 그러나 은우는 아까보다는 지금이 낫고 그 폭풍은 지나가 최소한 며칠만이라도 되돌아오지 않으리라는 느낌을 받았다. 보이지 않는 전화선에 매달린 두 심장이 다시금 불안하게 제자리를 찾았다. 짙은 밤공기의 냄새를 다시 맡을 수 있었다. 맥주 방울이 입술에 맺히는 쓴맛이 따끔했다. 은우는 아슬아슬한 이 상태가 더 나빠지지만 말고, 이대로 계속되어 주길 바랐다.

은우는 부재중 통화가 두려웠다. 전화를 받지 못하면 또 돌이킬 수 없는 일이 반복되리란 미망에 사로잡혔다. 이번에는 M에게, M 스스로 맺은 끝이 올까 봐. 동시에 받기만 하면 괜찮으리라는 믿음과 덧없는 위안이 그 안에 있었다. 찰나 반짝거리는 데 지나지 않지만 그것만이 전부인 안식이.

M은 은우와 함께하는 시간을 기다렸다. 은우와 있을 때는 별것 아닌 일로도 즐거워서 자신을 괴롭히는 모든 것을 언뜻언뜻 잊을 수 있었다. 그러나 정체 모를 '그것'은 은우보다 더욱더 M과 가까웠다. 기분이 괜찮을 때는 움츠러들어 발치에 고여 있다가, 그새 불쑥 더 불어난 덩치와 무게로 덮쳐 M을 짓눌렀다. 정신없이 구명끈을 찾듯 은우의 번호를 누를 때면 비명이 혀뿌리까지 넘어오기 직전이었다. 이 끝에 은우가 있다. 어둠 속에 외줄기

너에게로 이어진 끈.

 어느 날 번호를 누르던 손가락이 갑자기 멈췄다. M은 의문했다. 나는 진심으로 은우가 내 부름을 받기를 원하나? 아니면 받지 않기를? 은우가 받으면 좀 더 이 시간을 연장할 수가 있다.(은우는 약속했다.) 그러나 받지 않으면 우린 둘 다 해방될지도 모른다.(은우는 슬퍼할 것이다. 아니면 이미 날 잊어서 받지 않았든가.)

 M은 어느 쪽을 원하는 걸까.


 화사한 꽃다발이 눈을 어지럽힌다. 장미는 비누처럼 노랗고 튤립은 쌀쌀맞게 연분홍색이고 안개꽃에서는 어쩐지 방부제 냄새가 난다. 은우는 화가 난 표정이다. M은 눈치 보듯 웃고 있다.

 "안 올 줄 알았어."

 "내가 아니면 누가 온다고. 그럼 혼자 갈 작정이었어?"

 "아냐, 사실은 와 줘서 좋아."

 M은 과장된 몸짓으로 환영을 표하고 꽃다발을 받아들었다. 이미 하얀 실험복 차림을 하고 팔뚝과 심장 언저리와 이마에 각종 전극, 튜브, 주삿줄을 주렁주렁 달고 있다. 흉터 때문에 늘 긴소매로 가리던 팔을 이젠 거리낄 것도 없다는 양 하얀 조명 아래 내놓은 채로. 믿을 수 없다는 듯 망연한 눈으로 한참 그 모습을 바라보다가 숨을 삼키고, 은우는 겨우 태연하게 물었다.

 "언제 깨어난대?"

 "글쎄. 기본 세팅은 이십 년 후지만 연구 초반이라 변수 때문에 확정할 수 없대. 내 뇌파가 적응 못 하고 혼란을 일으키면 이삼년도 될 수 있고, 반대로 몇십 년 추가될 수도 있고."

"확실하게 깰 수는 있고?"

"아마도? 일반인 임상실험은, 그것도 단기 아닌 장기는 처음인데. 아무도 모르지."

"아무도 모르는 걸 왜 해, 멍청이. 자원까지 해 가면서."

그러나 은우도 언젠가는 이런 비슷한 날이 오리라 예감하고 있었다. 상상 속 모습은 더 최악이고 더 끔찍했다. 병원 침대에서, 이제 돌이킬 수 없는 모습이 된 M. 은우마저 충격으로 때려눕혀 영원히 밝지 않는 어두운 밤 속에 파묻어 버릴 이별이 언젠가는 두 사람을 기다리고 있을지도 모른다. 그럼에도 은우는 목구멍이 불타듯 뜨겁고 아파서 겨우 토해 내듯 물었다.

"안 갈 수는 없어, 정말? 나와 여기서 함께할 수는 없는 거야? 도저히, 안 되는 거야?"

웃고 있는 M의 표정이 물에 젖은 듯 허물어질 것만 같았다. 꽃다발이 옆으로 바스락거리며 떨어졌다. 두 손바닥에 얼굴을 파묻고 M이 목소리를 쥐어짰다.

"알잖아, 여기 있을 수 없어. 내 자리가 없어. 아무리 해도 찾을 수가 없어. 내 모습이 될 수가 없어."

한번 터져 나오자 더 막을 수 없는 난폭하고 비정한 물살처럼 스스로를 비난하는 목소리가 계속 이어졌다. 매일 내 가치를 세상에 증명할 용기가 없어. 있는 그대로 있을 수가 없어. 내 존재가 수치스럽고 실패작 같다고 모두 말하는 곳에서 사라져야 해. 나도 이렇게 태어나고 싶진 않았어. 머릿속도 몸뚱이도 이젠 끝장이야. 내가 날 제일 미워하기를 멈출 수가 없어. 어떻게 해야 부서지거나 부수지 않고 견딜 수 있을까. 가고 싶지 않아. 가야 해. 그래도 가야 해. 네가 없는 곳에서 과연 내가 괜찮을 수 있을까? ……그래도 가야 해.

은우는 아무 말도 하지 않았다. 그들에게는 서로 고통을 도울 수 있는 한계가 있다는 사실을 억지로라도 받아들여야 했다. 격랑이 스치고 또 스치고 M이 거의 딸꾹질하듯 숨을 몰아쉬자 다가와서 그 손을 잡았다. 은우는 명랑한 목소리를 냈다.

"너 가면 전화 없애려고."

일그러진 M의 눈과 눈을 맞추며 은우는 웃었다.

"후회하지 말기야? 네 전화 앞으론 안 받을 거니까. 네가 가는 그곳이 괜찮으면 좋겠다. 볼 수 있으면 우리, 또 보자."

M은 얼핏 웃었다. 은우를 자신에게서 해방시켜 주는 게 M의 가장 깊은 소원 중 하나였다고는 말하지 않은 채.

은우는 떠나지 않고 실험실 바깥에서 몇몇 다른 가족들과 자리를 지켰다. 조그마한 창 너머로 잠든 자원자들이 캡슐에 들어가고 혈액이 보존액과 대체되고 냉각제가 투입되는 기계적인 과정을 아득히 바라보고 있었다. 그와 더불어 마음속 어딘가가 찌르는 듯 아프다가 조금씩 잠잠해지고 마침내 마비되는 걸 느꼈다. 여기였구나, 내게 M은 여기 있었던 거구나.

시간이 쌓였다가 흩어져 갔다.

시간은 누군가에겐 가슴 위에 묵직하게 얹힌 돌덩이였고, 온몸을 흡수하는 어둠이었고, 눈꺼풀이 떨리는 횟수였다.

M은 달리는 열차를 타고 있었다. 어느 날 갑자기 열차가 멈췄다.

\* \* \*

캡슐이 둔한 소리를 내며 열리고, M의 몸뚱어리는 바닥으로 내동댕이쳐졌다. 눈이 번쩍 뜨이는 동시에 말라붙었던 기도가 찢어지듯 기침을 내뱉었다. 온몸이 뒤틀렸다가 난폭하게 펼쳐지며 여기저기서 뻐걱대고 헐떡이고 생명을 다시 움켜쥐려 버둥댔다. M은 눈물과 콧물 범벅이 된 채 팔꿈치로 몸을 지탱했다. 뇌에 끼었던 살얼음이 녹는 느낌으로 간신히 상황이 드문드문 떠올랐다.

지금이 언제지? 여기가 어디지? 무사히 이십 년 후로 왔나? 그런데 왜 이렇게 조용하고 아무도 없지? 주위를 둘러보니 움직임을 감지했는지 어디선가 웅 하고 낮게 전원 들어가는 소리와 함께 방 안에 불이 켜졌다. M은 앉은 채 주춤 뒤로 물러났다.

냉동되기 전 보았던 최신식 실험실은 온통 먼지투성이에 여기저기 깨지고 주저앉고 상한 모습이었다. 다른 실험자들이 담긴 캡슐이 눈에 들어왔다. 총 스무 개 중 절반이 새카맣게 변색

된 상태, 절반의 절반은 혼탁하게 흐려지고 그 나머진 활짝 열린 채 먼지만 부옇게 쌓여 있었다. 끈적해진 보존액 속에 뭔가 둥둥 떠다니는 걸 봐 버린 M은 방 한구석에서 위액만 조용히 게워 냈다. 조금도 여기 더 있고 싶지 않았지만 다리가 벌벌 떨려서 M은 한참 후에나 일어설 수 있었다.

연구동 전체가 텅 비어 있었다. 그냥 이 건물 하나만 버려진 상황이 아닌 것 같다고 M은 직감했다. 옆방을 뒤져 다 낡은 옷가지와 점퍼를 찾아 입고는 입구로 나왔다. 자동문이 열리는 순간 불어닥친 누렇고 매캐한 바람에 M은 괴롭게 기침하며 다시 안으로 도망쳤다. 문 옆 캐비닛에 방독면을 닮은 커다란 전면 마스크가 줄지어 늘어서 있었다. 개중 멀쩡한 것들을 가방에 챙기고 얼굴에도 하나 덮어쓰고는 밖으로 나섰다.

먼지바람이 한바탕 쓸고 지나가길 기다린 후 M은 겨우 바깥을 볼 수 있었다. 놀랍게도 거리 풍경은 M이 잠든 시절과 거의 다를 바가 없었다. 넓은 유리로 된 쇼윈도와 높은 빌딩들, 전광판, 도로. 전부 연구동 안처럼 무너지고 갈라지고 사람이라곤 그림자도 보이지 않았지만. 지금이 언제쯤인지도 몰랐으나 이십 년을 채우지 못하고 깨어난 모양이다.

M은 도로에 굴러다니는 종이상자와 찌그러진 캔 같은 허섭스레기를 발로 차며 천천히 나아갔다. 멀리 갈 것도 없었다. 영화에서 수도 없이 본 버려진 도시 광경이 눈앞에 끝없이 펼쳐지고 있었고, M은 이게 무슨 상황인지 눈치챌 수 있었다. 고개를

들어 하늘을 보았다.

 부연 먼지와 부유물 속에서 해가 있는 위치가 어렴풋이 노랗게 밝은 기를 띠었다. 한때 M과 함께 이 땅에서 살아가던 동료 인간들은 이제 이곳에 없다. M이 도착한 곳은 아무도 없는 별이다.

 며칠간은 상황에 적응하느라 필사적이었다. 모래바람을 피하면서도 사방이 무너질 때를 대비해 빠져나갈 길이 확보된 은신처를 찾고 생필품을 그러모아야 했다. 쉬운 작업은 아니었지만 좌절스럽지도 않았다. 사람들이 오래 다투다 공멸했다기보다는 마치 증발한 듯, 혹은 서둘러 단체로 옮겨 간 듯 생활의 흔적이 고스란히 남은 장소가 많았다. 마치 삶의 중간을 시간이라는 가위로 잘라 낸 M의 기억처럼. M은 누군가의 지하실과 방공호를 뒤졌고 용케 약탈을 견딘 편의점과 슈퍼를 찾아 자신만의 신세계에서 지도를 그려 갔다.

 비는 미적지근하고 흙냄새가 났다. 그러나 받아서 이물질을 가라앉힌 후 끓이고 몇 번 걸러 내면 못 마실 것도 아니었다. 모르겠다. 이 공기와 비와 모래와 버려진 플라스틱이 모두 작당하고 서서히 M을 죽여 가는 중일지도. 그러나 M은 지금 살아서 움직이고 있고 그게 중요했다. 하루하루 버티며 입에 넣을 것만 걱정하고 신경 쓰고 몸이 부서지도록 이동하고 밤에는 죽은 듯 곯아떨어진다. 지금까지 겪어 온 중 가장 자기자신과도 세상과도 불협화음을 일으키지 않는 나날이다. 살아 있다. 물을 잘못 마셔서 밤새 구토와 설사로 시달리고 탈수 증상에 기력이 없어 몇날 며칠을 궁하게 누워서도 생각만큼은 여느 때보다 강렬했다. 살아 있다고. 그 하나로 가치를 느껴 본 경험은 처음이라고.

예고도 없이 또다시 비가 쏟아졌다. M은 통조림과 물병으로 가득한 가방을 어깨에 추스르며 모자를 깊이 눌러쓰고 뛰기 시작했다. 문득 걸음을 멈췄다. 예전 시대에서도 보기 힘들던 물건이 시선을 단단히 사로잡았다. 공중전화 부스였다.

전화기 몸체는 반쯤 부서진 채 수화기는 떨어져 대롱대롱 매달려 있어서 멀쩡해 보이진 않았지만 괜히 반가워 웃음이 났다. M은 부스 안으로 뛰어 들어가 수화기를 귀에 댔다. 바로 어제 일처럼 당연히 기억하는 전화번호를 눌렀다.

"여보세요."

멍한 침묵만 맴도는 수화기에 말을 건넸다.

"기다렸지? 늦어서 미안. 난 무사히 여기 도착했다. 있을 만한진 모르겠지만 아직까진 괜찮아. 너는?"

표면이 울퉁불퉁하게 깨진 수화기를 자꾸 어루만졌다. 마지막에 본 게 네 얼굴이어서 다행이다. 은우야, 은우야.

"나 여기 있어."

텅 빈 전화기 속 소리. 성마르게 떨어지는 빗소리.

전화선처럼 가늘고 끝이 보이지 않는 우리의 생과 사.

세상이 몇 년도에서 멈췄는지, 그 후로 몇 년이 지났는지 일부러 찾아보지도 알려 들지도 않았다. 벽에 남은 포스터 쪼가리나 신문 뭉치에 찍힌 연도를 봐 봤자 피부로 느껴지지 않았다. 은우는 없다. 지금 여기에 없다. 세상이 이렇게 되어 버려 다른 사람들과 함께 여기 아닌 다른 곳으로 도망쳤을까, 아니면 그 전에 죽었을까, 그 후에 죽었을까, M은 이제 알 도리가 없다. 그러므로 애써 더 생각하지 않는다.

그저 시간이 흐를수록 꼭 어제 같은 과거 속, 웃으면서도 늘 초조하게 전화기를 쥐고 만지작대던 은우의 그 모습만 가슴속에 후비듯 선명해진다. 너도 어디에선가 편안하기를, 그곳이 어느 곳이든 어느 시간대이든 네 삶이 안식을 찾았기만을 간절히 빌었다.

발로 걷기도 하고 타이어가 반쯤 터진 자전거를 타기도 하고 나중엔 자동차도 염두에 두며 M은 이동했고, 지도를 차차 넓혀 갔다. 산, 산에 가야 한다. 높은 곳에서 내려다보면 지금 세상의 모습을 좀 더 잘 알게 되리라. 그래서 일단 눈에 보이는 제일 높은 산을 오르기로 했다. 수건을 입가에 두른 후 방독마스크를 쓰고, 튼튼한 겉옷과 등산화를 구해서 양말을 구겨 신고, 생필품을 모아두는 아지트에서 배낭을 채워 와서 산을 타기 시작했다.

도시의 가로수와 풀은 전부 누런 먼지를 뒤집어쓴 채 바싹 탄 모습이었는데, 산속 깊이 들어오자 드문드문 생생한 녹색이 퍼져 있었다. 버석 하고 덤불을 밟자 무언가 술렁이며 움직이는 기척마저 느껴졌다. 다행이다. 생명이 아주 떠나 버린 건 아닌 모양이다.

산행은 익숙하지 않은 데다가 마스크를 덮어써서 시야도 좁아져 걸음이 무거웠다. 등줄기에서 땀이 흐르고 지팡이 대신 손에 쥔 나뭇가지가 물집 틈으로 자꾸 미끄러졌다. 산에서는 밤이 일찍 찾아온다는 것도 잊고 있었다. 생기 없는 누런 하늘에는 아직 어렴풋이 빛이 남았는데도 땅이 금세 어두워져서 계속 미끄러지고 넘어졌다. 왜 이렇게 힘들여 산을 오르고 있는 걸까.

어쩌면 절망을 눈으로 확인하고 싶어서일지도 모르겠다. 세상은 아마도 끝났다. 나프탈렌 향이 풍기던 꽃다발과 잡아 주던 손끝의 촉감만 어렴풋이 남긴 채……. 사라진 것들을 제대로 눈으로 확인하고 나면 M도 그간 미루어 왔던 일을, 평생 실패만 한 자신을 끝내려는 시도를 여기서 완성할 수 있을지도 모른다. 이젠 나도 떠날 수 있을까. 근처에서 물소리가 들려왔다.

말라죽은 뿌리와 덩굴을 피해 가며 작은 개울에 도착하자마자 M은 마스크를 벗어 던지고 물부터 입에 댔다. 몇 번이나 벌컥벌컥 들이켜서 가슴 속을 헹궈 냈다. 그러나 목구멍 속 비린내는 가시질 않았다. 춥고 어둡다. M은 지칠 대로 지쳐서 잔뜩 웅크리고 배낭을 괸 채 눈을 감았다.

영양 부족인 몸으로 무리해서 움직인 끝에 체온을 뺏기자 으슬으슬 아프기 시작했다. 앓는 틈을 타 꿈이 이빨을 들이댔다. 꿈에서도 정신없이 무거운 팔다리로 허우적거리며 M은 도망치고 있었다. 학교 계단, 상가 계단, 아파트 계단, 예전 세상에서 수없이 올랐던 계단을 빙글빙글 돌면서 올랐다. 뒤쫓는 숨소리가 계속 목덜미에 상한 냄새를 뱉으며 M을 잡으려 차디찬 손가락을 휘감았다. 발바닥이 계단에 쩍 쩍 들러붙어 검은 거죽을 남겼다. 옥상에 다다르니 더 이상 갈 곳이 없다. M은 주저없이 난간을 훌쩍 뛰어넘어 몸을 던졌고, 발밑에는 까마득한 어둠이, 쩍 벌린 아가리가 기다리고 있다.

몸서리치며 눈을 뜨니 새벽이 오는 모양이었다. 속눈썹 틈새로 금색 빛이 얼기설기 스몄다. 욱신거리는 전신에 식은땀을 흘리며 M은 벌떡 일어나 다시 정신 나간 사람처럼 걷기 시작했다. 이제 머지않았다. 세상과 자신의 끝이 이 앞에 있다. 괜히 조급해져서 두어 걸음 후에는 겅중겅중 뛰어서, 이윽고 터질 듯 숨을 몰아쉬며 비탈길을 올랐다.

갑자기 눈앞이 확 트이며 끝없는 하늘과 허공이 온몸을 압도했다. 정상에 도착했다. 피가 머리로 쏠린 듯 뜨겁고 격한 감정이 울컥 끓어올랐다.

"아무도 없어요?"

토하듯 고함을 쳤다. 하늘에 부딪친 메아리가 뜨문뜨문 돌아왔다.

'없어요 —'
'어요 —'

"정말 아무도 없어? 아무도?"

'없어 — 아무도 —'

'무도 —'

조금씩 동이 터 오는 거뭇거뭇한 하늘 아래, 아직 어둠이 차분히 내려앉은 도시가 보였다. 오래된 자가발전기가 돌아가는 건물 몇몇만이 사금파리처럼 빛날 뿐, 문명은 멈춰 서서 인간의 기억을 잊어 가는 중이었다. '없어', '없어' 하고 마지막 메아리가 파르르 떨며 돌아왔다.

얼굴을 때리는 찬 바람을 맞으며 M은 한참이고 산 아래를 내려다보았다. 갑자기 실감이 났다. 여기 남은 건 잔해뿐이고 자신은 혼자, 단 혼자뿐이라고. 뜻밖의 안도감이 찾아와, M은 다리가 풀려 천천히 무너져 앉았다. 아무도 없다.

평생 함께 한 악몽에서 M은 늘 걸어다니는 늪 같은 것들에게 쫓겼고 좁은 곳, 위험한 곳, 가파른 곳, 높은 곳으로 내몰렸다. 제대로 달아날 수 없어서 마지막엔 항상 뛰어내려 산산조각 나는 결말이었다. 그런데 왜 M보다도 먼저 세상이 가 버린 걸까. 저곳엔 이제 아무도 없다. 시선도, 가두는 틀도, 비난과 실망과 분노도 없다. 이제 아무도 M을 비난하거나 미워하고 진절머리 내며 모욕하지 않는다. 더 이상 도망치지 않아도 되는 걸까.

M은 생전 처음이자 마지막인 것처럼 혼자이고 또 자유롭다. 너무 자유로워서 무섭고 그래서 눈물이 차올랐다. 울컥 토할 듯이 가슴이 답답해 M은 고개를 쳐들고 입을 크게 벌렸다. 그러나

대신 심호흡이, 발끝부터 온몸을 돌아 쥐어짜듯 터져 나왔다.

태어나 첫 숨이 트인 것처럼.

억눌러 왔던 심호흡을 몇 번이고 했다. 먼지바람으로 가득 찬 도시에서 올려다보던 누런 단추 같은 해가 아니라, 붉고 거대한 불덩이가 지평선을 이글이글 태우기 시작했다. 부서져 가는 성냥갑 같은 도시가 밀물 치는 새벽빛 속에 잠긴다. M은 그 황량한 해돋이를 온몸으로 맞으며 넋 나간 듯 멍하니 지켜보다가, 겨우 생각했다.

'나는 드디어 유일하고 완전해질 수 있을까.'

여전히 불안과 고통으로 가슴이 너덜너덜하고, 혼자 버텨 내야 할 내일이 너무 두렵다. 막막해서 계속 눈물이 났지만 괜찮으리라.

단 며칠이라도 좋다. 나의 도시, 나의 오래된 폐허에서 한순간이라도 나를 찾아 살 수 있다면. 마침내 M은 일어났다. 새롭고도 오래된 별, 그 위를 자신의 두 발로 굳이 새겨 한 걸음 한 걸음 떼기 시작했다.

은우가 보고 싶다. 전화를 걸어야겠다.

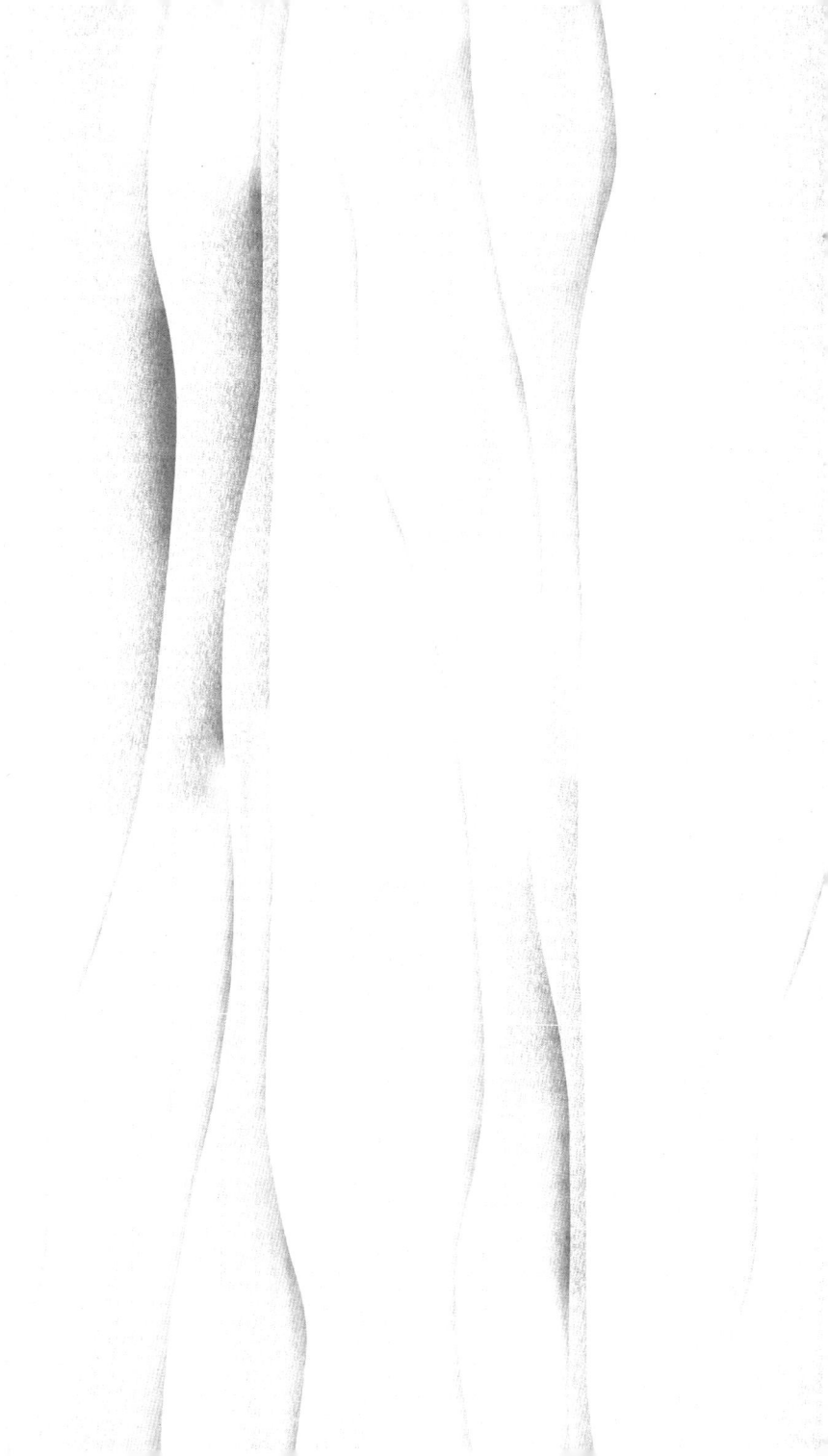

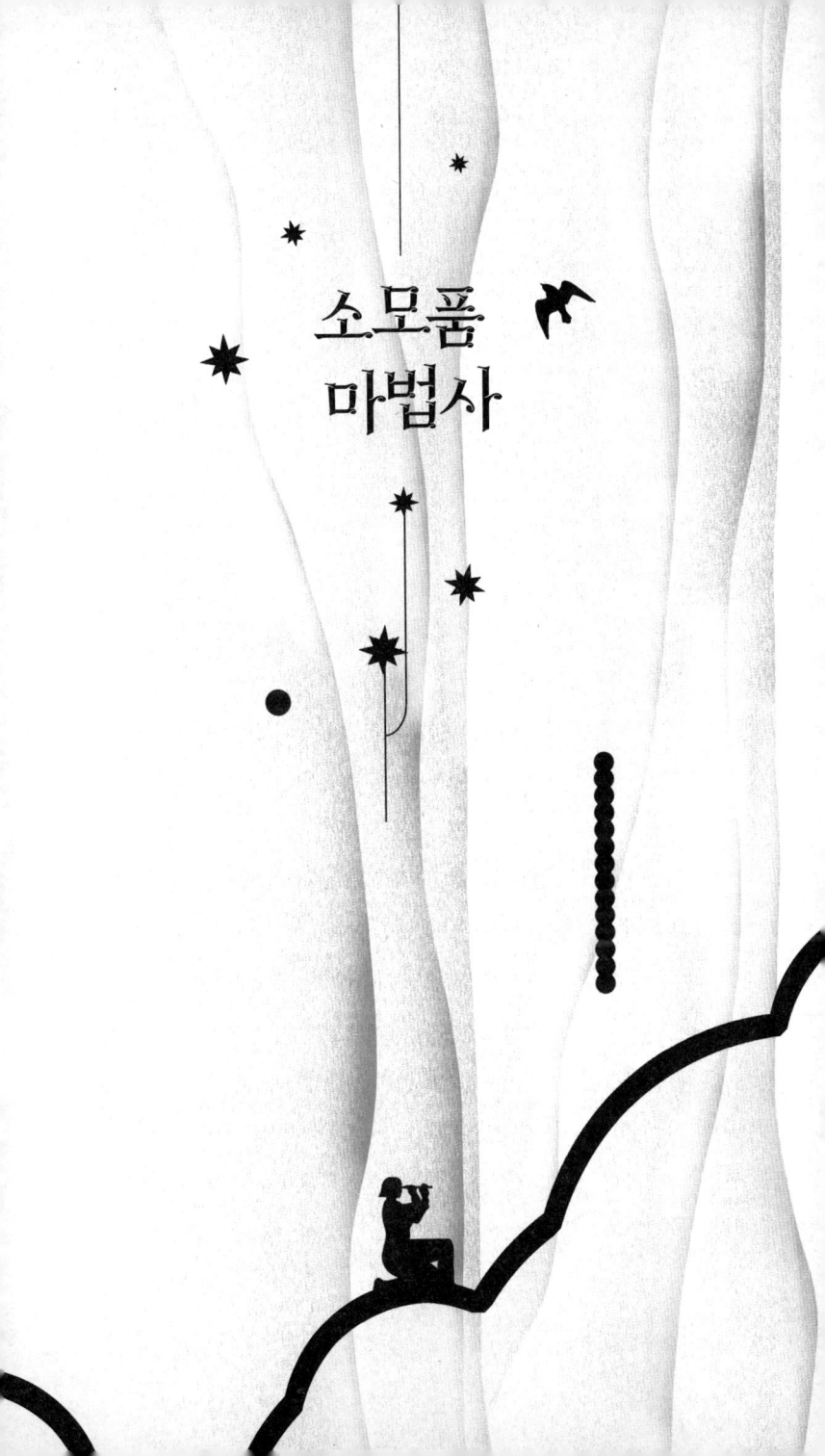

하급 마법사 양성소의 교사, 다네트 씨는 언제나 욕을 퍼붓고 고함을 질러 댔다.

"멍청이들, 굼뜨고 재수없는 것들! 주제를 알아라. 어차피 다 돌대가리들뿐이야. 이런 흉내 좀 배운다고 뭐라도 될 줄 알지? 어림도 없어! 너흰 대단한 일 따위 못 해. 지금도 앞으로도 쓸모없고 별 볼 일 없는 인생이나 살 거다."

왜 그렇게 그이가 늘 화가 나 있었는지는 아무도 알지 못했다. 우리는 고향에서 영문도 모른 채 가족들과 헤어져 검사관이란 사람들 손에 이끌려 온 양성소에서 하루하루 고된 일과를 버틸 뿐인데. 새벽 동이 트기 전에 일어나 세수를 하고 씻고 기도를 했다. 멀건 죽 한 사발 들이켠 후 거칠거칠한 의복으로 갈아입고는 그저 해가 질 때까지 수업을 듣고 공부를 하고 책을 외우고 연습을 했다.

그 과정에서 우리에게 있던 어린아이다운 웃음이나 무르고 부드러운 면은 전부 깎여 나가, 일 년쯤 지나면 생기 넘치던 아이들도 전부 양성소를 둘러싼 지루한 회색 벽처럼 딱딱하게 메말라 버렸다. 그러다 보니 어렴풋이 이해가 가는 것이다. 대단한 일 따위 못 하고 별 볼 일 없이 사는 것은 다네트 씨 본인이라고 우린 뒤에서 숙덕거렸다. 그리고 우리 역시 좁다란 회색 벽에 갇혀서 다네트 씨가 간 길을 고스란히 따라가고 있다고. 매일 한 발짝 한 발짝씩.

지금도 생생하게 기억난다. 새벽 녘 소름 끼치게 차갑던 물이 손등으로 쏟아지던 느낌, 지푸라기가 깔린 방에 스무 명쯤 끼여 자던 여자애들의 기침 소리와 숨소리, 높게 뚫린 창에서 오후에 잠깐씩 스미던 하얀 햇빛. 꿈속에서도 귓가에 속삭이던 목소리. 너희는 별 볼 일 없을 것이다.

*　*　*

"일어나, 에롤. 어서 일어나!"

가볍게 어깨를 흔들던 손놀림이 점점 더 거세어졌다. 느낌상 조금도 깨고 싶지 않은 시간이라 무시했지만 더는 참기 힘들다. 모래가 낀 듯 뻑뻑한 눈을 겨우 떠 보니 니브가 뺨 때릴 기세로 손을 들다가 멈추는 게 보였다. 제때 눈을 떠서 다행이다.

"얼른 행장 챙겨! 일이다."

"이 오밤중에? 닭도 안 울었잖아."

"급하니까 어서 준비부터 해. 나가면서 멜이 설명해 줄 거야."

"무슨 일인데 이 소동이냐니까?"

성질을 부리니 니브는 눈살을 찌푸리며 지팡이와 무릎 보호대를 내 품에 내동댕이쳤다. 누비갑옷을 여미던 큰 힐라가 대신 대답했다.

"갈스탄 도련님이 도망쳤다. 추적해서 잡으란 명령이야."

삽시간에 정신이 들었다. 내 눈에서 잠기운이 사라져 또렷해진 걸 본 듯 우르다인지 작은 힐라인지 누군가가 빈정거렸다.

"왜, 마음이라도 아파? 너 그 도련님하고 친했나 봐?"

"친하긴, 얼어죽을. 오며 가며 몇 번을 봐도 내 이름 하나 모르더만."

보복으로 신발짝을 우르다하고 작은 힐라 둘 다에게 집어던졌다. 썩을 계집애들. 욕지거리를 들으며 급히 준비를 마치니 문을 벌컥 열고 멜이 위세 좋게 들어섰다. 멜이 실질적으로 우리의 십인장(十人長)이나 다름없어서 우리는 그 앞에 도열해 섰다. 위아래로 우리를 훑어본 후 멜이 고갯짓했다.

"도련님, 아니 '짐짝'은 동북쪽으로 이동 중이다. 말 두 마리는 청동 골무가 잡았으니 아마 걸어서 도주할 거다."

멜의 등 뒤, 열린 문밖에서는 목이 멜 정도로 진한 어둠이 검푸르게 고여 있었다. 창백한 별이 산의 이마에서 반짝였다.

* * *

검사관이 열 살도 안 된 내 손을 위로 들어 올렸을 때, 부모님의 얼굴은 파랗게 질렸다. 내 손목에서 푸르스름한 문양이 반짝였다. 시약 반응이었다. 시커먼 두건을 쓴 검시관이 당근이나 순무를 세듯 무감정하게 선고했다.

"마법 소질, 하."

어머니가 매달리듯 그자의 소매를 붙들었다.

"그게 무슨 소린가요. 우리 애가 마법사가 되어야 한다는 건가요? 마을에서 떠나라고요? 아직 이렇게 어린데, 이런 애가 대체 뭘 할 수 있다고요!"

왕이 보낸 법관이 지방도시를 순회하는 삼사 년마다 가끔 한 번씩 검사관도 동행해서 작은 시골 마을 곳곳에 나타나곤 했다. 내 부모님도 여러 번 보았을 것이다. 검사관이 마을 어린애들을 모아 마법의 소질이 있는지 조사하고 그때마다 몇몇 부모와 가족들이 놀라고 당황해 묻는 모습을. 계속 봐 왔으면서도 자신의 차례가 닥치면 되풀이할 수밖에 없는 것이다. 그러나 역시 수없이 같은 장면을 거친 검사관에게 쥐어짤 친절이나 동정심 따위는 남아 있지 않았다. 똑같은 질문들, 똑같은 대답들.

"마법사 소질이 있는 아이들은 모두 교육 기관에 보내 양성한다. 왕령이다."

"하급이라면서요! 그럼 별 재주도 없는 것 아닌가요?"

필사적인 아버지의 물음에 이상하게도 내 마음속에 돌이 던져지듯 쿵 소리가 들렸다. 검사관이 조금 딱하다는 듯 대답했다.

"할 수 없지. 미약하다 해도 왕국에 바쳐야 할 능력을 타고났으니. 더 큰 힘을 가졌다면 좀 나았겠지만, 이것도 이 애 운수인 것을."

"하지만, 마법의 시절은 다 끝났잖습니까! 용도 다 사라지고 마력 전쟁도 끝난 마당에! 어째서 이런 둔하고 재능 없는 시골 아이까지 끌고 가야 하는……!"

그만하라는 듯 검사관이 아버지 어머니를 쏘아보았다. 검은 두건 속에 감춰진 피부는 낡은 양피지처럼 쪼글쪼글하고 눈빛은 차가웠다.

"그 때문이지. 용은 죽어도 인간의 전쟁은 끝나지 않으니까."

그 눈으로 검사관은 나를 향했다. 저절로 몸이 떨렸다. 커다란 것들이 지나간 후 사소한 내 삶에서도 무언가 완전히 끝나간다는 것을 작고 어리석은 머리로 어렴풋이 느끼고 있었다.

"이 애에게 이름이 있나?"

"에롤, 에롤입니다. 할아버지가 학당의 선생이라 지어 주셨습니다."

"그래, 앞으로도 에롤이라 부르기로 하지."

평생 마을 밖을 나갈 일이 별로 없어 이름도 제대로 안 붙은 여자애들에 비하면 나는 가진 게 하나라도 있는 셈이었다. 그날 아침만 해도 게으름뱅이 계집애라고 욕하며 날 두들겨 깨우던 어머니는 흙바닥에 엎드려 울고 있었다. 아버지도 침통한 표정으로 손만 쥐었다 폈기를 반복했다. 나는 가만히 서 있었다. 다행이라는 눈빛으로 우리를 둘러싼 마을 사람들, 익숙한 돌과 흙벽, 기울어진 파란 하늘, 축사에서 불어오는 쿰쿰한 바람, 문짝이 휘어진 우리 집. 이 모든 것을 다시 못 보리란 생각을 하면서.

\* \* \*

북쪽 성문을 빠져나오니 벽에 피가 흩뿌려진 흔적이 있었다. 횃불을 든 병사들이 웅성거리다가 우리를 보고 아는 척했다.

"브레대(隊), 수고해라!"

"썩을. 너희는 제대로 경비도 안 서고 뭐 한 거야! 보나마나 술 퍼먹고 농땡이 쳤겠지, 젠장."

"에이, 앙살 떨긴. 너네 이런 일 하라고 영주님이 바지 입혀서 봉급까지 주시잖아."

정작 식량이나 축내는 빈대는 자기들이면서 브레대라고 깔보고 거드름 떨어 대는 꼴도 이젠 지겹다. 방금까지 지푸라기 잠자리일망정 곤히 잠들어 있던 몸에 차디찬 늦겨울 바람을 맞으니 뼛속까지 부들부들 떨렸다. 오십인장이자 지금은 성과 마을의 경비를 맡은 헤보 대장이 맨틀을 걸친 자와 두런두런 대화 중이었다. 임시 마법사장이자 청동 골무인 줄린이다. 지금 성에 남은 마법사야 고작 줄린과 나, 둘뿐이지만. 멜이 다가가자 그들이 경위를 설명했다.

"다섯 명이 침입했어. 벽을 타고 올라와서 갈스탄 도련님을 빼내 내려오다가 홀에서 야간 보초와 마주쳤지. 보초를 쓰러뜨리면서 그쪽도 한 명 부상을 입고 북문으로 도주. 대기시켰던 말 두 마리에 도련님과 호위들을 먼저 보내려 했던 모양이야. 그런데 마법사님이 '공포'로 말 다리를 묶었지. 결국 부상자는 버린 채 도련님까지 총 다섯 명이 도보로 달아났다."

"어디로 가려는 걸까요?"

"최대한 멀리까지 간 후 계속 말을 갈아타려 했겠지. 본토까지 갈 작정으로."

"그럼 계획을 변경했겠군요. 걸어서 부친의 영지까지 가려면 너무 머니까, 근처 동맹 영지로."

"제일 가까운 곳은 시스쿼린 남작 소유인 에스포르다. 주의해라, 그쪽에서 마중을 나올 수도 있으니."

식료품 관리가 나와 우리들에게 흑빵과 치즈, 포도주가 담긴 부대를 하나씩 나눠 주었다. 나는 하얗게 서린 입김 속에서 겨울 하늘을 올려다보았다. 우리가 뚫고 가야 할 드넓고 차가운 들판을 쳐다보지 않으려 애썼다. 잠이 덜 깨 만사 귀찮은 표정인 헤보 대장이 멜의 어깨를 툭 쳤다.

"맡긴다, 메리달린. 영주님께도 말씀 잘 올리마."

멜은 눈썹만 찌푸릴 뿐 토를 달지 않았다. 눈짓으로 신호하자 우리 브레대, 여덟 명은 일시에 미끄러지듯 행보를 시작했다. 성문 위에 걸쳐진 깃발이 나부끼며 영주 에르지의 문장인 새벽별과 사냥개가 나타났다 사라졌다 했다.

마을을 벗어나자 빠르게 달리던 우리는 속도를 늦춰 종종걸음을 쳤다. 외곽에 드문드문 서 있던 축사와 양치기 오두막, 농기구 창고의 간격이 점차 넓어지며 광활한 벌판과 구릉이 이어졌다. 냇물은 다 녹았지만 아직 눈이 여기저기 뭉쳐 있고 길은 진흙으로 지저분했다.

"숲으로 들어가 버리면 골치 아플 텐데."

"그럴 일은 없어. 롬브 숲은 여기 토박이도 헤맬 정도잖아. 짐짝을 모시고 있으니 좀 덜 위험한 길로 가고 싶겠지."

"어이, 자투리 골무! 사람 찾는 마법인지 뭔지는 잘하고 있어?"

지팡이를 쥔 내 손에 힘이 꽉 들어갔다. 늘 시비를 걸지 못해 안달인 우르다의 싱글거리는 얼굴을 때리지 않기 위해 나는 최대한 침착하게 대답했다.

"추적 마법이야. 상대방이 사용하던 물건을 지닌 채 가까워지면 알 수 있지."

골무라 불러도 상관없지만 자투리 소리는 빼라고 말해 봐야 소용없다. 그저 내가 자존심 상해서 분에 겨워 날뛰는 꼴을 보고 싶어 할 뿐이니까. 인간이란 다 비슷비슷하지만 유독 비열해지고 싶은 욕구를 참지 못하는 부류가 있다는 사실을, 다네트 씨는 내 나이 열 살 때 충분하고도 남게 머릿속에 박아넣어 줬다. 큰 힐라가 궁금해했다.

"도련님 물건? 어떤 거?"

"줄린 님이 가져다주셨어. 기도서에서 찢어 낸 한 페이지."

어찌나 안 읽었는지 거의 새것이나 다름없지만. 매일 저녁 읽는 시늉을 하느라 한참 무릎 위에 두고 멍하니 시간이나 같이 때운 물건이니 괜찮겠지. 앞장서서 가던 멜이 여전히 전방에서 눈을 떼지 않은 채 말했다.

"헤보 대장이 가도를 감시한다 했다. 그러니 큰길도 안 되고 숲도 안 되고, 너무 빙 둘러 가지 않으면서도 안전한 길은 얼마 없어. 지원을 얻기 전에 빨리 따라잡자."

"그깟 짐짝 따위 없어지면 어때. 자기 집으로 돌아가 엄마 품에서 울든 말든 내버려 둘 것이지."

"안 돼. 그런 비리비리한 인물이라도 정적의 볼모다. 힘을 견제하기 위해 아들을 십 년간 우리에게 맡기도록 한 동맹회의를 위반한 셈이야. 그것도 영주와 제후들이 전부 왕의 전쟁에 소집된 동안 몰래 빼 간다니, 안 될 말이지. 영주님 안 계신 동안 성 관리는 마님 소관이기도 하고."

이자넬 마님의 집안이 갈스탄의 집안과 대대로 사이가 안 좋다는 건 우리도 대충 들어 알고 있었다. 원수의 핏줄을 지붕 아래에 들여 비록 방 밖으로는 한 발짝도 나갈 수 없는 인질 상태긴 해도 밥벌레처럼 먹여 주고 재워 주며 대접했더니 이따위 배은망덕이라. 이자넬 마님이 우아한 모습으로 이를 가는 장면은 쉽게 상상할 수 있었다. 그렇게 들볶아 댔으니 헤보 대장도 줄린 님도 그 새벽부터 나와서 법석이었겠지. 결국 고생하는 건 만만한 우리 메리달린네 부대지만.

"초반에 거리를 좁혀야 해. 이제 입들 다물어라."

멜이 단호하게 지시했다. 마지막으로 종알거리던 큰 힐라의 한마디가 더 선명하게 떠돌았다. "멍청한 짐짝이라도 딴에 아들자식이라고 찾아 주기도 하네." 바람이 그 말을 씻어 간 후에 우리는 수도승처럼 완전한 침묵 속에 발만 부지런히 움직였다.

의미도 목적도 없는 추적이 계속되니 몸보다 마음이 먼저 지쳐 갔다. 우리는 길 위에 있고, 길 위에 있을 것이다. 움직이고 있는 우리의 목표도 그럴 것이다. 말을 탈 수 있다면 피차 빠르고 편하게 판가름이 날 텐데, 전쟁에 동원되느라 어떤 영지든 멀쩡한 말과 병사들이 죄 동났으니 상호 헛고생 중이다. 농사에 쓸 말도 부족해서 노인과 어린애들이 농기구를 끌고 움푹 팬 등허리에 짐을 실어 나르는 판국이다.

지치지 않기 위해 나는 자꾸 생각에 빠져든다. 마음속에 작은 벽을 둘러 쌓고 거북이처럼 엉금엉금 기어들어 가는 것. 그렇게 자신을 지키는 법을 양성소에서 이미 배웠다. 다네트 씨의 가르침에는 늘 모욕이 뒤따랐다.

"너희들은 고향에 있어 봐야 똑같이 쓸모가 없었을 거다. 그나마 타고난 쥐꼬리만 한 재능에 악착같이 빌붙으려무나. 더 나은 인간? 아하! 물론 가능성은 있지. 귀족 댁이나 대지주 자제분은 재능을 눈곱만큼이라도 더 뽑아 보려고 정식 마법학교에, 심지어는 수도에 있는 대학까지 보내 주거든. 교수들이 달라붙어 어떻게든 한 방울 더 쥐어짜 주니까. 엄청나게 비싼 한 방울이지. 그럴 돈 없으면 애초부터 백 년에 한 명 타고날까 말까라는 '상급'으로 태어나든가. 둘 다 아닌 너희들은 그저 그런 쭉정이 인생이라고 결정 난 거야. 이제 좀 분수를 알겠니?"

그게 사실이란 걸 희미하게 알 나이였기 때문에 더 뼈 아팠다. 울거나 빈틈을 보이면 다네트 씨는 신이 나서 춤이라도 출 지경이 됐다. 자신의 악담만이 진리인 양 집요하게 괴롭혀 댔다. 매일같이 이어지는 폭언과 체벌.

"내게 감사하거라. 아무도 너희 주제를 제대로 알려 주지 않으니까. 흥, 대체 쓰고 버릴 것에 누가 신경이나 쓴다고! 마법사를 왜 '골무'라 부르는지 아니? 특히 너희처럼 처음부터 한계가 빤한 하급 마법사 말이다. 골무가 어디에 쓰이지? 골무는 어디 있지? 손가락과 바늘 사이. 그래, 너희가 할 일이 그거다. 전장에서 기사들 화살받이나 해서 시간 벌어 주는 쓰임이 고작이라고."

그러나 골무도 다 같은 골무가 아니었다. 타고난 마력부터가 적어 금방 바닥나는 하급마법사, 그래서 양성소에서 떠밀려 온 신입으로 금방금방 대체되는 이들은 평범한 천 골무이며 소위 말하는 자투리 골무이다. 그보다 능력이 조금 낫다면 가죽 골무, 청동 골무 순으로 불렸다. 보통의 하급 골무도 오래 갈고닦으면 여기까지 올라갈지도 모르겠으나 그런 기회는 잘 주어지지 않는다. 그렇기 때문에 자투리 골무겠지.

그 위에는 물론 은 골무와 금 골무가 존재한다. 검사관의 조사에서 최소 중급 이상으로 판정받은 특별한 자들. 타고난 능력만도 대단한데 더 운 좋게 강한 비호와 후원까지 주어져 엄격한 학업과 수련을 마친 고급 마법사들 말이다. 청동까지는 대지주와 영주도 고용할 수 있으나, 은이나 금의 경우는 왕족과 대공을 위한 존재였다. 그 격차가 너무 아득하게 멀어서, 나로서는 절망조차 사치였다. 너희는 무가치하다는 다네트 씨의 비관에 길들여져서 그저 덤덤할 뿐.

양성소에서 보낸 사 년이 내가 받은 교육의 전부였다. 농가의 아이들 대부분은 까막눈인 채 평생을 살아가니 이마저도 과분하다. 평생을 이 작은 재능에 만족해서 그럭저럭 살아가는 것도 괜찮았을 것이다. 내 안에 그렇게 증오와 분노가 날뛰지만 않았다면. 양성소를 떠나기 며칠 전, 난 그 원흉을 찾아갔다.

칼을 품은 채 한밤중에 다네트 씨의 방문을 열었다. 수도원 같은 을씨년스러운 좁은 방 안에서 다네트 씨는 짚침대에 푹 파묻히듯 똑바로 누워 있었다. 옅게 들리던 코 고는 소리가 멈추더니, 어둠 속에서 다네트 씨가 눈을 떴다. 창으로 스미는 달빛에 어슴푸레 눈이 익자 바로 곁에서 칼을 겨눈 채 빤히 내려다보는 나를 알아본 모양이다. 잠꼬대 같은 희미한 소리가 나왔다.

"버르장머리 없는 계집애가……."

"난 더 나은 인간이야. 당신이야, 잘못된 건 당신이라고!"

멋대로 입이 움직여 사 년간 들어 온 조롱과 모욕을 도로 쏟아 내기 시작했다. 속에서 끓어올라 도저히 멈출 수 없었다. 다네트 씨는 누운 채 표정 하나 안 변하고 그 독한 말들을 다 듣고 있었다. 내가 숨이 막혀 헐떡이자 그제야 입을 뗐다. 교실에서와 똑같이 카랑카랑하고 괴팍한 음성으로.

"다 끝났나? 이 오밤중에 용건이 그것뿐이야? 하여간 싹수부터 무례하고 무식하니 이 꼴이지."

"아직 안 끝났어! 당신만 아니었으면 난 더 괜찮은, 더 착하고……, 더 너그럽고, 더 똑똑하고…… 그런 사람이……."

"아까운 밥 축내고 뭘 징징대고 있냐! 멍청한 것들, 이제 지긋지긋해!"

그러면서 다네트 씨는 칼까지 저리 치우라고 팩 뿌리치는 몸짓으로 일어나 앉았다. 그 기세에 나는 뒤로 주춤했다. 한밤중에 아무것도 없는 삭막한 자기 방에 혼자 앉은 다네트 씨는 쪼그라든 중늙은이 부인으로 보였다. 목까지 주름이 졌고 숱 적은 머리를 풀어 놓고 보니 반백으로 푸석푸석했다. 그럼에도 나는 여전히 그 앞에서 꼼짝할 수가 없었다. 끝까지 초라한 내 모습에 분해서 이가 갈렸다. 다네트 씨는 그럴 줄 알았다는 듯 코웃음을 쳤다.

"나한테 화풀이 말고 네가 살아가며 스스로 물어봐라. 네가 글러 먹은 머저린지 아닌지! 썩 꺼져! 너 같은 둔한 무지렁이들

오십 명에게 아침부터 밤까지 시달리는데 잠까지 방해받다니, 내 신세도 더럽지. 빨리 꺼져!"

점점 더 화가 북받치는 듯 다네트 씨는 앉은 채로 발을 구르다가 벌떡 일어서려 했다. 산발한 머리를 곤두세운 채 길길이 뛰는 그 사람을 보니 갑자기 두려움이 치밀었다. 다네트 씨가 아니라 내가, 내가 앞으로 그 사람처럼 될까 무서웠다. 차디찬 소름이 쪽 돋았다. 황급히 방을 뛰쳐나오는 내 등 뒤에 대고 다네트 씨가 높이 비웃어 댔다.

"앞으로 칼은 잘 갈아서 가져오고! 이 빠진 칼로 제 손가락이나 썰 얼간이 같으니!"

물론 다네트 씨는 그런 사건을 관대히 눈감아 줄 인물이 아니었다. 다음 날 나는 이유도 없이 불려 나가 푸짐하게 욕을 먹으며 엉금엉금 길 때까지 매를 맞았다. 지금도 기억난다. 부엌에서 훔쳐 낸 녹슨 칼을 잠옷 안쪽으로 쥐고, 차디찬 복도를 한밤에 혼자 걸어가던 기분이. 달빛이 먼지처럼 부스러진 좁은 방 안에 갇힌 듯 관에 끼인 듯 잠들어 있던 부인의 모습이.

그 뒤로 나는 조금 더 무뎌지고 조금 덜 상처받게 됐다. 몇 년 후 영주님의 심부름 행렬을 따라 내가 자란 마을을 지나치게 됐는데, 우물가에 나온 부모님을 우연히 먼발치에서 보았다.

그들 모습은 내가 기억하는 그대로였다. 그러나 내 손아랫동생 둘은 쑥 자라 있었고, 내가 모르는 또다른 동생과 함께였다. 그들은 그럭저럭 잘 어울려 보였다. 그들에게선 무언가가 빠져

나간 빈틈이 보이지 않았다. 나는 그냥 그렇구나, 하고 별 감흥도 없이 나그네처럼 그 광경을 지나칠 수 있었다. 나는 그럴 수 있었다.

우리들은 한참을 뛰다가 경보로 걷다가 하며 제법 빠른 속도로 나아갔다. 가장 몸이 날렵하고 걸음 빠른 니브가 앞서 둘러보고 오거나 높은 나무에 올라가 살피곤 했다. 좀 전에 사라졌던 니브가 전나무 위에 불쑥 나타나더니 크게 팔을 휘둘러 신호를 보냈다. 멜이 우리를 멈추게 했다.

"보여, 삼사 리그(league) 밖이야! 시기르 강 인접 지역에서 더 동쪽으로 꺾으려는 것 같아!"

"시스터, 지도!"

수련사제 에임스가 얼른 지도를 펼쳐 들었다. 예상대로 에스포르 성 방향이었다. 강을 건너면 바로 잡목림이라 따라잡으려면 골치 좀 아프겠지만, 롬브 숲처럼 드넓고 빽빽한 숲이 아니라 그나마 다행이다. 어차피 도련님을 데리고 속도를 낼 수도 없을 터. 우리가 할 일은 그저 조금이라도 빨리 따라붙는 것뿐이었다. 멜이 다시 지도를 에임스에게 떠밀며 지시했다.

"내일까진 따라잡자. 속도 올려!"

여덟 명이 빠른 걸음으로 땅을 찰 때마다 쌓인 눈이 부스러졌다. 매섭게 한차례 부는 바람에 귓가가 에일 듯 쓰렸다. 젖었다 마르길 반복하고 진흙을 뒤집어쓴 신발은 딱딱해져서 발가락을 물어뜯었지만 그 정도야 익숙하다. 한가로운 멧새 울음과 바람 소리를 빼면 넓디넓은 눈밭에 깔리는 건 우리 숨소리뿐. 해가 저물 무렵엔 광활하도록 새하얀 벌판도 가차없이 불그스름하게 물들었다. 주변이 컴컴해질 즈음 멜이 멈추라 신호했다.

"눈 좀 붙인 후 새벽에 일어나지. 하현달이 뜰 거야."

우리는 주저앉아 쑤시는 옆구리를 잡고 숨을 추스르며, 눈을 퍼서 타는 입술에 문질렀다. 바위와 나무 틈새 적당한 곳을 찾아내자 에임스와 니브가 재빨리 나뭇가지를 모아다 쌓았다. 내가 마법의 결정 안에 간직해 둔 불씨로 불을 피웠다. 냄비에 눈을 가득 퍼담아 귀리와 딱딱한 빵 껍질을 끓여서 불렸다. 게걸스러운 식사가 끝나자 에임스가 발의 물집이나 손에 긁힌 생채기 따위를 치료해 주었다. 긴장이 풀리니 실없는 잡담이 오갔다.

"대체 무슨 쓸데없는 고생이람. 멍청이들, 제대로나 하든가. 안 들키고 말에 태워서 바로 에스포르까지 튀었으면 이런 고생 안 했잖아."

"영주님 출정하시고 허술해졌을 거라 생각했겠지. 실제로 우리 보초들께서 고주망태로 손 놓고 바친 거 봐라. 그 주제에 우리보다 꼬박꼬박 봉급 잘 타 먹겠지. 내가 분통이 터져서."

"말 마라. 그놈들 맹탕인 거 헤보 대장도 포기했을걸. 그나저나 저쪽도 왠지 급해 보이네. 나으리 오늘내일하신다더니 후계자 문제가 골치 아픈가."

하나 마나 한 소리가 오가다가 큰 힐라가 못내 귀찮다는 듯 고개를 내저었다.

"우리만 이게 무슨 꼴이야. 어이, 우리 골무. 좀 쓸 만한 마법 없어? 아무도 모르게 다가가서 도련님만 빼 온다거나 더 도망 못 가게 얼려 버린다거나."

"무리예요. 용이 있던 시절이면 모를까. 이제 마법은 한물갔죠."

시스터 에임스는 착하긴 한데 영 눈치 없는 소리를 잘 한다. 내가 뭐라고 날뛸지 궁금한 듯 작은 힐라와 우르다까지 귀를 쫑긋 세우는 게 느껴졌다. 그러나 나는 아무 말 하지 않았다. 종일 터무니없는 추적 끝에 일일이 화낼 기운도 없을뿐더러, 맞는 말이다. 용에 맞서기 위해 인간도 강력하고 위대해지던 시절은 끝났다. 용과 마물들이 숨으로 뱉어 내던 마력은 똑같이 인간의 마법에도 힘을 주었으니까. 그래서 우리 자투리 골무들은 지금 더욱 하찮고 쓸모없다.

그나마 위안이 되는 건 언젠가는 청동도 은도 심지어 금 골무조차 똑같이 힘을 잃어 가리라는 것뿐. 용의 시대 막바지를 살아 봤다는 노사제님은 이젠 흐리멍텅 흐려진 눈으로 허공을 보며 말했다 한다.

"점점 쇠퇴하다 사라질 것이오."

정확히 무엇에 대해 말했는지는 모른다. 마법사가? 전쟁이? 아니면 인간? 그 무엇이든 우리는 같이 사라져 갈 것이다.

양성소 수업을 마친 후 나는 이 년 정도 수도원 이곳저곳에서 수련했다. 그다음 고용되어 온 곳이 이곳, 에르지 남작의 롬브 성이었다. 남작은 동맹인 이웃 영주와 함께 공동 고용한 노련한 청동 골무 외에도 갓 청동이 된 줄린 님, 그리고 가죽과 천 골무를 한 사람씩 데리고 있었다. 그러므로 신출내기인 나는 역시 나 같은 자투리 무리들과 숙식을 함께 하게 되었다.

"여어, 속바지 부대. 꼬맹이 마법사님이 오셨다. 또 속바지 잘 입혀 드려, 오줌 안 싸게."

안내해 준 병사가 내 등을 떠밀고 낄낄거리며 가 버릴 때까지도 난 좀 얼떨떨한 상태였다. 헛간 같은 숙소들로 둘러싸인 안마당은 훈련장이었다. 풍채 좋은 젊은 여자가 무뚝뚝한 얼굴로 날 슥 보더니 고갯짓했다.

"개 짖는 소린 신경 쓰지 마. 잘 왔다, 오늘부터 함께할 메리 달린이다. 십인장 직도 안 주지만 그 두 배는 일하지."

내가 알게 된 사실은 영주의 사병에도 자투리가 있다는 것이었다. 집안의 남자 대신 소집된 소지주의 딸, 혼처도 수도원도 거부한 형편 안 좋은 귀족의 아가씨, 혹은 나으리나 도련님 대리로 돈을 받고 온 농민의 딸. 그러한 여자로만 이루어진 자투리대는 제법 흔했고, 주로 브레(braies)대라고 불렸다. 남자 속바지나 입는 여자들이라고, 수치심 느끼라는 악의 섞인 조롱이었다. 그까짓 걸로 눈 하나 까딱할 우리가 아니었지만.

롬브의 브레대도 마찬가지였다. 대부분 나와 비슷한 나이인 열일곱에서 스무 살 사이였고, 제일 연장자인 멜이 스물네 살이었다. 여자애들 이름은 대충 몇 가지를 돌려 쓰거나 마을 이름에서 따오는 경우가 많아서 우리 브레대 안에 힐라는 키 큰 쪽과 작은 쪽 두 명이었다. 마을에서 괴롭힘을 당해 떠올리기도 싫다는 신참은 마을 이름 대신 막내 힐라가 되었고, 지주 아들 대신 온 농부의 딸은 아버지 이름으로 니브라고 부르기로 했다.

우르다는 멜과 마찬가지로 준남작 집안 출신이라 조금 거만하고 사람을 깔보는 구석이 있었다. 자기는 우리와 다르단 생각으로 멜에게만 알랑댔지만 멜은 자기 할 일만으로도 피곤하고 골치 아픈 사람이었다. 그 외에는 시스터가 있었다. 부대가 원정이나 장거리 이동 계획이 있을 때 치료 마법 전문인 시스터회(會)에서 보내 주는 사람들로, 대부분 지식도 경험도 오래 쌓은 중장년 여사제였다. 에임스처럼 풋내기 남자 사제가 수련을 겸해 우리 부대 전용으로 붙은 것 역시 자투리 취급답다.

이 정도가 우리 브레대였다. 상황에 따라 인원이 보충되거나 나가거나 해서 많게는 열두 명도 되지만 본질은 변하지 않는다. 바지를 입고 달리는 여자들. 칼과 방패를 들고 아무도 주목하지 않는 싸움을 하는 자매 보병들.


예전에 교회의 높으신 주교님이란 분이 롬브 성에 머무른 적이 있다. 영주님은 주교님에게 성과 영지를 축복해 달라 부탁했고, 성대한 대접을 받아 기분이 좋았던 주교님은 성 구석구석을 돌며 마굿간지기 돼지치기에게까지 성언(聖言)을 담은 덕담을 내리는 쓸데없는 짓을 했다. 기사들과 헤보 대 다음은 성가시게도 우리 차례였다. 꼿꼿한 자세로 도열해 선 우리를 보더니 주교님은 흐뭇한 웃음을 지었다.

"전쟁의 신이 보내 주신 빛나는 처녀들이로구나!"

이게 뭔 개뼈다귀 소리야, 하는 표정으로 큰 힐라가 씹던 잡초를 뱉었다. 멜조차도 어깨가 움찔거렸다. 에임스만 사색이 됐을 뿐. 그때 웃음을 참아 낸 걸 나는 지금까지도 자랑으로 여긴다. 그 후로 '전쟁의 신이 보내 주신 빛나는 처녀들!'은 우리끼리 두고두고 놀려 먹는 농담이 됐지만.

하현달이 높게 떴을 때 불침번을 서던 니브가 우리를 깨웠다. 눈밭에 달빛이 비쳐 으스스하게 밝고 우리 그림자가 휘청휘청 춤을 췄다. 땀에 절었던 누빔갑옷 속에서 식은 몸이 뻣뻣하고 아팠다. 우리는 재빠르게 야영 자리를 걷고 움직이기 시작했다.

깨끗하고 시린 공기가 몸속을 꽉 채웠다. 우리는 묵묵히 발맞춰 빠른 속도로 나아갔다. 잠깐 휴식. 그리고 또 속보로 희푸른 들판을 가로지른다. 동녘이 밝아 오고 밤하늘이 아침햇살에 스러져 가고 그러고도 한참. 앞쪽에서 강물 소리가 들려왔다. 지금쯤 상대방은 강에 도착했거나 건너고 있을 것이다. 멜이 재촉했다.

"좀 더 속력을 내!"

달 대신 해가 중천에 오를 무렵 커다란 언덕이 나타났다. 갑자기 내 옷소매 속에 넣어 둔 기도서 페이지가 파르륵 흔들리며 희미한 빛을 냈다. 가까워졌다. 내 눈짓을 알아차린 멜이 더 빨리 움직이라며 성큼성큼 앞으로 우리를 끌고 갔다.

우리들은 숨이 턱에 닿아 헐떡거리면서 언덕을 올라섰다. 구불구불 이어지는 내리막길 아래, 수풀 새로 쏘삭대며 움직이는 그림자들이 보였다. 드디어. 우리들의 몸에서 일제히 소름처럼 솟구치는 흥분과 긴장이 느껴졌다. 그림자 넷이 우리를 알아차렸다. 작은 힐라가 적개심 가득한 콧노래를 불렀다.

"느려 터지긴. 짐작 따위 끼고 있으니."

"돌진!"

멜의 신호가 떨어지자마자 우리들은 함성을 지르며 비탈길을 뛰쳐 내려갔다. 선두를 맡은 세 힐라부터 차례로 칼을 뽑아 들었다. 나도 오른손에는 지팡이를 꽉 움켜쥔 채 왼손은 허리에 매단 단검 자루에 얹었다. 의미 없이 한참을 이동만 하다 드디어 목표와 맞닥뜨리자 팔다리에 불쑥 힘이 돌았다. 사냥감, 사냥감이 저기 있다. 토끼를 몰아가는 사냥개처럼 심장이 고동치고 그 외에는 눈에 들어오는 게 없었다.

상대는 전력질주로 강을 건너갔다. 낡은 돌다리 위를 달려가는 자들 가운데에 언뜻 낯익은 뒷모습이 보였다. 갈스탄 도련님이 틀림없다. 지나치게 뜨거워진 내 머릿속에 문득 의문이 스쳤다. 네 명? 왜 다섯이 아니지?

"기다려! 한 명이 안 보여!"

그러나 이미 선두가 그자들을 뒤따라 다리에 오른 뒤였다.

휙, 화살이 날아왔다. 욕설과 고함이 터졌다. 작은 힐라가 고꾸라져 뒹굴었다. 다리 건너편, 수풀 사이에서 화살이 계속 날아와 큰 힐라와 막내 힐라는 주춤하며 몸을 낮췄다. 뒤따르던 니브와 우르다도 재빨리 활을 뽑아들어 응사하기 시작했다.

그사이에 다리를 무사히 건넌 자들 중 둘은 도련님을 감싸며 계속 달려가고 하나는 몸을 돌려 동료와 합세해 화살을 날려댔다. 돌다리에 맞고 튕긴 화살촉이 날카로운 소리를 냈다. 나는 지팡이를 들어, 다리 한가운데 쓰러져 있는 작은 힐라를 중심으로 방어막을 펼쳤다. 바람이 뭉쳐 그 근처를 맴돌며 날아드는 화살의 기세를 조금 누그러뜨렸다. 그동안 멜은 방패로 몸을 가리고 앞으로 나아갔다.

화살이 떨어졌는지 뚝 끊겼다. 한 명이 뒤로 슬금슬금 빠지고, 남은 한 명이 활을 집어 던진 후 칼을 뽑아드는 게 보였다. 상대가 소리치며 뛰쳐나오자 멜은 방패로 일격을 받아 냈다. 곧바로 아래쪽에서 칼을 쳐올리며 상대와 맞부딪쳤다. 우르다가 활을 이리저리 겨누고 있었으나 놈만 맞히긴 힘들어 보였다. 검끼리 서로 긁고 물어뜯는 소음. 막내 힐라가 뛰어들어 놈의 옆구리를 노렸다.

그러나 그 전에 상대는 재빨리 바닥을 차고 멜의 몸통을 어깨로 들이받았다. 멜이 휘청거린 틈에 한 번 더 발로 걷어차고, 그자는 다리에서 뛰어내리려 했다. 그때 힐라의 칼날이 그자의 등을 길게 베었다. 비명과 함께 천천히 추락하는 그 몸에 우르다의 화살이 두 발 더 꽂혔다. 그자는 허우적거릴 틈도 없이 강에 풍덩 떨어졌고 솟구친 물살이 기쁜 듯이 제물을 받아 삼켰다. 피거품이 조금 일었다. 그리고 우리는 세찬 물살을 따라 잠겼다 떠오르며 쓸려 내려가는 몸뚱이를 지켜보았다. 소용돌이 앞에서 그 몸은 꾸르륵 잠기더니 한동안 떠오르지 않았.

에임스가 서둘러 작은 힐라에게 치유술을 쓰는 동안, 멜은 달려나가 전방을 살폈다. 그러나 놈들은 이미 자취를 감춘 후였다.

"놓쳤어! 잡목림으로 들어간 모양인데, 귀찮게시리."

정찰을 위해 니브를 앞서 보낸 후 우리는 잠시 숨을 돌렸다. 피냄새는 곧 진한 물비린내에 뒤섞였다.

나는 아직도 사냥의 흥분으로 화끈거리는 귓가를 손으로 덮었다. 다리를 다 건너기 직전 갈스탄 도련님이 뒤돌아본 것 같기도 했다. 급박한 상황이라 어렴풋이 스친 모습을 자세히 볼 수 없었지만. 그때 도련님이 어떤 표정을 하고 있었을지, 나는 별 이유 없이 알고 싶어졌다.

도련님을 마지막으로 본 게 언제였던가.

갈스탄 도련님은 볼모라 해도 크게 유용한 존재도 아니라서 홀대하자니 상대 가문에 대한 이쪽의 위신이 걸려 있고 그렇다고 자유롭게 놔두기엔 찜찜한, 한마디로 걸리적거리는 덤이었다. 손님이라고 한껏 추켜세워 주었으나 사실은 애물단지. 아무리 귀찮아도 적대 가문의 인간이 한밤에 칼을 들고 활보하는 일은 없어야 하니까 병사들이 교대로 방 앞에 보초를 섰다. 나는 하인들이 도련님 시중을 드는 낮 시간에 가끔 감시를 맡곤 했다.

도련님은 낮에는 대부분 창가에 앉아 있거나 긴 의자에 누운 것도 앉은 것도 아닌 자세로 늘어져 있다가 선생이 왔을 때야 마지못해 책상 앞에 앉곤 했다. 때로는 시종과 주사위 놀이로 시간을 보냈다. 몇 년간 제대로 외출 못 한 볼모답게 얼굴이 볕에 하나도 타지 않고 행동거지도 딱 부러진 곳이 없어 응석받이처럼 보였다. 처음에 나는 귀족 나으리 앞이라 긴장했으나, 그는 졸린 듯 멍한 표정을 한 채 자신 외에는 별 관심이 없었다.

"못 보던 얼굴인데. 마법사인가?"

보초 교대를 할 때마다 형식적으로나마 인사를 올렸는데, 세 번째인가 네 번째가 되어서야 갑자기 날 처음 봤다는 듯 물을 정도로. 그 말이 질문이 맞는지 대답을 해야 할지 망설이는 동안 도련님은 벌써 내가 있다는 것도 잊고 다시 주사위를 보고 있었다. 별로 놀라운 일도 아니다. 그와 나는 같은 공간에 있어도 사는 세계가 다른, 별개의 존재였으니까.

도련님과 나는 어떤 접점도 없으리라 여기고 나 역시 그를 무시하며 지내던 어느 날 오후.

"마르……."

어딘가 그리운 듯 중얼거리는 목소리였다. 나는 혹시 분부라도 내리려나 하고 안을 들여다보았다. 도련님은 평소대로 너른

창틀에 다리를 쭉 펴고 기대앉아 하릴없이 바깥을 보는 중이었다. 햇볕이 유독 부드러운 금빛으로 쏟아지는 날이었다. 그가 반복했다. 좀 더 뚜렷한 목소리로.

"마르차파네……."

"네?"

나도 모르게 큰 소리로 되물으니 도련님은 여전히 내 쪽은 보지도 않은 채 꿈속을 거닐듯 몽롱한 목소리로 계속했다.

"먹어 봤어?"

"그게 뭔데요. 먹는 겁니까?"

"음……. 과자야. 아몬드하고 설탕을 부숴서 섞고 구운 과자. 부드럽고 바삭바삭하고 달콤하지."

그는 허공에 뭔지도 모를 걸 손가락으로 그려 내는 시늉을 했다. 그 과자가 먹고 싶다는 건지 그냥 생각이 났다는 건지 난 대체 뭐라 해야 할지. 뚱딴지같은 소리에 조금 당황하다 못해 화가 났다. 그가 한번 더 되풀이했다.

"마르차파네……."

이번에도 내 대답이 궁금한 건 아닌 모양이었다. 그대로 도련님은 자기만의 공상으로 돌아가 더 이상 말을 꺼내지 않았다. 가족이나 애견도 정인도 아닌 과자 이름을 그리 애틋하게 허공에 대고 부르다니. 갈스탄 도련님 의외로 별나고 짜증 나는 사람인지도 모르겠단 생각을 하며 나는 혼란스러워했다.

"그게 전부야? 네가 도련님에 대해 잘 안다던데?"

가죽 부대에 담긴 시어 터진 포도주를 한 모금 마시고 옆으로 돌리며 우르다가 김샌 소리를 냈다. 나는 퉁명스레 대꾸했다.

"웃기고 있네. 고작 그놈의 과자 얘기밖에 안 해 봤는데 알긴 개뿔. 아, 그러고 보니 그다음 번에는 갑자기 날 끌어안으려 해서."

"뭐?"

"깜짝 놀라 발로 확 걷어차 버렸지. 그랬더니 위에서도 다시는 보초로 부르지 않더라."

잊고 있었는데 갑자기 떠올라 기분이 나빠졌다. 다시 내 손으로 넘어온 포도주를 마시려 보니 바닥에 겨우 찰랑찰랑할 뿐이라 집어 던졌다. 우르다가 "바지 걸친 것들이란." 하고 낄낄대는 동안 막내 힐라는 눈을 휘둥그레 떴다.

"그러고도 무사했어? 너 진짜 간도 크다. 보초로 안 부르는 정도가 아니라 매를 맞고도 남을 일인데?"

"그쪽도 볼모 주제에 뭘. 이자벨 마님이 아셨으면 되려 그쪽이 불알 빠지게 혼쭐났을걸."

즐거운 일 따위 없다 보니 이런 시시한 일도 이야깃거리가 된다. 에임스의 치료 마법을 받는 동안 잠자코 듣고만 있던 작은 힐라가 입끝을 비죽이며 쌀쌀맞게 비꼬았다.

"잘해 보지 그랬어. 도련님이 눈이 삐어서 마나님 시켜 줄지 누가 알고."

저 계집애는 왜 맨날 심사가 뒤틀려서 사사건건 날 걸고 넘어지며 못되게 지껄이나. 귓방망이를 한 대 확 갈겨 주려고 손을 치키자 피한다고 움츠리다가, 화살에 맞은 팔이 아직 아픈지 앓는 소리로 엎어졌다. 눈물마저 글썽한 꼴을 보니 화내기도 하찮아졌다. 시스터 에임스가 한 번 더 치유술을 쓰자 그제야 시든 화초가 일어나듯 겨우 생기를 되찾는다. 큰 힐라는 옆에서 골똘히 생각에 잠겨 있더니 툭 내뱉었다.

"아까 그놈…… 역시 강으로 자빠지기 전에 가진 걸 죄 털어야 했는데."

실수로라도 큰 힐라 앞에서 먼저 죽지 말아야겠다. 정찰을 갔던 니브가 돌아와서 보고했다.

"잡목림 어귀에서 한번 발견했는데 곧 놓쳤어. 깊은 곳으로 들어간 모양이야."

"좀 돌아가도 숲을 통과해서 우릴 따돌릴 모양이군. 상관없어. 어차피 목적지는 같으니까. 우리는 숲을 비껴 가서 에스포르로 가는 길목을 노리자."

멜이 돌아보며 괜찮냐고 묻자 작은 힐라는 고개를 끄덕였다.

"다릴 다친 게 아니니까 짐만 좀 덜어 주면 갈 수 있어. 에롤, 넌 장검이나 활도 없으니 손이 놀지?"


불꽃 튀기던 접점의 흥분은 사그라들고 우리는 다시 길고 지리한 추적을 계속했다. 휴식과 달리기, 잠깐의 수면, 다시 휴식과 달리기. 달과 해가 또 한 번 자리를 바꿨다.

포도주 부대를 하나 더 따서 딱딱한 빵을 적셔 먹은 후, 출발 준비를 할 무렵이었다. 니브가 귀에 손을 가져다 댔다.

"무슨 소리 안 들려?"

전원 귀를 쫑긋 세웠다. 그 무렵 우리는 에스포르에서 지원병을 보내 도련님과 합류하는 게 아닐까 조바심이 났다. 그러나 바람에 실려 온 소음은 더할 나위 없이 기괴했다. 내가 잘못 들었나 싶어 고개를 드니 마찬가지로 놀란 시선들과 마주쳤다. 신음 소리, 곡하는 소리, 찢어지게 웅얼대는 소리, 웃음. 멜이 못마땅한 듯 한숨을 쉬었다.

"정신 차려. 고행자들이다."

눈 쌓인 앙상한 가지들 틈으로 높이 치켜든 떡갈나무 표식이 나타났다. 그 주변에서 머리를 흔들고 팔다리를 비트적거리는 이상한 무리들이 차차 보이기 시작했다. 몇몇은 앞선 사람들의 헐벗은 등을 매질하며 그때마다 용서를 비는 기도를 소리치고, 맞는 자들은 고통을 넘어서 일종의 환희에 가까운 신음을 토하고 있다. 어떤 자들은 그 주변에서 진흙과 피로 얼룩진 흰 여름옷 차림으로 빙글빙글 돌았고, 또 어떤 자들은 가슴을 두드리고 머리를 쥐어뜯으며 울다가 웃었다. 제일 뒤에는 두건을 뒤집어쓴 음울한 행렬이 중얼중얼 기도문을 읊으며 뒤따랐다.

소문은 들었으나 직접 본 건 처음이라 머리털이 쭈뼛 섰다. 우르다가 재수 없다는 듯 눈 위로 침을 뱉었다.

"국왕이 나간 틈에 더 독버섯처럼 날뛰네."

어느 지방에서부터 들불처럼 일어난 묘한 이단자 무리였다. 자기들 말로는 고행으로 죄를 씻는다면서 서로를 채찍질하거나 단식하거나 맨발로 걸으며 고통받은 만큼 황홀경 속에 접신한다고 들었다. 실제로 이 많은 사람들이 기행을 저지르며 한데 엉켜 꿈틀거리니 엄청난 힘이 느껴졌다. 우리가 알고 있는 세상의 비틀리고 일그러진 뒷면과도 같은.

'국왕'이라는 우르다의 말에 반응했나 보다. 행렬의 선두가 발걸음을 멈췄다. 개중 몇몇이 몸을 비틀어 대면서 목 놓아 소리쳤다.

"국왕! 국왕이야말로 악신(惡神)의 하수인이다!"

"국왕이 전부 죽이려고 데려갔어! 전쟁 좋아하시네. 모두 죽는다. 악신에게 제물로 바치려 끌고 간 거다!"

"유일한 전쟁은 우리 주신과 악신이 벌이는 최후의 전투뿐이다! 모두 회개하라, 국왕이 아닌 교회에 머리를 조아려라!"

여기저기서 회개하라는 외침이 음산하게 터져 나오더니, 옥좌의 아홉 신 이름이 퍼져 갔다. 나는 질색을 하고 고개를 절레절레 젓는데 에임스는 태평하게 말했다.

"저런 무리들은 삼백 년 전에도 있었다죠. 어떤 성군이 와도 못 막아요."

"본보기로 주동자들 목을 치면 될 거 아냐."

"어휴, 그러다 폭도로 변하면 큰일나라고요. 이백 년 전 그랬다가 교회가 몇 채나 불타고 대주교가 피난 간 적도 있는걸요. 그 길고 구구절절한 수난사를 배우느라 어찌나 힘들던지."

막내 힐라가 고행자들의 외침을 가만 듣다가 중얼거렸다.

"맞긴 맞네. 전투로 죽어 나가면 병사를 새로 보충할 테고, 그럼 또 죽고. 그러다 언젠가 우리도 마을 사람들도 끌려갈 차례가 올지 모르지."

점점 쇠퇴하다 사라질 것이오. 예언 같은 노사제의 말. 언젠가 우리 차례가 오고, 세상이 불길과 폐허 속에 저물어 가는 걸 보게 될 거야.

나는 얼마 전 먼 발치에서 구경한 영주님의 출전 장면을 떠올렸다. 그때 나는 생전 처음이자 아마도 마지막으로 금 골무 마법사를 보았다.

우리 롬브의 동맹인 발랑스 영주는 국왕의 전쟁 소집에 응하기 위해 군사를 이끌고 롬브를 경유하기로 했다. 발랑스 영주 기메온 백작은 성대한 대접을 받으며 롬브 성에서 하루 묵으며 동맹의 우정을 과시한 후 함께 출정하기로 한 것이다. 롬브 병사와 기사들이 도열해 있는 들판을 가로질러, 발랑스의 선두 기마대가 깃발을 펄럭이며 힘차게 달려오는 풍경은 장관이었다.

영주님과 마님은 홀에서 기메온 백작을 맞이했다. 나는 호기심 가득한 하인들과 경비병들 사이에서 떠밀리고 기웃거리며 홀 안을 훔쳐보았다. 마침내 발랑스의 영주가 윤이 나도록 잘 닦인 갑옷 위에 자수가 들어간 화려한 시클라스를 펄럭이며 위풍당당하게 나타났다. 뛰어난 기사 가문을 이어받은 그가 롬브 영주와 인사를 나누는 동안 백작의 수행원들은 허리 굽혀 절을 올렸다. 그중 가벼운 체인메일에 쉬르코를 늘어뜨린 한 명이 고개를 들자 순간 나는 숨이 콱 막혔다.

장검과 나란히 찬 섬세한 보석세공 지팡이, 쉬르코에 장식된 올빼미 모양 금장식. 금 골무가 지금 여기, 내 눈앞에 있다. 생각만으로도 심장이 터지는 줄 알았다. 금 골무가 투구를 벗었다. 짧게 자른 반백의 머리가, 깊고도 찌르듯이 빛나는 두 눈이 드러났다. 주름진 얼굴에 단단한 자부심이 도사렸고 볕에 그을린 피부조차도 숱한 승리를 암시하는 듯했다.

영주에게 오직 영광만을 안겨 온 긴 세월의 상징처럼 나이가 든 여마법사의 존재는 홀 전체를 압도했다. 원래라면 백작조차 꿈도 꿀 수 없는 존재. 그러나 기메온 백작이 국왕의 총애를 한 몸에 받는 공주와 사랑에 빠져 일찍 결혼한 덕에 넝쿨째 호박까지 받아왔다는 뒷이야기가 있다. 그런 사연의 금 골무가 입을 열어 두 영주의 굳건한 동맹을 칭송하며 앞날을 축복하는 헌사를 낭랑하게 읊을 때는 우리 영주와 마님도 홀린 듯했다.

"여기 모이신 명망 높으신 분들을, 하늘의 신들조차 흡족하여 지켜보시나니!"

나는 벌어진 줄도 모르던 입을 다물고 침을 삼켰다. 그토록 들뛰던 심장 고동이 가라앉으며 머리의 열기가 싹 빠져나갔다. 순식간에 밑바닥으로 굴러떨어진 기분. 처음으로 자투리이자 소모품인 나 자신을 절절히 느꼈다.

나는 그저 골무일 뿐이다. 그저, 남아도는 자투리 골무.

그때 느낀 까마득한 절망감과 갈 곳 없는 분노는 쐐기라도 박 듯 뜨끔하게 내 몸속에 남았다. 그것은 평생 날 갉아먹어 갈 것이다. 끝나지 않을 마음의 뜨거운 저승불이 오래오래 나와 함께 하겠지. 지금 이곳에서 난 한 무리의 고행자들을 본다.

횡설수설하는 광인의 행렬은 회색 유령들처럼 울고 웃고 서로를 매질하며 느릿느릿 지나간다. 신이니 악신이니 다 허튼소리. 그러나 저 헛소리 속에도 한 가지만은 진실이었다. 우리는 다 같이 죽을 것이라고. 저 미치광이들도 나도. 금 골무도 심지어 국왕도. 그 하나만은 공평하고 또 공평하리라.

행렬 끝에는 이 무리에 합류한 지 얼마 안 된 듯 어색한 자들이 따라오고 있었다. 이들은 남 보기 부끄럽다는 눈으로 몸짓이나 겨우 흉내 내며 어그적어그적 뒤따를 뿐이었다. 멜이 가까이 다가가 그중 젊은 자들을 불러세워서 물었다.

"급하게 도망치는 서너 명의 남자들을 못 봤나? 이 근처를 지나갔을 거다."

한 명이 고개를 갸우뚱하더니 생각났다는 얼굴을 하고는 서쪽 한 방향을 가리켰다. 멜은 험악한 표정을 지었다.

"거짓말은 아니겠지? 그자들은 에스포르로 향하고 있다 들었다. 그쪽은 엉뚱한 쪽이잖나."

"에스포르요? 허참, 거길 간다는 사람이 있다니. 지금 난리가 났을 건데유."

순박한 젊은이는 옆 사람이 팔꿈치로 쿡 찌르자 화들짝 놀라서 과장된 고행자의 말투를 냈다.

"에스포르, 저주받을 지어라! 동맹이던 가르갈에서 쳐들어왔노라! 성문을 닫고 전쟁 준비로 안팎이 다 뒤집어졌대요……다 더라! 그러니까 어, 회개하라, 회개하라!"

중간에 "에라 모르겠다."라고도 한 것 같지만 젊은이는 두 팔을 뻣뻣하게 들고 다시 고행자들을 뒤쫓아갔다. 우리는 서로를 쳐다보았다. 가르갈이 에스포르를 침략해서 성문을 봉쇄했다고? 골치 아프다는 표정으로 멜이 말했다.

"에스포르가 그 난장이라 포기했나 본데. 서쪽이라면 벤호드 성으로 바로 가려나?"

언덕을 또 몇 개인가 넘었다. 롬브는 점점 더 멀어져 갔다. 벌써 몇 년째 눈밭을 달린 것 같은데 정신을 차리고 손가락을 꼽아 보면 고작 며칠이었다.

높은 나무에서 주변을 살펴본 니브가 내려오며 말했다.

"에스포르 쪽에 연기가 몇 줄기 보여. 천막하고 수레 같은 것도 보이고. 포위라도 당한 거려나? 그쪽으로 갔으면 허탕치고 발까지 묶일 뻔했네."

"벤호드 방향은?"

"아직 한참 멀어서 보이지도 않아. 도련님네는 거길 걸어서 가겠다는 거야? 어지간히 무리하는군. 애초에 곧바로 갈 거리가 아니니까 에스포르부터 향했으면서."

벤호드 성은 도련님이 태어나 자란 고향, 아버지인 카이유 남작의 성이었다. 나는 문득 그가 창가에 기대어 잠에서 덜 깬 듯한 표정으로 앉아 있던 걸 기억했다. 고향이 있는 방향을 보던 걸까. 에스포르까지만 무사히 도망치면 바로 손에 잡힐 줄 알았던 아버지의 땅이 다시 멀어지는 지금 기분은 어떨까. 잘됐네, 꼴 좋다 하고 심술궂은 마음이 들었다. 그러나 동시에 그의 고향이 멀어지는 만큼 우리 고생도 길어진다는 걸 깨닫자 이제 그만 지긋지긋해졌다. 빌어먹을, 전부 다 저주나 받아라.

"어쩌지, 멜?"

추적을 포기하고 돌아가서 도련님을 놓쳤다고 보고하자. 매를 맞든 광장에 개처럼 묶이든 그게 더 나았다. 그러나 멜은 고개를 저었다.

"아니, 꼭 잡아오라는 이자넬 마님의 명령이었다. 흠집 좀 나도 상관없다고. 지금 포기하면 노발대발하실 거다."

"마님 정말 그 가문을 미워하시나 보네."

"선대에 땅을 속여서 빼앗았다고 빈정 상한 모양이던데. 흔한 일이지. 하여간 저쪽도 상황이 이리 꼬였으니 다급할 거야. 니브, 이 앞에 마을이 있지?"

"응. 작은 마을 몇 개가 띄엄띄엄 계속 이어져 있었어."

에임스가 펼쳐 든 지도를 손가락으로 가리키며 멜이 차분하게 말했다.

"일단 마을을 훑으면서 간다. 그쪽도 식량을 구해야 하니 민가에서 완전히 떨어질 수는 없겠지."

 우리들은 달렸다. 그새 눈이 많이 녹아 진흙투성이가 된 길바닥에 자꾸 발이 푹푹 빠졌다. 첫 번째 마을은 쓰러져 가는 움막 너댓 채뿐인 아주 작은 곳이었다. 그나마도 거의 병사로 소집되어 갔는지 노인들이 사는 집 말고는 다 비어 있었다. 근처에 옹기종기 모인 마을들은 대개 비슷한 처지라 더 볼 것도 없다. 봄이 오면 나아지겠지만 지금은 쥐들도 찾지 않을 황폐한 움막들을 건성으로 뒤져 보고 잠시 쉰 후 출발했다.

 다음번 마을은 좀 멀었지만 서두르다 보니 해가 지기 직전 겨우 닿을 수 있었다. 오면서 본 곳들보다는 좀 번듯하고 사람 사는 마을 같았으나 요즘 흉흉한 분위기 탓인지 다들 낯선 사람을 경계하는 분위기였다. 냉큼 달려 나온 촌장 같은 중년 남자가 미심쩍은 눈길로 우리를 훑어보았다. 수상한 이방인들은 지나가지 않았다며, 지금 너희가 더 수상하다는 듯 아니꼽게 대답했다.

 "빵 몇 덩어리는 팔아 줄 수 있지만 마을 안에서 재워 줄 순 없소. 저기 마을 어귀에 빈 헛간이 있으니 거기서 주무시든가."

 지쳐 있던 우리에게는 그나마도 감지덕지였다. 촌장의 말투에 울컥해 대거리하려는 큰 힐라를 저지하고 우리는 헛간으로 갔다. 몸이 아주 천근만근이다. 빈 밀가루 부대와 농기구를 치운 후 우물에서 길어 온 물로 얼굴을 씻고 걸신들린 듯 딱딱한 빵을 씹어먹었다. 오늘 첫 번째 불침번인 막내 힐라가 헛간 문밖에 나가서 자리 잡는 소리가 들렸다. 나는 눈을 감자마자 까

무러치듯 잠에 삼켜졌다.

  요란한 소리에도 쉽게 눈이 뜨이지 않았다. 누군가 고함치고 있다. 찢어지는 듯한 방울 소리. 얼굴을 호되게 맞는 바람에 눈꺼풀 안이 번쩍하면서 잠이 깼다. 큰 힐라가 거의 내 먹살을 쥐고 질질 끌어서 문밖에 내던졌다.
  "마굿간이야! 누가 말을 훔치려 침입했대!"
  겨우 상황이 전해졌다. 도둑을 막으려 달아 둔 마을 마굿간의 방울이 울리자, 불침번을 서던 막내 힐라가 당장 뛰쳐나갔던 모양이다. 누가 말을 훔치려 하는지는 예상이 갔다. 몽둥이를 든 장정들을 헤치고 우리는 그쪽으로 달려갔다.
  우리에게 밤길을 밝혀 주던 하현달은 이제 그믐달로 사위어 가는 중이었다. 컴컴한 울타리 너머에서 격한 말 울음소리와 실랑이하는 소리, 몸싸움 소리가 들려왔다. 희미한 달빛 속에서 말도적은 막내 힐라와 마을 남자 사이에 잡혀 말등에서 반쯤 끌어 내려진 상태였다. 멜이 내게 소리쳤다.
  "에롤, 빛!"
  나는 재빨리 지팡이를 뻗고 주문을 외웠다. 머리 위에 둥실 작은 덩어리가 떠오르더니 꽃처럼 펼쳐지며 번쩍 새하얀 빛을 뿜었다. 그 틈으로 우리는 말에서 떨어지기 일보 직전인 남자를 알아보았다.
  역시 놈들 중 하나다. 그러나 동시에 나는 또 보았다. 남자의 손에서 매끈하게 번득이는 물건을. 칼날이 재빨리 내리쳐, 아직 눈이 부셔 찡그리고 있는 막내 힐라에게 향했다. 우리 눈앞에서 순식간에 일어난 일이었다. 막내 힐라의 목덜미에 푹 박히는 칼끝, 그리고 다시 뽑혀 나오며 치솟는 핏줄기.

막내 힐라는 팔을 앞으로 휘젓다가 그냥 푹 쓰러졌다. 아무런 말도 없이. 어쩌면 비명을 질렀는데 주변의 고함에 묻혔을지도 모른다. 고래고래 소리치며 큰 힐라와 니브, 우르다가 뛰어들었다. 남자는 당장 멱살이 잡혀 바닥으로 내동댕이쳐졌고 마을 장정들과 큰 힐라네에게 에워싸여 이내 보이지 않게 됐다.

나는 숨 쉬는 것도 잊고 있었다. 멜과 작은 힐라가 두드려 맞는 남자 뒤편에서 막내 힐라의 몸을 다급히 끌고 나왔다. 에임스가 그 곁에 무릎을 꿇고 잠시 살펴보았다. 시스터의 입가에 경련이 일었다. 우리를 돌아보더니 에임스는 얼빠진 얼굴로 천천히 고개를 가로저었다.

내가 띄운 마법의 빛이 여전히 환하게 타오르며, 누운 채 꼼짝 않는 막내 힐라의 뺨을 창백하게 비췄다. 내 뺨도 함께 얼어붙었다.

막내 힐라가 자기 고향을 너무나 싫어했던지라 우리는 나무 판자에 새겨 줄 그 애의 마을 이름마저 제대로 몰랐다. 그래도 운이 좋았다. 맞아 죽은 남자는 마을의 침입자이자 도둑으로 들판에 그냥 버려졌지만 그 애는 막내 힐라로서 마을 교회 묘지에 가매장을 허락받았으니까. 더 운이 좋다면 나중에 뼈라도 추려 롬브로 옮길 수 있겠지.

에임스가 기도문을 읊는 동안 뜻밖에 우르다가 울기 시작했다. 잘난 척하면서 우릴 전부 무시하는 줄 알았더니 아주 그런 건 아닌 모양이다. 평소에나 잘해 줄 것이지 다 늦게 무슨 청승이람. 나는 지팡이를 꽉 쥐고 서서, 막내 힐라가 묻히고 이름과 날짜만 새겨진 나무판자가 그 무심한 땅에 꽂히는 것까지 지켜보았다. 큰 힐라는 그 애의 짐을 그저 멀거니 든 채, 이해할 수 없다는 목소리로 몇 번이고 중얼거렸다.

"맘에 안 들어……. 맘에 안 든다고."

메리달린은 화가 났다. 아무 표정도 짓지 않았지만 그 눈과 꾹 다문 입에서 얼마나 화가 났는지 알 수 있었다. 뭐라도 좋으니 모가지를 잡아 비틀어야겠다는 의지가 전해져 왔다. 그 의지가 마땅한 곳으로 향하기를 바라며, 나는 에임스를 따라 짤막한 기도를 올렸다. 우리는 다시 가야만 한다.

말을 훔치는 데 실패했으니 갈스탄 도련님은 한 번 더 벤호드에서 멀어져 버렸다. 뿐만 아니라 아직도 이 근처를 못 벗어났을 게 뻔하다. 벤호드 성에서도 지금쯤 상황을 알았을 텐데. 이번에야말로 제대로 무장한 기마병들이 도련님을 모시러 달려오고 있나? 그들이 쥔 깃대에서 펄럭이는 깃발이 보이나? 아니, 그렇겐 안 되지.

우리는 모두 전에 없이 분기탱천하여 곧바로 마을에서 출발

했다. 어디 숨든 이 잡듯 뒤집어서 반드시 찾아내고 말겠다는 각오가 가슴속을 뜨겁게 달궜다. 이젠 일곱 명이 되어 다시 땅을 차고 나아갔다.

다음 마을로 향하는 길목에 들어섰을 때 뜻밖의 사건이 벌어졌다. 휙 하는 소리와 함께 화살이 날아와 멜의 발 앞에 꽂혔다. 멜과 큰 힐라가 칼을 잡아 뽑고 성큼 나섰다. 니브도 잔뜩 신경을 곤두세워 활 쏠 준비를 했다.

"장난질 말고 이리 썩 나와!"

빽빽하게 얽힌 나무들 사이로 움직이는 그림자가 보였다. 그자는 이리저리 도망치며 화살을 픽픽 날려 대서 멜의 분노를 부추겼다. 니브의 응사를 등에 업고 멜과 큰 힐라가 돌진했다. 그들이 벌게진 눈으로 앞뒤 없이 나무들 틈새를 뒤지는 동안 화살은 뚝 끊겼다. "이 자식 어디로 갔지?" 우리가 두리번거리자 갑자기 뒤편에서 수풀이 요란하게 부스럭댔다. 그자가 검을 세우고 뛰쳐나왔다.

우르다의 방패가 아슬아슬하게 검을 막고, 그자는 비껴 나간 검을 수습해 다시 한번 휘둘렀다. 나는 어딘가 이상한 기색을 느끼고 사방을 살피다가 소스라쳤다.

"마법사야!"

우리 모두 정신이 팔린 사이에 도련님을 호위하던 또다른 남자가 길 한복판에 서 있었다. 그는 우리 쪽으로 지팡이를 뻗은 채 주문을 외우는 중이었다. 나는 그가 최소한 나보다 뛰어난 마법사이며 우리 전부에게 거대한 마법을 걸고 있다는 걸 깨달았다. 이렇게 복잡하고 섬세한 마력의 흐름이라면, 환상마법일까? 뒤늦게 지팡이를 세워 미력하나마 해제마법을 준비하며 나는 소리쳤다.

"조심해, 다들 정신 바짝 차리고······!"

"돌아가거라, 고향으로. 그리운 고향으로. 돌아가라, 모두."

남자 마법사가 저항하기 힘든 부드럽고 유혹적인 목소리로 반복했다. 그 소리를 듣자마자 나는 덜컥 멈춰 버렸고 더는 옴짝달싹할 수 없었다. 서서히 의식이 흐려지며 마법이, 늪처럼 처덕거리는 덫이 머릿속에 스며들기 시작했다.

누군가 내 등을 철썩 내리친다. 얼얼한 아픔에 나는 눈을 번쩍 떴다.

"게으름뱅이 계집애야! 해가 중천에 떴다. 내가 언제부터 공주님을 우리 집에 뫼셨지?"

퉁명스럽게 빈정대며 엄마는 화덕 앞에 앉아 불을 쑤석였다. 솥에서 끓는 죽 냄새가 텁텁했다. 내가 화덕 옆 잠자리에서 부스스 일어나는 동안 엄마는 허리에 손을 얹고 힘들게 몸을 세웠다. 문턱 밖에서 돼지들이 배고파하며 꿀꿀대는 소리가 들렸다.

"부엌에서라도 재워 주는 걸 다행으로 알거라. 다신 안 돌아올 줄 알았더니. 알지? 우린 너 시집보낼 돈 같은 거 없다."

"검사관이 나 데려갈 때 준 돈 있잖아. 나도 계속 쥐꼬리만 한

봉급 모아서 보냈더니 어느 구멍에 죄 쏟아붓고 나만 보면 돈타령이야."

결혼하러 돌아온 것도 아닌데 지레 덧붙이는 소리가 미워서 나도 쏘아붙였다. 얼굴을 문지르니 지푸라기와 숯검댕 범벅이 묻어 나온다. 다시 한번 등에 찰싹 때리는 손길이 날아왔다.

"어느 구멍? 여기 딸린 목구멍이 몇인 줄 알아? 네 아버지에게 가서 물어봐라, 애들 입에 풀칠이라도 할 궁리는 안 하고 빈둥빈둥 매일 무슨 생각으로 사는지. 빨리 일어나! 난 밭에 간다!"

동생들이 까르륵 웃으며 뒷마당에서 뛰어 들어온다. 내가 집에서 떠날 때보다 둘이 더 늘어 있었다. 애들에게 죽을 챙겨 먹이는 틈틈이 나도 겨우 요기를 하고, 다섯째에게 돼지들 몰고 나가라고 문을 열어 줬다. 네모난 문으로 마르고 쨍한 햇빛이 쏟아져 들어왔다. 캄캄한 집 안에 있던 나는 부신 눈을 뜨고 새카만 벽과 문틀 너머를 멍하니 바라보았다. 이 안은 너무 어두컴컴하고 저 밖은 아프도록 환하다. 나는 어지러워서 뒷걸음질 쳤다.

옷도 입다 만 아이들이 소리 지르며 달려가자 흙먼지가 일고 외양간 냄새가 났다. 물동이를 이고 나오던 넷째가 나를 찔러 마당에 뒀던 빨래통을 가리켰다. 나는 빨랫감이 산처럼 쌓여 묵직한 통을 들어서 몸에 바싹 붙이고는 집 밖으로 나섰다.

강렬한 햇빛과 후덥지근한 공기에 뒷목덜미로 땀이 송글송글 맺혔다. 브레 대신 입은 긴 아마포 치맛자락이 발목께에서 흔들리는 느낌이 새삼 낯설다. 내 지팡이는 어디 갔지? 마법사로서 나는 벌써 쓸모없어졌나? 옛날 할아버지가 꾸렸던 학당을 지나치며 흘긋 보니 내 기억보다 훨씬 낡고 초라한 오두막이었다. 안에서는 젊은 선생이 시끌시끌한 몇 안 되는 어린애들에게 건성으로 책을 읽어 주는 중이었다. 대낮부터 광장에 주저앉아 포도주 항아리를 돌리던 마을 남자들이 내가 지나치자 휘파람을 불고 벌게진 얼굴로 귓구멍 더러워지는 소리나 지껄였다. 못 들은 척하기에도 짜증이 밀려왔다. 놈 중 하나가 실실대며 내 팔을 낚아채려 하길래, 때리듯이 뿌리치고 걸음을 서둘렀다.

빨래터에는 뚱한 얼굴을 한 여자가 앉아서 잿물과 기름을 굳힌 형편없는 비누를 팔고 있었다. 한 조각 값으로 동전을 내미니 여자가 내 얼굴을 뚫어지게 보다 픽 웃는다.

"티리네 맏딸이네. 돌아왔나?"

그럼 그렇지, 하는 말투. 조금 전 희롱하던 놈팡이들이 낄낄대던 목소리가 겹쳐 왔다. "티리네 송아지가 암소가 됐네!" 갑자기 목구멍 가득 화가 치솟았다. 티리네 딸이 아니다. 내게는 나만의 이름이 있다. 아무것도 아닌 계집애로 돌아왔다고 내 이름도 없던 게 되나? 자투리 골무랍시고 그간 아등바등 어떻게 붙들고 버틴 내 이름인데 어림도 없다, 누구 맘대로.

"티리네 딸 말고 에롤이요. 에롤!"

들은 척도 안 하는 여자의 손에서 비누를 빼앗은 후 나는 빨래터에 앉아 빨래통을 거꾸로 뒤집어 털었다.

밑돌 위에 지저분한 옷 쪼가리들을 하나씩 펼치고, 푸석푸석한 비누를 한껏 문질러 벅벅 비비고, 헹구고, 그다음, 그다음으로 반복. 땀과 때가 얼룩진 옷가지들은 크고 작고 길고 무겁고 한이 없었다. 하나씩 털어 꽉꽉 비틀어 짜며 나는 입속으로 중얼중얼 욕을 퍼부어 댔다. 돌아가는 길은 물먹은 빨랫감 때문에 더 무거워져서 팔은 떨어져 나갈 것처럼 힘든 데다 무더웠다. 비틀비틀 걷다가 몇 번이나 중간에 내려놓고 쑤시는 허리를 펴야 했다. 멀리서 교회 종이 울린다. 나는 걷어붙인 옷소매로 이마를 닦으며 멍하니 생각했다. 가면 바로 빨래를 널고 텃밭의 잡초를 뽑고 망가진 의자도 고치고 또 뭐가 있더라.

집에 오니 엄마가 먼저 와서 텃밭을 돌보고 있었다. 내가 빨래통을 내려놓자마자 앉을 틈도 주지 않고 도로 밖으로 내몰듯이 손을 휘저었다.

"오늘 푸르에 장이 열리는 날이다. 옆집에서 손수레 빌려 갖고 가서 밀가루 좀 사 오거라. 저녁에 반죽해서 빵도 굽고."

미적미적 돌아서는 내 등에 대고 엄마가 한마디 더 소리쳤다.

"간 김에 선술집에 들러보고 네 아버지 있으면 그냥 들어오지 말고 거기서 술독에나 빠져 죽으라 해라!"

대뜸 손부터 내미는 옆집 당돌한 꼬마 놈을 한번 쥐어박아 준 후 동전 한 닢에 손수레를 끌고 나왔다. 마을 어귀서부터 완만한 비탈로 이어지는 경작지와 덤불이 다닥다닥 붙어 있었다. 새파란 하늘이 이불처럼 그 위에 드리웠다. 후드도 쓰지 않은

소모품 마법사 **333**

머리칼과 닳아 빠진 소매를 흔들고 가는 바람결에 나는 크게 숨을 들이쉬었다. 갑자기 답답해서 토하고 싶어졌다.

가눌 길 없는 좌절감, 울화가 나를 때려눕힐 것만 같아 힘껏 팔뚝을 쥐고 버텼다. 이것이 반복된다. 오늘이 가면 내일이, 내일이 가면 또 내일이. 똑같은 매일이 앞으로 죽을 때까지 날 기다린다. 매일 동전을 내놓으라 내미는 거친 손바닥에 내 주머니를 뒤집어 털어 줘도 욕만 먹는 날들. 하루 일과에 쫓겨 백지장 같은 잠에 곯아떨어지면 또 철썩 때리는 손과 고함 속에서 깨어날 것이다.

"일어나, 게으름뱅이 계집애야! 이 쓸모없는 것!"

나는 소리를 질렀다. 목이 터져라 내지르며, 수레를 팽개치고 내달리기 시작했다.

마을을 뒤로하고 비탈을 구르듯 내려가다가, 덤불 속으로 뛰어들어 수풀과 여린 관목을 헤치고 나아갔다. 검은 숲속으로 들어가니 새하얀 길이 내 발걸음 따라 구불구불 만들어졌다. 여기만 아니면 좋다. 지금 당장은 여기에서 도망치지 않으면 죽어 버릴 것처럼 그렇게 달리고.

또 달려서 새까만 밤이 되고 달이 떠올랐을 때 눈앞에 음산하고 울적한 커다란 집이 나타났다.

검게 늘어선 창 구멍이 뻥 뚫린 수많은 눈처럼 날 지켜보았다. 그러나 절대로 뒤로 돌아갈 순 없었다. 나는 끔찍한 악몽 속에서 안식처라도 만난 듯 그 누추한 집으로 몸을 던져 넣었다.

미로처럼 얽힌 복도와 방문을 따라 헤매다가 열려 있는 방 하나를 보았다.

나는 그곳으로 들어갔다. 마치 나를 위해 오래전부터 준비된 듯한 작고 냉기만 감도는 방. 안심하여 옷을 벗고는 짚침대에 주섬주섬 들어갔다. 너무 지쳤다. 허리가 굽고 손발이 기운 없이 떨렸다. 수도원처럼 좁다란 방, 달빛만 비쳐드는 삭막한 텅 빈 벽, 마치 관 속에 잠들듯이 누운 나는 주름진 목에 백발 섞인 푸석푸석한 머리를 한 모습이 되어 있었다. 그때 이 장면을 어디선가 본 적 있다는 걸 깨달았다…… 닫힌 문이 삐걱 열렸다. 나는 감았던 눈을 부릅떴다.

천천히 벌어지는 방문 앞에 어린애가 서 있었다. 잡아먹을 듯 번득이는 눈에 꾹 다문 입으로, 잠옷 안에 이 빠진 부엌칼을 숨긴 맨발의 계집아이가. 여자애가 몸을 떨며 입을 열었고, 증오와 원망에 가득 찬 욕설이 칼날처럼 쏟아져 나왔다. 나는 비명을 질렀다.

비명을 멈출 수가 없었다. 발목을 잡아끄는 심연에 저항이라도 하듯 나는 몸부림치고 또 몸부림쳤다. 손끝에 뭔가 단단하고 메마른 감촉이 전해졌다. 아니, 처음부터 난 그것을 내 손에 쥐고 있었다. 무력한 비명은 성난 고함이 되고, 그것은 내 입속으로 쪼그라붙어 주문이 되었다. 나는 해제 주문을 몸 밖으로 터뜨리듯 외쳤다.

"사라져라, 부서져 버려!"

외롭고 끔찍한 밤을 깨뜨리는 새벽별처럼 빛이 시야를 뒤덮었다.

정신을 차렸을 때 나는 지팡이를 생명줄처럼 두 손으로 움켜쥔 채 무릎을 꿇고 있었다. 꿈이라도 꾸듯 올려다본 겨울 하늘을 가로질러 차갑고 맑게 우짖는 새떼가 떠나갔다.

내 주변에서도 겨우 환상마법에서 깨어난 이들이 하나둘씩 몸을 일으키고 있었다. 나만 호되게 당한 건 아닌지 죄 식은땀에 젖어 떨떠름하고도 질릴 대로 질린 표정이다. 뭘 봤느냐고 묻기조차 싫었다. 큰 힐라가 동물처럼 이를 갈더니 몸을 숙인 채 곧바로 칼을 잡아뽑았다.

상대 마법사는 우리 반응을 보고 당황한 듯 머뭇거렸다. 뒤늦게 도망치려 몸을 돌렸으나 큰 힐라가 휘두른 검에 맞아 외마디 소리를 질렀다. 침착하게 다가온 우르다 역시 무서우리만큼 차분하게 그자의 옆구리를 싹 갈랐다. 바닥에 뒹구는 그자를 내버려 둔 채 멜이 고개를 치켜들었다.

"잘했다, 에롤. 고급 마법이었을 텐데 대단해."

고급 마법이 아니라고 대답하려다 나는 입을 다물었다. 아직도 해제주문이 내게서 뻗어 나갈 때의 감각이 손끝이 저릿저릿할 정도로 남아 있었다. 평소 마법을 사용할 때 느낌과 다른, 번개라도 맞은 듯한 뜨겁고 소름 끼치던 '힘'의 맛이. 애초에 나 혼자 단번에 해제할 수 있다는 자체가 고급 마법이 아니라는 증거고, 청동 이상 가는 마법사가 요즘 같은 전시에 남아 있을 리도 없다. 저자는 나보다야 낫지만 기껏해야 가죽 골무다. 강한 확신이 들었다.

마법사가 목에 걸린 신음과 비명을 번갈아 지르자 멜은 배를 한번 걷어차 준 후 에임스를 향했다.

"시끄러우니까 적당히 치유해 주고 재우든가 해서 근처에 묶어라. 우리는 흩어져서 짐짝을 찾는다. 저놈이 시간을 끌어 봤자 얼마 못 갔을 거다. 근처 마을을 중심으로 뒤져!"

니브, 큰 힐라, 우르다, 마지막으로 작은 힐라가 떠나며 그자 쪽으로 침을 퉤 뱉었다. 나는 그들과는 반대 방향으로 종종걸음 쳐서 떨어져 나왔다. 마음에 짚이는 구석이 있었다.

저자의 환상마법은 내가, 우리 모두가 보았을 그런 몸서리쳐지게 생생한 환상을 보여 줄 수준이 아닐 것이다. 고작해야 어린애 눈속임 정도로 우리 발을 잠깐 붙들어 둘 의도였겠지. 그 얼간이는 자기가 무슨 짓을 했는지도 모르리라. 나는 아직도 징그럽게 달라붙는 분노와 공포의 찌꺼기를 삼킬 수 없었다. 엄청나게 위력이 불어난 그자의 마법, 그리고 그걸 한번에 풀어 버린 내 마법. 틀림없이 어딘가에서 흘러든 것이다, 강한 마력이.

나는 한정된 인간의 오감 대신 지팡이에 정신을 집중하여 수풀을 헤쳐 나갔다. 곤두세운 신경 끝에 한 줄기 희미한 기운이 느껴졌다. 온몸이 불쾌하게 간질간질해지기 시작했다. 자연적으로 존재하기 힘든 농축된 정신의 힘. 나는 실타래처럼 그 기운을 손에 감았다. 놓치지 않게 계속 집중하여 더듬어 가는데 평소라면 제대로 느끼지도 못했을 그 힘이 갈수록 내 혈관 속으로 묵직하게 파고드는 걸 알 수 있었다. 조금씩 나는 그 원천에 가까워졌다.

짐승도 안 지나다닐 법한 빽빽한 수풀 속으로 겨우 헤쳐 가며 한참 들어가니, 야트막한 둔덕이 무너져 내린 게 보였다. 산사태라도 일어났는지 돌덩어리가 깨지고 부서진 사이로 땅이 좁다랗게 갈라져 있었다. 기운은 그 안쪽에서 퍼져 나오고 있다. 나는 의심 한번 없이 그 속으로 기어 들어갔다. 그때 이미 사로잡혀 있었던 것 같다. 조금 더 경계해야 했는데. 기껏해야 비밀리에 묻힌 성자의 유골이나 과거 마법시대의 성물이겠거니 생각했다.

나는 뱀굴처럼 좁고 긴 틈에 팔다리를 대고 엉금엉금 기어서 나아갔다. 마침내 땅속에 묻혀 있던 핵심, 마력의 심장부에 도달할 때까지. 안쪽은 겨우 내 키보다 조금 높고 둥글게 파인 막다른 곳이었다. 캄캄한 어둠 속에 지팡이로 빛을 띄우자 차가운 물방울이 얼굴에 똑, 떨어졌다. 무심코 고개를 든 나는 머리끝이 쭈뼛 서며 얼어붙었다.

희미한 빛 속에 서서히 드러나는 검붉은 껍질. 천장에 매달린 타원형 물체……. 알이다. 그것도 용의 알이다.

비명도 지를 수 없었다. 입을 억지로 다물고 있는데 저절로 이가 딱딱 마주쳐 침이 흐르고 다리가 떨려 서 있을 수도 없었다. 그러나 주저앉는 건 더더욱 불가능해서 나는 그저 지팡이만 손에 쥐가 나도록 움키고 버텨야 했다. 둥지처럼 좁은 동굴 안을 꽉 메운 마력이 천천히 소용돌이치고 있는 것만 느껴져서 그냥 기절하고 싶었다.

왜 몰랐을까. 나 같은 하급 골무의 힘을 키워 줄 만한 건 용과 마법시대가 남긴 유산뿐이라는 걸. 인간은 너무 자만하고 있었다. 용은 전부 사라진 게 아니라 이렇게 대지 밑에 숨어 다음 시대를 기다리고 있을지도 모르는데. 어떻게 이런 존재들과 싸웠고 물리치기까지 했지? 목구멍에서 계속 울컥거리며 뜨거운 덩어리가 치밀었다. 나는 꼼짝없이 붙박여 선 채 고개만 옆으로 틀어 토했다. 내장이 텅 비자 더 최악으로 공포가 뱃속을 채웠다. 그러나 공포뿐이었을까.

개미처럼 몸이 짓눌리기 일보 직전인 상태에 적응하자 나는 서서히 다른 감정을 느꼈다. 두려움만큼이나 순수하고 강렬한 감정…… 경외감을. 안개처럼 농밀하고 살아 있는 듯 꿈틀거리는 마력을 느낀다. 그것이 내 핏줄을 타고 흘러들어 내 손발처럼 실체를 갖는 걸 느낀다. 두려움을 닮은 환희가 빠르게 피어올랐다. 나는 후들거리는 손으로 감히 지팡이 끝에 조심스레 마력을 모아 보았다.

팡! 고작 어린애 머리 크기만 하던 내 빛 덩어리가 퍼지더니, 이 공간 가득하게 불어나 열 개의 태양처럼 새하얗게 이글대기 시작했다. 눈꺼풀과 피부를 꿰뚫을 것처럼 강렬하게 타올라 서

둘러 마력을 멈춰야 했다. 엄청난 힘이 내보내 달라는 듯 내 몸 전체를 휘젓고 심장까지 펄떡거리게 만들어서 참기 힘들었다.

이 정도면 그 누구도 나를 무시할 수 없을 것이다. 더 이상 나는 쓸모없는 하급 자투리 골무가 아니다. 지금이라면 나는 무엇이라도 할 수 있을 것만 같았다, 그 무엇이라도. 흙먼지 이는 초라한 고향 마을이 떠올랐다. 아무것도 중요하지 않다는 듯 나와 눈도 맞추지 않던 갈스탄이 떠올랐다. 도련님이 마나님 시켜 줄지 누가 알고! 작은 헬라의 비웃음이 떠올랐다. 그제야 나는 작게 속삭이는 내 마음을 비참함 속에 깨달을 수 있었다.

'아니야, 도련님의 정부 따위. 내가 얻고 싶은 건 도련님이 있는 자리였다. 자리 말이야. 이름 말이야. 별 볼 일 없는 인생 말고, 있는 힘을 다해 봤자 누굴 대신해 주다 가루처럼 소모되는 인생 말고.'

나는 큰 숨을 들이쉬듯 한껏, 한껏 마력을 들이켰다. 갑자기 항상 이 정도 마력으로 충만한 세상이 궁금해졌다. 마법사는 이제 한물갔다, 마법시대는 저물어 간다고 하더라. 그러나 다시 세상이 마법의 세례를 받는다면?

'점점 쇠퇴하다 사라질 것이오.'

용의 알은 질기면서도 약해 보이는 거죽에 감싸인 채 불투명한 검붉은 색을 띠고 있다. 나는 떨리는 손으로 지팡이를 조금씩 아주 조금씩 치켜올렸다. 그것만으로도 너무 압도되고 두려워서, 타고난 마력부터가 하찮은 나는 줄행랑치고 싶은 강렬한 충동을 느꼈다. 거의 흐느끼듯 숨을 몰아쉬며 나는 천천히 천천히 영원처럼 지팡이를 알 쪽으로 가져갈 수 있었다. 손등에서 비정상적으로 뿌득 솟은 핏줄이 새까맣게 물들더니 내 팔 전체로 퍼져 갔다. 나는 타는 듯 욱신대는 아픔을 느꼈다.

그러나 지팡이 끝이 간신히 알의 껍질을 건드리자마자 마력끼리 부딪쳐 거대한 충격이 밀려왔다. 나는 한 번 더 토했다.

얼간이 마법사가 보여 준 환영과는 비교도 되지 않는 거세고 경악스러운 장면들이 내 머리를 후려치며 지나갔다. 잠든 알에 내 마력을 불어넣어 깨우면 닥쳐올 세상이.

살아남은 용이 포효하며 박차고 올라 검은 비늘 날개로 전장의 하늘을 휘젓는 세상이. 나는 그 마력을 머리끝부터 발끝까지 흠뻑 맞고 심장마저도 변화한다. 나의 이름은 에롤, 용이 축복한 철과 피의 마법사. 용이 녹아흐르는 황금 같은 불길로 세상을 파괴한다. 까맣게 내 몸을 물들이며 달리던 마력이 내 머릿속까지 터뜨릴 듯했다.

내 모습이 보였다. 불타오르는 마을들, 성벽들, 폐허의 왕국 위에서 맴도는 용. 그리고 내가 있다. 흑보석으로 덮인 철의 로브를 두르고 허공을 걷는 내가. 붉고 성스러운 나무 같은 거대한 지팡이를 들고 춤추며 파괴하는 검은 마법사 에롤이. 손이 떨렸다. 아주 잠깐이면 된다. 알의 껍질에 제대로 지팡이를 가져다 대고, 이 동굴 안에 맴도는 모든 마력을 나를 통해 불어넣으면 된다. 마력에 민감한 알은 어미가 품은 것처럼 오랜 잠에서 깨어날 것이다. 간단하다. 너는 이 순간을 위해 살아온 거다, 에롤. 정신 차려라.

그러나 내 손은 애매한 허공에서 멈췄다. 손이 떨리다 못해 부들부들 흔들리는 경련이 몸 전체로 퍼져 나갔다. 이상한 일이었다. 정말 이상하게도, 나는 쓸데없는 걸 떠올리고 있었다…….

마르차파네는 어떤 맛일까.

얼굴이 축축했다. 턱에서 눈물이 뚝뚝 떨어졌다. 왜 우는지도 모른 채 나는 지팡이를 쥔 상태로 떨다가 움찔대고 있었다.

아몬드가루와 설탕으로 반죽해서 만든 과자라니. 잇새에 걸리는 것도 없이 바스락거리고 달콤하겠지. 기분이 들뜨는 맛이겠지. 나는 한 번도 맛보지 못한. 아마도 맛보지 못할. 팔이 힘없이 처지며 손에서 지팡이가 떨어졌다. 지팡이를 놓자마자 몸속을 맹렬하게 끓어오르게 하던 마력도 씻은 듯이 가라앉아서 나는 본래의 나로 돌아왔다.

드래곤과 함께 하늘을 나는 절망의 마법사가 아닌 덜 떨어진 천 골무로. 그러나 다네트 같은 인간은 되지 않기 위해 나는 조금 더 어렵고 더 하찮고 조금 더 대단한 일을 하려 하고 있었다.

벨트에 묶어 맨 단검을 빼냈다. 오락가락하는 두 손으로 내 뺨을 친 후, 단단히 단검을 움켜쥐었다. 실패하면 나 혼자만 새까맣게 타 죽고 그 재조차도 여길 빠져나가지 못하겠지. 이게 과연 잘하는 짓일까? 머릿속에서 멍청한 계집애라고 욕하는 소리가 들렸지만 나는 귀담지 않으려 애썼다. 한 번 더 단검을 쥔 손아귀에 힘을 주었다. 심호흡을 하고 또 했다. 다네트 씨가 준 유일한 교훈을 나는 항상 새기고 다녔다. 칼은 잘 갈아 둬라.

나는 울음 같은 고함을 내지르며 단검을 알껍질에 쑥 박아 넣었다. 단단한 알 표면에 겨우 금 하나 내고 말거나, 아니면 내 몸뚱이가 곧바로 끽 소리도 없이 잿더미로 변하거나. 그런데 예상과는 달리 살짝 질긴 물컹한 느낌 속에 칼이 쑤욱 들어갔다.

이게 뭐야, 왜 이래. 소스라치게 놀라서 나는 온 힘을 다 실어 몇 번이나 더 칼질을 해 댔다. 맥없이 박히는 칼날 끝에서 갑자기 알 한쪽이 터져 나갔다. 끈끈하고 지저분한 액체가 주르륵 흘러나오더니 알껍질도 후드득 조각나 떨어지기 시작했다. 지독한 냄새가 풍겨 나와 나도 모르게 코를 틀어막았다.

드래곤은? 새끼 용은 어떻게 된 거야? 바닥에 눌어붙은 액체와 껍질이 녹색 매캐한 연기를 뿜어내더니 시꺼멓게 녹아 버렸다. 그와 함께 사방에 가득 차 있던 마력도 물거품처럼 꺼져 간다, 사라진다. 그제야 나는 깨달았다. 용의 알은 썩어 있었다고.

오래전에, 아주 오래전에, 오래오래전에 이미 썩어서 죽고 영양분인 마력만이 고여 있었다고. 비로소 다리가 풀리며 나는 털썩 무릎을 꿇었다.

"없었어, 용 따위······."

망연하게 허공만 쳐다보는데 가슴이 들썩이며 웃음이 나왔다.

용도, 위대해질 기회 따위도, 애초에 없었던 것이다. 나는 죽은 용의 동굴에서 넋이 나간 여자처럼 끝없이 웃어 댔다. 그럼

소모품 마법사 **343**

그렇지. 소모품 인생인 하급 마법사는 과연 다르다니까.

    도련님은 역시 멀리도 못 가고 근처 마을 소지주의 집에 숨어 있었다. 내 소매 속에서 기도서 페이지가 또다시 퍼덕거렸다. 집 안에서 놀라 뛰어다니는 어린애들을 헤치고 멜은 지하실 방문을 걷어찼다. 마지막 호위 한 사람이 기합을 지르며 칼을 쥐고 뛰쳐나왔으나 멜은 눈 하나 깜짝 않고 그자를 발로 차고 한번 푹 찔렀다. 나는 그 뒤에 서서 똑똑히 처다보았다. 벽에 바싹 붙어 있는 도련님의 얼굴을.

    며칠 새 생채기와 진흙투성이로 피골이 상접해 있었고, 내 기억처럼 멍하거나 무시하듯 무기력한 표정이 아니었다. 아주 생생한 초조와 공포가 그의 얼굴을 온통 일그러뜨렸다. 훨씬 더 사람다워 보인다고, 나는 생각했다. 멜과 우리들이 험악하게 다가가자 갈스탄은 비통하게 소리쳤다.

    "내 잘못이 아니야! 마님이……! 이자넬 마님이 가도 좋다고 하셨단 말이다!"

    멜의 눈가에 불꽃이 솟았다. 그러나 아무 말 없이 멜은 성큼 다가가서 도련님의 얼굴을 후려쳤을 뿐이다. 더 때릴 듯이 주먹을 들다 말고 멜은 물러났다.

    "성에 보고해라. 도련님 잘 모시고."

    마님이 허락하셨다니. 우리들은 서로 눈길을 교환했다. 설마 침입자들이 도련님을 구출하러 왔을 때 마님은 일부러 놓아줬다는 건가. 그리고 모르는 척 우리에게 추적하라 시켰고. 내 머릿속에 이자넬 마님이, 턱을 치켜든 그 냉혹하고 아름다운 모습이 스쳤다. 더 생각하지 말라는 듯 멜이 묵직한 목소리로 말했다.

"브레대, 우리 일은 이제 끝났다."

나는 이제 쓸모없어진 기도서 페이지를 찢으려다 말고 가만 읽어 보았다. 하루를 평안히 마치며 감사드리는 짧은 기도문이었다.

며칠 내 롬브 성에서 답신이 왔다. 곧 헤보 대장이 부하들을 끌고 뒤처리를 위해 도착할 거라고. 그럴 줄 알았다는 양 우르다가 빈정거렸다.

"재주는 곰이 넘는데 꿀 빠는 놈은 따로 있다니까."

더 기가 막힐 소식은 따로 있었다. 우리가 밑도 끝도 없는 추적을 할 무렵, 이자넬 마님은 도련님이 살아 있을 경우를 걸고 도련님의 가문 카이유와 협상을 끝냈다는 것이다. 우리 쪽에서 도련님을 확보하면 무사히 돌려보낼 테니 대신 아직 어린 카이유 아가씨가 성장하면 롬브에 시집 보내라는 조건으로. 물론 지참금은 마님 선대에 빼앗긴 땅이고 앞으로 마님의 아드님이 그 영토를 다스릴 것이다. 조금 둔한 니브마저도 상황을 알아차리고 탄식했다.

"우린 마님 손에 놀아난 거네."

"입 다물어. 이 정도로 끝난 걸 다행으로 알아. 도련님을 놓쳤으면 우린 무사했을 것 같아?"

불만스럽게 내뱉으며 우르다가 마당의 나무를 세차게 걷어 찼다. 멜은 여기 남아 헤보대와 카이유의 병사가 와서 도련님을 인도할 때까지 기다리기로 하고, 우리들은 롬브를 향해 귀환길에 올랐다. 이 작은 마을에서 차마 말과 수레를 빼앗을 수는 없어서 다시 걸어가는 수밖에 없었다.

발걸음이 가벼워야 하는데 우리는 맥 빠지고 기운을 잃은 채 터덜터덜 걸어갔다. 피곤한 여정이 되겠지. 큰 힐라는 아직도 고집스럽게 막내 힐라의 가죽 부대를 자기 것과 나란히 짊어지고 있다. 나는 문득 가슴속에 작은 새라도 돌아다니듯 간지러움을 느꼈다. 뭐라도 말하고 싶은 충동에 휩싸여서 곁에 있던 작은 힐라에게 소근거렸다.

"그거 알아? 나는 어쩌면, 세상을 구할 수도 있었어."

대체 무슨 잠꼬대냐는 듯 작은 힐라가 힐끔 돌아보았다. 얼마나 엉뚱한 소리인지 알면서도 나는 비밀 얘기라도 하듯 멈출 수가 없었다.

"누구도 할 수 없는 대단한 일을 내가 할 뻔했다고. 혹시 나중에 고향에 돌아가더라도 당당하게, 내 이름을 걸고 말할 수 있어. 나는 그 어떤 마법사도 보지 못한 것을, 세상의 불타는 끝과 재탄생을 봤다고. 나는 달라졌고, 결코 예전처럼 보잘것없지 않다고."

"무슨 헛소릴 하고 있어. 너 머리 다쳤냐?"

역시나 작은 힐라는 업신여기는 표정으로 한껏 코웃음을 쳤다. 다음번에 반드시 저놈의 계집애부터 결판낼 것이다. 나는 일부러 상냥하게 말했다.

"넌 평생 모를 거야."

해가 뉘엿뉘엿 저물기 시작했다. 맨앞에 섰던 니브가 작게 흥얼거리기 시작했다. 빨래터의 처녀 엉덩이가 어쩌고 하는, 남자 병사들이 행군하며 부르는 희롱 타령이었다. 우리는 언제나 그 가사를 바꿔 부르곤 했다. 한 명씩 두 명씩 노래가 옮겨 가다가 에임스까지 해서 우리 전부 엉망진창으로 노래를 이어 불렀다.

> 빨래터의 아낙은 치마폭에 칼을 쥐고 있지
> 고향에 전해 주오 그 여자는 돌아가지 않는다고
> 물레방아가 돌아가네 바람이 이네
> 창끝은 피에 물들고 무덤은 이끼에 덮여 마치
> 장미는 붉고 바이올렛은 푸른 것처럼

누런 흙과 눈이 뒤엉킨 벌판에 길게 우리 그림자가 떨어졌다. 검은 그림자들은 허수아비처럼 팔다리를 휘저으며 언제까지나 흥겹게 걸어갔다.

# 나와
밍들의 세계

나는 도랑 옆에 팽개쳐져 있었다.

숨을 헐떡이며 죽어 가는 중이었다. 앞다리는 바깥으로 꺾여 뼈가 튀어나오고 몸에서는 역한 냄새가 났다. 뜨겁고 축축한 것이 배를 적시며 흘러나오더니 점점 추워지고 있었다. 마지막으로 본 장면이 간신히 기억났다.

지긋지긋한 개구쟁이들. 며칠 잘 피했는데 오늘따라 재수가 없었다. 도망치려는 내 꼬리가 확 잡아당겨졌고, 발톱을 들이댈 새도 없이 뾰족한 것이 배에 깊숙이 찔러 들어왔다. 한 놈이라도 눈을 아주 후벼 파 버려야 했는데. 이를 갈았지만 힘없이 벌어진 주둥이에선 거품 섞인 침만 흘러나왔다.

잠들면 못 깨어날 것 같았다. 그러나 온몸이 너무 아프고 힘이 없어서 더는 버틸 수 없었다. 먼저 사라져 간 얼굴들이 머릿속을 스쳤다. 얼룩귀, 꺾인꼬리, 늙은수염, 형제들, 엄마.

만약 내가 ……였다면. 눈곱에 뒤덮인 눈꺼풀이 닫혔다.

잠 속에서 나는 희미하게 느꼈다. 누군가 내 축 처진 몸을 어루만지고 있었다.

인간……? 다 자란 인간 여자인 것 같다. 이 꼴로 만들고도 아직 모자라느냐고 침 뱉는 소리로 위협하려 했지만 여전히 나는 죽어 가고 있었다. 내가 기를 쓰고 꿈틀거리자 여자는 계속 내 몸뚱이를 가만가만 쓰다듬었다.

괜찮으니 조금만 참아.

그렇게 말한다는 기분이 들었다. 내 배는 두툼한 천 같은 것으로 감싸여 있었다. 통증도 무뎌졌는지 별로 느껴지지 않는다. 인간은 계속 날 만져 주며 말을 걸었다. 괜찮을 거란 말을 다 믿지는 않았지만 그 손길은 그다지 기분 나쁘진 않았다.

힘들게 버티던 눈이 다시 감기기 시작했다. 굳어 가는 내 몸에 그 인간이 뭔가 차가운 걸 가져다 대는 느낌이 났다.

또다시 깨어났을 때 나는 이게 무슨 상황인지 한참 고민해야 했다.

나는 사방이 막힌 공간 안에 있었다. 인간의 방이다. 나도 잠깐이나마 인간의 손에 잡혀 방이란 곳에서 지내 본 적 있으니 대충 안다. 인간이 벽이라 부르는 것, 창문이라 부르는 것, 식탁, 의자 등등. 대체로 내가 긁어 대면 인간들이 화를 내던 하찮은 물건들. 저것도 안다. 인간들이 좋아하는 TV, 그만큼 좋아하는 냉장고, 붕붕 웅웅 소리 내지만 살아 있지 않은 기계란 것들.

그런데 내 몸이 이상했다. 눈이 높은 곳에 달린 것 같았다. 예전에는 그 식탁이란 것의 다리만 겨우 보였는데 지금은 한참 위에서 식탁을 내려다보고 있다. 내가 허공에 떠 있는 게 아니라면 눈이 그 높이에 달린 모양인데. 그만큼 큰 생물이라면 인간밖에 떠오르지 않아 나는 조금 당황했다.

갑자기 목소리가 귀에 웅웅 울려서 나는 털이 뒤집힐 만큼 소스라쳤다.

"놀랐지? 적응하려면 좀 걸릴 거야."

내가 들었던 그 인간 목소리다. 날 쓰다듬으며 몸에 뭔가 달던 인간 여자. 나는 두리번거렸지만 여자의 모습은 찾을 수 없었다. 게다가 여자는 인간의 말을 하고 있을 텐데 왜 내가 알아들을 수 있는지도 모르겠다. 여자는 다시 차분하게 말을 이었다.

"기억나? 넌 죽어 가고 있었어."

굳이 알려 주지 않아도 뼈아프게 안다.

"지금도 상태가 썩 좋진 않아. 여기가 어딘지 궁금한 게 많지? 더 치료받고 상황이 괜찮아지면 그때 얘기해 줄게."

손길만큼이나 부드럽고 포근한 목소리였다. 그래 봤자 저자는 인간이고 저 손은 내 배를 찌르던 손과 다르지 않다. 물어뜯고 경계하고 싶었지만 나는 너무 피곤하고 계속 눈이 감겼다. 조금만 더 이대로 쉴 수만 있다면. 힘이 들어서 그런지 오랜만에 어린 시절 몸뚱이를 핥아 주던 혀가 기억난다. 꼬물거리는 내 작은 몸을 품어 주던, 털로 덮인 따뜻한 배도.

그 후로 잠에서 깰 때마다 인간 여자의 음성은 계속 나를 어루만지듯 천천히 이야기를 해 주었다. 나는 자다 깨다 하며 꿈처럼 그 말을 들었다.

"기계란 게 뭔지 알아? 아는구나. 그럼 한번 들어 볼래? 어떤 기계장치가 있어. 어떤 거냐 하면, 죽어 가는 생명체를 살아 있는 생명과 연결해 주는 장치야."

그 장치는 아주 복잡해서 성공보다는 실패를 더 많이 한다고 했다. 운이 좋아 성공하면 죽어 가는 몸뚱이를 잠시 떠나 살아 있는 생명의 눈과 귀를 빌릴 수 있게 해 준다고. 그 말대로 여자는 자신에게 나를 연결한 모양이다.

나를 인간에게? 내가 지금 인간 여자에게 옮겨 와 있다는 의미인가? 여자는 알기 쉽게 설명해 줬으나 그걸 내가 받아들이는 건 다른 문제였다. 그 이상한 기계가 쓸데없는 짓을 해서 내가 그 인간의 몸을 빌린 상태라면 내 눈높이가 왜 전과 다른지 설명이 되긴 한다. 그러나 나는 마음속으로 잔뜩 도사린 채 내게만 들리도록 침 뱉는 소리를 냈다. 나는 의심했다. 의심이 충분하지 못해 죽을 뻔했으니 더 의심해야 한다. 인간을. 인간의 도움이란 걸.

내가 조용히 있자 여자는 천천히 걸어가 거울 앞에 섰다. 그곳에 비친 모습을 나는 어렴풋이 알아봤다. 죽기 전에 날 만져 주던 인간 여자가 맞다. 그 손길이 떠오를 때마다 마음이 멋대로 풀리려고 해서 나는 다시 잔뜩 경계심을 다잡았다. 여자는 내게 보여 주려는 것처럼 자신의 한쪽 귀 뒤를 두드렸다.

"여기, 보여? 작고 동그란 걸 붙였지? 복잡한 이름이 따로 있지만 그냥 변환기라고 하는데, 음, 그 기계장치의 일부분이야."

그 뭐라는 물건이 그녀의 눈에 보이는 광경과 귀에 들리는 소리를 내게도 전해 준다고 한다. 이번에 그녀는 다른 쪽 귀 뒤를 가리켰다. 그쪽은 반대로 그녀가 내 생각을 들을 수 있게 연결해 주는 장치였다. 그 아래 살갗에는 최근에 생긴 듯한 붉은 할퀸 자국 같은 게 있었다. 그녀는 그 피부 아래에도 작고 작은 기계가 들어가 있다고 설명해 줬다.

"그래서 우리는 어느 정도 말이 통하는 거지. 기계가 내 머릿속을 통해 우리를 연결해 주니까. 잘 될까 좀 걱정했는데 넌 원래부터 인간 말을 꽤 잘 알고 있었구나."

당연하지, 귀진드기가 가르쳐 줬으니까.

나는 오래 잊고 있던 귀진드기를 떠올렸다. 꾀죄죄한 모습으로 거리에 나타난 놈은 인간하고 제법 오래 살았다고 했다. 그래서 거드름이 몸에 배어 미움도 많이 샀지만 내게는 친한 척 붙어서 이것저것 가르쳐 주었다. 그 녀석이 언제 어떻게 사라졌더라. 더 생각하면 마음이 쿡쿡 쑤시듯 아플까 봐 나는 생각을 멈췄다. 이상하다. 다치고 시간이 많아져서 그런지, 이 인간과 붙어 있어서 그런지, 잊고 지내던 옛 기억을 많이 생각하게 된다. 기계장치가 내 기분마저 전해 준다는 듯 때마침 그녀가 말했다.

"피곤하지? 졸리면 다시 자. 회복되면 적응도 빨리 될 거야."

회복, 적응, 낯선 말들. 나는 적응이란 예전으로 돌아갈 수 없다는 의미라고 어렴풋이 깨달았다.

갓 태어난 새끼도 아니면서 계속 자고 깨고만 반복하며, 어느덧 나는 눈 뜨면 보이는 이상한 광경을 받아들이기 시작했다. 받아들일 수밖에 없는 나날이기도 했다. 어느 날은 갑자기 눈이 아프도록 쨍해서 비명을 질렀다. 왜 그러냐고 놀라서 물어보는 여자에게 나는 쉭쉭거렸다.

"얼룩덜룩한 게 어지러워하라고 막 눈을 때리고 있어!"

그녀는 버럭버럭하는 날 한참 달랜 후에 겨우 내 말을 알아들었다.

"아, 무슨 소린가 했네. 그 얼룩덜룩한 건 색깔이야. 색깔 몰라? 너희 눈도 좀 알아보지 않아?"

"눈 시리게 이게 뭐야. 인간들은 이 정신 사나운 걸 계속 보고 산단 말이야? 그래서들 이상한가?"

조금 진정되자 그녀는 물건을 하나하나 짚으며 그걸 인간들이 무슨 색이라 부르는지 이름을 불러 줬다. 그러나 그녀가 말하는 색깔 중 절반은 잘 구분이 가질 않았다. 파란색이고 하늘색이고 더 밝고 어두운 정도지 그거나 그거나였다. 빨간색이란 걸 봤을 때는 정말 처음 보는 빛이라 마음속으로 펄쩍 뛰긴 했다. 그녀 말로는, 인간의 눈을 통해 보아도 내가 가졌던 원래 시각을 고려해 적당히 적용되는 것 같다고 한다.

반대로 청각은 인간 기준에 맞춰졌는지 들리는 범위가 답답할 정도로 좁아졌다. 머리에 뭔가 뒤집어쓴 것처럼 몸 근처 소리만 겨우, 그것도 높은 음 낮은 음 다 잘라먹고 들으면 위험은 어떻게 느끼고 사냥은 어떻게 하라고. 이렇게 시야는 색 범벅이라 정신 팔리고 소리도 반 토막만 겨우 듣고 다니니 인간이 둔하고 성질 이상한 것도 다 이유가 있던 것이다. 내가 참아 줘야지.

이래저래 변해 버린 감각에 놀라고 투덜대고 포기하며 그놈의 적응이란 걸 하던 중, 의문이 들었다. 나는 바로 그녀를 향해 물었다.

"내가 지금 너하고 연결되어 있다 했지? 그럼 진짜 나는? 어떻게 됐어? 내 원래 몸은 어디 있어?"

그녀는 잠시 말이 없었다. 인간에게 표정이 있다는 건 알지만 잘 구분은 못 한다. 가까이 가도 위험하지 않을 거란 느낌이 드는 표정, 반대로 등 털을 바싹 곤두서게 만드는 표정, 나도 무시하고 저쪽도 나를 무시하는 표정 정도만 알면 되니까. 그런데도 나는 지금 거울을 통해 그녀가 짓는 표정을 직접 확인하고 싶었다. 내가 위험을 느껴야 할까, 두려워해야 할까, 아니면 아무것도 아닌 걸까. 꽤 오랜 시간이 지나서야 그녀가 말을 이었다.

"너는 지금 무척 아파."

장치와 연결하는 동안에도 내가 버틸 수 있을지조차 알 수 없었다고 한다. 다행히 연결이 성공하게 되면 어느 정도 회복과 생명 유지 효과가 있지만 완전하지 않다고 했다. '죽어 가는 생명체를 살아 있는 생명과 연결해 주는.' 그녀는 처음에 그렇게 말했다. 내가 마지막으로 느꼈던 통증, 소리 지를 수도 없을 정도로 쑤시고 타들어 가는 것 같던 아픔이 기억난다.

나는 죽음도 알고 있다. 매일 인사하다가 하룻밤 새 딱딱하게 굳어서 악취를 풍기는 작은 몸뚱이들은 많았다. 너무 많았다. 지금 나도 그들과 가까운 것이다. 너무 가까이 가 있는 것이다. 가만가만 설명하던 그녀의 목소리를 들으니 어쩐지 기분이 처졌다.

"그러니까 다음에 보여 줄게."

"그래, 다음에."

그녀의 목소리는 작았다. 내 목소리도 작았다.

어느 날 정신이 들자마자 숨이 콱 막혔다.

끔찍한 고통이 덮쳐 왔다. 예전에 못된 꼬마 인간이 물에 처박았을 때처럼 가슴 터지게 헛숨을 들이켰다. 온몸이 으스러지는 듯해서 허우적거리는데 멀리서 목소리가 들렸다.

그녀였다. 잘 알아들을 수 없지만 날 부르는 것 같았다. 시끄러워, 인간. 공포에 짓눌린 채 이 고통을 버티느니, 차라리 그냥 편해지면 안 될까. 그러나 그녀는 멈추지 않고 계속 뭐라 뭐라

소리쳤다.

너무 시끄러워서 그 소리에 귀 기울이니 다음엔 내 몸을 만지는 손길이 느껴졌다. 내 진짜 몸, 부들부들 떨리며 죽어 가는 몸뚱이를. 그녀는 쉴 새 없이 내 딱딱한 앞다리, 뒷다리를 주무르고 가슴을 눌러 댔다. 그때마다 벌어진 내 입에서 미지근한 거품이 흘러나왔다.

게슴츠레 흐려진 내 진짜 눈에 그녀의 모습이 어른거렸다.

그녀는 울고 있었다. 인간이 우는 건 처음 봤다. 바람이 벽에 뚫린 구멍으로 빠져나가는 소리, 새끼 잃은 어미가 울부짖는 소리, 혹은 죽은 엄마나 형제 옆에서 떠날 줄 모르는 어린 것의 배고프고 힘없는 소리, 내가 아는 모든 비통한 소리가 그녀의 울음 속에도 들어 있었다. 왜 내 앞에서 그렇게 우는지는 몰랐지만, 살아 있는 것들은 다 똑같구나 하고 알게 됐다.

더 살아야겠다고 생각했다. 할 수 있는 만큼만, 아주 조금이라도 더.

날씨는 좋고, 창문 너머 보이는 하늘은 파랗다. 모든 게 문제없다.

그녀의 말에 의하면 나는 다행히도 '돌아왔다'고 한다. 어디에서 어디로 돌아왔다는 말인지 잘 모르겠지만 그냥 죽지 않았다, 살아났다는 뜻인 것 같았다. 인간이 쓰는 표현은 가끔 모르겠다. 모르겠지만 돌아왔다는 그 말은 어딘가 내 마음을 찌르르하게 했다. 사냥이 성공해서 이제 배불리 먹겠구나 기대할 때의 찌르르, 구역에서 쫓겨난 어린 것이 밤새 처량하게 우는 소리를 들을 때의 찌르르, 그런 비슷한 느낌. 나는 속으로 하품을 늘어지게 하고 맑은 하늘을 예전처럼 느긋하게 올려다보았다.

방 한구석에 언제부터인가 한 사람이 보였다.

내 보기에도 그녀보다 나이 많은 여자, 늙은 인간인 것 같았다. 그 여자도 푸르고 맑은 하늘을 하염없이 쳐다보고 있었다. 어쩐지 먼지 냄새가 날 것처럼 조용하고 흐릿한 모습으로.

"저 인간은 누구지? 저 나이 든 여자."

"나이 든 여자가 아니라 노인, 아니면 할머니."

그녀에게도 보이는 것 같았다. 그녀는 잠깐 고개를 갸웃거리더니 또다시 내가 전혀 이해할 수 없는 말을 했다.

"저건, 너야."

그녀의 눈과 귀에 날 연결해 준 장치 말고 반대쪽 장치, 즉 그녀가 내 생각을 듣게 하는 장치에는 기능이 하나 더 있다고 했다. 나를 보이면서 보이지 않는 모습으로 만든다고. 이게 들자니 복잡한 얘긴데 또 다른 내 몸을 만들어서 그녀에게 보여 준다고 한다. 오직 보이기만 하는 용도의 가짜 몸이라서 뭘 만질 수도 없고 누가 날 만질 수도 없단다. 하지만 저건 인간 여자고 내 모습이 아니잖아?

"머릿속을 읽어서 그리는 장치라서. 진짜 네 모습 말고 네가 강하게 생각한 모습이 되는 거래."

나는 다시 한번 그 모습을 돌아보았다.

아무리 봐도 나이 먹은 인간 여자다. 그러나 내가 으르렁거리듯 앞발을 짚자 그 인간 여자 모습도 두 앞발, 아니 두 손을 어설프게 식탁에 올리는 시늉을 한다. 어처구니가 없었다.

"그러니까 저게 나라고? 내가 저 나이 든 여자가, 노인이 됐다고?"

"그냥 그렇게 보이는 것뿐이야. 연결된 나한테만 보이는."

생기 없이 얼어붙어 있는 것 같던 그 나이 든 여자도 지금은 나와 똑같이 어처구니없다는 얼굴을 하고 있다. 내 모습이라 그런지 다른 인간보다도 얼굴 표정을 알아보기가 쉬웠다. 갑자기 잊고 있던 기억이 하나 떠올랐다.

만약 내가 ……였다면.

"죽기 직전에 그런 생각을 했어. 너무 분하고 화가 나서, 만약 내가 인간이었다면, 그랬다면 이렇게 속절없이 죽었을까 하고."

그러자 물고기가 둥실 떠오르듯 또 생각이 났다. 나는 예전에 이와 비슷한 나이 든 여자를 본 적이 있다.

아직 어릴 때 일이었다. 덜 자란 또래의 동료들하고 어딘지 모를 구석에 몸을 포개고 웅크려 있었다. 하늘에서 축축한 물방울이 쏟아지고 있었다. 그칠 줄 모르는 비 때문에 털은 다 젖고 굶어 쪼그라든 배 속까지 얼어붙듯 추웠다. 그때 뭔가 투명한 게 펄럭하더니 벌벌 떨던 우리 머리 위에서 비를 막아 주었다. 그게 우산이란 건 한참 나중에야 알았다. 우산 밑에서 우릴 가만 들여다보던 인간의 두 눈이 지금 이 노인과 비슷했던 것이다.

나와 멍들의 세계 **361**

그 후로도 몇 번 더 그 노인은 우리를 찾아왔다. 물이나 먹을 것을 들고선 허리를 굽혀 새처럼 쪽 쪽 소리를 내 우릴 부르곤 했다.

어쩌면 그 때문에 내가 휜 꼬리, 절룩이 들보다 인간을 덜 경계하게 됐는지 모른다. 그렇지 않았다면 망할 개구쟁이들이나, 고래고래 소리 지르고 꼬챙이를 들고 덤비곤 하던 인간 놈들의 괴롭힘을 피할 수 있었을지도 모르지. 그래도 왜 내가 죽어 가던 순간에 만져 주던 그녀의 손길을 거부하지 않았는지 이해할 것 같았다.

아직 아무것도 모르고 길거리에서 구르던 우리들에게 처음 친절을 베풀어 준 인간이 있었으니까.

"잠깐, 그 모습으로 뒷발 들지 말고. 진짜로 가려운 것도 아니잖아."

그녀 목소리에 정신이 들자 눈앞의 노인도 어중간한 자세로 뒷발을 들다 말고 점잖게 앉았다.

"그럼 지금 내가 날 보는 거야?"

엄청나게 이상한 상황이었다. 나는 여기 있는데 왜 남의 눈으로 가짜인 날 보고 있는 걸까. 그녀가 더듬거리며 어설픈 말로 설명해 줬으나 난 여전히 어리둥절하기만 했다.

"원래는 의사소통이 힘든 상태의 인간끼리 대화하기 위해 만든 장치라더라. 인간은 대화 상대가 제대로 눈에 보여야 안심하는 모양이야. 몸을 움직일 수 없는 쪽에서도 홀로그램이라도 좋으니 몸을 갖고 움직이고 싶어 하고. 그러니까 꼭 있을 필요는 없겠지? 네 맘에 안 들면 없애도……."

"됐어, 난 인간도 아니고. 내 진짜 몸도 못 쓰는데 놔둬."

그러면서 나는 다시 한번 귀를 긁고 싶은 유혹을 참아야 했다. 그녀가 웃음소리를 냈다.

"긁고 싶으면 긁어. 어차피 우리 둘만 보이니까 상관없어."

"시끄러워, 나도 제대로 앉아 있을 수 있다고."

나는 목구멍에서 가르릉 소리를 냈다. 일부러 기분 좋을 때 내는 소리를 만들어 내자 인간 모습의 노인도 봐 줄 만한 얼굴이 됐다. 그 표정이란 게 마음에 들어서 나도 더 기세를 높여 가르릉거렸다.

"기분 좋으니까 이제 괜찮아."

"뭐가?"

"내 진짜 몸 말이야, 이제 봐도 괜찮아."

그녀의 환하게 열린 눈이 급작스레 좁고 어두워졌다. 예전이었다면 몰랐을 인간의 모습들을 알게 되는 건 인간과 연결돼서 그런 걸까. 그녀는 또 한참 가만히 있었다. 그러나 조용히 일어나 의자를 밀고 뒤돌아섰다.

그녀의 집 반대편을 보는 것은 처음이었다. 그녀는 내가 깨어 있을 때는 늘 식탁에 앉아 벽과 냉장고 등등을 보고 있었다. 뒤로 돌자 전에는 몰랐던 방문이 하나 나타났다. 문을 열었더니 그 안은 창문까지 막았는지 완전히 어두컴컴했고 이상한 작은 불빛만 몇 개 날벌레처럼 깜박이고 있었다. 그녀가 뭔가를 만지자 주변이 희미하게 밝아졌다.

투명한 우리 같은 것 안에 검게 웅크린 그림자가 보였다. 그 그림자에서 기다란 끈 뭉치가 나와 커다란 기계, 냉장고보다 더 큰 기계로 이어졌다. 그 기계에서는 가늘게 짤각대는 소리도 들리고 색색의 빛도 조그맣게 새어 나와 눈이 아팠다. 그녀가 그 앞에 멈춰 서자 나는 그녀의 눈을 통해서 볼 수 있었다. 웅크린 채 꼼짝도 않는 그림자를 더 자세히.

그 잔뜩 말려 있는 뻣뻣한 털 뭉치가 내 몸이라는 걸 알았다.

앞다리, 뒷다리 모두 딱딱해 보이는 물체로 덮여 있고 배에도 천이 감겨 있다. 전에 바싹 말라비틀어진 개구리를 본 적 있는데 그와 거의 비슷한 꼴이었다. 한쪽 얼굴은 바닥에 대서 모르겠지만 위로 향한 쪽 눈구멍은 안이 텅 빈 듯 쑥 파이고 일그러진 주둥이 틈에서 허연 잇몸이 드러났다. 나도 모르게 목구멍 속에서 길고 끝없는 소리가 새어 나왔다. 그 소리를 감싸듯 뒤따라 그녀가 말했다.

"미안해."

나는 그녀가 무슨 말을 하는지 몰랐다. 그렇다고 다시 물어볼 생각도 들지 않았다.

"죽어 가는 나를 내가 보고 있네."

끙 소리도 못 내고 헐떡일 때마다 피부를 찢을 듯이 두드러지는 갈비뼈를 보며 내가 중얼거렸다. 그녀가 조용히 밖으로 돌아

나와 문을 닫자 나는 더 이상 나를 볼 수 없었다. 그러나 그녀 곁에 서 있는 또 다른 나는 볼 수 있었다. 묵묵히 선 노인은 나도 알아볼 만큼 색채가 없고 주저앉고 싶은 듯이 멍한 표정이었다. 그녀도 그 얼굴을 보았을까.

"다른 이야기를 하자."

내가 말했다. 방금 본 광경이 잊히지 않아서 그것만 아니면 뭐든 상관없을 것 같았다. 다른 이야기라, 뭐가 좋을까. 그녀는 입속으로 중얼거리더니 재빨리 말했다.

"아, 그래. 사실 전부터 물어보고 싶었거든. 네 이름이 뭔지 궁금했어. 뭐라 불러야 해? 이름은 있었니?"

이름이라. 나는 코끝을 찡그렸다. 내 동료들은 서로 부를 때 짝눈이나 얼룩꼬리, 낙엽냄새라 하다가 때로는 바뀌어서 얼룩꼬리가 잘린꼬리가 되고 낙엽냄새가 비린냄새가 되기도 했다. 그들도 나를 내키는 대로 불렀다. 인간들은 꼭 이름이 필요한가? 번거로운 존재들이라니까. 나는 고개를 쳐들고 당당하게 말했다.

"나는 나야. 다른 이름 따위 없어. 나라고 불러."

"나한테는 네가 되는데?"

"인간 사정 따위 알 게 뭐야. 나는 나라니까."

"좋아, 그럼 '나'라고 하자. 그럼 넌 날 뭐라 부를래? 너도 '나'라고 불러 줄래?"

"싫어, 나는 나 하난데 왜 널 나라고 해."

"은근 고집 있네. 알았어. 하고 싶은 대로 하세요, '나' 씨. 그럼 난 이름으로 불러 줘. 사람 이름이 있으니까."

그러면서 뭐라 뭐라 하는데 내가 인간의 이름 따위 알아들을 리가. 아무리 들어도 '밍-이'인지 '이-밍'인지 그게 그거 같다. 그래서 나와 인간 노인 모습은 다 귀찮다고 손을 내저었다.

"몰라. 넌 '밍'이다. 이제부터 '밍'이라고 부를 거야."

"아니, 왜 그렇게 대충인데?"

우리는 잠시 그렇게 떠들었다. 그러나 그녀는 내 노인 모습이 그림자처럼 지었던 괴로운 얼굴을 보았다. 나는 그녀도 똑같은 표정인 것을 알았다. 슬픔이 내장에서 배어 나와 거죽까지 물들인다. 나는 저 방에 죽음을 가둔 채 살아가고 있다. 나와 밍은, 괴로운 얼굴을 가두고 같이 살아간다.

우리가 인간들 생각보다 더 머리가 좋고 무엇이든 빠르게 배운다는 걸 아는가? 옛날 어디서는 우리가 신이었다고, 늙은수염이 말해 줬다. 게으르고 아무것도 못 하는 작은 신들이었나 보다. 나는 신은 아니지만 거의 온종일 잠자고 하늘을 바라보고 멍하니 시간을 보내며 밍에게 붙어 있었다.

내 가짜 몸은 내게 적당하진 않았다.

평소 버릇대로 벌러덩 누우려다가 생각해 보니 난 인간이 그렇게 앞발 접고 고개를 뒤로한 채 편히 드러누운 걸 본 적이 없었다. 그래서 괜히 하품이나 하고 끝냈다. 가짜 몸이 인간 형태인 만큼 나는 인간을 더 관찰하게 됐다. 밍이 보는 TV나 거울에 비치는 밍의 모습 등등.

볼수록 이렇게나 유연성도 떨어지고 굼뜨고 불편한 동물이라니, 한탄하면서도 나는 그럴싸하게 노인의 몸을 움직였다. 시장이나 차가 많고 어지러운 곳에 밍을 따라갈 때면 어차피 보이지도 않을 텐데 진짜 사람인 척 밍과 걸었다. 저 생선이 싱싱하다느니 저 캔을 사 보라느니 참견도 하면서.

어느 날 밍은 말했다. 저금이 떨어졌어. 한동안 쉬고 있었다던 밍은 다시 일하기 시작했다.

매일 아침 밍은 물을 한 잔 마신 후 몸단장을 한다. 바쁘게 씻고 얼굴에 이것저것 바른 후 옷을 입고. 마지막으로 밍은 목을 쭉 빼서 수건 같은 걸 두른다. 스카프야, 밍이 알려 줬지만 알 게 뭐람.

"나, 좀 봐. 괜찮아? 눈에 안 띄어?"

밍의 목덜미부터 뺨 한쪽까지는 살짝 흉터가 있었다. 밍은 그게 보이지는 않을지 신경을 많이 썼다.

"달리다가 넘어졌거든. 그래서 뾰족한 것에 걸려 찢어졌어."

왜 달렸는데? 물으면 밍은 나한테는 어려운 복잡한 표정을 지으며 웃곤 했다. 나쁜 인간들이 있어. 그런 사람들이 많이 쫓아왔어. 우리 아버지 때문에.

일하러 나가는 밍의 발걸음은 무거웠다. 한참을 걸어서 지하로 내려가 시끄럽고 인간들로 꽉 찬 짐차를 타고 또 한참을 간다. 밍이 일하는 사무실이란 곳은 짐차 못지않게 인간이 가득하고 늘 누군가가 화내거나 소리치고 있었다. 밍은 소리치는 쪽이 아니었다. 그녀는 참고 버티는 쪽이었다.

좁은 곳에 하루 종일 앉아 TV하고 비슷하게 생긴 화면을 보거나 귀에 뭔가 꽂고 목이 아프도록 중얼거리는 밍은 지쳐 보였다. 밤이 되어 아침과는 반대 순서로 꽉 찬 짐차를 타고 지하에서 올라와 한참을 걸어가는 밍의 발걸음은 더욱더 무겁고 조용했다.

나는 아무 소용도 없으면서 꼭 밍을 따라다녔다. 밍의 주변에서 노인 모습으로 떠돌고, 밍의 눈으로 TV보다 작은 화면을 꽉 채운 이상한 숫자들과 글자들을 들여다보고, 하품을 하고 꾸벅꾸벅 졸다가 잠이 들었다. 어떤 때는 밍이 집으로 돌아온 후에야 깨어났다. 밍은 집에 들어서서 내가 보이지 않으면 꼭 불렀다.

"'나', 어디 있어?"

"나 여기 있어."

나는 그렇게 대답했다. 밍이 겨우 웃으며 다리를 쭉 뻗으면 왠지 그 무릎에 올라가 몸을 동그랗게 말고 싶었다. 그러나 인간 모습으로 그럴 수야 없지. 언젠가 때가 오면 하기로 하고 지금은 참았다.

가끔 집 안에 벌레가 들어와 참을 수 없게 될 때도 있다. 붕붕대는 소리와 눈앞에 어른대는 날갯짓에 벌떡 일어나 앞발로 허공을 허우적대면, 밍이 그 별난 꼴을 보고도 잘한다고 부추기며 손뼉을 쳤다.

"잡고 싶어도 잡을 순 없지. '나'도 답답하겠다."

"답답하지, 그럼. 저런 건 그냥 주먹 한 방에 입으로 쏙인데. 앗, 어디로 갔지?"

인간이 보는 색깔이란 건 혼란스럽고, 청각은 보잘것없고, 그리고 밍과 연결된 이 상태에서는 냄새도 못 맡고 다른 몸의 감각도 없다. 하지만 나는 내심 잘됐다고 생각했다.

이 집 저편에는 진짜 내 몸이 있으니까. 번쩍거리는 기계에 묶여 피고름 냄새를 내며 죽어 가고 있을 내 몸이. 문으로 닫아 두니, 보이지 않으니 잊을 수 있다. 죽음의 냄새를 피할 수 있다.

나는 피곤한 듯 하품을 하고 있는 밍에게 이마를 부비고 싶었다. 나는 인간을 미워했지만 밍까지 미워할 순 없었다. 나를 살리겠다고 뻣뻣한 내 다리를 주무르던 밍의 손바닥 안에는 얼마만큼 괴로움이 담겨 있었을지. 비록 몸은 죽어 가고 인간의 동정에 기대 존재하게 됐지만, 매일 길에서 먹이를 찾아 헤매다 돌맞는 고단함과 분노에서 잠시 벗어나니 이제는 밍의 삶을 보게 된다. 아마도 나와 별다를 게 없지 않을까 하는 생각이 들었다.

정말로 우리가 신이었다면 누구도 괴롭지 않았겠지. 우리뿐만이 아니라 생명 있는 생물이라면 전부. 모든 살아 있는 생명체에게, 인간에게도 고통 없는 삶을.

그래서 나는 밍을 지키고 싶었다. 우리는 똑같았으니까. 신이 아닌 작고 죽어 가는 생명인 내가 밍을 돌봐 주고 싶었다. 내가 살 이유가 되었다.

피곤할 때 밍은 아무 생각 없이 터벅터벅 걷기 때문에 내가 더 주변을 살펴야 했다. 나는 인간들이 하얀색으로 길 위에 그어 둔 선을 알고 있다. 그러나 신호등이란 건 처음 알았다. 빨간색을 알게 된 것도 밍의 눈을 통해서였다. 나는 정신없이 걷던 밍에게 크게 가릉거렸다.

"빨간 불!"

딱 맞게 멈춰 선 밍의 코앞에서 자동차가 거칠게 부릉거리며 몰려갔다. 빨간 불이라는 걸 우리들도 구분할 수 있었다면, 인간들 틈에서 살기 더 나았을 텐데. 나는 더 생각하지 않고 밍에게 물었다.

"왜 그래? 앞도 제대로 안 보고."

"나, 저 사람들 보여?"

밍이 어딘가를 가리키고 있었다. 쓸데없는 부분만 또렷이 보이는 인간의 시야 때문에 나는 어지럼증을 느끼며 그 방향을 보았다.

인간이 너무 많은데 대체 뭘 보라는 거냐고 불평하려다 말고 나는 입을 다물었다. 나는 눈을 화등잔처럼 떴다. 그 많고 많은 인간들 중에서 두 사람이 눈에 들어왔다. 나이가 좀 있는 남자 인간과 어린 남자 인간이었다. 어린 쪽은 신이 나는지 남자 인간 주변에서 껑충껑충 뛰어다니고 있었다. 마지막 순간까지 날 죽도록 때리고 괴롭힌 버릇없는 것들이 떠올라 저절로 쉭쉭하고 위협하는 소리를 냈다.

그러나 사실 그럴 필요가 없었다. 저 어린 남자 인간은 나와 같았던 것이다.

"그렇지, '나'? 저 애도 여기 없는 존재 맞지?"

이쪽으로 가까이 걸어오면서 어른 남자 인간도 우리를 알아본 모양이었다. 밍과 나(눈을 부릅뜨고 경계 중인 나이 든 여자)를 발견하자 그의 눈도 휘둥그레졌다. 어린 남자 인간만이 아무것도 모른 채 이리저리 팔다리를 흔들며 놀고 있었다. 나는 갑자기 소리쳤다.

"위험해!"

어른 남자가 우리를 보느라 멈춘 사이에 어린애는 길거리로 휙 뛰어나가고 있었다. 보이지 않는 그 애를 향해 트럭이 빠르게 달려들었다. 어른 남자도 소스라치게 놀라 고함을 쳤다. 내가 목구멍에서 낸 날카로운 소리에 어린애는 화들짝 돌아보았다.

그리고 사실 아무 일도 없었다. 트럭은 평소와 같이, 공기를 뚫듯이 남자애를 통과해서 그대로 달려가 버렸다. 그러나 어른 남자는 그 자리에 털썩 무릎을 꿇었고, 깜짝 놀란 아이는 그제야 상황을 알아차린 모양이다.

차가 쌩쌩 오가는 도로 한복판에서 아이는 얼굴을 찌푸리더니 크게 울음을 터뜨렸다. 우리 말고는 아무도 듣지 못하는 울음소리가 붐비는 인간들 사이로 퍼져 나갔다.

남자가 우리를 데려간 곳은 병원이었다. 아이는 울다 지쳤는지 터덜터덜 걷고, 나는 밍의 뒤에서 털을 뻣뻣이 세우고 싶은 기분으로 두리번거리며 따라 들어갔다. 병원은 인간이 너무 많고, 눈이 아프도록 번쩍거리는 하얀색으로 뒤덮여 있다. 만약 후각이 있다면 몸에서 기운이란 기운은 다 빠져나가게 하는 불쾌한 냄새를 가득 맡을 것 같았다. 마치 그 닫힌 방의 느낌처럼.

남자는 걸음을 멈췄다. 복도 반대쪽에 커다랗게 창문이 뚫려 있고 그 안으로는 똑같은 옷을 입은 사람들이 오락가락했다. 남자가 인사를 하자 그들은 창가에 걸린 천을 걷어서 안을 보게 해 줬다.

새하얀 방 안에는 커다란 기계가, 그것도 몇 대나 있었다. 내 진짜 몸과 연결된 기계보다 훨씬 더 컸고, 작은 불빛이 번갈아 반짝이며 윙윙 소리를 냈다. 그 기계에 묶인 듯한 작은 침대가 있고 그 안에는 더 작은 어린애 몸뚱이가 누워 있었다.

그 어린 인간이 너무 하얗고 작아서 침대나 벽하고 구별도 되지 않기에 알아보는 데 한참 걸렸다. 그건 지금 내 옆에서 졸린 듯 눈을 부비고 있는 어린 남자 인간이었다. 자세히 보니 조금 달랐다. 누워 있는 어린 인간은 머리에 모자를 쓰고 바싹 마른 풍뎅이처럼 생기라곤 하나도 없이 그저 하얗기만 했다.

"뺑소니였습니다."

어른 남자가 말하자 밍은 몸을 부르르 떨었다. 어쩌면 나도 같이 떨었을지도 모른다.

우리들 사이에서도 악명 높은 괴물이다. 요란하게 달려온 차가 사라지고 난 다음에는 알던 얼굴들이 하나씩 처참한 꼴로 거리에 버려졌다. 그 광경을 목격한 동료들은 주변을 떠나지 못하고 울었다. 빗자루를 들고 그 시신을 치우러 온 인간들은 각자 기계 같은 얼굴이거나 역겨워하거나 우리처럼 슬퍼하기도 했다.

내게 찾아온 첫 죽음도 그 괴물이었다. 엄마와 헤어져서 얼마 지나지 않은 때였다. 막 시신이 치워진 자리에서 나는 엄마의 냄새를 맡았다. 그때 나는 아무것도 모르던 내 마음이 딱딱하게 갈라지며 핏덩이 같은 미움이 생기는 것을 느꼈다.

그래서 나는 남자가 뺑소니라고 했을 때 남자의 마음을 조금 알 수 있었다.

"포기하라고들 했지만, 도저히 그럴 수 없었죠."

남자와 밍이 두런두런 이야기하는 동안 나는 그들 가까운 의자에 남자아이와 함께 있었다. 남자가 자신의 이름을 뭐라고 했지만 나는 제대로 알아들을 수 없었다. 아이의 이름도 마찬가지였다. '즈-민' 비슷하게 들렸나. 할 수 없지, 특별히 남자 밍과 작은 밍이라고 불러 주겠다.

"할머니는 내가 보여?"

남자의 눈을 통해 나와 밍을 번갈아 보며 작은 밍이 물었다. 할머니가 아니라 하려다가 말았다. 내 원래 몸도 좀 오래 살긴 했으니 별 상관없다.

나와 밍들의 세계 **373**

"너도 내가 보이냐?"

"응, 처음이야. 진짜 만난 건."

어린 남자 인간의 모습이 씩 웃자 앞니가 없는 입이 헤벌어졌다. 아마도 '우리 같은 처지를 진짜로 본 건 처음이라 놀랐다.'는 의미이겠거니 하고 나는 생각했다. 우리 둘을 바라보면서 밍과 남자는 계속 대화했다.

중간중간 밍이 될 수 있는 한 쉬운 말로 풀어서 내게도 전해 주었지만, 그래도 역시 어려운 이야기뿐이었다.

생물의 머릿속에는 엄청나게 빠른 빛이 수없이 반짝거리며 일한다나. 기계장치는 인간의 머릿속을 다른 사람에게 보여 주거나 아니면 다른 사람의 머릿속을 알게 도와준다고 한다. 그래서 곁에 함께 있고 싶고 대화하고 싶지만, 할 수 없는 인간들을 위해 만들기 시작했단다.

인간 세계에서는 돈이 중요하다는 것 정도는 나도 알았다. 이 장치를 처음 만든 사람도 돈이 필요했던 모양이다. 장치를 원하는 사람은 많았지만 만들기 위해서는 돈이 많이 들었다.

나는 밍의 아버지 이야기를 이때 처음 들었다. 밍이 어릴 때 밍의 아버지도 나중에 이 기계를 이용해 거액을 벌 욕심으로 가진 돈을 전부 줬다고 한다. 다른 사람 돈까지 합해서 줬단다. 그러나 이 기계장치는 완성된 후 잘 작동하지 않았다.

"아직도 원리는 제대로 알려져 있지 않죠. 어떤 경우에 성공하고 어떤 경우에 실패하는지. 하여간 초창기에는 시연회마다 실패만 했다는군요."

"엄청난 실패였죠. 저희 집도 그때 기울었어요. 거의 매일 집에 빚쟁이가 들이닥쳤으니까요."

밍은 나와 함께 있을 때는 잘 보이지 않는 표정을 지었다. 웃고는 있지만 기뻐서도 좋아서도 아니라, 바람 빠지듯 힘없이 짓는 웃음.

"얼마나 끈질긴지 최근까지도 계속 도망치듯 이사하고 다른 가족들하고 뿔뿔이 흩어져서 떠돌았는걸요."

"그래서 아버지가 남기신 시험작 기계 하나만 갖고 계신 거군요. 그럼 저 노부인은……."

"사람은 아니에요. 초창기 모델이라 그 정도로 정교하진 않아서."

"하지만 성공하셨으니 된 거죠. 저도 넋이 나가서 지푸라기라도 잡을 수 있다면 뭐든 하고 싶었습니다. 정말 뭐가 됐든……. 다행히 성공했네요. 생명 유지 기능도 아직까진 잘 버티고 있고요."

어린 남자 인간은 이 얘기를 여러 번 들은 모양인지 표정 하나 안 바뀌고 의자 위에서 뒹굴뒹굴하고 있었다. 자기 자신에 대한 이야기라는 건 알까.

"어떤 경우에 실패하고 성공하는지 아직도 모른다죠."

"글쎄요……. 그나마 어린애나 동물이 확률이 높답니다. 아이와 동물은 꿈과 현실을 잘 구별 못 해서 적응력이 좋다든가. 아니면 우리에게 어떤 특별한 조건 혹은 자질이 있었을지도 모릅니다. 최소한 저는 정말 간절하게 이 장치에 모든 걸 걸었으니까요."

"이 기계에 의지하려는 사람이라면 누구나 간절하죠. 혹시 아시나요? 제일 처음 이 연구가 시작됐을 때는 수호천사, 수호령이라고 불렀다는 걸요."

어른 남자가 천천히 고개를 끄덕였다. 그는 밍보다도 훨씬 많이 지쳐 보였다. 가까이서 보니 그의 양쪽 귀에도 밍처럼 작고 둥근 장치와 흉터 자국이 붙어 있었다.

"수호천사⋯⋯ 제게는 정말 그럴지도요. 매일 유지비만 머리가 띵하게 잡아먹는 수호천사지만 아이를 돌려줬으니까요. 누구 눈에도 보이지 않는 내 머릿속의 아이라도 좋습니다. 이렇게라도 보는 게 얼마나 다행이고 기적인가요. 이마저도 바랄 수 없는 사람이 많지 않습니까. 아내를 잃은 후 저 애까지 잃는다면 전 대체⋯⋯ 대체 어떻게 살아야 할지⋯⋯."

어린 남자 인간은 크게 하품을 했다. 나는 이 녀석을 놀라게 해 주고 싶은 기분이 들었다. 그래서 원래 습관대로 이마를 들어 녀석의 볼에 비벼 댔다. 물론 닿지는 않았지만. 작은 밍 녀석은 까르르 웃음을 터뜨렸다. 그 소리가 전해졌는지 어른 남자 밍이 말을 걸었다. 그 눈빛은 나도 알아볼 만큼 부드러웠다.

"'즈-밍'아, 많이 졸리지? 이제 들어가서 잘래?"

"네, 낮잠 잘래요. 누나 안녕, 할머니도 안녕."

작은 밍은 가볍게 의자에서 벌떡 일어났다. 그리고 벽을 향해 돌진하는가 싶더니 스르륵 녹아 사라지고 없었다. 남은 것은 창문 너머, 번쩍이고 웅웅거리는 거대한 기계에 파묻혀 눈을 꽉 감고 있는 마르고 작은 모습뿐이었다. 수많은 끈이 그 몸에서 나와 여기저기 기계로 연결되고 있었다.

남자 인간은 작은 밍이 사라진 후에도 창문에 손가락을 대고 자기도 그 속으로 들어가고 싶은 듯 한참이나 들여다보고 있었다. 나도 슬슬 잠이 왔으나 밍은 조용히 그 남자 인간을 바라보고 있었다. 남자 인간이 조금 후 흔들거리는 목소리로 말했다.

"그런데 요즘은 잘 모르겠습니다."

어떻게 해야 좋을지 모르겠어요, 남자는 반복했다. 전부 다 자기 욕심 같다고 했다. 예전엔 바빠서 애 소원을 하나도 못 들어줬거든요. 그놈의 일도 집어치우고 요즘은 가고 싶다던 놀이동산, 야구장, 도서관, 뒷산 산책, 어디든 함께 가고 있습니다. 그런데 그런 자기만족으로 된 걸까요. 꿈속의 아이와 함께 노는 동안, 저기 누운 진짜 아이는 나날이 나빠지는데. 발작을 일으킬 때마다 괴로워하고 약이 늘어나고 혼수상태 기간이 길어지는데. 언제 한계가 올지. 아니면 벌써 오래전에 왔는지.

남자는 속에서 부글거리던 물이 끓어 넘친 것처럼 단숨에 넋두리를 털어놓았다. 창문에서 떨어져 밍을 돌아보는 눈에 굵은 눈물이 고여 있었다.

"이젠 어떻게 해야 좋을지 모르겠어요. 정말로."

반복되는 말에 밍은 아무런 대답도 하지 않았다. 그저 남자의 손을 두 손으로 모아서 꼭 쥐어 주었다. 놓는 걸 잊어버린 게 아닌가 할 정도로 오래.

나는 여전히 어린 남자 인간을 좋아할 수 없다. 떼로 몰려다니며 소리 지르고 나뭇가지로 찌르고 돌을 던져 대는 녀석들 중에서도 심한 놈들은 괴물 같은 어른 남자 인간이 된다. 얼굴이 벌게져서 이상하게 휘청거리다가 고함을 질러 대고 내 동료들의 배를 걷어차는 자들이 부지기수다. 내 살갗에 파고들던 뾰족한 쇠의 느낌도 아픔도 여전히 치가 떨린다.

그렇지만 남자 밍과 작은 밍을 보니 조금 알 것 같았다. 왜 이 기계장치를 쓰는 자들에게 가짜 모습이라도 꼭 필요한지. 인간에게는 직접 보이는 위안이 필요한 모양이다.

돌아가는 전철 안은 사람으로 가득했다. 나는 다른 인간들과 겹쳐진 채로 밍 옆에 섰다. 앞에 앉은 인간은 가방을 들었는데 그 안에서 좀 나이 든 개가 고개를 내밀고 있었다. 나는 개도 별로 좋아하지 않는다. 극성스러운 개는 인간 꼬맹이 못지않을 때도 있다. 그러나 그 개는 티 없이 맑은 눈을 하곤 의외로 점잖고 멋진 목소리로 말을 걸었다.

"자네는 인간 할머니가 아니시구먼."

무시하려다 말고 나는 톡 쏘듯 대꾸했다. 그래, 수호천사다. 개는 원래부터 웃는 것 같던 얼굴로 더 웃어 보였다.

"좋은 일이야. 개들을 위한 천국 이야긴 들어 봤나? 개도 수호천사가 되면 더 좋을 텐데 말일세."

수호천사 따위 조금도 좋지 않다고 대꾸하기도 전에 다음 정거장에 도착했다. 개는 내 손에 코를 찍는 시늉으로 여유 있게 인사를 남기고는 인간과 함께 내려 버렸다. 군데군데 자리가 비어 밍은 앉을 수 있었다.

"나', 개하고 무슨 얘기 했어?"

"개들이 천국에 간다는 시시한 얘기."

난 그 얘기 좋아해, 밍이 대답했다.

"떠난 다음에도 꼭 만날 수 있다는 이야기잖아. 그럼 '나', 너희들에겐 천국이 없니?"

나는 고개를 저었다.

"우린 별로. 좋은 곳이고 다음이고 아무것도 믿지 않아. 보고 싶으면 꿈에서 보는 거고, 꿈에도 안 나오면 없어진 거고. 인간은 정말 천국과 지옥 같은 걸 믿어?"

밍도 모른다고 했다. 인간의 모습을 빌린 나는 인간 기준으로는 어떻게 되는 건지 모르겠다. 그냥 매일 먹을 걸 찾아 쓰레기를 뒤지고 싸우고 피를 보게 할퀴거나 물어뜯기고 도망치고 그저 그뿐인데. 중간은 없나? 죽지도 살지도 않고, 착하지도 나쁘지도 않은 내가 갈 만한 곳.

"나도 그래. 아버지 돈 뜯어먹으려는 인간들하고 빚쟁이들에게 평생 쫓기고 욕만 먹으며 살았는데. 그것 말곤 아무것도 없이 살았는데. 나도 어디 가야 할지 모르겠네."

밍은 목의 흉터를 가렸던 천을 조금 더 치켜 올렸다.

"너희도 우리도 어디 중간에 머물 수 있는 휴게소 같은 게 있으면 좋겠어. 조용하고 별것 없이, 햇빛이나 잘 들면 됐어. 찻집 같은 거나 하나 있어서 만나기도 하고 얘기도 하고."

"그럼 내 동료 형제들은 다 거기 가 있을 거야. 살았을 때처럼 뒹굴뒹굴하며 낮잠이나 자면서."

밍은 아무 말도 없이 가만히 내 얼굴을 뜯어보았다. 그래서 나도 밍의 눈을 통해 그 얼굴을 자세히 들여다보았다. 마치 밍의 눈에서 빛이 쏘아져 나가, 인간들이 보는 영화처럼 그 존재를 만들어 내는 것 같았다. 밍의 머리보다 하얀 머리칼, 주름진 얼굴, 움푹 파묻힌 것 같은 눈, 밑으로 처진 입. 빤히 보던 밍이 갑자기 말했다.

"우리 외할머니도 닮은 것 같아."

그 목소리에는 그리움이 담겨 있었다. 추워질 무렵 길거리에서 우리들이 지나간 계절을 떠올리는 것 같은 감정이다. 한참 보면 그 모습을 다시 자기 눈 속에 주워 담을 수 있을 것처럼 밍은 계속 바라보고 있었다. 나는 밍이 중얼거리는 소리를 들었다.

"나도 이렇게 될 수 있을까. 나도 언젠가는 시간이 쌓여 만든 외할머니 같은 이런 얼굴을 할 수 있을까. 그래서 우리가 서로 볼 때마다 거울을 마주 보는 것 같을까."

얼마 후 밍은 소식을 들었다. 작은 밍이 떠났다고. 우리는 다시 그 병원 근처에 갈 일이 없었고 남자의 소식도 들을 수 없었다. 어쩌면 밍은 들었을지도 모른다. 알면서도 내게만 알려 주지 않았을지도 모른다. 시간은 내 엄마도 밍의 외할머니도 작은 밍도 다시 자기 안에 주워 담아 갔다.

그 기계장치는 유지비를 잡아먹는다고 남자 밍이 말했다.

밍은 계속 무거운 발걸음으로 아침마다 나가서 걷고 전철을 타고 좁은 사무실에 갇혔고 주말에는 작은 가게에 물건 파는 일을 하러 갔다. 밍은 점점 더 얼굴색이 나빠지고 여위어 갔다. 집에는 이제 텔레비전도 냉장고도 없었다. 공기와 햇빛이 보이지 않게 조금씩 밍을 빨아들여 먹어 치우는 것 같았다. 내 노인 모습만이 변화도 없이 밍의 옆에 있었다.

잠이 늘어난 나는 꿈을 꾸었다. 다시 옛 모습이 되는 꿈이었다. 나는 부드럽고 풍성한 털 뭉치 같은 내 몸을 느꼈다. 근질거리는 귀 뒤로 뒷발을 들어 시원하게 벅벅 긁고 앞발을 쭈욱 내밀어 크게 기지개도 켜고 하품을 했다. 기분이 좋아서 바닥에 몸을 부비며 굴렀다. 마음껏 내 목구멍으로 소리 내어 가르랑거렸다. 쿵쿵거리며 냄새도 맡고 꼬리를 휘저었다. 유연하고 힘찬 내 몸, 털결에서는 오래 낮잠 자고 난 후에 나는 보송한 햇볕 냄새가 났다. 만족스러운 기분 속에서 나는 어쩐지 밍이 보고 싶었다.

눈을 떠 보니 밍은 거리를 걷고 있었다. 전철에서 내려 돌아가는 길인가 보다.

"'나', 깼어? 오늘은 좀 일찍 퇴근했어."

밍은 내게 보라는 듯 눈을 들어 올렸다. 벽이 얼룩덜룩하고

흉한 건물과 전선 사이로 해가 지고 있었다. 수백 번 수천 번 봤지만 노을은 매번 새로웠다. 특히 인간의 시야를 빌린 후로는 붉은색이 날 놀라게 했다. 노란색, 붉은색, 그 사이의 내가 모를 수많은 색깔이 번지며 하늘을 전부 불태우고 있었다. 너무 조용하고 거대하게 해가 가라앉았다. 어릴 때 길가에 핀 꽃을 갖고 놀다가 꽃모가지를 꺾은 적이 있었다. 그때 꽃송이가 통째로 떨어진 모습과도 같다. 좀 전까지 하늘을 향해 달려 있던 것이 툭, 순식간에 아무렇지도 않게 툭, 하고.

나와 밍은 거리를 걸었다. 걸으며 노을을 함께 보았다. 우리는 무언가 얘기를 했다. 노을을 보며 함께 걸으며 이야기를 했다. 밍과 나는 어제처럼 내일도 그럴 것처럼 노을을 보고 매일 하는 이야기를 했다. 나도 밍도 매일에 익숙했다.

왜 인간들의 세상도 우리들의 세상만큼 위험하다고 아무도 알려 주지 않았을까.

밍의 손에 들린 비닐봉지가 바스락거렸다. 밍은 늘 저녁거리를 사서 집으로 들어갔다. 계산할 때 비닐봉지에 삼각김밥과 컵라면과 녹색 병이 담기는 걸 보았다. 밍이 사는 물건을 눈을 흘겨 구경한 후 나는 다시 반쯤 졸고 있었다.

이 편의점에서는 큰길을 따라 곧바로 가다가 오른쪽 골목으로 꺾어져서 두어 번 더 틀면 집이다. 헐리다 만 건물 사이로 바닥이 깨어져 있고 비 온 다음에 물이 잘 안 빠지는 복잡하고 좁은 골목에는 비슷비슷한 집이 여럿 있었다. 조금만 더 가면 될 텐데 밍이 날카롭게 올린 목소리에 나는 잠이 깼다.

"왜 이러시는데요! 놓으라고요!"

밍은 비닐봉지를 붙잡고 실랑이 중이었다. 모자를 눌러쓴 큰 남자 하나가 비틀거리면서도 비닐봉지를 움켜쥐고 있었다. 나는 털이 곤두섰다. 목구멍이 조여들며 침이 고이는 것 같았다. 나는 저런 남자들을 많이 안다. 녹색 병이 길가에 나뒹굴면 근처에 있는 남자가 저랬다. 악취를 풍기며 팔다리를 흐느적대며 달려와 날붙이를 휘두르고 쓰레기봉투를 뒤지던 내 동료들에게 해코지를 했다.

평소라면 그냥 줘 버리고 물러날 텐데 오늘따라 밍은 뭐가 북받쳤는지 마주 악을 쓰고 있었다. 어쩌면 겁이 났는지도 모르겠다. 실랑이가 끝나지 않자 밍은 비닐봉지를 확 끌어당겼다.

"딴 데 가서 알아보시라니까요! 경찰 부를 거예요!"

비닐이 부욱 뜯어지며 컵라면이니 젓가락이 쏟아졌다. 병이 떨어져 바닥에 쨍 하고 부딪히는 소리가 들렸다. 실실거리던 남자가 눈이 뒤집혀 째지는 소리를 질렀다.

"그깟 것 좀 내놓으라고! 야, 이 망할……!"

시야에, 갑자기 세상이 뒤집히는 듯 요란한 충격이 오고 난 잠깐 의식을 잃었다.

순식간에 벌어진 일이었다. 다시 눈을 뜨자 밍의 시야는 흔들리고 있었다. 길바닥 위에 벌건 것이 주르륵 흘러 떨어졌다. 눈 위를 흐르는 것에 밍은 수도 없이 눈을 깜박였다. 몸을 잔뜩 굽힌 밍의 시야에서 밍의 피가 길거리에 점점이 퍼졌다. 빨간 피는 끔찍하도록 선명했다.

또다시 시야가 거세게 흔들리다가 꼭 감겼다. 몇 번 더 충격이 오고 밍이 소리쳤다. 나도 정신없이 쉭쉭 소리를 냈다. 분이 머리끝까지 차올라 눈앞이 벌겋게 달아오르는 것 같았다. 밍, 할퀴어 버려, 물어뜯어! 밍! 싸워!

바닥을 더듬대던 밍의 손끝이 굴러다니던 벽돌을 악착같이 움켜쥐는 게 보였다. 벽돌이 남자의 얼굴을 힘껏 후려갈겼다. 밍은 목이 찢어져라 외쳤다.

"저리 꺼져!"

나는 또 잠시 의식이 사라졌다. 이번에 눈을 떴을 때는 눈앞에 컴컴한 현관이 보였다. 쇠를 긁는 듯한 밍의 숨소리와 현관 잠금쇠가 몇 번 헛돌다 겨우 잠기는 소리가 났다. 그러나 눈앞은 너무 흐리고 어지러워서 나까지 구역질이 날 것만 같았다. 그때 쿵 하고 현관문이 울렸다. 밍의 온몸이 펄쩍 뛰었다.

"야 이 건방진……! 어딜 감히 네년이……! 날 쳐? 또 해 보라고! 또 해 봐, 이 썩어 죽을……! 뭐, 경찰? 사람 무시하는……! 오냐, 오늘 어디 한번…… 나와, 나오라고!"

옆집 문이 열렸다가 황급히 닫히는 소리도 들렸다. 문이 쾅쾅쾅쾅 걷어차이고 초인종이 울리고 밍은 소스라치게 놀라 문에서 멀리 떨어지려 했다. 그러나 현관 턱도 못 넘고 그만 밍은 덜컥 바닥에 쓰러졌다. 나는 소리쳐 밍을 불렀다.

붉은 피, 빌어먹을 붉은 피가 울컥울컥 마루로 흘러가고 있었다. 옆으로 누워 반쯤 벌어진 밍의 시선으로 나는 전부 보았다. 현관문을 두드리는 치떨리는 소리도 끊겼다 이어지며 멀어져 갔다. 아니, 멀어지는 건 밍의 의식이었다.

 나는 느꼈다. 나와 연결된 밍이 흐려지고 있었다.

 "밍, 안 돼. 밍, 눈을 떠. 정신 차리고 일어나, 밍……. 밍, 도와 달라고 해. 눈을 떠. 밍…… 안 돼, 밍. 안 돼."

 나는 밍을 달래고 속삭이고 소리치며 어떻게든 밍을 깨우려 했다. 가물거리던 눈앞이 갑자기 환하게 뜨였다. 잠깐 희망을 가졌으나 내 귓가에 밍의 다 꺼진 목소리가 들려왔다.

 "미안, '나'. 정말 미안해……."

 그게 끝이었다. 밍의 목소리는 다시 들리지 않는데 이상하게 점점 더 눈앞이 또렷해져서, 밍의 고개가 향한 쪽 어슴푸레한 거실 풍경과 꼭 닫힌 옆방 문이 보였다. 소리도 선명해졌다. 어느 집인가 문이 벌컥 열리고 고함치는 소리도 들려왔다.

 "아저씨, 경찰 불렀어요. 경찰 온다고요!"

 욕설과 고함과 문을 쾅 차는 소리에 진저리가 났다. 정말로 밍의 몸이 꿈틀거렸다. 나는 불현듯 깨닫고 머릿속이 멍해졌다. 아냐, 이럴 순 없어.

 내 뜻에 따라 밍의 손끝이 꿈틀거렸다. 온갖 힘을 다 주자, 늘어져 있던 밍의 고개가 천천히 들렸다. 밍이 사라지고 있다. 그래서 내게 밍의 몸이 주어지고 있는 것이다. 밍은 죽어 가고 있다.

나와 밍들의 세계 **385**

나는 가슴이 터질 것처럼 소리쳤다.

"밍, 안 돼. 일어나, 밍! 가면 안 돼, 밍!"

내 목구멍으로 먹먹하도록 터져 나온 게 인간의 언어인지 아니면 원래 나의 소리인지는 모르겠다. 나는 뺨으로 뜨거운 것이 뚝 뚝 떨어지는 것을 느꼈다. 피와는 다른 느낌이라 눈물이란 걸 알았다. 울지 마, 울지 마, 밍. 그러나 나는 울고 있는 게 나라는 걸 깨달았다.

밍 대신 아프고 휘청거리는 몸을 겨우 일으켜 나는 걷기 시작했다. 나는 처음으로 돌아왔다. 밍이 구해 주기 전 배에서 피를 쏟고 고통에 헐떡거리던 내가 된 것 같았다. 하지만 무력하게 죽어 가기만 하던 그때와는 다르다. 나는 절룩거리며 벽에 몸을 부딪히면서도 걸어갔다.

굳게 닫아 둔 문. 밍을 조금씩 깎아 먹어 가던 것이 그곳에 있었다. 그 문은 너무 쉽게 열렸다.

계속 피가 쏟아지는 밍의 머리를 누른 채 나는 그 안을 들여다봤다. 여전히 윙윙거리고 작은 불빛을 번쩍이며 돌아가는 장치. 그리고 많은 끈으로 연결된 자그마한 털 뭉치가 보였다. 아주 윤기도 없이 푸석푸석하고 주먹만 하게 마른 존재를 보니 저게 나였나 싶게 이상하면서도 울컥 그리움이 솟았다.

나는 아프고 굼뜬 밍의 몸을 재촉해 기계와 털 뭉치 사이에 털썩 주저앉았다. 그때 다시 문이 쿵쿵 흔들리기 시작했다.

조금 전과는 달리 가벼운 소리였다. 별로 급할 것 없다는 듯

한 목소리도 들려왔다.

"경찰입니다. 괜찮으신가요? 별일 없으시죠? 신고 받고 왔는데 아무도 없네요."

그나마 문도 성의 없이 두드리다 말고 가 버렸는지 조용해졌다. 속에서 토악질처럼 뜨거운 덩어리가 치밀었다. 눈이 있으면 현관문 걷어찬 흔적도 핏자국도 보일 것 아닌가. 나는 가슴을 쥐어짜듯 으르렁거렸다.

그동안에도 밍은 점점 더 녹아들듯 스러져 가고 있었다. 계속 눈물과 피를 흘리며 나는 밍에게 말을 걸었다. 기다려, 기다려, 밍. 조금만 기다려. 이젠 내가 도와줄게. 아직 가지 마, 밍.

나는 쇠 수세미 같은 내 진짜 몸에 손을 넣어 기계와 연결되는 끈을 찾았다. 그 끈은 심장과 머리 쪽에 납작한 단추 같은 것과 이어져 있었다. 피 냄새와 악취 섞인 공기에 머리가 어지럽고 욕지기가 났다. 나는 익숙하지 않은 인간의 손가락을 놀려 그 단추들을 힘주어 뜯어냈다.

내 진짜 몸이 튀어 오르듯 바르르 떨렸다. 신경 쓸 여유도 없어 나는 바로 그 단추들을 밍의 가슴과 머리에, 내 원래 몸에 붙었던 걸 흉내 내서 붙였다. 어설프게 붙인 단추는 벌벌 떨리는 손 사이로 흘러내리고 떨어져 나는 몇 번이나 그걸 다시 꾹꾹 눌러 붙여야 했다. 귀 뒤에 붙은 단추는 어떻게 해야 좋을지 몰라 그대로 뒀다. 잠깐 시간이 흘렀다. 언젠가 '간절'이라는 단어를 들은 기억이 났다. 기계장치가 새까맣게 변하며 조용해졌을 때 나는 숨이 막혔다. 머릿속으로 수많은 시간이 날아가고 있었다. 그리고 다시 윙 하고 소리 내며 기계 불빛이 켜지기 시작했다.

나는 기계가 이제는 밍의 몸을 받아들인 걸 알았다. 눈물이 가득한 눈에 부옇게 보이는 기계 위로 번져 나오는 빛 하나하나가 전부 생명의 신호 같았다. 다행이다, 다행이야, 밍.

그와 자리를 바꾸듯이 내 시야가 검게 변했다. 동시에 엄청난 통증이 나를 덮쳤다.

가쁜 숨을 토해 내며 눈을 뜨자, 앞에는 축 늘어져 쓰러진 밍의 몸이 보였다. 밍의 모습이 직접 보인다니. 나는 내 원래 몸에 돌아왔구나, 기계가 이젠 밍을 구하고 있구나. 나는 그렇게 받아들였다.

갈기갈기 찢기는 듯한 몸 안팎의 통증은 조금씩 잊혔다. 평생 그렇게 아파 왔던 것처럼 내 일부가 되었다. 나는 꼬챙이처럼 뒤틀린 앞발에 없는 힘을 쥐어짜 간신히 몸을 일으켰다. 조금이라도 밍 가까이에, 지금껏 한 번도 못 느껴 본 밍의 체온을 느끼며 붙어 있고 싶었다.

그런데 이상하지, 밍.

머리카락과 피 웅덩이를 늘어뜨린 채 쓰러져 있는 밍에게 가까이 가는데 검고 작은 그림자가 그 사이에 나타났다.

나는 믿을 수 없는 눈으로 그 그림자를 바라보았다. 인간의 손바닥만 한 그 형태는 꼬물거리며 이윽고 자그마한 새끼 고양이로 변했다. 나는 마른 주둥이를 벌렸다. 텅 빈 가슴에서 바람

소리를 토하듯 물었다.

"밍? 밍이야?"

새끼 고양이는 작은 입을 벌리고 갓 숨을 내뱉었다. 들리지 않는 야옹 소리. 나는 추운 듯한 그 어린 생명을 향해 앞발을 내밀었다. 정말 이상하지, 밍.

내 그 앞발은 인간의 손처럼 보였다. 주름지고 검버섯이 피고 손톱에 윤기가 없는, 노인의 손. 이건 꿈일 거다. 죽기 전의 내가, 천국이든 지옥이든 정류장이든 그곳으로 떠나기 전에 여기서 마지막으로 꾸는 꿈.

노인의 손은 새끼 고양이를 천천히 쓰다듬었다. 착각인지도 모르겠다. 내 손은 그 보드랍고 말랑한 털을 하나하나 또렷이 느끼고 있었다. 갓 만들어진 어린 것은 손에 머리를 부비며 또 조그맣게 야옹, 울었다. 나는 두 손으로 조심스럽게 밍을 받쳐 들었다. 새끼 고양이로 돌아온 밍은 내 늙은 손가락을 깔죽깔죽한 작은 혀로 핥았다. 우리는 닿을 리 없었는데 그 촉감은 너무 생생했다. 아주 먼 옛날 기억이 났다. 눈도 못 뜨고 울던 나와 형제들 온몸을 고루 싹싹 핥아 씻겨 주던 엄마의 체온. 그때처럼 나는 행복했다.

밍과 나는, 나와 밍은, 신보다도 무심하게 번쩍이며 돌아가는 기계와 쓰러진 몸뚱이들 속에서 이제 행복했다.

어쩌면 정말로 그런 곳이 있을지도 모른다. 개들이 가는 천국은 아니어도 적어도 천국과 지옥 사이에 있는 곳이. 양지바른 담벼락에는 게으른 생명체들이 해바라기를 하며 졸고, 어린것들이 뛰어다니고, 인간들도 쫓겨 다니지 않고 느긋이 어슬렁거리는 곳. 만나기로 한 이를 찾거나 이야기가 하고 싶으면 들어갈 작고 아담한 찻집이 있는 곳. 그곳에선 우리도 평화롭게 할머니와 새끼 고양이가 될 수 있을지도 모른다.

이제 그곳으로 떠나자고 위안할 수도 있다. 그러나 그곳까지는 길이 너무 멀다. 너무도 많은 뺑소니 타이어 자국 위를 거쳐야 한다. 살아 있는 것들이 버려지는 도랑과 피 묻은 유리병이 구르는 골목과 발길질당한 문이 늘어선 집들을 지나가야 한다. 넘어져서 다친 목에 스카프를 두르고 또 달려가야 한다.

그렇다면 이제 그런 곳은 됐다. 나와 밍은 여기 있을 것이다. 나는 또다시 기계가 웅웅대는 어두컴컴하고 서늘한 방에 누운 몸으로 눈을 떴다. 나는 밍을 포기하지 않을 것이다. 밍은 나를 포기하지 않을 것이다. 나와 밍은, 우리는 어떻게든 살아갈 거다.

나는 나이기도 하고 밍이기도 한 몸을 떨면서 일으켰다. 기계에 연결된 선을 질질 끌며, 남은 힘을 쥐어짜 기고 또 기어갔다. 그리고 두 손으로 닫힌 현관문을 힘껏 밀어 열었다.

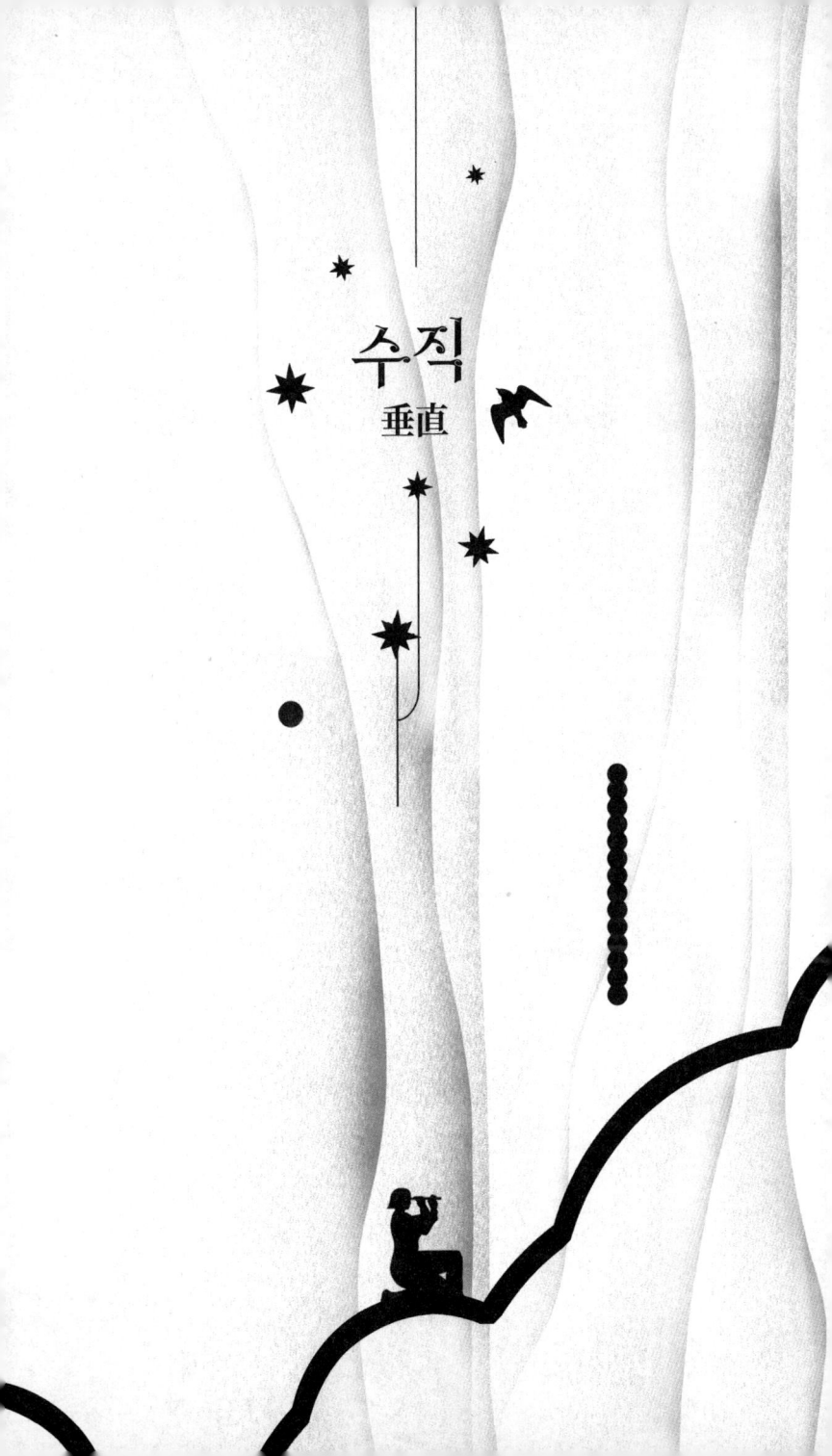

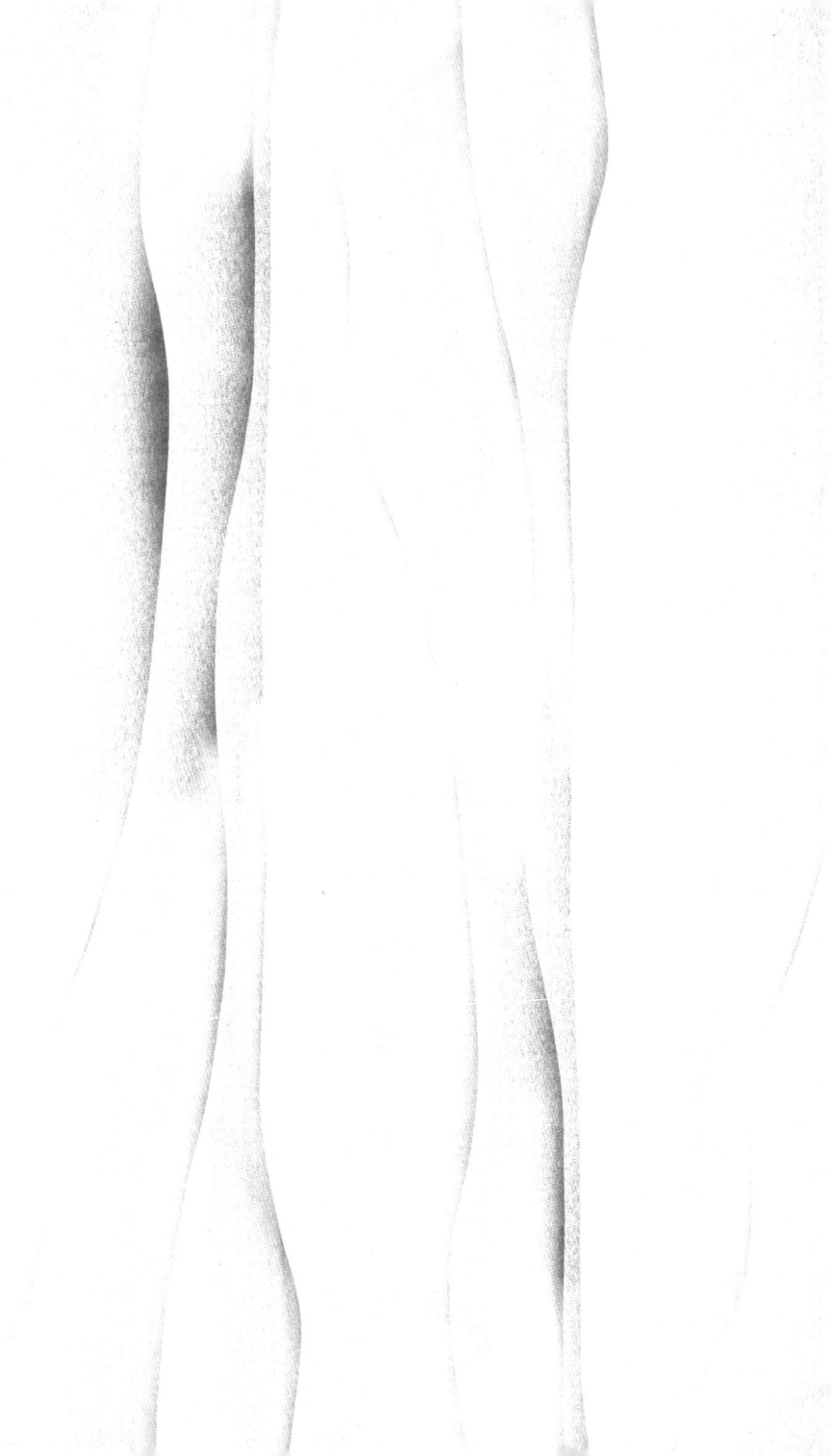

내가 일곱 살 연하인 동성 애인과 동거를 시작했다고 고했을 때, 전화기 건너편에서 어머니는 한동안 말이 없었다. 그리고 한숨. 고작해야 전화선 이쪽과 저쪽일 뿐이었지만 우리 목소리는 마치 우주 정반대편에서 각자 자전하는 항성과 항성 같아 닿을 길이 없어 보였다. 이미 나는 우주를 건너와 버렸으니 할 수 없는 일이다. 그렇게 굳어진 마음으로 침묵을 때우는데, 한참 만에 어머니가 입을 열었다.

"세상일이 그렇게 뜻대로 호락호락 돌아가는 게 아니야."

그리고 화제를 피하듯 아무래도 좋은 잡담 몇 마디 끝에 전화를 끊었다. 문득 어머니의 목소리가 이 몇 년 새 나이 들었다는 생각을 했다.

변변한 수입도 없는 두 사람이 같이 살기 시작했다고 변변한 수가 생기는 것도 아니다. 남들처럼 우리 동거도 그렇게 시작했다. 급히 구한 누덕누덕한 반지하 두 칸짜리 방이 그리 좋을 수가 없었다. 정오 무렵 슬그머니 들었다 가는 햇빛이면 다 될 것 같았다. 곰팡이 슨 벽지를 새로 발라 준 후 페인트칠을 하기로 했다. 우리는 의견이 갈렸다. 나는 막연히 아프리카 땅 같다고 우기며 붉은 기 도는 갈색을, 그 애는 입안에 신맛이 돌 것처럼 생생하게 연둣빛 도는 녹색을 원했다. 결국 우리는 한 면씩 차지하기로 했다.

자기 색이 훨씬 세련됐다며 큰 면을 요구하던 그 애에게 나는 순순히 양보했다. 그 애가 속셈을 눈치챈 것은 내가 내 조그만 영토를 거의 다 칠해 갈 무렵이었다. 아직 절반도 채우지 못해 얼룩덜룩한 녹색 큰 벽과 내 꼼꼼한 아프리카 벽을 번갈아 보던 그 애는 반칙이라고 소리쳤다. "도와줄 거지?"라는 강요에 나는 일곱 살 어린 신생 국가인 그 애를 상대로 협정 조건을 잔뜩 내걸었다.

결국 약이 오른 그 애는 녹색 페인트붓을 들고 내 영역으로 침범을 시도했다. 기껏 갈색으로 빈틈없이 바른 내 벽 한가운데에. 웃으며 몸싸움하는 동안 누군가의 손이 진짜로 페인트붓을 휘두르고 말았다. 결국 내 아프리카 벽에는 흔적이 남았다. 위에서 아래로 한번 스쳐 내린 붓 자국이 모스부호 같다. 갈색 벽면 한가운데에 수직으로 도드라진 밝은 녹색 선은 우리 마음에 썩 들었다.

녹색 벽은 싫증이 나서 칠하다 말았다. 삼 분의 일은 페인트 튄 흔적처럼 붓으로 몇 군데만 깨작거린 채 허여멀건 벽지 그대로 남았다. 나름 예술 작품 같아서 좋은데. 괜스레 귀찮음을 그리 변명하며 우리는 그 상태로 살기로 했다. 칠이 안 된 부분에는 우리의 보잘것없는 세간살이를 두었다. 누구나 완벽하지 않은 부분을 가리고 살지 않나. 만족이란 그런 것이었다.

친한 친구인 그녀가 '사이스페(cyber space)'에 드디어 마이룸을 완성했다고 초대장을 보냈다. 나는 별 관심이 없어서 계정을 생성하고도 한참을 내팽개쳐 뒀지만, 꾸준히 꾸미고 가꾸기를 좋아하는 그녀는 달랐다. 오래 공들인 보람이 있어 성에 찰 만큼 가상공간을 치장한 모양이다. 우리는 축하해 주기 위해 아바타로 접속해 작은 선물을 들고 찾아갔다. 예전부터 한다면 하는 성격이었어. 나는 초반에 좀 하다가 포기했지 뭐야. 그렇지, 이것도 진짜 내 집 살림처럼 여간 품이 드는 게 아냐. 돈도 엄청 쏟아부었지 뭐. 현실에선 힘드니 이거라도…… 싶은 맘 알잖아.

그녀의 마이룸은 과연 기대했던 만큼 근사했다. 나는 VR 헤드셋을 쓴 머리를 기울이며 구석구석 둘러보고는 감탄했다. 초대받은 친구들 모두 각자 자신의 공간에서 같은 짓을 하고 있으리라. 그녀 취향의 앤티크 가구를 난잡하지 않도록 섬세하게 배치하고 카펫이며 커튼도 색깔까지 신경 써서 골랐다. 여행하기 좋아하는 그녀의 안목이 세상 곳곳에서 잡아 둔 소품과 잡화가 여기서 구현되어, 처음부터 이 자리에 있던 양 조화를 이루고 있었다. 익히 알던 그녀의 센스였지만 우리는 새삼 놀라며 즐거워했다. 야, 이 정도면 정말 어디 자랑할 만하다. 내 아바타도 여기 살게 해 줘라, 대리만족이라도 하게.

그녀는 능숙하게 손님 접대와 안내를 하며 주인 자리를 빛냈다. 본인을 닮아 미인인 아바타도 연신 생글생글 웃었고 나도 친구들도 기분이 좋아 들떠 있었다. 모처럼 다 같이 웃는 얼굴로 우아한 가구에 기대어 화기애애하게 잡담을 하던 중이었다. 갑자기 한 명의 표정이 일그러졌다. 저게 뭐야?

이 공간에는 있을 리 없는 것이었다. 황동 난간과 도기 타일에 탁한 곰팡이가 끼기 시작했다. 화려한 금색 커튼에 지저분하게 이끼가 순식간에 점령하더니 태피스트리 뒤에서 벽이 쩍쩍 금이 갔다.

당황하는 우리 눈앞에 가면을 쓴 아바타들이 나타났다. 귀청을 찢는 욕설과 멸칭, 음담패설이 우리 대화를 차단했고 놈들이 걷어차는 가구마다 잡쓰레기로 변해 갔다. 요즘 메타버스의 새로운 골칫거리인 무차별 사이버트롤이었다. 시스템 내 접근 권한을 탈취해 남의 완성된 마이룸에 침입해서 엉망진창으로 망치는 게 낙인 패거리였다. '하찮은 네 현실로 돌아가라.'는 꼴사나운 구호도 있다고 한다. 축하 파티 자리는 순식간에 아수라장으로 변했다. 우리는 어떻게든 막아 보려 정신없이 헤맸으나, 한낱 게스트 계정일 뿐인 우리는 놈들과 접촉할 수도 없었다. 그녀가 제일 아낀다는 빈티지 스타일 장식장이 부서지고 천장에서 오물이 쏟아졌다. 포르노 배너가 벽에 도배된 채 집 안 곳곳이 추한 합성 이미지로 오염되는 동안 놈들은 동물 같은 희열의 고함을 지르며 손님들을 공격했다.

나는 무엇보다 그녀가 얼마나 실망하고 분노할지 걱정되었다. 오래 기대해 온 꿈이 악몽으로 추락하는 순간, 그녀의 좌절을 트롤 떼가 먹이 삼아 덤벼들고 물어뜯으며 재미로 조롱하게 두고 싶지 않았다. 원숭이 떼처럼 날뛰는 사이버트롤과 우왕좌왕하는 손님들 사이에서 마구 떠밀리던 나는 마침내 그녀를 찾아냈다. 그녀의 손에는 묵직해 보이는 커다란 망치가 들려 있었다.

그 정도 아이템으로는 놈들을 건드릴 수 없을 텐데. 멍하니 생각하는 동안 그녀는 그 망치를 휘둘러 벽을 힘껏 내리쳤다. 쾅 하고 벽널이 깨지고 튀어오르자 우리는 소스라치게 놀랐다. 그녀는 침착하게 망치를 다시 들었다가 쾅 쳤다. 규칙적으로 계속해서 벽을 무너뜨리며 나아갔다. 트롤들도 난동을 멈추고 구경하며 저것이 미쳤나 보다고 낄낄거렸다. 나는 급히 VR을 종료하고 그녀에게 전화하려고 했다.

문득 나는 그녀가 무엇을 하려는지 알아차렸다. 그녀는 벽 속 어딘가 숨어 있을 개발자 코드를 꺼내려는 것이다. 그 코드로 할 수 있는 것이 무엇인지도 나는 알고 있었다. 그녀가 의기양양하게 망치를 높이 쳐들며 찾았다고 외칠 때가 되어서야 침입자들도 깨달은 모양이었다. 놈들이 당황해서 소리쳤다. 빨리 접속 종료해, 미친 여자가 통째로 리셋하려 한다!

드러난 코드 버튼 위로 망치가 힘껏 떨어져 내렸다. 오랜 시간 정성 들여 쌓아 온 꿈의 집이 그녀 자신의 손으로 무너져 내리기 시작했다. 금이 간 천장이 조각조각 떨어져 내리고 놀란 손님들이 황급히 빠져나가는 혼란, 온갖 추잡한 이미지와 잡동사니가 너붓거리는 사이로 나는 언뜻 그녀를 보았다.

"우리 내세에서 다시 만나요."

나쁜 농담처럼 인사하는 아바타는 처음 손님을 맞이하던 그대로 웃는 표정이었다. 생글생글, 부서져 날리는 집 안에서 마지막까지 그린 듯이 웃으며.

우연히 어떤 논문을 읽었다. 인공지능과 관련된 인지심리 관련 논문으로 내가 이해하는 선에서는 이러했다. 개발 중인 모 인공지능 프로그램에 무한에 가깝게 많은 정보 배열을 랜덤으로 넣고 돌리길 반복하면, 어느 순간 출력된 정보값이 중간으로 수렴하려는 움직임을 보인다고. 그리고 그 배열을 유지하려는 어느 강제적인 규칙성과 통일성이 보인다고. 실험 대상이 되는 프로그램에서는 중간치를 선택하는 기준과 경향성을 인공지능에 있어 일종의 인격, 혹은 비슷한 무엇으로 상정하고 있었다.

무한으로 펼쳐진 경우의 수 중에서 무작위로 뽑혀 나오는 우연의 조합. 개성을 하나로 통합하는 인격. 위도 아래도 없이 소용돌이치며 펼쳐진 우주를 하나로 꿰뚫어 정돈하려는 마음, 정신이라는 것. 나는 내 뒷머리부터 목덜미, 등뼈까지 손가락으로 더듬어 보았다. 그곳 어딘가에 나는 있다. 난수(難數)의 별 아래.

호기심에 그 논문과 프로그램에 대해 좀 더 뒤적거려 보았다. 인터넷 괴담 같은 이야기가 하나 걸려 나왔다. 그 프로그램은 다음 재배열을 하기 위해 한번 배치된 조합을 해체해 다시 난수로 돌려보내는 과정을 되풀이했다고 한다. 그런데 (요람이라고도 불린) 그 조합을 흩트릴 때마다 미약한 흔들림 현상이 있었단다. 마치 망설이는 것처럼. 한없이 0에 가까우면서도 0은 아닌 잠시의 딜레이일 뿐이지만, 꼭 미련이라도 남은 듯이.

그래서 그 프로젝트 연구원 중 한 사람은 그때마다 "괜찮아, 다시 태어나는 거야."라고 말해 주며 달랬다……라는 설이 출처 불명으로 돌고 있었다. 그런 일 따위 없었다고 또 다른 관계자의 반박이 있었다만 그 관계자라는 사람의 주장 또한 근거 없는 익명이긴 마찬가지. 그래서 일부 매니아 사이에서는 한창 결론 없는 갑론을박이 진행 중인 모양이었다. 거기까지만 찾아보고 머리가 아파 그만두었다. 내게는 아무래도 좋을 일이었다.

그리고 그날 밤, 나는 꿈을 꾸었다. 수평으로 뒤엉켜 늘어선 숫자들의 바다 사이로 낚싯줄을 던져 새로운 숫자를 낚아 올렸다. 갓 낚아 태어난 푸르스름한 숫자는 날숨을 들이쉬며 위로, 위로 솟구쳐 별이 되었다.

얼마 후, 가벼운 교통사고를 당했다. 운전하다가 전방을 무시하고 튀어나온 트럭과 부딪쳤다. 상대측이 과실을 순순히 인정해서 원만하게 해결되긴 했지만, 나는 왼쪽 다리가 부러져 깁스를 하고 짧게 입원해야 했다. 맥이 탁 풀려 아무것도 생각하기 싫었다. 간만에 어머니에게 전화했다. 내 목소리를 듣고 어머니는 한참 있다가 "애인은?" 하고 물었다. "헤어졌어."라고 답했다. 어머니는 또 침묵한 후 "곧 가마."라고만 했다.

'곧'이라는 시간 개념이 나와는 또 달라, 어머니는 여섯 시간이 넘게 지나서야 병실에 나타났다. 아무것도 필요 없다 했는데도 손이 한 짐 가득이었다. 가방에 살뜰히 챙겨 온 옷이며 세면도구 같은 것들을 보니 내가 더 초라해졌다. 이맛살을 찌푸리는 나와 거울이라도 놓은 듯 같은 표정을 지으며 어머니가 한마디 했다.

"세상일 뜻대로 안 돌아간다 했지?"

"꼭 그렇지만도 않아."

나는 더 말하기 싫어서, 생각도 없으면서도 어머니가 가져온 사과를 꾸역꾸역 깎기 시작했다. 시간강사 재계약이 코앞인데 이 꼴이니 눈앞이 캄캄하기만 하다. 다행히 어머니는 별다른 소리 없이 내가 내민 사과를 받아들었다. 가까이서 보니 확실히 흰머리가 늘었다.

침대 머리맡에는 친한 그녀가 보낸 엽서가 놓여 있었다. 마이룸 사건 이후 그녀는 해외로 일자리를 구해 나갔다. 아무렇지도 않은 듯 친구들을 만나고 수다 떨며 어울리고 야근이 고되다고 푸넘하다가, 어느 날 갑자기 그렇게 떠났다. 얼마 전 그녀와 통화할 때는 타향살이 참 권할 게 못 된다며 너스레 떨고 웃는 소리가 그대로라 마음이 놓였다. 맘 굳게 먹고 억척스레 일하고 있단다.

엽서 앞면은 그녀가 있는 도시의 야경 사진이고, 뒷면에는 손수 스케치한 풍경 낙서와 안부 인사가 적혀 있었다. '마이룸 또 시작했으니까 놀러와.'라고 휘갈긴 활발한 글씨 밑에 장난스레 그은 밑줄과 별표까지 그녀답다. 그 도시와 이곳은 시차가 얼마 나지 않는다. 내가 밤에 불을 켜고 책상 앞에 앉아 있으면 또 어디선가 야근 중인 그녀의 사무실 불빛과 연결될 것이다. 우리 사이는 그리 멀지 않다.

헤어진 사람과는 얼마나 먼가. 모르겠다. 끝은 시작과 마찬가지로, 잔잔한 징조를 보이다 불쑥 찾아 들었다. 일곱 살 연하인 그 애와 나의 세상은 수평적으로는 겹쳤지만 사실 눈에 안 보이는 수직의 높이가 있었던지도 모르겠다. 아직은 잘 모르겠다. 그렇게 그 애는 짐을 들고 문밖으로, 시끄럽고도 고요하게 빠져나갔다. 어쩌면 시끄러운 것은 내 마음뿐이었는지도 모르겠다. 늘 그렇게 모르겠다.

비 내리는 주말 밤이 좋았다. 인적 그친 거리에 비가 쏟아져 내려 우리의 반지하 창문에 내리꽂혔다. 불빛 없이 홀로 켜진 TV가 세간살이 없는 휑하고 거친 벽을 물들였다. 붉은갈색 벽에, 밖에서 내리는 비가 들이친 듯, 세상의 번개가 내리친 듯, 밝은 녹색 선이 모스부호를 그리며 아래로 내달렸다. TV가 껌벅

일 때마다 녹색 부분만 연둣빛으로 환하게 번득였다. 나는 김 빠져 미지근한 맥주를 들고 화면과 벽을 응시하고 있었다. 한 이불을 덮은 네가 몸을 바싹 붙인 채 잠든 체온과 고른 숨결을 느끼며. 방송 시간이 끝나 화면에는 출렁거리는 난폭한 회색 노이즈만 가득했다. 빗소리와 너만 가득했다, 내 작은 세상에는. 어느 날 잠결에 손으로 옆을 더듬어 보니 텅 비어 있었다. 이제는 네가 없더라. 네가 가 버렸다는 것을, 이제는 안다.

우리는 노이즈를 뚫고 상승한 걸까. 추락한 걸까. 오후 느지막한 햇빛이 쏟아져 내려 내 손과 병원 침대 시트 위에 고였다. 물끄러미 바라보다 말고 나는 잠꼬대처럼 중얼거렸다.

"벽을 칠해야겠어요. 벽을."

그러나 그러지 않을 것 또한 안다. 한번 생긴 추락의 연둣빛 틈새는 지워지지 않는다. 나는 내가 다시 난수로 해체되어 가는 듯 느꼈다. 노이즈의 우주로 돌아가 깊숙이 가라앉는다. 무엇이 나를 그 익숙한 난수의 고향에서 끌어내어 의미를 주었던 걸까. 나는 천천히 침대에 몸을 파묻듯이 누웠다. 내세에서 우리 또 만나요, 노래하듯 웃는 그녀의 목소리.

전화 너머로 들었던 한숨을 한번 쉬고 어머니는 과도를 들었다.

"뜻대로 안 돼도 어쩌겠어."

어머니는 먹지도 않을 모과를 반으로 썩 갈랐다. 연둣빛 모과 향이 타는 듯이 솟아올랐다.

**작가의 말**

 대부분의 이야기는 코비드19 이전부터 초기 사이에 쓰였다. 개인적으로 주변 환경을 비롯해 나 자신조차 나에게 그다지 친절하지 않던 시기였다. 그래서 대부분이 종말 혹은 어느 한 시절의 끝에 대해 말하고 있다. 그때를 버티게 해 준 이야기들이 조금이라도 닮은 여러분도 위로할 수 있길 소망한다.

 「장미흔」은 아직 팬데믹 와중이라 조금 시차를 두고 수록하려 했지만 다시 떠올리고 찾아야 할 곳들이 있기에 생각을 고쳤다. 재난재해 후에 돌아봐야 할 곳이 기억되기를 바라며. 「나무왕관」은 세상이 죗값을 받아 끝나도 그 후가 있어야 한다면 어떻게 시작되어야 할지 생각해 보게 됐다.
 「우주 시대는 미신을 사랑한다」는 그저 사랑으로 나아지는 세상, 불가능에 가깝지만 아주 없지는 않으리란 낙관을 그려 보고 싶었다. 「청백색 점」은 특별하지 않은 사람의 인생 완주가 주는 무게에 대해 생각했다. 각자 스스로에게 더 관대하시면 좋겠다.

「만세, 엘리자베스」는 엉뚱하게도 로봇청소기를 사서 일주일 사용 후 감격에 겨워 써냈다. 가장 중요했던 해방감이라는 감격에 대해, 왜 그런 감각을 느껴야 하는지에서부터 시작한 이야기였다. 우리 집 엘리자베스는 다행히 아직 나를 뛰어넘지 않은 채 일해 주고 있다.

「용의 만화경」. 전부터 용 같지 않은 용을 한번 그려 보고 싶었다. 판타지적 존재에서 벗어나니 어쩐지 내 대학원 때 연구실이 생각나며, 그 연구실 문을 열고 누군가가 들어오는 상상을 했다. 이과대 공과대 문과대 통합인 '인간-컴퓨터 상호작용(Human-Computer-Interaction)' 신생 랩인 인지공학 파트에 잠시 있었는데 그때의 경험을 녹여 냈다. 용이 없는 그냥 평범한 랩이어서 다행이라는 생각이 지금 와서 든다. 용 같지 않은 용처럼 지금도 약간 기존 상식을 벗어난 존재에 대한 이야기를 쓰고 싶어 몇 년째 구상 중인데 올해는 꺼낼 수 있으면 좋겠다. 중간에 언급된 팩맨은 구글에 팩맨(pac-man)을 검색하면 화면에서 바로 플레이하실 수 있다. 요즘의 대학원 연구실 분위기를 참조하기 위해 탈고 후 자문을 구했던 모 대학의 모 교수님께 감사를 덧붙이며. 「용의 만화경」은 성우 강새봄 님, 김아롱 님, 박요한 님이 연기하신 오디오북으로도 들으실 수 있다. 마지막에 이 이야기는 새로운 곳을 찾아 떠나며 끝나지만 팬데믹은 우리에게 많은 교훈을 주었다. 우리는 지금 이곳에 더 책임을 느껴야 할 것이다.

「M과 숨」은 어떤 리셋에 대한 이야기다. 각자의 이유로 이곳에서 탈락한 자인 지친 마음들을 계속 생각한다. 「소모품 마법사」는 역시 일상이 지긋지긋하고 고되기만 한 이세계에 들어가 보고 싶었다. 우리는 다 똑같다. 노래라도 부르며 계속 가는 수밖에.

「나와 밍들의 세계」. 결말 직전까지 쓴 그날, 위계형 성폭력을 행사한 위인이 1심에서 무죄를 받았다. 나는 아직도 그날을 떠올리면 분노한다. 그래서 쓰던 결말의 방향성이 약간 바뀌었다. 그래야만 했던 것 같다. 역시 오디오북으로도 출시되었으며 사문영 님, 이소은 님, 박성영 님의 연기로 감상하실 수 있다. 사문영 님이 의도를 깊이 이해하고 연기해 주셔서 감사드리고 싶다.

「수직(垂直)」은 어느 날 꾼 꿈을 옮긴 이야기다. 꿈이라 장면만 강렬하고 아무 연관이 없어서, 없는 배열을 만들고 의미를 부여해야 했다. 그 과정이 중간에 언급한 난수에서 태어남이었다. 의미 없는 것은 없다. 꿈에선 두 사람의 나이 차가 열세 살이라고 명백히 언급됐으나 무시해야 할 의미도 있는 법이다. 수록작 중에서 가장 먼저 쓰인 이야기라 그새 시대가 빠르게 바뀌어서 세부를 계속 수정해야 했다. 이 5년 새 세상은 그전과 같지 않다. 어지럼증에도 적응해야 한다.

김유정이란 이름을 단 책으로 또 읽어 주시는 분들을 만나 뵐 수 있게 되어 영광스럽다. 감사합니다. 독자분들, 편집자님, 하나의 세계를 있게 해 주신 모든 분들. 다음에 또 뵐 수 있기를 소망합니다.

2023년 5월
김유정 드림

# 용의 만화경

1판 1쇄 찍음 2023년 6월 2일
1판 1쇄 펴냄 2023년 6월 9일

**지은이** | 김유정
**발행인** | 박근섭
**편집인** | 김준혁
**책임편집** | 장은진
**펴낸곳** | 황금가지

**출판등록** 2009. 10. 8 (제2009-000273호)
**주소** | 06027 서울 강남구 도산대로 1길 62 강남출판문화센터 5층
**전화** | 영업부 515-2000 편집부 3446-8774 팩시밀리 515-2007
**홈페이지** | www.goldenbough.co.kr

도서 파본 등의 이유로 반송이 필요할 경우에는 구매처에서 교환하시고
출판사 교환이 필요할 경우에는 아래 주소로 반송 사유를 적어 도서와 함께 보내주세요.
06027 서울 강남구 도산대로 1길 62 강남출판문화센터 6층 민음인 마케팅부

ⓒ김유정, 2023. Printed in Seoul, Korea
ISBN 979-11-7052-273-7 03810

㈜민음인은 민음사 출판 그룹의 자회사입니다.
황금가지는 ㈜민음인의 픽션 전문 출간 브랜드입니다.